福昭創業記

一位正藍旗筆下的滿清建國大業

【上卷】

穆儒丐　原著
陳均　編

復刻典藏本

序／滿洲開國史

——記穆儒丐的歷史小說《福昭創業記》

穆儒丐的歷史小說《福昭創業記》能夠在七十九年後重新原貌影印出土，實乃是一件奇事。因從現今的視點來看，這本小說似乎早就被埋進「歷史的垃圾堆」啦！所謂「歷史的垃圾堆」，乃是被冷落、被遺忘，就是再過去一千年也不會被人想起、撿起、抖落身上的灰塵、再在陽光下看兩眼的樣子。……舉一個例子來說，在一九八六年，這部小說有一個「亮相」的機遇，——作為「晚清民國小說研究叢書」之一種，作者署名「儒丐」，以刪節的方式在中國大陸被排印出版，而且印數（和彼時中國大陸的出版物一般）也很是不低，但是竟然此後很少有文章提及，一直默默無聞地在這世上流通。如今的孔夫子舊書網上，有些店主還給它打上了「評書」的類別，可謂是寂寞之深極焉。

顧名思義，這部歷史小說講的是「滿洲開國史」，也即清朝入關之前的歷史。「福」指清太祖努爾哈赤（因其陵為福陵，即今之瀋陽東陵），「昭」指清太宗皇太極（因其陵為昭陵，即今之瀋陽北陵），合在一起便是努爾哈赤皇太極父子二人率領女真一族復興之歷史。

此書先連載於《盛京時報》。一九三八年，由滿洲圖書株式會社作為「東方國民文庫」之一種出版。一九三八年十月，獲得《盛京時報》主辦的第三屆「文藝盛京賞」，一九三九年二月，獲得「民生部大臣文藝賞（第一回）」，在彼時的偽滿洲國文壇風頭一時無兩。時人評價說：

《福昭創業記》自康德四年六月至五年六月之三百六十八日間，連載於盛京時報，乃歷史小說也。主題為清朝發祥時代太祖太宗經營滿洲之史實、以滿洲實錄等為資料、而以小說體裁書成者，其文簡明扼要，其事實都本正史及近代史料，迥異所謂演義小說。全文卅餘萬言，可謂豪華之洋洋大篇矣。

作者穆儒丐，有心的讀者們大概在《梅蘭芳》、《北京》、《北京夢華錄》等書籍裏已有所見識。穆氏出身於北京西山健銳營的旗人家庭，在民國取代清朝的時代鼎革之際，寄身於報界，以文謀生，大半生顛沛流離，寫有大量的小說、筆、岔曲、劇評、時評文字，卻湮滅已久。在他為數甚巨、大部分尚待挖掘整理的著作裏，北京及旗人的命運則是他「永恆的主題」，譬如我曾稱他的長篇小說《梅蘭芳》、《徐生自傳》《北京》為「北京三部曲」，描寫了時代轉折中的旗人生活與北京世態。一九四四年，穆儒丐出版了最後一本長篇小說《如夢令》，寫的依然是北京旗人的生活。也即是說，穆儒丐與老舍一般，書寫了一個大時代的北京旗人的生活，猶如一部北京旗人與清代遺民的「心靈史」與「生活史」。

這部歷史小說《福昭創業記》回溯至旗人之起源、旗人之興起。穆儒丐大概是想要借助於歷史，來探討旗人的命運。也即作為一個民族，旗人何以興起於白山黑水，又問鼎中原，從而統治中國二百餘年？又如何衰敗頹唐至於斯時斯地？穆氏意圖從旗人的命運裏，求得一絲精魂，而探討民族重新振興之可能。

因之，其書開首不遠處便說：

> 《福昭創業記》，記一民族之所以興，以及滿漢蒙回藏五族所以合流之故。大清帝國三百年之事蹟，雖未能盡載，而福昭兩代之文治武功，亦足以觀其未來。

這些所思所想，於穆儒丐而言，正是從現實回到歷史，而在歷史裏尋求答案，亦可說是穆氏其人其文的終身追求。但是，在彼時的偽滿洲國，恰好應和了偽滿洲國建構其話語的需求。

在獲得「民生部大臣文藝賞（第一回）」之後，即有媒體評論云「文化發展之先鋒」「以由我滿洲興起之清朝興隆為背景之雄渾歷史小說，為第一回推賞作品，信為意義深遠且適當之作品也。」

在一部寫日本間諜土肥原賢二的秘錄類的書籍裏，我意外看到川島芳子讀《福昭創業記》的場景描寫，這一細節無論是寫實或虛構，或者只可作為八卦一笑了之。但大約也可描述《福昭創業記》在彼時的接受狀況之一斑。直至如今，亦常有論者以此事責難於穆氏。或許，正如學者劉大先在其文章中所定義，這部歷史小說可視作「旗人對清初歷史的一種想像」。

在七十九年之後，讓我們再回到這部穆儒丐傾其心力，搜羅彼時之歷史資料，以淺近流暢的白話文寫作的「滿洲開國史」，並且在書頁間展開遐思：在現代文學史上，可曾有如此這般之歷史小說？（似乎並不多見）。而穆儒丐於旗人之命運孜孜以求之精神，一位滿懷惆悵的「遺民」的「男兒志」與「寂寞心」，在歷經歲月的淘洗之後，依然歷歷在目，且栩栩如新，這不能不讓人為之感喟。

陳均　丁酉元宵前二日於青龍橋畔。

註：本書原書名為《福昭創業記》，今復刻出版後，新增一副書名，作《福昭創業記：一位正藍旗筆下的滿清建國大業（復刻典藏本）》。特此說明。

目次

序／滿洲開國史——記穆儒丐的歷史小說《福昭創業記》／陳均……3
自序／穆儒丐……13
首回　朱果徵祥三仙繇奕葉　白山呈瑞四祖啟鴻基……15
第一回　搆明兵尼堪啟釁　雪仇恨太祖興師……21
第二回　如熊如羆欣得五虎將　以暇以整大破九部兵……37
第三回　製國書肇興文治　擴疆土並用恩威……41

第四回　滅烏拉諸將建殊勳　退六堡太祖修內政……57
第五回　踐九重群臣奉表　書七恨太祖伐明……75
第六回　冒白刃力取清河城　破明兵大戰薩爾滸……95
第七回　殲蜀兵劉省吾授首　滅葉赫錦台什焚臺……115
第八回　太祖書斥林丹汗　明帝起用熊廷弼……132
第九回　太祖連拔遼東城　明帝再起熊廷弼……146
第十回　君臣歡宴嘉悅有功　經撫不和明師拜績……158

第十一回　朱廣寧二臣被罪　禦敵眾三婦建功……168
第十二回　崇煥力守寧遠城　太祖攻破覺華島……186
第十三回　順天人太宗登汗位　乞和好明國遣行人……198
第十四回　伐朝鮮阿敏貪功　誅文龍崇煥行權……212
第十五回　續和議太宗申七恨　戰寧錦明將守孤城……230
第十六回　罷遠征太宗施仁政　來諸部瀋水聚衣冠……248
第十七回　慰勞遠征肇錫嘉號　設置文館始命儒臣……260

第十八回 墜反間明帝殺崇煥 敦族誼太宗祭金陵……279
第十九回 失四城阿敏被罪 鑄大砲將作留名……303
第二十回 省刑罰諸貝勒言政 戰大凌眾明將成擒……321
第二十一回 達機權祖總兵偽降 效孤忠張監軍全節……341
第二十二回 整朝儀諸臣言事 征插漢促明議和……363

自序

不佞嘗有志於民族學。顧草々勞人。學殖荒陋。不敢率爲。竊擬其義。則民族者。猶流水也。水有百川。大小莫一。考其源流。皆發自西北高原。東流入海。當百川競流。固有江河淮瀆之分。及其入海。則一水也。無分涇渭。民族之分合演變。亦猶水之漫衍滙流。在上古之世。圖騰分立。民族至夥。有一君長。卽一民族。厥後智力兼併。遂由小民族而成大民族。然至晚周春秋之世。中國民族。猶不可以數計。或居中原。爲周心膂股肱。如姜姓之戎是也。或處淮徐荆土。大邦是仇。則淮夷徐夷荆蠻等是也。以上諸族。皆春秋之著姓。而不同華夏。然而今日皆滙入漢族。莫知其所自出矣。

封建之制。非主政者所樂爲。蓋不得已。向使三代皆完整之單獨民族。決其不能有封建。封建蓋因其已然之勢。飾之以文章而已。諸族既合。文化統一。封建自然消滅。故秦始皇幷六國。決行郡縣。亦勢也。漢初不知封建乃圖勝社會之所遺。而乃大封同姓。謬之甚矣。

今之世界各國。卽古之所謂封建。然有一强大之國。其文化武力。足以征服世界。則世界自爲郡縣。無所謂國也。誠以民族者。由分而合。由小而大。徵之歷史。東西皆然。雖然、馭之不善。或受外來思想所誘。民族雖聚。親如手足。亦有由聚而散者。或紛然獨立。或併入他族。無今古皆有其跡焉。學者整理諸民族之歷史。詳其所以分合之故。是卽所謂民族學。

福昭創業記。記一民族之所以興。以及滿漢蒙囘藏五族所以合流之故。大淸帝國三百年之事蹟。雖未能盡載。而福昭兩代之文治武功。亦足以覘其未來。矧其觀念之正大。人材之輩出。實有岐周初期之盛。大勳克集。容納百流。亦固其所。獨是載籍浩繁。非一般人民所能盡讀。故節其要。旁採新書。而成是編。文雖鄙俚。事皆有據。不可概視爲稗官家言也。

自滿洲建國以來。當局致力於思想之矯正。普通讀物。遂感不足之歎。而坊間所出小說。又蕪雜太甚。此正操觚者報國之秋。著者不敏。願執筆以追隨大方之後焉。

康德五年十月十二日　　著者自識

首回

朱果徵祥三仙緜奕葉　白山呈瑞四祖啓鴻基

話說滿洲之地。古稱營州。滿洲民族。古稱肅愼。在殷商時代。已見載籍。後來肅愼二字。變音爲女眞。高勾麗、渤海、大金皆係女眞族。在歷史上留下了不少的光輝事業。創設了不少的燦爛王跡。自金被元所滅。女眞民族。除了久在中原。與漢人沒什麽分別的。大部分都退歸北滿故鄉。聚族而居。分雄各地。因爲沒有傑出的首領。來鼓舞統制他們。自然失了中心。分了若干部。每部各有君長。自相攻伐。所以好多年在中原大舞台上不見女眞民族的活動。但是他們的素質。是十分良好。好戰輕生。勇於進取。所以自古以來。就都承認女眞人不可輕視。說他們若能湊到一萬人。便可以無敵於天下。這話一點也不錯。但看金太祖。和淸太祖。全是由極少數的部卒。而成功了千古未有的大業。可見女眞民族在原先是怎樣的勇敢善戰了。可憐後人。不遵祖訓。沾染了文弱安逸的風俗。棄掉了固有的精神。眞可浩歎。聞言少叙。却說滿洲第一大山。名曰長白、高二百餘里。綿亘千餘里。其龍脈一支至興京。一支至旅順。越海伏行。直到山東境界。和泰山連爲一氣。這樣大山。自然鍾靈毓秀。足以産生偉大英雄。山之周圍。皆爲茂密森林。參天翳日。山上積雪。終年不化。可是最奇怪的。山上有一湖水。清潔異常。名曰布勒瑚里湖。俗曰天池。這天池地方。在當時是人跡罕到的地方。池上不時有神仙往來。也不知是什麼時代。天池之上。忽然自天降下三位天女。是姊妹三人。長曰恩古倫。次曰正古倫。季曰佛庫倫。三女來踪雖不可知。但按神話講起來。一定不是偶然的事。她們和我們腦筋中所想象的神仙不一樣。她們每人都有極其健康的體格。莊嚴富麗的相貌。她們赤着自然的天足。穿着自織的衣裳。拖着又黑又長的頭髮。戴着山上採集的花冠。她們姊妹三人。在長白山上。不知住了若干年。每日乘雲御風。遨遊嬉戲。並且時時在天池游泳。說不盡逍遙自在。這日她們正在天池中澡浴。忽見飛來一隻神鵲。銜着一枚朱果。飛到岸邊。把朱果置於季女佛庫倫的衣上。那神鵲完了它的使命。便飛鳴而去。這時佛庫倫見了那枚鮮美的朱果。便連忙由池內泳到岸邊。取了朱果。天香撲鼻。不覺放入口中。一吞而下。那里知道自從佛庫倫吞了這枚朱果。她的身子却一天比一天重起來。她十分驚懼。因爲她們是仙人。飛昇自在。如今身子癡重。好像有了娠孕。豈不要墜落凡塵。沒法子只得把吞果有娠之事告之恩古倫和正古倫二位姊姊。她二人見說。心裡早已明白。因向佛庫倫安慰道。無憂。吾等皆仙人。

此天授爾娠。俟分娩後。再圖相聚。從此佛庫倫獨在山中。未幾產生一男。生而能言。體貌奇異。佛庫倫加意撫養。及至長成人。眞是亭亭一表。偉然丈夫。佛庫倫因把朱果受娠之事。向兒子說了一遍。並且說。汝姓愛新覺羅。名布庫哩雍順。天生汝以定亂國。其往治之。囑告已畢。遂把布庫哩雍順。引至一河。

早已備妥一隻小舟。使乘之。曰。汝順流而下。自有人迎汝。佛庫倫遂復飛昇而去。雍順坐在舟中。聽其自行。卒至一地。乃棄舟登岸。折柳及蒿。以爲坐具。已乃端坐其上。這時此地有三大姓。彼此爭爲雄長。天天打仗。沒有安寧日子。人民甚以爲苦。總想得一能人。平定亂事。以爲共主。這日忽有人到河邊取水。瞥見雍順相貌堂々。人物出衆。大驚跑去。歸告族人曰。汝等不必再搗亂了。方才我到河邊取水。見一男子。相貌非凡。一定不是尋常人。也許天生此人。造福百姓。快去看々吧。衆人見說。連忙跑到河邊去看。大家一見之下。也以爲奇。因問曰。兀那漢子。那裏來的。這里一向不見有你。布庫哩雍順答曰。我天女所生天男。天生我以定汝等之亂。衆見說相信雍順非凡人。必有來歷。因爲天池神女。衆所熟聞。再說雍順相貌不俗。必是天生豪傑。當下衆人商議。我等兵連禍結。始終沒甚頭緒。如今天降聖人。我等當迎爲國主。從此息爭。不亦善乎。衆從之。於是衆人把雍順擧起。歡呼迎到家中。妻以女。奉爲貝勒。從此三姓之人再不打仗。大家皆聽雍順號令。雍順既然坐了國主。遂以長白山北俄朶里城爲定居。創立章程。教民耕種射獵之法。時有一種怪獸。名爲馬虎。爲害牧畜小兒。雍順以楛矢射殺之。民益感德。滿洲之始基。實肇於此。自雍順以後。國勢益强。人民愈衆。不幸後世子孫。不善撫衆。又不知改悔。國人遂叛變。把雍順族人。殺害幾盡。只剩一幼子。棄家潛逃。國人追之。有鵲止於幼子之頭。追者以爲枯木。遂不追。幼子因得生。變姓名。隱於他鄉。族姓日繁。傳至肇祖原皇帝。生有智略。體貌雄奇。慨然以興復舊業爲志。因結納壯士。計誘先世讐人後。四十餘人。至蘇克素護河之呼蘭哈達。誅其半。以雪祖仇。執其半以搜舊業。後來肇祖卜居於赫圖阿拉。即今之興京。距俄朶里城西一千五百餘里。肇祖生二子。長即興祖直皇帝之祖。生三子。第三子即興祖之父。興祖有六子。長德世庫。次瑠闡。次索長阿。次即景祖翼皇帝。次寶朗阿。次寶實。景祖承先業。居赫圖阿拉地。德世庫居覺爾察地。瑠闡居阿哈和洛地。索長阿居和洛噶珊地。寶朗阿居尼瑪蘭地。寶實居章嘉地。分築五城。距赫圖阿拉城近者五里。遠者二十里。環衛而居。皆稱寧古塔貝勒。景祖生五子。長禮敦。次額爾袞。次齋堪。次即顯祖宣皇帝。次塔察。

父子兄弟。一力同心。保守先業。人多歸之。這時近地部落中。有名碩色納者。生九子。皆孔武有力。强悍異常。又有一人名叫嘉呼。生七子。較碩色納之子尤爲輕捷勇力。能身披重鎧。連躍九牛。這兩族自恃武勇。不行仁義。時時侵掠諸路。肆行豪奪。地方甚以爲苦。而無可如何。只得逃入景祖境內。請其庇護。不想這兩族心不能甘。竟要侵犯赫圖阿拉。那里知道顯祖素多才智。長子禮敦。又是英勇豪傑。早已部屬停妥。分命諸貝勒。各率所部。往征強悍無道的兩族。他們都是一勇之夫。而且向來未遇敵手。一點防備也沒有。一戰之下盡滅二族。收服五嶺東。蘇克素護河以西。二百里內諸地。由此土地漸廣。國益強盛。遠近畏威懷德。好像具備了國家的雛型。顯祖嫡妃。喜塔拉氏。乃阿古都督之女。是爲宣皇后

生三子。長即太祖高皇帝。諱努爾哈齊。宣皇后孕十三月始生。時歲己未。明嘉靖三十八年也。次舒爾哈齊。後號達爾漢巴圖魯。追封親王。諡曰莊。次雅爾哈齊。後追封郡王。諡曰通達。繼妃納喇氏。生子一。名巴雅喇。後號卓哩克圖。追封篤義貝勒。諡曰剛果。庶妃生子一。名穆爾哈齊。後號青巴圖魯。追封誠毅貝勒。諡曰勇壯。太祖年十歲。宣皇后崩。繼妃納喇氏。撫育寡恩。年十九。便令分居。略予薄產。太祖毫無怨色。但是知子莫如父。顯祖深知太祖才德。仍以優產予之。太祖婉辭。依然分讓諸弟。其孝友大度有如此者。先是有望氣者。言滿洲將有聖人出。戡定衆亂。統一諸國。而履帝位。蓋天生大聖。興立王業。絕非偶然。太祖龍顏鳳目。偉軀大耳。天表玉立。聲若洪鐘。儀度威重。舉止非常。英勇蓋世。騎射軼倫。國人誠心愛戴。稱曰。聰睿貝勒。一時佐命豪傑雲集。遂成帝業。欲知後事且看下回。

這是本書一篇楔子。不算正文。所以要寫這一篇。第一在傳說和記錄上。本來曾有這一段神話。準之古書。亦元鳥履跡之類也。第二不寫此回。則太祖之世系。必須於本文中補叙之。未免突兀。故一總叙之於首回。以清眉目。非僅徒錄舊聞而已也。至於太祖之崛起。固由於材略非凡。所關於種族意識者。亦爲個中一面之理由。日本稻葉君山先生之清朝全史。有一節說明此點。最爲得實茲節譯於下。

明代時之女眞人。以其祖先金朝。曾經統御中國之多半。因而常懷一種自負心。是於彼等之思想上。不能爭辯者也。且此自負心。決不止於空想。果然由一個偉大事實。而現出於彼等之前矣。試思太祖當未顯時。固嘗欲統一彼等之部族。而爲其最大之管束者。至若由其本身。卽足以併吞明之國家。勿寧謂爲近於妄想。況以多數長白山左右無智之部民乎。然而勢者。至可畏者乎。太祖僅居汗位。似已滿足。至其子孫。則加帝號矣。迨至曾孫時代。則南略雲南。平兩廣。以漠北之蒙古爲藩籬。至以阿爾泰山爲限。而固其邊圉。豈非稀有之事實乎。如斯廣漠之大版圖。除見於初期之蒙古以外。漢土之任何朝。亦不得比肩。據歷來漢人之解釋。長城南北。截然不同。乃以長城以南自限爲中國。清朝則以此見甚陋。究黃河之源。探崑崙之墟。撤廢所謂華夷之分。冀使遊於大同之宇。吾人如不信長白山下一部族。足以帶來此使命乎。則事實如斯。名譽赫在。固已加於彼等部族之額上矣。由是觀之。滿洲部族。非滿足金朝以來之自負心而已也。另由一面觀之。儼然亞細亞之主人公。大陸人民之保護者。無論何人。亦不得否定。故吾謂此非偶然之事。要爲滿洲人之自能適度的發展其本能而已。稻葉先生之評論。譯至此而止。因係之以詩。其辭曰。千古興亡事。由來夢一場。我今說夢話。爲君解愁腸。天作銷金帳。地爲七寶床。吾人卧其中。酣夢互抵昂。或者爲堯舜。或者爲武湯。或爲桀紂虐。或爲幽厲狂。秦皇與漢武。仙藥何曾嘗。唐宋元明主。一刹付黃粱。不單東方爾。泰西更紛忙。孰爲巴比倫。孰爲大秦强。荷蘭昔海霸。今則屈蠖藏。西班牙盛時。艨艟蔽海洋。發見新大陸。東西任梯航。安知有今日。手足相斫傷。人事有代謝。天運有否臧。仰視白山高。俯見黑流長。翳惟執大柄。帝業宜再張。

第一回

搆明兵尼堪啓釁　雪仇恨太祖興師

話說歲癸未。明萬歷十一年也。太祖年二十五歲。以顯祖遺甲十三副。起兵往征尼堪外蘭。先是明朝把滿洲的女眞人。分爲三衛。一是海西。二是建州。三是野人。頒賜敕書。命爲都督。子孫世守。無非是羈縻之策。其中以建州爲最强。後來明朝政治。日形腐敗。任用宦官。無惡不作。封疆將吏。

也都和古官聲氣相通。只知威福自利。妄動干戈。滿洲女眞民族的利益。天々受着明人的壓迫。因此恨怨日深。敢於反抗的。自然要訴之武力。不敢反抗的。也都退保聚落。人自爲政。明朝的統馭能力。已然捉襟見肘。但是天朝的資格。還未曾失掉。所以海西建州部族中。依然有人倚賴明朝。希圖封贈的。尼堪外蘭。便是此輩的代表人物。他總想巴結明朝。把他立爲滿洲之主。無奈他慾大才疏。明人也沒有眞心援助他。無非利用他引起內訌。削剪建州的勢力。有一天尼堪外蘭打發自己心腹。給明朝總兵李成梁。去了一封密信。說滿洲各部族。紛紛自立。這於明國的駕御上。太不方便了。如果明國立我爲滿洲之主。我便出師掃滅各部。但是希望閣下。興師來援。助我一臂之力。一鼓之下。諸部可平矣。成梁見信。不覺暗笑。心說。正苦無名興師。他却有心自殘其類。也好。成了功再收拾他。不成功看他等自亂。也不爲無利。當下覆信。約定師期。先攻古哷沙濟二城。這尼堪外蘭。是建州蘇克素護部長。世居圖倫城。見了覆信大喜。在極秘密裡。修繕戰具。預備出師。沒多日。成梁投給尼堪外蘭一道兵符。率遼陽廣寧之兵。分二路進攻。成梁及尼堪圍古哷城。遼陽副將圍沙濟城。二城之人。見敵兵突至。忙登埤拒守。無奈衆寡不敵。攻未多時。沙濟城便失陷了。城主阿亥章京被害。遼陽副將遂率得勝之兵。與成梁合兵一處。協攻古哷城。尼堪外蘭。以爲不費吹灰之力。便得一城。心中大喜。暗道這次滿洲國主一定作成了。便自耀武揚威。引導明兵來攻古哷城。話說古呼城主阿太章京之妻。乃禮敦之女。景祖之孫女也。聞古哷城正受攻圍。恐孫女被陷。景祖乃偕顯祖往救。因係局外。並未帶兵。只不過以好意來救女孫出險。所以父子二人。輕騎而往。及至古哷城。見成梁兵正與城兵接戰。遂令顯祖俟于城外。單身冒險入城。見了阿太章京。說明來意。不想阿太章京。正在奮怒。抱定城存人存。城亡人亡主義。不聽景祖接回。女亦抱定殉夫殉城的志氣。不願一人獨離險地。因此說了半日。不見頭緒。顯祖在城外候了多時。不見景祖出城。生恐父親遭險。自己也就進城探視。因此父子二人皆陷圍城之中。這古哷城。依山據險。十分堅固。以阿太章京。守禦得法。驍勇力戰。親率士卒。繞城衝殺。成梁兵死者甚衆。攻圍多日。不但不能克服。反倒損失了無數兵卒糧秣。銳氣全消。只得把尼堪外蘭臭罵了一頓。說他不合起釁搆兵。遭此挫辱。打算執送尼堪外蘭。以謝二城之衆。尼堪外蘭見說。早已荒了手脚。因向成梁獻計說。慌不得。這城裏兵民。多是沒頭腦的傻瓜。我到城下說幾句話。就能敎他們殺了阿太章京。出城投降。

成梁說。快去。說得成時。免汝一死。尼堪外蘭也是出於無奈。騎了一匹高頭大馬。披了一件明朝大官的紅花緞襲的衣裳。裝模作樣。躍馬來到城下。揚鞭大叫曰。呔！城上兵士們聽者。大明朝已封我爲大官。不久卽爲滿洲之主。凡我所說之話。明朝無不依從。現在大兵雲集。爾等已然是釜底游魂。旦夕族滅。主將已下嚴令。決不捨汝而去。我不忍汝等屠滅。請准主將。有能殺了阿太章京。前來投降者。卽令爲此城之主。其餘不問。城中人素知尼堪外蘭和明朝大官頗有來往。這話也許是眞。竟自被他這一派謊言所動。到了夜晚。交頭接耳的議論起來。果然就有想當城主的。出其不意。刺殺了阿太章京。裹了首級。越城投降。成梁一見。果是阿太人頭。因問那人說。平日城主待你如何。那人道。待小人恩重如山。成梁說。好。既如此。他在陰曹也須你服侍。喚來衛士。一刀將那害阿太章京的殺了。城中無主。已自大亂。成梁把兵民誘出。一個不留。全行屠戮。尼堪外蘭素忌顯祖。成梁也以顯祖相貌不凡。人物出衆。於是聽信尼堪讒言。將景顯二祖。及阿太章京滿門。盡行加害。太祖聞之。大慟。既而勃然震怒曰。必雪此仇。因責問成梁。因何害我祖父。成梁只得諉之誤殺。但是心裡終覺慚愧。因爲顯祖曾幫過成梁的忙。很有舊好。只得百般安慰太祖。殊加禮遇。但是太祖心終不甘。把明朝視爲不共戴天之仇。卧薪嘗膽。無日不思報復祖父之仇。雪親族之恨。明朝邊吏自知禮屈。且恐因此激起禍變。乃送歸二祖之喪。與勅三十道。馬三十匹。復給都督勅書。太祖因謂明使臣曰。害我祖父者。實緣尼堪外蘭之奸讒。必執以與我。我手刃之乃可。明使臣曰。恐非如貝勒言。實誤殺也。故賜勅書馬匹。又給都督勅書。事已完結。不宜再有他言。今復過求。則我將援助尼堪。築城於嘉班。使爲滿洲國主。這本恫嚇之言。太祖自然不怎理會。可是大多數的人。皆信此說。以爲可能。人人危懼。都怕尼堪外蘭挾明奧援。一旦成爲事實。必不免報復陷害。不如及早通點殷勤。獻媚於他。以免後患。不但這些不成器的人。這般想。便是寧古塔諸貝勒的子孫。也在堂子立誓。意欲殺害太祖。以買尼堪外蘭的歡心。這時尼堪外蘭。見許多部民族長。都表示了服從的意思。便迫令太祖也聽他的調遣。太祖那里肯受。罵曰。惡狗。爾乃吾父部下人。陰賊險狠。勾結明兵害我祖父。恨不生食汝肉。豈反從汝偷生。人能百歲不死乎。但是尼堪外蘭向來是使暗的。永遠不敢明鬪。雖被太祖面斥一頓。却不動火。早已鼠竄而去。太祖也以形勢不敵。姑且留他一命。偏巧蘇克素護河部薩爾滸城主諾密納之兄卦喇。因爲素與尼堪外蘭不睦。被尼堪在明官面前。搬弄是非。進了不少的讒言。因此明朝撫順所的守吏。把諾密納痛加責治。受了很多的惡氣。諾密納心不能平。知道全是尼堪所爲。因與同部嘉穆瑚寨主噶哈善哈斯瑚。沾河寨主常書及弟揚書協議曰。

尼堪外蘭。屢々勾結明官。欺壓我等。與其依賴此等人。不如投附聰睿貝勒。大家皆以爲是。遂與太祖通款。太祖大喜。定期與諾密納椎牛祭天。歃血爲盟。相約共討尼堪外蘭。夏五月。太祖遂起兵。約定諾密納領兵自薩爾滸城來會。不意和洛噶善城索長阿之第四子龍敦。嫉妬太祖。私語諾密納之弟鼐喀達曰。明助尼堪外蘭。築城嘉班。令爲滿洲國主。而哈達國萬汗又助之。爾等若附聰睿貝勒。禍不遠矣。鼐喀達因以龍敦之言密告諾密納。諾密納竟背盟。不以兵來會。太祖候諾密納不至。乃率兵自往討之。直奔圖倫城而來。尼堪外蘭。早已得了消息。不敢迎敵。棄城携妻子逃往嘉班。圖倫遂被太祖攻克。休息多日。招聚逃亡。過了兩月。又率兵將往征嘉班。諸密納爾喀達。遣人預告尼堪。囑其抵備。但是尼堪外蘭。素知太祖英勇。那敢對敵。早又棄了嘉班。投奔撫順所迤東河口台。太祖不捨。率兵疾追。這時明朝邊吏。見尼堪外蘭狼狽逃來。不許入邊。揮兵擊逐。太祖自後觀之。疑為明兵幫助尼堪來戰。遂收兵立營。是夜尼堪乘隙。率其所部遁去。有一人來投太祖曰。不戰何也。明兵乃擊尼堪外蘭。不許入邊耳。太祖聞之。遂旋師。後知薩爾滸曾通使嘉班、因恐諸密納背盟之故。謂左右曰。若非諸密納爾喀達往告。尼堪外蘭早成擒矣。予必誅此二人。會諸密納爾喀達遣人來言曰。渾河部之杭嘉。及扎庫穆二路。吾與也。不許汝侵。棟嘉及巴爾達、我仇也。可取其地獻我。否則爾兵出入。不許近我邊界。太祖聞言。怒其無禮。噶哈善哈斯瑚。及常書揚書亦忿甚曰。不先破薩爾滸城。吾等皆附諸密納矣。秋八月。太祖定計。佯與諸密納約。合兵往攻巴爾達城。城下。卽與諸密納。令其率兵先戰。諸密納曰。若我自戰。何必令汝取乎。汝速往攻。吾但坐享其成耳。太祖曰。誠然。但我兵器仗不足。爾能以兵仗與我。我卽先戰。為汝取此城。諸密納果以兵仗與太祖。太祖遂執諸密納爾喀達二人。斬於馬前。薩爾滸兵驚潰。有來歸降者。太祖命還妻孥。仍居薩爾滸城。沒多時。他們把城垣修復。依然背叛。只因諸部紛亂。大小分為數十國。如蘇克素護河部。渾河部。完顏部。棟鄂部。哲陳部。長白山之訥殷部。鴨綠江部。東海之窩集部。瓦爾喀部。庫爾喀部。呼倫之烏拉部。

哈達部。葉赫部。輝發部等。爭爲雄長。各主其地。互相攻伐。甚至兄弟自殘。爭奪不已。這時因爲太祖漸漸得勢。並且英武善戰。不但他部首長。心懷嫉妒。便是自家兄弟子姪。也多有忌其成功。頗不在少。即如覺爾察城。阿哈和洛城。和洛噶善城。章嘉城。皆是太祖族人。竟在堂子立誓。欲謀加害。有一天夜半。他們潛至太祖的居城。正欲登城襲殺太祖。太祖忽然心動。趕快起床。披了棉甲。挂了佩刀。手執弓矢。登城張望。衆人正自樹梯欲登。月光下。只見太祖威風凜凜。拄弓而立。分明是位天神。只嚇得衆人屁滾尿流。鼠竄而去。這是一回。

又有一回。離這事已有一月餘了。章嘉城寶實之長子康嘉。借了哈達萬汗一些兵將。請來渾河部兆嘉城長理岱。着他作爲嚮導。竟把屬於太祖的瑚濟寨。差不多刼掠一空。他們得意洋洋。正在半途俵分贓物之際。不想太祖部下勇將。安費揚古。正在遊獵。而且瑚濟寨又是他的故鄉。聞得報告。便率了十二騎。風馳電掣般追擊了去。敵衆見追兵已至。方欲迎敵。安費揚古。已揮刀衝入敵隊。十二騎繼之。奮勇衝殺。斬四十餘人。敵衆潰逃。盡獲所掠而還。敵損兵折將。益懷恨心。沒有多日。又遣刺客。打算暗害太祖。乘夜陰晦。至太祖所居。欲拔柵潛入。有飼犬名唐烏哈者。聞聲驚吠。太祖知有賊。乃持刀叱曰。外至者誰也。既至。何不入。爾不入。我即出矣。爾敢攖我鋒耶。因以刀柄擊櫺。復奮足踹窗。象是想由窗戶中越出。賊伏窗下伺之。可是太祖並未越窗。仍從門出。賊乃遁去。

是夜有近侍名帕海。因宿留下。被賊刺死。太祖因知此等惡行。多有理岱暗中援助。遂率兵往征兆嘉城。途遇大雪。至噶哈嶺。路險難登。諸叔及諸兄弟勸勿進兵。太祖曰。理岱我同姓兄弟。乃自相殘害。竟爲哈達作嚮導。刼我財物。今又遣賊害我。天理難容。我必懲之。遂鑿山爲磴。軍士鱗次魚貫。相繼而登。又以繩束馬。懸曳踰嶺。直至兆嘉城下。龍敦是作慣了暗通消息的事。他見太祖往征兆嘉。又派密使。潛告理岱、因此理岱有了防備。鳴角聚兵。登城以待。衆見理岱已有防備。復勸太祖還師。太祖曰。攻人不備。是襲取也。彼既有備。正好一戰。焉可遽還。令衆圍之。四面環攻。太祖督戰。人人奮勇。個個爭先。不多時城破。理岱被擒。太祖面責之。念係同族。宥其死。而收養之。蓋太祖志在復祖父之仇。不得尼堪外蘭不能甘心。至於同族兄弟。但有恩結。雖有仇隙。亦不願多殺以樹敵。但照龍敦那樣不識大義的。既不能自有樹立。反倒怕人成功。從中阻害。眞是小人之尤。他見太祖去伐兆嘉城。把消息預報理岱。已然罪不容誅。但他猶以爲未足。又暗自勾結瑪爾墩寨主納申諸族人。把噶哈善哈斯胡給刼殺了。將屍首抛在曠野。哈斯瑚之妻。是太祖的同母妹。這宗行爲。無非是與太祖以難堪。加給一些打擊便了。太祖知是族人所爲。無可如何。只得隱忍。因使族人中之同輩行的。往收哈斯瑚之屍。誰知這些人好象都與龍敦同謀似的。無人願往。太祖只得率近侍數人自行。這時瑪蘭城實朗阿之次子楞敦。向太祖說。諸族皆讎汝。不然汝妹夫焉能見殺。不如不去。恐有人害汝。太祖不聽。披甲躍馬。登城南橫岡。引弓盤旋。疾馳一周。復至城下。大呼曰。有害我者速出。他們見太祖這樣英武。志在決鬬。人人駭怕。不敢出來。太祖遂把哈斯瑚的屍骨收回。用自己衣冠斂葬。關於替哈斯瑚報仇的事。也就暫且不提。因爲太祖是天縱的英雄。勇武善戰。固然是他人所不及。而警悟絕倫。善用籌策。也是絕無僅有的。

古語云。柔亦不茹。剛亦不吐。又云。能忍人之所不能忍。隨機應變。無不得宜。使嫉之者無所施其技。嘗夜寢。聞戶外有聲。披衣起。先把子女置於安全所在。然後佩刀持弓。潛至戶外。隱於烟突旁邊。以伺之。時陰晦。先無所見。及聞足聲逼近。忽有電光。果見一賊。握刀欲有所爲。太祖疾出。以刀背擊之。賊仆地。遂呼近侍洛翰縛之。洛翰曰。賊來行刺。殺却便了。何必縛也。太祖曰。若殺此賊。其主必顯與我爲難。倘以兵來。我衆寡不敵。仇且益深。因佯謂曰。汝來盜牛乎。盜牛罪不至死。賊亦曰。我來盜牛。別無他意。洛翰曰。彼言盜牛僞也。實欲害吾主。不如殺之以警後。太祖曰。彼實來盜牛。不可殺也。遂釋去。又一夕將就寢。忽心動。遂起衷甲。外穿常服。假作登廁。昏夜中。見籬落欹處。隱然象有人窺探。乃控弦以待。賊不知。伏行而前。太祖射之。賊驚避。箭穿其衣。反身便逃。太祖從後追射。貫賊兩足。遂倒地。執而縛之。這時近侍及太祖諸弟。聞聲赶來。詢其名。自言伊索。衆請殺之。太祖曰。此非汝等所知也。殺之適以啓釁。若其主以兵來攻。刼我儲蓄。我無糧以養衆。則部下必叛。部下叛。則我等孤立。何以禦敵。我志不在此。且以殺人所藉口者不智。吾不爲。遂釋之。其御物深沈大度。有如此者。癸未年夏六月。太祖蓄銳多時。遂起兵親帥四百人。往征納木占。薩木占。納申。完濟翰。以復噶哈善哈斯瑚之仇。師至瑪爾墩寨。此寨高據山嶺。形勢險峻。最難攻打。太祖乃令斫木編牌。以爲攻防之具。須臾造成三大木牌。以爲掩護。頭牌先行。二牌後繼。近寨處。路益狹。分三牌鱗次攻打。山上敵兵。早把滾木雷石放下。前牌已被摧毀。兵士急隱二牌之下。依然上攻。少時二牌又碎。衆卒急隱三牌之下。牌少人多。不能掩蔽。實難仰攻。此時太祖立寨下。相去十餘步。有斷木二尺許。隱其足。乃執弓向寨上仰射。只一矢。正中寨主納申面。並穿其耳。復又連射四人。敵兵驚亂。防戰遂疏。太祖指揮兵將。四面遙圍其寨。斷敵汲水之道。如此攻打了四日。寨內益慌。到了夜裡。太祖令兵士輕裝。腰挿短刀。跣足攀崖而上。一聲吶喊。齊拔短刀殺入。敵不支。遂取瑪爾墩寨。納申。完濟翰。奔界藩。太祖大獲全勝。歇兵三月之久。人馬益强。會棟鄂部長克徹巴延。念昔殺子之恨。乘哈達與寧古塔諸貝勒失和。乃造兵器。以蟒毒沾箭。欲來攻伐。不想棟鄂部起了內訌。太祖遂議起兵。話說這棟鄂部長克徹巴延。乃滿洲開國元勳何和禮之祖。本與寧古塔人無仇。只因章嘉城長寶實之次子。阿哈納。遣人往聘薩克達路長巴斯翰之妹爲妻。巴斯翰嫌阿哈納無財貨。不願爲婚。乃妻棟鄂部長之子額勒吉。不幸額勒吉。後爲阿圖阿魯部下九賊所殺。賊有與阿哈納同名者。克徹巴延。遂疑阿哈納爲了不得巴斯翰之妹。妒殺自己兒子。因而懷恨在心。不時起兵攻略寧古塔諸貝勒。勢甚凶猛。寧古塔諸貝勒。勢不能敵。只得向哈達萬汗借兵。把克徹巴延戰敗。得了好多寨柵。當初哈達與寧古塔諸貝勒。既有婚姻之雅。勢亦相當。既借其兵。遂少示弱。卒至失和。反受哈達侵掠。所以克徹巴延記起前事。又欲興兵。這時太祖已長。且甚得衆心。探悉棟鄂部有了內亂。遂欲起兵伐之。因聚衆將議論出兵之策。衆曰不可。其兵未來。我要深入其地。幸而勝固佳。如其不勝。爲之奈何。太祖曰。不然。彼亂如何我不知。若俟其兵來。則攻防異勢。不如我先加兵。衆以爲善。遂親率精兵五百征之。時其部長阿海巴延。乃克徹巴延之弟。聚兵四百。把守齊吉達城。深溝高壘。閉門以待。太祖兵至。四面環攻。敵幾不支。堪堪陷落忽天降大雪。樵採運糧。十分困難。只得罷兵。命衆先退。自以十二人伏濃烟中。城內敵兵。以爲全退。忙開城引衆追跡。太祖突起邀擊。斬四人。獲甲二副。敵畏有伏。不敢再追。師行至完顏部。其部長有遜扎沁廣袞者。來請太祖曰。翁鄂洛吾仇也乞以一旅之衆。助我破之。太祖因念。既已興兵至此。宜乘機戡定一方。遂許之。夜不結營。率兵直搗翁鄂洛城。遜扎沁廣袞。有兒子名岱度墨爾根。密使人私通翁鄂洛城。故預知太祖兵至。忙收其兵民入城。加緊防守。太祖揮兵攻打。縱火焚其城樓。村中廬舍。亦多燒毀。戰鬥極爲激烈。一擁齊至城下。太祖因乘屋頂。向城中猛射。此時敵將有名鄂爾果尼者。見太祖踞高。出其不意。向太祖放一冷箭。貫胄。傷前額。太祖即拔矢。還射其人。中股。應弦而倒。太祖既受傷。血流至足。猶鏖戰不已。敵將又有洛科者。乘烟焰中。潛行逼近。突向太祖猛射一矢。只聽素然有聲。穿透鎖子甲護項。深入寸許。太祖急拔其矢。鏃卷如鉤。血肉迸落。衆將一見大驚。紛然趨前。欲要登屋扶掖。太祖恐爲敵窺見。忙諭止之。但是項下血流如注。連被兩處重傷。已不能再戰。乃以一手捫創。一手拄弓而下。衆將忙來攙扶。因血流過多。行未數武。遂昏暈倒地。諸臣見了。驚慌失措。乃相埋怨。忙替卸去甲冑。裂帛衣裹創。少時復甦。諭衆勿恐。衆將甚喜。沒多時。又行昏迷。如此數四。凡一晝夜。醒時只飲清水。血仍不止。裹創厚寸餘。衆見太祖創甚。無心攻戰。遂棄垂下之城。班師而還。休養多時。創已平復。加以人馬操練。益發精强。人人有再伐翁鄂洛之志。太祖遂復率兵往攻。這次因有前回之恨。兵皆奮勇。將更爭先。拚命攻打。卒拔其城。生獲鄂爾果尼及洛科二人。即先時射傷太祖者。諸臣歡呼。請殺二人以雪當日之恨。太祖不許曰。兩敵交鋒。志在取勝。彼爲其主乃射我。今爲我用。不又將爲我射敵耶。如此勇敢之人。若臨陣死於鋒鏑。猶將惜之。奈何以射我之故。而殺之乎。遂授鄂爾果尼洛科各一牛彔。每人領三百士卒。置諸左右。諸臣稱頌。皆以上之大度爲不可及。乙酉年春二月。復率兵征界藩。先是納申自瑪爾墩寨戰敗。奔往界藩。依其寨長巴穆尼。太祖以妹夫噶哈善哈斯瑚之仇。至今未報。不能忘情於納申。遂親率甲士十二人。步兵五十。往略界藩。兼看形勢。

寨內早有防範。無所獲而還。納申巴穆尼二人。見太祖兵少。因議曰。此人欺吾太甚。若合隣寨之兵。從後掩擊。彼可擒也。巴穆尼深以爲然。遂合薩爾滸、棟嘉、巴爾達三城之衆。與界藩共爲四百人。旋風般赶了來。追至界藩南。太蘭岡之原野中。納申巴穆尼早已馳入太祖所率步兵中。復衝過步兵。前來追赶太祖。太祖一見。單騎還鬭納申。此時納申刃已先及。一刀砍斷太祖所執馬鞭。太祖不慌。納申方欲抽刀再斫。太祖不待其反臂。疾揮刀斷其右臂。墜馬而死。旋復揮刀。引弓迎射巴穆尼。矢貫胸而過。死於馬下。敵衆見了。無不大駭。不敢再追。卻立呆望。但是太祖所部。人困馬乏。已不能再戰。十二甲士甚以爲憂。太祖諭之曰。爾等下馬步行。以弓梢拂雪僞爲拾矢狀。徐徐引馬過嶺。飲以鹽水。飼以炒麫。以將息之。予一人留此。以爲緩兵之計。於是步馬先行。太祖駐馬納申屍旁。怒視敵軍。敵衆遙呼曰。殺其人豈尚欲食其肉耶。何爲不去。請聽我等收其屍骨。太祖因向其衆曰。納申與我爲難。今得殺之。雖食肉亦不爲過。遂撥馬還行。途中恐敵追襲。乃使步卒七人。伏坡後。故露其冑。僞爲伏兵。敵見之。呼曰。汝有伏。我已知之。呼哨而去。太祖遂引兵徐還。不遺一騎。太祖時時不忘尼堪外蘭。只以尼堪外蘭有明爲助。一時不能驟得。自度不如先平隣近諸部。然後再誅尼堪外蘭。那時卽與明失和。亦無不可。夏四月。親率步騎五百。往征哲陳部。值大水。乃命衆還。只留被棉甲者五十。被鐵甲者三十。共八十人。略地而前。至嘉哈。嘉哈人走告諸路。於是托摩和、章嘉、巴爾達、薩爾滸、界藩五城。遂合兵以禦。太祖預遣之巡哨官名能古德。偵悉諸路集兵。疾馳往告太祖。。不意由他路突過未遇。太祖仍率衆前行。遙見敵兵約八百餘。陣於界藩之渾河岸上。連及南山。太祖部將中有扎親。桑古哩兩人。尼瑪蘭城主寶朗阿之孫也。年少未經大戰。見敵衆。解其甲與人。太祖怒呵曰。汝輩平日自雄於兄弟鄉黨間。今臨陣。乃畏敵衆。反解甲與人。遂執纛前行。近敵陣下馬。將馬驅回。率弟穆爾哈齊。及近侍延布祿。烏凌阿。腰刀手弓。直前衝入。奮力斫殺。斬二十餘人。敵敗潰。爭渡渾河而遁。這場惡戰。為起兵以來所未有。太祖熱甚。汗透衣甲。不及解之。爭斷鈕扣。坐地休息。移時後隊兵將始至。皆曰宜乘勝追擊。太祖怒其遲至。不顧。俟汗少落。復冠胄披甲。率兵渡河。逕登彼岸。與穆爾哈齊等追躡敵兵。斬四十五級。追至吉林崖。見敵兵十五人由旁徑來。太祖摘去胄上紅纓。隱身石後以待。射其先至者一人。矢由脊出滾地而死。穆爾哈齊亦射死一人。餘者慌竄。悉墜崖死。太祖因謂延布祿諸人曰。今日之戰。以四十人勝敵八百人。天助我也。衆勸何不乘勝往擒尼堪外蘭。太祖曰。未可輕動。吾視尼堪外蘭。不啻一鼠。但彼有明援。一向消息不明。宜先遣人偵之。再定行止。遂班師。未幾偵察之人回報曰。尼堪外蘭自嘉班城逃竄後。不但彼之族屬。已與離心。即明之援彼。亦似一時權宜。並無誠意。至若我國附彼之人。今已不信其妄語。紛紛背去。尼堪外蘭。情見勢絀。現已携其妻子兒弟。逃往鄂勒琿地方。築城而居。我兵若往。一戰可擒也。太祖大喜。遂欲往征。惟所經之地。多屬仇敵。不動干戈。諒難通過。乃先征蘇克素護河部之安圖瓜爾佳寨。破之。斬其寨主諸木渾。繼攻渾河部之貝克寨。取之。又攻托摩和城。値落雨大雷。震死二卒。乃罷攻旋師。過了幾日。依然率兵前往托摩和城。這次先不攻打。傳諭城內兵民。如降。一律恩待。若不投降。城下之後。悔之晚矣。城內兵衆。自知不敵。遂開城投降。太祖把隣接敵地。平定以後。當下自率兵將。直取鄂勒琿城。一路無阻。比及城下。只見城外約有巡邏兵四十餘人。見太祖兵至。忙挾弓避走。中有一人。戴氈笠。被青棉甲。太祖望見。疑爲尼堪外蘭。眞是仇人相見。分外眼紅。早已一拍戰馬。單身往擒。敵見只一人追來。紛紛把太祖圍在垓心。四面環射。矢來如飛早已身中三十餘創。肩頭及胸前。均被箭傷。猶自鏖戰不退。射死八人。刀斬一人。其餘有帶矢者。蝗驟雨。全行逃入城中。這時大兵已然趕至。衆見太祖被傷。憤不可遏。一擁登城。斬獲無算。內有明兵十九人。一並殺却。擒被太祖射傷者六人。箭皆深入不能拔。太祖弓力之强。膂力之大。可以相見。撿點俘虜及殺死者。獨不見尼堪外蘭。方知陣上所見戴氈笠者。乃係別人。因問俘人。始知尼堪外蘭在前幾日。已然到明邊勾當去了。太祖因傳檄明之邊吏。速將尼堪外蘭執送前來。否則興兵往取。於明恐有不利。明之邊吏得檄。商議多時。不知如何應付。若說逕把尼堪外蘭縛送了去。未免有失天朝面孔。若說不送。萬一滿洲興兵到此。勝敗不可預知。不幸也許喪了性命。再說也犯不上爲了尼堪外蘭一人。妄動干戈。萬一朝廷怪下罪來。反爲不美。反正禍是尼堪外蘭自已惹的。倒不如請他自己來殺。我們不管。一來全了天朝體面。二來我們也免得臨陣對敵。豈不兩全其美。當下他們這樣商量定了。卽派使者齎書。回覆太祖說。尼堪外蘭。既然歸我。未便執送。請你自來殺他便了。這是信內言語。好象還表示着強硬難測的樣子。所以太祖一見。便謂使者道。爾等叵測。將誆我耶。這位使者倒很慷慨。把實話全對太祖說了。最後他又說。也不必親往。只派一偏裨。率領兵卒數十人。便可以完事。太祖見說大喜。卽命部將齋薩。率驍騎四十人。前往明邊。擒斬尼堪外蘭。這里是明兵所築的要塞。除了木柵。還有幾處高臺。以備巡守瞭望。臺的下面。也有少數民房兵舍。小的市鳳也有一二所。尼堪外蘭。雖然自以得明援助。可是明官並不許他在邊裡居住。這日他見忽有滿洲兵前來。心知不好。便要求明人。許他入邊。明人不許。並且預先把臺上梯子。全行取除了。到了此時。他才知道明人沒有誠意援助他。叫苦不迭。此時齋薩已到。尼堪外蘭正在走頭無路。慌張逃匿之際。早被齋薩搜得。鷹抓燕雀一般。提了脖領。手起刀落。將尼堪外蘭首級砍下。包裹好了。回報太祖。從此太祖威震遐邇。明歲輸銀八百兩。蟒緞十五匹。以通和好。太祖亦以土物報之。欲知後事如何。且看下回分解。

第二回　如熊如羆欣得五虎將　以暇以整大破九部兵

爾等皆執政之臣。不勸爾主發政施仁。反來無故索人土地何耶。使歸報納林布祿。他不知進退。又約會哈達、輝發、各遣使人。來議邊事。太祖設宴款待。席間葉赫者圖爾德起立請曰。我主有言。欲奉告。惟恐觸怒見責奈何。太祖曰。爾不過述爾主之言。所言善。吾聽之。如出惡言吾亦遣人以惡言報之。責汝何爲。圖爾德曰。我主云。欲分爾地。爾不欲與。令爾歸附。爾又不從。倘兩國交兵。我能入爾境。爾豈能蹈我地耶。

太祖聞言大怒。引佩刀斷案曰。爾主兄弟。何嘗親臨戰陣。馬首相交。破冑裂甲。經一大戰耶。昔哈達國蒙格布祿、岱善。如二童擲骨爲戲。以致鬪爭。叔姪自相擾亂。故爾等得掩襲之。若視我猶彼。豈不大誤。且爾地豈盡重關要塞。鐵壁銅墻。吾視蹈爾地。如入無人之境耳。昔我以先人之故。問罪於明。明歸我喪。遺我勅書馬匹。旣又授我左都督勅書。龍虎將軍勅書。歲輸金幣。汝父見殺於明。曾未收其骸骨。今乃徒肆大言於我何也。各位貝勒大臣。見葉赫使人出此狂言大話。亦皆憤怒。群請出兵討之。太祖曰。勿急。彼多行不義。亡無日矣。吾不以一時之怒。輕啓釁端。乃修書。使巴克什阿林察持往。巴克什者。猶通人博士也。瀕行。太祖諭之曰。爾持此書。至葉赫兩貝勒前誦之。若懼而不誦。卽居彼。勿復來見我。從此葉赫益恣肆。屢次率兵奪掠各地。太祖或置不理。或出師禦抵。葉赫迄未得手。直至秋九月。竟聯九部之衆。大舉來侵。那九部。一葉赫。二哈達。三烏拉。四輝發。五科爾沁。六錫伯。七卦勒察。八珠舍哩。九訥殷。這九部共推葉赫貝勒布齋納林布祿兄弟二人為盟主。興動馬步三萬。分三路、浩浩蕩蕩殺奔興京而來。太祖聞報。當遣偏將武理岱。前去偵察敵情。武理岱先由東路行百餘里。度過一道山嶺。忽有群鴉競噪。正當去路。好似阻止前行。欲還鴉便飛散。再前行復行聚噪如前。至以翅撲其面。武理岱甚以為異。驟馬馳歸。將此異事。報告太祖。又命另由扎喀向渾河部所屬之地偵之。武理岱遵命前往。時已黃昏。策馬尋徑。進至渾河岸邊。天已黑了。只見河北一帶。漫山徧野。皆是敵營。松明篝火。燦若繁星。原來敵兵正在夜爨。欲俟飯畢。便要乘夜度沙濟嶺而來。武理岱偵察明白。飛報太祖。時夜已過半。太祖就寢。聞武理岱還。召入問之。武理岱把所見敵情。一一奏明。太祖曰。前聞葉赫兵來。未知確否。今彼深入。理宜出兵禦之。惟深夜之間。我兵一出。恐驚國人。爾出傳語諸將。明早出師。勿得遲誤。諭畢。依然酣寢。妃富察氏。因聞九部來侵。甚形憂懼。因呼醒太祖謂曰。今九國兵大舉來侵。不思破敵之策。反事酣寢。豈方寸亂耶。抑或懼耶。太祖曰。吾焉懼彼。且心有所懼。雖寢亦不成寐。前聞葉赫三路來侵。因不知其師期。是以為念。今彼既至。吾心安矣。我若虧心於葉赫。天必不容。安得不懼。今我順天心。安疆土。彼不悅我。糾九國之兵。殺害無辜之人。天必不佑也。語畢安睡如故。次日侵晨。太祖盥後。率諸貝勒大臣。至堂子拜謁先靈神祇。禱祝出師之利。遂戎裝乘馬。齊至校場。點齊人馬。分撥起行。話說太祖。親率前鋒精銳。行至扎喀索地方。有河當路。自立渡口。督衆過河。因見甲士蔽手護項。甚不靈便。乃下令曰。今日之戰。惟天所命。爾等可盡去蔽手護項。使身輕手快。破敵必矣。衆皆如言。行至扎喀之野。扎喀城守將鼐護、三坦、二人來告曰。敵兵辰時已至。曾數次攻城不克。現正退攻赫濟格城。敵兵甚多。爲之奈何。衆人見說。無不駭然色變。說話間。又見一騎飛來。臨近看時。乃扎喀城偏裨郎特也。此人膽大心細。至則求見太祖。既又問我兵幾何。言訖登山望之。還告太祖曰。敵兵雖多。我兵亦不爲少。況用兵之道。不在誇多。昔我兵嘗與明兵交戰。非以三百破彼數千耶。今我兵人人驍勇敢戰。彼雖衆。不足畏。如不勝。願當軍法。衆聞言。心始安。太祖因命郎特爲游擊斥堠官。率領輕騎二百。前往偵察敵寨。諭曰。敵若還軍。乘夜掩擊。否則明旦接戰。時敵人方在運輸粮秣。結立營壘。偵騎得實以告。太祖遂駐軍。是夕有葉赫一人來降。太祖令人把他領進帳內問他敵兵一總來了多少。降人說。葉赫貝勒布齋、納林布祿兄弟二人。共有兵一萬人。哈達貝勒蒙格布祿、烏拉貝勒滿泰、輝發貝勒拜音達哩。一共也有萬餘人。蒙古科爾沁貝勒翁阿岱、莽古斯、明安。連同錫伯部、卦勒察部。及其餘部衆。大約也不下一萬人。九部共合三萬大兵。務乞貝勒小心抵備才好。降人這般言語。雖不知眞假。參以偵騎所報。大約不差。所以衆將見說。又復色變。太祖見狀。諭曰。爾等無憂。吾必不疲爾力。使爾等苦戰。如今我兵。只可據險誘之使來。彼若肯來。我兵以逸待勞。迎頭擊之。若不肯來。則四面列陣。以步兵徐進。彼等九部部長。十餘人。未必皆有鬪志。況且兵皆烏合。見我兵前來挑戰。勢必觀望不前。爭先督戰者。必其貝勒。我兵雖少。勢整心齊。乘其勞困。先斬其貝勒一二人。衆必自潰。一戰可獲大勝。次晨遂命進兵。葉赫兵昨攻赫濟格城未下。是日又來攻打。太祖揮兵逕據古埒山。與赫濟格城。作成犄角之勢。據險結陣。因命額亦都。率精兵百人。下山挑戰。葉赫兵一見。舍了赫濟格城。來鬪額亦都。他們以爲些少之兵。一擊之下。便成虀粉。那里知道。額亦都便如一隻下山猛虎。身披軟甲。手執砍刀。大呼殺入敵陣。百名精卒。一樣奮勇揮刀。向敵陣衝殺。當時斬九人。傷者無算。敵兵少卻。葉赫貝勒布齋。因係盟主。見本部兵退卻。急欲圖功。忙聯合錦台什、翁阿岱、莽古斯、明安、各部長并力來戰。其勢甚猛。太祖亦從山上揮兵應戰。殺聲震山谷。黃塵蔽天日。這時布齋一馬當先。率衆突擊。不想他的戰馬。因避箭觸樹而倒。把布齋跌到山坡下。方欲爬起。早被額亦都部下一兵卒名武談者瞥見。飛身一躍。壓在布齋的身上。本來可以生擒的。他怕敵兵刼奪了去。當時手起一刀。把布齋刺死。布齋是葉赫的大貝勒。而且又是九部的盟主。如今眼睜睜在陣上被殺了。敵衆如何不驚。早已陣勢大亂。不復成軍。錦台什與納林布祿。見布齋被殺無不痛哭。哈達貝勒蒙格布祿。輝發貝勒拜音達哩等。並皆落膽奔潰。科爾沁貝勒明安。因馬被陷。只得棄甲丟鞍。裸身騎驏馬而逃。當時九部無主。勢如瓦解冰消。太祖縱兵掩擊。積屍滿溝壑。追奔逐北。直到哈達國柴河寨之南。時已昏暮。追兵在山谷小道之上。結繩截道。以獲逃兵。在演義小說裏面。謂之拌馬索。其實就如兎罝鳥網相彷。逃兵於黑夜間。只顧逃命。那管高低。自投羅網的。當然不少。堪堪已到天明。伏路兵卒。將欲回隊。忽見一人。荒張逃命至此。待其近前。很容易的便拏獲了。只聽那人大呼曰。勿殺我。願自贖。要知此人是誰。且待下回

第三回

製國書肇興文治　擴疆土並用恩威

話說太祖於古埒山下。大破九部之兵。葉赫貝勒布齋陣沒。眞是兵敗如山倒。九部共三萬之衆。死的死。逃的逃。滿洲兵追亡逐北。一直到了哈達國境。天已昏黑。便在山谷小徑。撒下繩索。如同張網羅兎一般。截殺了不少的殘兵敗將。及至天明。伏兵方欲撤還的時候。不意又獲一人。正要殺死。只聽那人哀懇道。勿殺我。願投降效力。衆人見他不象平人。只得把他縛了。來見太祖。一進大帳。他便長跪乞哀。太祖因問曰。爾何人。因甚被擒。對曰。烏拉貝勒。滿泰之弟、布占泰也。恐見殺。故未

敢明言。今既被擒。生死一聽上命。言畢叩頭不已。太祖曰。汝等九部會兵。殘害無辜。宜得天譴。昨已擒斬布齋。彼時獲汝。亦必殺矣。今既見汝。予不爲已甚。語云。生人之名。勝於殺人。與人之名。勝於取人。遂解其縛。賜給猁裘。贍養之。檢點是役。斬四千級。獲馬三千匹。鎧冑千副。粮秣軍器不計其數。大獲全勝。師班而還。自起兵以來。還沒有這樣大勝。也沒有這樣暇整。由是軍威大震。遐邇懾服。自來歸附者。妥爲安置。賜與甚優。頑梗行非者。則遣將征討。如珠舍里部。訥殷部等。皆曾來犯。分命額亦都。安費揚古、噶蓋、諸大將。出師征剿。斬其部長。收其兵民。次第削平。疆土日大。至甲午年。蒙古科爾沁貝勒明安。喀爾喀貝勒老薩等。懲於前此古埒山下之敗。各遣使人。前來通好。自是蒙古諸部長之通使者。絡繹不絕。至翌年乙未。太祖率兵親征輝發。克其多壁城。陣城守柯充額。蘇蒙額二人而還。又過了一年。是歲丙申。烏拉之布占泰。已然留此四年了。他平日對於太祖十分小心。就好象兒子對於父親那樣恭順。因爲他是烏拉人。雖然太祖待他不薄。終不免思鄉之念。太祖也看出他的心事。以爲既饒他不死。又恩養他三四年。如果把他送還烏拉。將來不但不能再動干戈。從此也許誠心歸附。所以到了本年秋七月。太祖便命兩位大臣。一位是圖爾坤煌占。一位是博爾寬斐揚占。帶領隨從。還有一些兵馬。保衛着布占泰。把他送還烏拉國。剛剛行在半途之中。聽說烏拉滿泰和他的兒子。全行被人殺死了。兩位大臣。得了這個消息。便趲程急進。打算把布占泰立爲烏拉之主。這滿泰是怎樣死的呢。原來他自古埒山敗歸之後。猶自不知警惕。在國境內。依然任意胡爲。這次他偕同兒子。往所屬蘇斡延錫蘭地方去。修築邊濠。偶見村婦二人。薄具姿首。父子二人。自恃勢力。每人分據一個。竟行姦宿。這樣不道行爲。便是平人。也難免殺身之禍。何況是一方的國君。那有不招禍的。當夜父子兩個。被二婦之夫。持刀闖入。全行殺死。村民見他父子這樣荒淫。也都起了公憤。立刻聚集了百數十人。把滿泰的隨從工役。盡都赶去。滿泰有個叔父。名叫興尼雅。利用這機會。便要自立爲烏拉之主。聽說布占泰已然回國。他知在名分上。是爭不過的。假作歡迎。實則欲行暗害。這個意思。已被護送的二大臣看出來了。寸步不離。嚴加抵備。興尼雅知道害不了布占泰。一定反要被布占泰所殺。他乘機。只得逃往葉赫去了。

布占泰、因得太祖這樣的恩待。從此便太太平平的、作了烏拉國王。論理他是應當如何感激呢。可是他後來屢行反覆。狡猾萬端。此是後話。姑且不提。話說自九部兵敗之後。葉赫諸部。自知武略不敵太祖。生恐加兵。復由葉赫倡首。連同哈達、烏拉、輝發、各部。一同遣使。來與太祖乞盟曰。吾等曩行不道。兵敗名辱。自今以後。願復結前好。重以婚姻。葉赫貝勒布揚古。願以妹歸太祖。貝勒錦台什、有女。願以妻代善。代善者太祖次子也。太祖許之。具鞍馬鎧冑爲聘。又設境椎牛。刑白馬。安設卮酒、土塊、並肉、血、骨、各一器。先由四國相繼爲誓曰。我等既盟之後。若棄婚姻。背盟好。其如此土。如此骨。如此血。永墜厥命。若始終不渝。飲此酒。食此肉。福祿永昌。四國使者誓畢。太祖亦誓曰。爾等踐盟則已。有渝盟者。待三年不悛。吾乃征之。彼此告天、設誓之後。大排筵宴。款待來使。盡歡而散。這是丁酉年春正月的事。過了一年。也值春正月。冰雪載途。無雨水之阻。正好興師。太祖遂命長子褚英。幼弟巴雅喇。佐以費英東噶蓋二大將。統兵一千。往征安楚拉庫路。星馳而往。一路無阻。取屯寨二十餘。招降萬餘人而還。於是褚英賜號洪巴圖魯。巴雅喇賜號卓哩克圖。這安楚拉庫。舊屬瓦爾喀部。地處興京東北邊域。與朝鮮北部隣近。他們的人民。多爲女眞民族。物產富足。民皆勇敢。自此地隸於版圖。不但後備兵丁。加了許多。財貨之充實。也就可想而知了。沒多時。東海窩集部之呼爾哈路長。一共六人、因爲慕太祖的聲威。公推旺格、彰格二人來朝。獻黑、白、紅、三色狐皮。黑白、二色貂皮。太祖十分勞慰。賞賚甚豐。從此呼爾哈連年朝貢。其意甚誠。後其首長博濟理來乞婚。太祖嘉其率先歸附。以大臣女六人配其六長。太祖因見國土益大。人民衆多。武備以外。更應施以文治。文治的利器。無過於文字。在遼金時代。雖有契丹及女眞文字、因其筆畫繁難。非貴族無人能識。加以年代久遠。早已廢除不用。所以滿洲各地之女眞人。徒有語言。不知文字的居多。富有之家。通函記簿。無非使用蒙古文字。自太祖開創以來。人不離鞍。弓不離手。日日惟從事於武備。實在沒有餘暇慮及文事。即或不免移文傳檄。所使用者。依然是蒙古文。輾轉翻譯。甚爲不便。太祖久有改制之意。惜未得閒。現在的形勢。與前大不相同了。當初興京一帶。寧古塔六貝勒故地而今皆成京畿腹地。環城散居者。不下數十萬戶。至於所領地界。南隣朝鮮義州。西隣長甸、永甸、大甸、寬甸、新甸。靉陽。孤山。撫安。柴河。清河。撫順。北有白石江。混同江。黑龍江。幅圓數千里。村屯兵寨。不計其數。若說這樣一個大國。單講武力。不修文治。焉能有極完密的組織。何況太祖乃不世英雄豪傑。一定不會把文治默過去的。他老人家頭一件着眼的事。就是從新製定國書。齊一民志。使向來不識蒙古字的人民。一樣也有文字使用。是年己亥。便命巴克什額爾德尼。及噶蓋二人。創製國書。這二人是滿洲最初的文臣。深通蒙古文漢文。二人聞命之下。面面相覷。不知所措。

他們二人自幼讀書時。只聽說過蒼頡是造字的聖人。這段神話。雖然出在中土。滿蒙地方。老早當然也有這樣的傳說。如今太祖忽然命他們造起字來。那有不驚之理。呆了半天。二臣才向太祖遜辭道。臣等並非聖人。焉能製造文字。太祖見說。笑道。凡事莫不出於因革。無論何物。豈能憑空製造。文字之興。亦莫不然。爾等但由蒙古字中。設法爲之。必能製出。二臣曰。蒙古字。臣等習而知之。相傳已久。未可改也。太祖曰。不然。漢人讀漢文。凡習漢字。與不習漢字者。皆知之。蒙古人讀蒙古文。凡習蒙古字。與不習蒙古字者。亦皆知之。何以獨至我國語言。必譯爲蒙古語。始能讀誦。況且滿語譯成蒙文之後。只不過習蒙古文者知之。未習蒙古文者。依然不知。且習蒙文者。爲數甚少。若欲使全國皆曉。非使全國人民盡習蒙文不可。今我有現成言語。就之改字。孰難孰易。不言可知。二臣對曰。以我國語言。制爲文字。最爲善法。但臣等未悉如何着手。故覺其甚難。太祖曰。無甚難事。爾等但以我國語音。用蒙古字寫之。聯綴成句。積句成文。則因文見義。人皆易曉矣。吾籌之已久。決不可緩。二臣見說。茅塞頓開。遂依據太祖所指示的方略。把蒙古字改爲滿洲語。頒行國中。自是遂有滿洲文。惟其文無圈點。大致與蒙古字同。後來因讀音時有重複誤會。又由巴克什達海。加以改訂。創爲十二字頭。每一字頭。附屬許多單音複音。清音濁音。並加以圈點符號。世謂十二字頭。爲習滿文者入門必讀之書。於是滿文遂有新舊之分。額爾德尼所創者。爲無圈點之老滿文。達海所改訂者。爲有圈點之新滿文。這位達海公。俗稱爲滿洲聖人。幼時聰穎絕倫。九歲時卽通滿漢文義。弱冠。太祖召直左右。凡與明廟通使節。以及蒙古朝鮮等之聘問往來。所有國書。皆使屬草。國中詔令。布告、碑版、銘詞等類。或兼用漢文者。亦多承命撰書。奉旨所譯之書。有明會典。及素書三略等。他如啓迪民智之通俗小說。如三國演義等。亦多有翻譯。至太宗朝。置文館。上自國家記注。下至官私文教。莫不燦然大備焉。話說太祖既創國書。不但在文治上。面目一新。便是軍事的移文布告。以及傳達命令消息等事。亦較從前敏捷得多了。是年哈達貝勒蒙格布祿。與葉赫貝勒納林布祿。爲了彼此侵攘。竟至失和開戰。當初他們曾經九部聯盟。與太祖爲難。後來又一同遣使向太祖乞和。曾幾何時。便自己爭鬥起來。這樣愚蠢之輩。焉得不亡。他們開戰的消息傳入興京。有幾位大將。便請太祖、乘此機會出師。藉收漁人之利。太祖說不可。吾業與之盟誓。兩國皆爲友好。豈可伐之。不如坐觀。以待二國之敝。正說着。忽報哈達有使到來。原來蒙格布祿與葉赫開戰後。勢不能支。只得派遣使人。以他三子爲質。來請太祖出師援助。既是盟邦。未便推却。當下收留三個質子。即命大將費英東噶蓋二人。率兵二千。往戍哈達。臨行之時。太祖諭之曰。汝等到彼。善覷方便。蒙格納林二人。皆反覆無常之輩。此去並非助戰。無非駐守其地。以待機會而已。

二臣答應。領命而去。消息傳入葉赫。納林布祿自知不敵。荒了手脚。葉赫自其先人以來。宗旨和尼堪外蘭一樣。動不動便結聯明朝。引爲靠山。如今他見太祖駐兵哈達。不能爲所欲爲。沒法子。只得使出世傳妙法。當下派人潛至開原。把寄與蒙格的一封書信取出來。請求明朝守將。設法轉致哈達。這樣的事。明朝官府。自然是喜歡作的。連忙派遣一個通事。很機密的替他轉交哈達國蒙格布祿之手。那信內言語說。你何必到建州去乞援。無論何事。你我二人儘可從長商議。現在我有主意了。你須出其不意。將費英東和噶蓋二人擒了。以備贖取你的質子。他二人所率的駐防兵。一個不留。也須殺了。到那時。我必妻汝以所求之女。以修前好。你若不信。可差親信到開原商議。有明朝大官。

作為保證。蒙格布祿見書。信以為眞。那個通事。又巧語花言的。着實慫恿了一番。他便決心想去會商。無奈有滿洲大將在此駐守。他不敢自去。只好着他兩房妻室。偽作出遊。前往開原赴議。話說費英東噶蓋二將。自來哈達駐防。每日除了操練人馬。閒時也到野外去射獵。前些日。聞說由開原來了幾名商人。他們便很疑心。這日他們去遊獵。偏巧又看見蒙格布祿的妻室。率領好多從人。向開原大道去了。益加疑惑。連忙回到大營。分派精細士卒。把所有要路。全行把住。盤查行旅。以備非常。費英東自己也帶了數十名輕騎。親往各路巡視。單說那天由開原來此下書的那名通事。名叫謝德功。因把蒙格布祿遊說成功。見他已遣派妻室赴開原與葉赫會商刼殺滿洲駐兵的事。自以大功告成。便辭了蒙格布祿。返回開原覆命。只因他多了一個心眼。一路之上。生恐被人打眼。所以未與蒙格的妻室同行。依然假作商人模樣。携帶數名從人。由小路繞行。約於明邊相會。誰料這日正遇費英東巡視至此。謝德功一見。正是滿洲兵。他賊人胆虛。忙催車快行。費英東在馬上。見小路之上。有幾名明國商人。慌遽奔行。心以為怪。連忙催馬赶上前去。諒他們那樣的一輛破車。如何走得脫。早被滿洲兵當前攔住。問了問作甚來的。謝德功言語支離。顏色更變。費英東愈疑。當下把他帶到大營。嚴加審訊。謝德功一五一十全都說了。因此密謀盡洩。費英東噶蓋二將。一方傳令各營。加意防範。抵備蒙格來襲。一方急報太祖。火速興師。來取哈達。太祖得信大怒。即點三千人馬。興師往討哈達。時秋九月初一日也。貝勒舒爾哈齊請爲先鋒。聊以自試。太祖許之。命領千人先行。太祖自率諸將。以爲後隊。單說貝勒舒爾哈齊。乃太祖之弟。雖從征伐。未嘗獨將。此次請爲先鋒。滿擬一戰成功。於路並無布置。但率衆疾行。人馬擠成一團。旋風般殺到哈達主城之下。又不知怎樣攻城。急令衆軍止住。城中敵兵。見來兵不戰。隊爲密集。因得出城佈防。舒爾哈齊見敵兵已出。忙差人往告太祖曰。敵兵出突。太祖見報。又可氣。又可笑。因令舒爾哈齊曰。命汝來作先鋒。豈謂此城無人乎。遂催軍前進。及迫城下。只見舒爾哈齊所部先鋒兵。擁塡塞路。兵不得前。乃繞城而行。城上矢石飛下。軍士多被射傷。

乃一邊抵禦。一邊架設攻具。不多時雲梯火具已迫城下。只見蒙格布祿。登城謂太祖曰。兩國和好。質子請兵。今反來伐何也。太祖曰。汝無信。私通明人。意欲刼吾大將。殺我士卒。猶謂無故來伐耶。命揚古利率敢死隊攻之。矢石交攻。殺聲震耳。揚古利身先士卒。奮勇搏戰。早已緣梯上城。手斬十餘人。敵不支。大軍一擁而上。蒙格布祿方欲棄城而逃。亂軍中。被揚古利一足踢倒。四馬攢蹄捆了。命軍士扛着來見太祖。這時太祖已然進城。命勿殺。召之來見。蒙格匍匐請罪。太祖憐之。賜以所御貂帽豹裘。收養之。於是哈達所屬。盡皆投降。器具財物。一無所取。兵民各安職業。有家室者。仍使完聚如故。査點淸楚。編錄戶籍。方始班師。後因蒙格布祿謀逆事洩。太祖知不可留。

始誅之。養其嫡子武爾古岱。以奉哈達香火。且妻以女。此時哈達失國消息。已至明廷。多官聚議。以爲明方恃哈達葉赫。以掣建州之肘。若失哈達。葉赫不久將爲之續。不若遣使責問。遂遣使來謂太祖。須復哈達國。使武爾古岱爲之主。太祖允之。因使公主偕武爾古岱之國。葉赫貝勒納林布祿。聞得此息。以爲有機可乘。屢屢興兵擄刧哈達人畜財物。太祖因遣使責明曰。哈達爲吾已得之國。豈聽爲葉赫所有。宜有以處之。明廷置不理。後哈達國飢饉。人民無食。只得向明開原城乞糧。明又不與。哈達國人至鬻妻子牛馬以易食。明之商人。又百端高抬物價。以搾取不義之利。太祖聞之。惻然曰。此吾所撫之赤子也。何忍聽彼流離。遂仍然把哈達收爲己有。發銀米賑養哈達人民。武爾古岱。和公主一同來歸。賜田宅人戶。衣服器用。以尊養之。哈達之先。本呼倫國。姓納喇。其始祖名納齊布祿。數傳至克什納都督。生二子。長徹徹穆。次旺濟外蘭。克什納都督後被族人巴岱達爾漢所害。徹徹穆之子萬。奔隣近錫伯之綏哈城。旺濟外蘭奔哈達。因主其部。後遇害。其子博勒寬沙津。殺其人以報父仇。迎兄萬於綏哈城。至哈達爲部長。萬爲人雄桀。攻取附近諸部。遠者又招徠之。勢力日强。遂稱汗。國號哈達。葉赫、烏拉、輝發、以及滿洲之渾河部。俱服屬之。萬汗性極殘暴。貪黷無厭。凡人民以事赴訴。一以金帛賄賂爲曲直。羣下效尤。四出强索。自鷹犬以至鷄豚之類。無不被擾。他們又以好惡爲毀譽。有錢進奉。便說好話。無錢進奉。便設詞誣陷。萬汗一概不察。左右侍從。隨便都可以蒙混他。因此人心離散。良民無法生活。逃往葉赫去的。不知有多少。附近諸部。也多叛離。他自己創的基業。也就這樣由他自己毀棄了。萬汗卒。子瑚爾罕繼之。僅八個月。便死了。弟康古哲繼位。康古哲卒。弟蒙格布祿與瑚爾罕之子岱珊。叔姪兩個。爭奪了好久。得主其部。太祖喻爲二兒擲骨爲戲者是也。戊戌年。蒙格布祿所居城北溪中。無故水盡變赤。殷紅如血。人以爲不祥。越一年己亥。遂亡國。話說太祖把哈達國仍然收爲己有。明廷也無可如何。只令撫順、開原、各地明邊官吏。加意防範便了。太祖以新得一國之衆。地益大。兵愈多。乃於辛丑年春正月。分編牛彔。當初滿洲出兵校獵。不計人數多寡。各隨族長屯寨而行。到了圍場。每人出箭一枝。湊足十枝箭。便擇一人爲十人之長。率領之。令勿離隊越次。每一隊謂之一牛彔。一牛彔之長。謂爲牛彔額眞。這是滿洲最老的一種兵制。現在的牛彔。可與從前不同了。每一牛彔。目兵共三百人。定爲一營的單位。所以後來定旗制。仍以某牛彔呼之。牛彔額眞一官。也比從前責任大的多了。至乙巳年。太祖以兵民商賈。日形繁富。呼蘭哈達南岡之都城。不足應用。乃於赫圖阿拉祖居之地。另築大城。較前城規模益形宏大。故後人謂興京有老城新城之分。當初舊俗。凡刨採人蔘者。皆不明製法。但以水漬洗。售之明人。明朝商人。佯不欲市。蔘民恐腐。只得貶價賤售。明商因獲巨利。而滿民所得無幾。反有虧蝕。至是。太祖教以製法。令熟而晒乾。可以經久。明商不能欺。貿易遂佔優勢。是年蒙古喀爾喀巴約特部長貝勒達爾汗巴圖魯。遣其子恩格德爾來朝。獻馬二十匹。太祖曰。彼越敵國而來。蓋望恩澤於我也。優賜遣還。明年冬十二月。恩格德爾又率喀爾喀五部貝勒之使。進駝馬來朝。尊上爲神武大金國汗。自是朝貢歲至。不想葉赫貝勒納林布祿。因見太祖平了哈達。又有遠隔的喀爾喀來朝貢。心懷憤妬。把丁酉年的盟誓。竟拋九霄雲外。不時縱兵侵掠。這時太祖正遣將穆哈連。往征蒙古。獲馬四十匹而還。納林布祿。打探明白。便率兵埋伏要道。單等穆哈連到此。驟起刼奪。也是活該有事。穆哈連率兵不及百名。這日正自驅馬先行。將及葉赫邊境。樹林內早已衝出一支人馬。將穆哈連圍在垓心。衝突多時。矢已用盡。不但四十匹好馬。全被葉赫奪去。連他本人。一樣也被獲遭擒。納林布祿大獲全勝。得意非凡。當將穆哈連縛送蒙古。又以其弟錦台什之女。許配蒙古喀爾喀貝勒齋賽。這錦台什之女。於丁酉年會盟時。已許太祖子代善爲妻。再說滿洲葉赫。原屬婚姻之國。太宗生母孝慈皇太后。便是葉赫貝勒揚吉努之女。與納林布祿錦台什爲嫡兄妹。如今頓棄前好。把滿洲將校縛送蒙古。已甚難堪。又把女兒悔婚改聘。這宗行爲。無非爲誇耀威武。又以婚姻聯絡蒙古。全不外對於太祖所加的一種打擊。但是太祖另有用意。決不願與葉赫輕啓戰端。所以依然隱忍。不幸癸卯年的秋天。孝慈皇后染病。勢甚沉重。想念母親。思與訣別。太祖只得遣使至葉赫國。往迎后母。這是與政治一點關係沒有的事。論理納林布祿和錦台什。兄弟。萬沒有拒絕的道理。誰知納林布祿。竟不許母行。也不念重病的妹妹。只不過派了一名僕人。名叫南泰者。與使人同來。太祖不悅道。汝葉赫諸舅。屢屢無故侵我。我不念舊惡。與刑馬歃血祭天。永聯姻好。旋皆背棄。旣執我將佐。又以許我之女。改適蒙古。今我國妃病篤。欲與母訣。又不許。是終絕我好也。旣如此。兩國當復相仇。我將問罪汝邦。築城汝地矣。翌年甲辰。乘春雪未溶。太祖親征葉赫。攻克二城。取七寨。俘二千餘人而還。此時因輝發部族。多以葉赫勢强。投附日衆。部民亦有叛謀。輝發部長拜音達哩。甚形恐懼。乃以其臣七人之子來質曰。葉赫不仁。誘刦民衆。乞以一旅爲助。太祖許之。發兵千人。往戍輝發。不想納林布祿。又使出詭誘哈達的故智。差人給拜音達哩曰。爾我無仇。又未交兵。何必乞援於彼人。爾若召回質子。遣去援師。我即反爾叛族。拜音達哩信以爲眞。乃曰。吾其中立兩大之間乎。他沒有中立的能力。忽想中立。這是何等的愚昧。於是將七臣之子取回。納林布祿一個人也沒給他送回去。反倒要求他以己子爲質。他只得一一答應。納林布祿依然不歸叛族。照舊誘惑輝發人。相繼叛去。拜音達哩至此方知受紿。無奈只得又派使臣。來告太祖曰。吾前爲納林布祿所誑。今欲倚賴上恩。以女賜我子爲婿。當合力以謀葉赫。太祖允之。葉赫聞訊。又紿使悔婚。許歸其質子。拜音達哩因築堅城。爲自守計。太祖責之。以質子未歸爲辭。後其子歸。竟背約不娶。丁未年八月。彗星出於西方。九月復見於東方。下指輝發國。八夜方滅。太祖即於是月起兵征之。拜音達哩自恃城堅濠濶。

略不置意。及至滿洲大兵到來。城外居民早已逃避一空。眞不亞如入無人之境。拜音達哩慌忙率領兒子。以及親信兵將。登城拒敵。此時城外旣無應援。又無勇將出城交戰。只不過孤城一座。雖然堅固。也禁不得大兵攻打。到了此時。他又想到葉赫去乞援。只是爲時已晚。還沒等使人衝出城去。雲梯兵早已不畏矢石。冒死登城。敵兵慌作一團。有投降的。有逃跑的。拜音達哩父子。同時被擒。太祖惡其反覆。而且又是凶狡陰狠之輩。養之無用。遂命一律殺却。出示安民。盡得其衆。輝發遂亡。考輝發之先。本姓伊克得哩。早年隸屬黑龍江岸尼瑪察部。後有星古禮者。自黑龍江載其先人木主遷於扎魯地方。聽說有噶揚阿、圖謨圖、二人。姓納喇。居於璋地。甚有威勢。星古禮遂投附之。願附其姓。殺牛祭天。自是改姓納喇。實卽輝發始祖。生子備臣。自備臣五傳至旺吉努。世爲都督。旺吉努招服附近諸部。築城於輝發河邊呼爾奇山麓。號輝發國。爲一部雄長。旺吉努卒。孫拜音達哩。殺其叔七人。自爲貝勒。以不善撫衆。遂爲太祖所滅。自丁酉年葉赫、烏拉、哈達、輝發。來與太祖乞盟後。整整十四年。四大國中。已亡其二。不但葉赫大吃一驚。便是烏拉貝勒布占泰。也覺得有些不自安。論理他若一心與太祖合力齊心。不生異志。也不至有加兵之舉。當初太祖把他送歸故國。又以貝勒舒爾哈齊之女妻之。所以這樣恩待他。無非是想和他合作的意思。但是布占泰性極狡詐。失勢時可以給人磕頭。呼人作父。得勢時。便把前好推翻。立刻便能反轉臉來。現在他受着太祖的扶掖。已然作了烏拉國的大貝勒。但是他結聯葉赫。反抗太祖的形迹。已然極其顯明了。頭一件他家有一件傳世之寶。是一柄錘。雕鏤極精。現由他的寡嫂滿泰之妻都都祜保藏。他爲買葉赫貝勒納林布祿的歡心。竟把此寶送與葉赫。這還不算。後來又把太祖所已撫綏的邊境人民。威脅利誘。送往葉赫者。且有所聞。如安楚拉庫路。內河路。均在東海瓦爾喀部。久已服屬滿洲。他這宗舉動。已然是很明白的表示敵對行爲了。此時因有東海瓦爾喀部斐優城長策木特赫來朝。訴曰。吾等因地方遙遠。久附烏拉國。只是國主布占泰。遇我等甚虐。乞移家來附。

太祖見說。知道布占泰業已不懷好意。如今他既逼得遠人來附。不如乘此時移來。免得被布占泰恣情蹂躪。當下命弟舒爾哈齊。長子褚英。次子代善。佐以大臣費英東、扈爾漢、及大將揚古利等。率兵三千。往斐優城徙其人衆。大軍行了許多日。一日行至松花江岸。又值夜中陰晦。星斗無光。極爲森肅。時正春初。天氣寒冱。金柝厲響。征馬夜鳴。忽見異光。發自軍中大纛頂上。閃閃爍爍。有似電光。衆以爲異。捫而視之。毫無所見。及行樹起。發光如初。舒爾哈齊謂衆曰。吾自幼隨上征討。所見奇事甚多。從未見如此異象。恐非吉兆。不如還師。以待後舉。褚英代善曰。今日之事。安問吉凶。兆已見示。避亦無益。且吾等遠還。何以報命。遂決意前進。逕至斐優城。將環城屯寨居民。凡五百戶。連同細軟用具。牛馬牲畜。盡行移還。令扈爾漢將兵三百人。護之先行。這時烏拉貝勒布占泰。早已聞得消息。便統率着大兵萬人。想在半途中。邀刼這遷去的五百戶人民。這日扈爾漢保護着移民。正向前行走。遠遠望見黃塵揚起。緊接着就是人喊馬嘶的聲音。他連忙策馬登高一望。正是烏拉兵向這里衝來。人馬甚多。勢如潮湧。他連忙教移民一齊上了烏碣岩。在山上草草立了一個營寨。分兵一百。擔任防衛。一面差人。飛馬報知後隊。一面率二百人。在山腰中結營。這里兩山相對。當中是一道溪流。水雖不大。足供山營一道防衛。又因天晚。烏拉兵不敢逕渡。只可在對面山上扎營。到了次日。烏拉兵以扈爾漢所率僅不過二百人。大膽渡河來攻。恰巧大將揚古利。已率鐵騎飛至。斜刺裡闖入敵陣。斬七人。烏拉兵不敢進攻。慌忙渡河。退歸本寨。扈爾漢遂與揚古利合兵一處。兩軍相向駐營。烏拉兵終不敢出。日已過午。後隊諸貝勒率兵齊至。衆見烏拉兵甚多。士卒皆露懼色。諸英代善諭之曰。吾父每有征伐。無不摧堅陷敵。勇敢赴戰。今雖未親行。亦當勉勵圖功。何懼之有。昔布占泰合九部之衆來侵。尚且被獲遭擒。父宥其死。既豢養之。又使歸主其國。爲時未久。人猶是人。乃反覆若是。昔從吾手而釋。今豈不能由吾手再縛之。且彼皆烏合之衆。雖多奚爲。我得天助。破之必矣。爾等正宜乘此幹功。無畏彼人多也。士卒見說。皆恨布占泰不義。誓必殺之。褚英代善。遂各率五百人。渡河分兩路。直取敵寨。緣山奮擊。雖有死者。亦不反顧。就如狂獅猛虎一般。烏拉兵難以抵禦。立卽潰敗。其統兵貝勒名博克多。見兵敗。縱馬而逃。代善馬快。由後追及。伸左臂攫其盔胄。博克多不覺向後微仰。代善右手的寶刀早落。只聽磕楂一聲。把人頭砍下。敵衆越慌。惟有逃死。時天本晴。忽然陰晦。烈風頓起。大雪紛飛。被傷敵兵。大都棄甲拋戈而逃。凍傷僵仆者。不計其數。是役也。史謂斐優徙民之役。計陣斬博克多及其子。生擒貝勒常住瑚理布二人。斬首三千級。獲馬五千匹。甲三千副。師還。太祖迎勞。設筵酬功。舒爾哈齊賜號達爾漢巴圖魯。以諸英遇大敵先敗其衆。賜號阿爾哈圖圖們。代善陣斬博克多。賜號古英巴圖魯。其餘將佐士卒。俱加陞賞。忽有人奏曰。賞功甚善。罰罪亦不可不嚴。欲知奏事者何人。且待下回。

第四回

滅烏拉諸將建殊勳　退六堡太祖修內政

話說貝勒舒爾哈齊。以及大將費英東諸臣。奉了太祖之命。往斐優城搬移民衆。路遇烏拉兵前來堵截。一場撕殺。大敗烏拉兵。陣斬其統兵大將博克多。俘獲無算。太祖甚爲嘉獎。頒賜勇號。酒席間。太祖因向費英東。問及當時戰鬥情形。這費英東爲人最爲忠鯁。關於國家大事。知無不言。遂將當時戰鬥實況。向太祖說明道。當時戰鬥最烈者。爲褚英代善。其餘衆將。亦多戰功。惟貝勒舒爾哈齊。自將五百人。繞山赴援。未能卽至。大臣常書。侍衛納其布。本奉上命。護從褚英代善兩貝勒。不卽隨行赴戰。反率百人。與舒爾哈齊同止山下。一無斬獲。若一律受賞。未免不公。太祖見說。遂下二人於理。以軍法審訊之。軍法。見敵不戰者死。因把二臣判成死罪。貝勒舒爾哈齊見了此判。忙在太祖面前哀請曰。殺了二臣。與我死無異。請宥之以觀後效。太祖只得允其請。罰常書金。奪納其布所屬之人。於是太祖以布占泰再不得優容。必有以痛創之。戊申三月。遂命褚英和舒爾哈齊的長子阿敏。率兵五千。往征烏拉。圍其宜罕山城。這宜罕城。乃是烏拉國一座要塞。褚英阿敏。乘前次戰勝餘威。士馬又極精壯。烏拉人見了。早懷三分畏懼。一面登陴拒守。一面報知主城。請求援兵。布占泰見報。忙向蒙古科爾沁貝勒去求救兵。科爾沁貝勒翁阿岱。出於無奈。只得自率千餘人。與布占泰合兵一處。來救宜罕城。他們出離了烏拉城。行約二十餘里。早有報馬來報說。宜罕城已然失陷。他二人見說。面面相覷。只得札住隊伍。登高瞭望。遠遠望見褚英之兵。盔明甲亮。武器精良。心知不敵。他是天生見硬便轉的。只得遣使求和。再作他圖。當下布占泰翁阿岱二人。不戰而退。話說褚英阿敏二人。攻下宜罕城。獲甲三百。俘其兵民得勝而歸。布占泰的使臣。隨後也到了。向太祖哀求說。吾數背盟誓。獲罪君父。誠覺汗顏。今我執送葉赫五十人。請付吏殺之。以示不再與葉赫連結。

上如開恩。再以親女妻我。撫我如子。吾則永賴以生矣。反覆之人。偏有如此利口。太祖亦遂計之。復以親女妻之。遣大臣以禮送往。對於這樣狡猾之徒。太祖為什麼還這樣委曲求全。反將公主下嫁呢。作書的若不代為說明。恐怕讀者不免要納悶的。我們須要知道。烏拉葉赫諸部。在當時都是勢均力敵的大國。等閒也不容易撲滅的。再說太祖的策略。不一定必得先滅烏拉。自要他不作梗。使太祖很從容的把東海瓦爾喀部窩集部的人衆。完全收服。就算達到目的了。因為這些部民。全是女眞民族。說的全是滿洲話。太祖若打算厚兵力。非先收取此兩部不可。烏拉葉赫。固然也是同語言的。但是他們有明朝的援助。一時不易攻取。所以只得先由散在各地的部落入手。只剩烏拉葉赫。也就無能為役了。但是瓦爾喀窩集諸部。遠的在烏蘇里江。近的在豆滿江下流。與朝鮮慶源隣接。中隔烏拉國。取之不易。自上年烏碣巖一役。大破烏拉兵。布占泰的勢力。已然打消了一半。乘他來乞和。又妻以親女。無非使他不再攪擾移取部民的政策便了。

這些部民。既然大部分散在豆滿江和烏蘇里江一帶。往北已然過了興凱湖。他們因為道路遙遠的原故。有服屬於烏拉的。也有遷入朝鮮境內。從事耕牧的。雖然歷年被太祖收服了不少。未曾編錄的依然很多。勃興的滿洲。正在整軍經武。對於這些同種族的部民。決其不能置於度外。所以一方面用武力。一方面又用外交手段。凡所以拓土地。聚兵民者。無微不至。魏默深曰。草昧之初。以一城一旅敵中原。必先樹羽翼於同部。故得朝鮮人十。不若得蒙古人一。得蒙古人十。不若得滿洲部落人一。族類同。則言語同。水土同。衣冠居處同。城郭土著射獵習俗同。此乃太祖起兵以來。一貫之政策。如己酉年明廷令朝鮮察出瓦爾喀部民凡一千戶。送還太祖。即由交涉而得者。瓦爾喀部底定後。又遣命大將扈爾漢。額亦都。費英東。安費揚古等。收服窩集部。自是國境東至海。北越黑龍江。辛亥年。太祖發帑金。分給國內壯丁之無妻室者。令大家作速結婚。這不光是仁政。也可以說是很顯明的人口政策。遇有貧乏無力的。其婚費完全由官支給。遠近歡頌。感戴上恩。有踰父母。話說自東海瓦爾喀窩集二部。人衆逐年被太祖收編以後。烏拉貝勒布占泰。又感受很大的威脅了。雖然他娶了太祖的女兒。到底消滅不了他的猜心。早又把前盟破棄。不但自己率兵侵略窩集部好幾次。又派人到葉赫去聯姻。葉赫正因孤立。也願意和布占泰連婚。自然很痛快的便答應了。但是此女前已受太祖聘。實在是萬難容赦的事了。

布占泰見葉赫許了他的婚姻。便得意忘形的。把前娶滿洲二公主。不復放在眼裡。有時竟使出昏君的狂態。手執雕弓。搭上響箭。遙射二公主以爲戲。這響箭古謂之鳴鏑。俗名骲頭。沒有矢鏃。頭上裝安一個骲形的木鏃。中空有孔。射起來其聲激烈。乃是軍中傳號用的。用以射人。雖然不至殺害。輕者受驚。重者也能受傷。他這種行爲。是沒法掩蓋的。消息早已傳到興京。太祖聞之大怒。壬子年秋九月。親統大軍征之。秋潦已落。塞草色黃。人壯馬肥。天晶氣爽。非止一日。大軍已到烏拉河畔。太祖張黃蓋。鳴鉦鼓。人馬沿河進行。氣勢至爲森肅。布占泰聞報。忙率衆迎敵。方至河濱。只見太祖騎白馬。全身甲胄。立於麾蓋之下。左右諸貝勒大將。一樣也是擐甲冠胄。正待撕殺。那些戰馬。前蹄不住刨地。表示着奮威欲戰的樣子。再看那排成陣勢的馬步士卒。眞是盔明甲亮。馬壯人强。軍容十分雄盛。布占泰一見。早已氣餒。軍士們也是人人惴恐。全無鬥志。太祖見彼軍不戰。遂揮軍沿河岸而下。取其臨河五城。眞不亞破竹一般。直至金州城。遂駐營休息士馬。金州城。在布占泰所居大城河岸之西。距其西門。僅不過二三里。歇兵三日。太祖用牛告天祭纛。遂出營至左近察看形勢。是日有青白二氣。正指烏拉城北。布占泰仍不戰。晝則督兵防守河岸。夜則入城休息。諸貝勒請渡河擊之。太祖曰。勿作此浮面取水議也。當爲探源之論。譬伐大木。豈能遽摧。必以斧斤斲而小之。然後可折。今以勢均力敵之大國。欲一舉而取之。能盡如吾願乎。爲今之計。宜先削其所屬外城。獨留所居大城。外城盡下。則無僕何以爲主。無民何以爲君乎。諸貝勒大將見諭。無不拜服。當下太祖傳令。分撥人馬。將烏拉城附近城堡。一共六座。一一攻下。把有廬舍。以及屯粮之處。全行燒毀。然後使軍移駐於富勒哈河渡口。布占泰一見大驚。忙令使者武巴海。乘舟來至大營以外。立而呼曰。上乘怒興兵至此。今上怒已息。乞留一言而歸。太祖不顧。使人來告者三。布占泰見太祖並無一言。

遂親率其臣六人。乘舟止河中。長跪乞哀曰。烏拉國。卽上之國也。吾與上義同父子。寧忍盡焚糧糗。而不少開生路乎。語畢哀籲不已。這時太祖擐甲乘馬。率諸貝勒大將出衆軍前。立馬河中。水及馬腹。因責諭布占泰曰。昔我擒汝於陣。貸汝不死。贍養四年。復使汝歸主烏拉國。妻汝二女。汝藐視天地。屢背誓言。一再侵我呼爾哈路。又欲奪吾所聘葉赫女。我女歸汝異國。義當尊爲國妃。汝膽敢以鳴鏑射之。凌暴至此。理實難容若。我女有過。汝宜告我。無故被辱。人且不受。況我國乎。古人云。寧損其骨。無損其名。我非樂有此舉。乃汝負恩悖亂。是以聲罪致討耳。布占泰見責。詭辯曰。此必有人離間。使我父子不睦。千祈勿信譌傳之言。這時布占泰左右有名拉布泰者。從旁率爾進言曰。上既因此而怒。何不遣使來問。太祖見說。怒呵曰。我部下豈少爾輩人耶。尙謂辱吾女爲誣。聘葉赫女爲妄乎。凡事未實則須問。既實矣。又何問焉。此河無不冰之日。吾兵無不再來之理。汝口雖利。能齒吾刃乎。布占泰大懼。止拉布泰勿言。最後由布占泰弟珂爾珂謨請曰。無論如何。必乞上寬宥。且賜一言而行。太祖曰。汝果無此事。以汝子及大臣子爲質。始鑒汝誠。不然吾不信也。語畢遂撥馬回營。駐軍五日。命退至烏拉河邊伊瑪呼山岡。以木創一圍城。留兵千人守之。率師而還。至十二月。有白氣起自烏拉國。經上宮殿之南。直抵呼蘭哈達。旋聞探報。布占泰無意悔罪。竟欲以其子綽啓奈。并十七臣之子。送往葉赫爲質。約娶滿洲所聘女。二位公主刻已被其幽囚。此報一來。不但太祖痛恨。國人無不奮愾同仇。大有滅此朝食之概。遂復親統大軍。往征烏拉。於路無話。却說布占泰擇定正月丙子日。送其子質葉赫。不想先一日乙亥。太祖大兵已入烏拉。連克遜扎塔。郭多鄂謨二城。其勢甚疾。布占泰聞報。次日侵晨。親率大兵三萬人。前至富勒哈城列營於平野間待戰。將廣兵多。其勢亦不可輕侮。諸貝勒大臣蓄憤而來。見敵出。皆欲出戰。太祖止之曰。伐大國。豈能使之遽無孑遺乎。宜觀方便。貝勒代善、阿敏。大臣費英東、額亦都、安費揚古。何和哩。扈爾漢。並其他貝勒衆將。皆奮然曰。我士飽馬騰。人人欲戰。所慮者布占泰不出耳。今彼兵旣出。於平原曠野。一鼓可擒。舍此不戰。秣馬厲兵。將何爲耶。倘布占泰竟娶葉赫女。辱莫大焉。後雖征討。亦復何及。太祖曰。我仰荷天眷。自幼用兵以來。雖遇勁敵。無不單騎突陣。斬將搴旗。今日之役。我何難率爾等身先搏戰。但恐諸貝勒大臣。或有一二被傷。實深惜之。故欲計出萬全。非有所懼。而故緩也。今爾等衆志旣孚。卽可決戰。

語畢。因命侍衛抬過甲冑。太祖先自裝被停妥。諸貝勒大將見了。無不踴躍。傳令全軍盡甲。太祖乃定策。指示方略。並諭軍士曰。破敵之後。卽乘勢奪門。克其主城。使不能復入。一戰可以成功。分撥旣定。太祖自率中略前進。布占泰亦催軍進逼。兩軍愈近。矢發如飛蝗疾雨。喊殺連天。騎兵亦皆下馬步戰。烏拉兵越聚越多。當下演成白兵血戰。刀落處紅光迸現。矢及處鐵甲洞穿。好一場撕殺也。這時太祖揮刀。挺身衝入敵陣。更不旁顧。一力向前斫殺。正在殺得難解難分。由富勒岡下。早已張來兩翼。左爲諸位貝勒。右爲各位大將。各率騎兵鐵甲。自兩旁橫擊了來。烏拉兵不支。隊已潰裂不整。太祖的中路大兵。却已突過敵陣。一直殺到烏拉主城。布占泰一見。早已然荒了手脚。忙聚敗殘人馬。去保主城。那里知道。太祖的戰法。乃是穿心鑽核的辦法。一被衝出。再來援救。已自來不及。可是這種戰法。非謀勇兼備。武力過人者。是不易辦到的。話說太祖衝過敵陣。率領勁卒千人。直取烏拉城。河水堅凍。豪無蔽障。早已到了西城門下。城上守卒。以主將未歸。只得出城迎戰。無奈守城者多半是老弱殘兵。一陣撕殺。早已奪門而入。隨後布占泰也赶到了。只見城上旗幟已易。太祖正在城樓坐候。驚得他幾乎跌下馬來。只得率衆繞城而逃。正遇貝勒代善。截殺一陣。從卒十損五六。餘皆潰逃。布占泰。僅以身免。但他無家可歸。投降又怕不免。無奈打馬一鞭。逃奔葉赫去了。不在話下。太祖既得烏拉城。張出曉諭。撫恤人民。所有逃潰兵卒將校。如來歸者。依然還其妻子僕從。編戶萬餘家。設官統理之。歇兵三日。奬賞有功。乃更分派得勝之兵。收服烏拉所有屬邑。於是不出十日。烏拉國全爲太祖所有。遂班師凱旋。烏拉之先。以呼倫爲國號。與哈達國同以納齊布祿爲始祖。故亦姓納拉。四傳至杜爾幾。生二子。長柯式納都督。次朱延。朱延生泰蘭。泰蘭生布延。布延收附近諸部。築城於烏拉河岸洪沮地方。國號烏拉。自爲貝勒。生二子。長布罕。次博克多。即烏碣巖大戰時。被貝勒代善陣上執殺者。布延卒。子布罕繼立。布罕卒。子滿泰繼之。以荒淫被人野殺害。布占泰即滿泰弟。至是亡國。話說布占泰既然逃入葉赫。太祖不便追趕。先派使臣。持了書信。向葉赫交涉。務將布占泰執送前來。否則大兵一至。恐有得罪。這時葉赫主政大貝勒爲錦台什布揚古二人。他們第一恃有明援。再則懲於唇亡齒寒之義。怎好就將布占泰交出。自然有一番議論。結果是。應當趕緊講求防戰之策。必不得已時。宜求救於明廷。或向蒙古送款。他們這樣商議定了。專待太祖來攻。太祖的使臣。一連交涉了三次。錦台什一味强硬。去一次被拒絕一次。毫無轉圜餘地。太祖迫於無法。知道非用兵不可了。是年癸丑秋九月。親統大兵四萬。往征葉赫。錦台什見說。知道野戰是沒法取勝的。不如來個堅壁清野的辦法。使大軍毫無所得。自然不能久駐。這個方法果然奏效了。所有散在各地的軍民屯聚。全行搬入大城。只有烏蘇城。因爲正染痘疫。不能遷移。只得把他們放棄。

及至大兵入了葉赫國。所有城池屯寨。全無一人。惟有烏蘇城。約有三百多戶兵民。由城長三坦。胡式穆二人統領。而且正在患痘。焉能拒敵。太祖見了。心知不是間諜探去師期。便是逃卒賣露消息。遂傳檄烏蘇城。諭其投降。三坦和胡式穆商議多時。以烏蘇城孤懸野外。無異授敵。不降又有什麼辦法呢。況且又是疫城。只得開門投降。太祖以好言安慰。酌以金巵。賜以冠服。對於痘病兵民。

另編一處。頒發藥餌。移至他處休養。大衆無不感激。太祖以此地有疫。不宜久駐。遂令班師。諸貝勒大將。以空勞往返。心不能平。又怕大軍感疫。竟把章城以下城寨十九處。全行焚毁。廬舍糧儲。一無所存。那時雖不懂消毒。差不多也等於消毒的辦法了。可是此舉於葉赫未免打擊太大。所以錦台什布揚古兄弟二人。忙使人向明廷申愬曰。哈達。輝發。烏拉。三國。滿洲已盡取之。今復侵我葉赫。俘我人民。焚我城堡。暴橫已極。伏思葉赫世世效忠於明。東人有不法者。無不執之以獻。如今滿洲日强。其意不滅葉赫不止。葉赫滅。必轉馬首侵明。取遼東以建國都。則開原、鐵嶺、皆成牧馬之地矣。我國久受天朝卵翼。若不速派天兵救援。誠恐小國不保。於天朝亦甚不利也。這樣告急文書。不光是哀懇動聽之言。也是一片眞實情況。明廷萬不能置之不理。一面差人齎書。勒令太祖與葉赫罷兵修好。一面派游擊馬時楠、周大岐二人。率兵千人火器無數。往戍葉赫。代其防守東西二城。這宗舉動。分明有了偏向。所以少年氣盛的貝勒們。立刻便動起火來。說明廷辦法不公。爲什麼既使罷兵修好。却又出兵替葉赫防守。太祖是能忍的人。先把大家安慰了一番。說明廷此舉。也許是偏聽葉赫一面之詞。我想自赴撫順所。和明朝邊官說明就裡。看他們是怎樣處理。現在我國疆土日廣。人民越多。修明內政。充裕資財。也是很要緊的事。不可偏尙武功。當下便教達海寫了一封書信。大意說。昔者葉赫、哈達、烏拉、輝發、科爾沁、錫伯、卦勒察、珠舍里、訥殷等。九姓之國。合兵侵我。明爲萬邦共主之國。不聞一言。以判曲直。我不得已。出兵禦之。天厭其辜。我師大捷。斬葉赫勒貝布齋。生擒烏拉貝勒布占泰。恩養數年。又使歸主其國。厥後歃血爲盟。重以婚姻。在理宜爲一體。焉有侵伐兼併之舉。無如彼等自不悔禍。寒盟。背誓。不能悉數。葉赫棄好於前。烏拉辜恩於後。我是以興師往討。天奪其魄。布占泰兵敗國亡。匿於葉赫。我差人往索。葉赫不與。是以征之。然而於明有何嫌怨乎。我自修怨。於明何傷。今明既以兵助葉赫。則罷兵修好之謂何。書詞不卑不抗。於是太祖親率隨從。躬詣撫順所城。行至古哷城之野。見太陽兩旁。有青赤二色祥光。對照如門。太祖率衆拜之。踰刻始散。次日行近撫順所。明遊擊李永芳聞訊。出迎三里以外。導入教場。款待周至。太祖遂把書函交付永芳。使其轉達。永芳答應。太祖辭還。却說李永芳。接了太祖書信。不敢隱瞞。差人報知新任巡撫郭光復。這位巡撫。纔到遼陽。對於邊地情形。一點也不明白。腦子裡除了一個天朝。再也沒有第二思想。如今忽由撫順所中來這樣一件交涉文件。他無計可施。只得忙聚幕僚。研求對策。結果是葉赫戍兵。萬不能撤。而且還得派一能言會道之人。親赴滿洲。曉以利害。必須拏出天朝樣子。纔足懾服。但是話雖如此。究竟派誰去呢。派武的。武的說不是打仗。用武的作什麼。派文的。文的膽小又怕回不來。議論多時。却由師爺推薦一個人來。此人姓蕭。名伯芝。字子玉。乃是遼陽一名光棍。平日走動官府。好爲大言。衙門口的人。無人不認識他。如今有了這件行人的事。正好教他去。巡撫也甚贊同。當下把蕭子玉喚進府來。立刻委為一名備禦。着他出使。但是備禦的名譽太小了。生恐人家拒不接受。沒法子只得教他坐了巡撫的八抬大轎。冒稱中朝派來的大官。前往興京宣慰。這蕭子玉。作夢也夢不到八抬大轎。如今全副執事。在前導引。居然坐了巡撫大轎。當眞比眞的巡撫還要威風十倍。浩浩蕩蕩。大吹大擂。一直向興京進發。非止一日。業已來到近郊。太祖不知就裡。只得率衆出迎。到了城中。肅進館驛。他還捨不得離開大轎。這時他的眞象已然畢露了。依着旁人意思。便要把他打發回去。太祖不肯說。無論他是何人。既是天朝簡派來的。我們就得以禮相待。誰知這蕭伯芝。見太祖待他盡禮。反到張狂起來。背誦了許多四書句。末了是不許再與葉赫失和。太祖笑而不答。只說館驛狹小。難容大駕。請他赶緊退去。在蕭伯芝也以完了使命。不如早回。太祖依然把他送出。臨起轎的時候。太祖拍着他的肩頭笑道。爾乃遼陽無賴蕭子玉。何得冒稱欽使。吾殺汝不啻一狗。只以不忍貽大國之辱。是以縱汝去。為我致意巡撫。後勿再作此等詐事。伯芝見說。眞不亞魂飛天外。嚇得屁滾尿流。連轎也不敢坐了。騎了一匹從人的馬。連夜逃回。巡撫見說。又媿又怕。把遼陽城門閉了好幾天。不見有人來打。才得放心。話說太祖自見明巡撫弄出這一件不顧而孔的笑話。心裡雖然暗笑。可是早已料到明人不能這樣含混下去的。因為這件假冒大官的事。若是宣騰出去。不但與明不利。便是正在依賴明援的葉赫。恐怕因此也要失其信仰之心。他們那能糊塗混過呢。一定要尋個題目。找一找顏面。果然明廷爲挽回蕭伯芝的失態。以乙卯年夏四月。卽萬曆四十二年。特下一道諭旨。命令廣寧總兵張承廕。以巡邊爲名。設法把太祖擴充的土地。踏查一下。可以收回的。務須勒限退出。明朝所以敢於出此。也因爲那時軍備和財政。還保持着相當的實力。張承廕得旨。便率領一部軍隊。沿邊巡視了來。在從前哈達附明時。所有柴河、撫安、靖安、三岔、以及白家衝、松山、六堡之地、雖然多半屬哈達。事實上無異明人代管。自從哈達被太祖兼併以後。滿洲農民。自然到這里來開墾的。一天比一天的多起來。不但經濟上。給了明人不少的衝動。便是在軍事上。也受着不少的脅威。不用說爲挽救蕭伯芝那件大失面目的事。就讓沒有事故。明人也不能再事因循了。果然張承廕到了開原。便很堅決的向太祖提出六堡退耕的交涉。這在一般少壯的貝勒和將校。當然是不能甘受的。一位位攘臂而起。立刻便要開戰。畢竟太祖是有計較的。因諭衆臣曰。人無貴賤大小。皆當公正存心。徒恃智力。肆行侵奪。縱有所獲。亦不能久享。所謂公正者。推己之心。以及於人。視爲一體之謂也。故無事之國。不可喜事興師。彼不務修德。恣意侵奪。是行暴也。因其暴而伐之。天必佑我。惟我之急務。有甚於土地者。爾輩又何亟亟乎。

這道諭旨的意思。就是教大家不必忙着打仗。也不必忙着闢土地。現在最宜先務的。乃是實力的充實。和內政的修明。假如一旦和明失和。勝敗不可知。必然弄得兵連禍結。損失元氣。倒不如犧牲小利。以圖大功。所以太祖對於張承廕的要求。不但不抗議。反倒完全接受。立碑設誓。另定界限。到後來。塞兵薩爾滸山。果然一戰成功。立定基業。話說太祖承認了張承廕的要求。便下令六堡兵民。一律退出。遷往他處耕牧。這些兵民。一樣也是不歡喜。眼見忙了一春。如今正在夏令。秋收有望。白白的送給旁人。未免太冤屈了。那時便有主張用馬隊給踏平了的。太祖不許。完完全全給了明人。這是多末大的一個德政呢。明朝的老百姓。自然是十分感激。不想此事傳入葉赫。以爲太祖被明廷壓服了。眞是小人之尤。他們倚了明廷勢力。又把布揚古之妹。許嫁蒙古喀爾喀貝勒巴哈達爾漢之子莽古勒岱。此女讀者或還記得。乃是丁酉年明萬曆二十五年。葉赫等四部來與太祖乞盟。許聘太祖者。後來因葉赫屢屢背盟。遂未得娶。其間曾許哈達、給輝發。又改許布占泰。因爲布占泰失了國。婚姻政略的價値。自然就消滅了。如今異想天開。又許了蒙古。這無非是顯與太祖爲難。並且誇示已然得到了明廷的奧援。後來太祖以七大恨伐明。把此事列爲一恨。也可以想象當日太祖是怎樣的隱忍。葉赫是怎樣的凶頑了。方才受了一件退耕的索田之氣。如今又來了這樣一件難堪的事。諸貝勒大臣見說。無不大怒。齊向太祖請曰。葉赫女既爲上所聘。又將以適蒙古。無禮已極。我等既聞其事。豈能坐視乎。宜乘其許而未行。急發兵往攻其城。以劫取之。太祖諭曰。不可。征討乃國家大事。若以負婚之故。怒而興師。其量太狹。蓋此女之生。釁所由起。實非偶然。哈達、輝發、烏拉。皆因此女興兵搆怨。相殲滅亡。是此女肇釁亡國。已有明驗。今明又助葉赫。不以此女與我。而與蒙古。天殆欲亡葉赫。以激怒我而啓大釁也。若奮力征之。縱得此女。徒致不祥。卽歸他人。亦必不永年。吾知此女。流禍已盡。死期將至矣。太祖雖然說得這樣懇切。但是諸將依然憤不能平。堅請太祖出兵。太祖曰。汝等奈何執迷若是。使吾因此發怒。興師征討。汝等猶當諫止。吾早已洞澈事機。釋然於中。置諸度外。汝等何反堅請不已耶。吾無憾。汝等何憾焉。吾斷不能信從汝等所言。竟至勞師動衆也。諸貝勒曰。話雖如此。未免太屈辱矣。太祖曰。凡事不度德。不量力。但逞一己私慾。謂之屈辱。吾敬天愛民。謹避凶虐。何辱之有。未幾。葉赫竟把此女嫁於蒙古。不到一年。便亡故了。果如太祖所言。但是諸貝勒大臣。依然懷怨在心。總以爲這是一件萬難容恕的事。所以大家向太祖請曰。此女年已三十有三。受我國聘。垂二十年。在理萬不宜再適別國。明不以禮表率萬邦。竟助葉赫作此悖逆之擧。葉赫遂亦恃有明助。而敢於出此昧理之行。推原禍始。其責全在於明。吾等敢請出師。與明決一死戰。太祖仍不允。且諭之曰。明以兵越境。而衛葉赫。天鑑不遠。我姑俟之。蓋葉赫與我滿洲。自爲二國。明旣稱爲君臨各國。卽爲天下共主。自應辨別是非。審量援助。今乃淆亂黑白。橫行無忌。抗天意。背人倫。反以兵衛助天譴之葉赫。試聽彼助之。汝等又何急焉。使我今日仗義伐明。天必佑之。我師一出。明兵必成齏粉。惟我糧儲未充。縱得其人民。必有以養之。則恐我國人民。反致虧耗。夫剜已肉以醫人創。甚爲不智。爲今之計。惟有撫輯國人。固吾疆圉。修理邊備。重農積穀。實爲先務耳。於是諭令各牛彔下。出十人。牛四頭。農具附之。屯田於曠野。隨地各設積穀倉房。委官十六員。筆帖式八員。掌會計出入。以專責成。這是太祖於六堡退耕後。所厲行的務農屯墾政策。沒幾日。又諭貝勒大臣曰。爲國之道。存心貴乎公。謀事貴乎愼。立法布令貴乎嚴。若存心不能公。棄良謀。慢法令。有害於國。奚能致治。予一人智慮有限。所言所行。安能盡當。如未當。汝等勿面從。各出所見。直言無隱。不想太祖正在厲行內政。暫不用武之時。偏巧就有一部好鬪的人民。特地差人來下戰書。原來在窩集部的東方。有一部落。名曰額赫庫倫。他們在早先也是屬於窩集部。位於現在黑龍江省饒河縣迤東。這部人民。生來以漁獵爲業。性尤好武。聽說滿洲兵。攻無不取。戰無不勝。他們竟自想要試一試。所以派人前來挑戰說。素聞爾國驍勇。敢來與我決一戰乎。這是何等魯莽的事。太祖聞說。只不過付之一笑。並且曉諭他們。不如及早歸附。他們自然不肯白白歸附。非見高低不可。太祖遂命大將揚古利。率兵二千。往收額赫庫倫。他們雖然勇敢。只是毫無紀律。那里抵得過久經訓練之兵。何況揚古利謀勇兼全。先在納喀岡地方。佈成陣勢。預使騎兵伏於兩旁樹林之內。只用五百步兵。前來挑戰。庫倫人一見。悉衆來攻。揚古利且戰且退。敵兵不知是計。奮力追殺。忽聽螺聲起處。預伏騎兵。各執長矛。由左右抄出。一衝敵兵之前。一突敵兵之後。頭尾受擊。分爲三部。殺傷及踐踏而死者。不計其數。這時兩支騎兵。早又由兩旁繞出敵人後方。遮斷歸路。揚古利率衆反攻。當下前後夾擊。敵人大敗。斬八百餘級。越壕三層。直迫城下。樹起雲梯。一攻而入。俘獲不下萬人。附近居民。無不投降。於是收編五百戶而還。太祖以戶口益衆。兵數愈多。乃命更定軍制。分爲八旗。當初舊制。每一牛彔兵額三百人。一牛彔設牛彔額眞一員。後以兵備增多。每五十牛彔編爲一甲喇。甲喇之長官謂之甲喇額眞。五甲喇爲一固山。其長官謂之固山額眞。長官之次。又設左右梅勒額眞以輔佐之。分隸四旗。曰正黃。曰正白。曰正紅。曰正藍。仍以牛彔爲單位。現在兵數比從前多多了。算起來約有二百牛彔。不下六萬人。四旗是不足分統的了。所以又加了四旗。顏色如舊。不過在正色四周。鑲以緣邊。黃旗、白旗、藍旗、鑲以紅邊。紅旗則鑲以白邊。謂之四鑲。曰鑲黃。曰鑲白。曰鑲藍。曰鑲紅。合舊日四正。謂之八旗。太祖時代的八旗。全係滿洲。其間也有新舊之分。到了太宗時代。不但早已歸附的蒙古。編入八旗。孔有德耿仲明等來附的明兵。也一律入旗。所以八旗有滿洲蒙古、漢軍之分。到了康熙年間。八旗益加充分。不但高麗、俄羅斯、皆有牛彔。連回回苗族無不有旗人了。

八旗之設。原爲軍制。據最老的記載說。八旗行軍時。在面積廣大的地方。則八旗分爲八路而進。若過狹小的地方。則八旗合爲一路進行。合亦不亂。分亦不散。隊伍嚴整。進退自如。接戰之時。被堅甲執長矛大刀者在前。謂之前鋒。被輕甲善射者從後衝擊。另以精兵鐵騎隱他處。相機而動。以爲突擊掩護。若在平日。沒有戰爭的時候。除了射獵習武。大部分也都去屯田種地。再說編入八旗的多屬青年壯丁。兵以外自然以農民爲數最多。從事各種職業者。當然亦不在少處。怎麼後來把這一時的兵制。竟自拖延了三百年。一向也不曾改革。並且分駐各地。又不許兼營其他職業。除了不曾離開滿洲本土的。大多數只以世襲兵。生活了三百來年。這實在是古往今來所沒有的事。兵役本來是國民絕對的義務。那里談得到什麼權利。不想所謂八旗人。便在這種軍制之下。好幾輩子流血陣亡。唯一責任。只不過看家拓土。眼睜睜看着人家去種地經商。結局是春蠶到死絲方盡。蠟炬成灰淚始乾。祖宗之法雖良。但是一成不變。也就難期其良了。何況經濟者。國與家之命脉也。八旗的人。永遠不使與經濟發生關係。這無異割自己的心肝。去向人討好。他們的犧牲。是應該怎樣慘痛呢。閒言少叙。話說太祖自受了明人的脅威。既然眼見明人出師防衛葉赫。又把自己所得六堡。全行讓出。這樣的屈辱。在當時的舉國上下。是絕對難以忍受的。可是太祖一點也不以爲這是屈辱。不但曉諭大家。少安勿躁。並且埋頭國務的整飭。如同通商惠工務農。以及資助婚姻。增加人口諸大端。利用與明修好的機會。已然次第舉辦。現在又把四旗增爲八旗。以每牛彔三百人計之。在那時的披甲常備兵額。差不多已有五六萬人。再加以少年養育兵。以及新附的部落。堪充後備的。那就不言可知。兵和財貨粮食。既都有了充分的數量。那延攬人才的事。又爲不可緩了。所以太祖便特地下了一道諭旨。命令羣臣舉賢才。諭曰。君、天所立也。臣、君所任也。國務殷繁。必得賢才衆多。量能授職。天下全才無幾。一人之身有所知。卽有所不知。有所能。卽有所不能。故勇能攻戰者。宜令治軍。才優經濟者。宜令理國。博通典故者。宜諮得失。嫻習節文者。宜襄典禮。若茲賢才。當隨地旁求。俾列庶位。又諭曰。嘗聞古訓。心貴正大。予數思維。人心所貴。誠莫貴乎正大也。卿等薦人。勿曰我何爲舍親而舉疏也。當不論家世。不拘門第。先舉其心術正大者。夫一才一藝之士。亦國家所需。若其人堪輔弼大業。急宜顯陟之。太祖旣然這樣勵行內治。廣攬人才。果然各地聞風向慕。前來投附的。不一而足。俗語說的好。聖天子出世。百靈相助。應運而生。以輔成大業的。當然不在少處。費英東、額亦都、等五大臣。不用說了。自然全是有極大來歷的。便是遼東各地。那時還沒入太祖版圖。也是早已生下許多開國的羽翼。等待着輔成王業。如同范文程。甯完我。都可以說是代表的人物了。所以那時曾有一位望氣者說。遼陽瀋陽各大城鎭。雖販夫走卒。皆具王侯之表。便可以知道一代的龍興。絕非偶然了。果然天人交應。寶籙遂膺。欲知後事如何。且待下回分解。

第五回

踐九重群臣奉表 書七恨太祖伐明

話說太祖自起兵誅尼堪外蘭以來。凡二十餘年。大小數百戰。親冒矢石。受傷無數。艱苦卓絕。不但受了明人許多無理的壓迫。便是自家宗族。也有圖謀陷害的。我們一想太祖不得志時的處境。眞有常人所不能堪的事。但是他一點也不灰心。憑他天賦的智略。絕倫的騎射。只有十三副遺甲。小數的羽翼。不但平服了附近諸部。殺了尼堪外蘭。二十多年的苦心經營。已把南北各地向來不能統一而止有互相攻伐的部族完全都統一了。所謂海西四大國。葉赫、烏拉、輝發、哈達。也都迭次收服。畫入版圖。只有葉赫一國。依然恃有明廷的援助。始終未曾歸附。本來好多年沒有統屬的一個民族。又有大國用種種方法。離間破壞。要想使他們再行團結。建設國家。這是很難的事了。即如明廷對待那時的滿洲。可以說一點兒仁政也沒有。只不過用好聽的虛官。籠絡各地的部長。美其名曰勅書。誰把人蔘、貂皮、眞珠、蜂蜜等等拿了來。便給誰一道勅書。勅書只不過是紙寫的。蓋上一方印就成了。要多少有多少。可是當時傻透了的建州人和海西人。當眞就被這形同廢紙一般的勅書所迷戀。當作無上的光榮至寶。爭先恐後的把人蔘、貂皮、眞珠、蜂蜜。又加上什麼海青狗馬等生物。去換那不値半文的勅書。後來部長裏面。也不盡是沒知識的傻瓜。早已看出用實物去換那虛名。是太不核算的。要求明廷付價。這才慢慢於勅書以外。又加上一些花紅柳綠的綢緞布匹。建州和海西的人。便樂飛了。但是當眞計算起來。吃虧仍然是很大。所以照董山那樣的傑出部長。心裡就覺着不憤。打算爲本族謀利益。提倡大家須要團結。鞏固利益。不要被明人全騙了去。從此反抗的事。也有過幾次。但是結果全失敗了。殺的殺。逃的逃。畢竟落個一團糟。但是部民的義憤。從此也激起了不少。明廷也知道這種欺騙手段。是不可以持久的。所以又定出朝貢的格例。在邊關有馬市的地方。也可以任意交易。但是以明末那種奸透了的人。來欺負建州海西天眞淳樸的部民。那是很容易的了。何況他們背後又打着天朝的旗號。和武力的威壓。公平交易的事。決其是不會有的。一石糧食。也許換去兩匹馬。一尺布。也許換去一包人蔘。東珠貂皮。差不多連欺帶騙。設法弄到他們手裡。被害者還是有冤沒處訴。他們不但買賣不公。有時還到部民人家。去强買。甚至汚辱婦女的事。也是有的。可是部民絕對不能進邊墻一步。進貢的。走錯了路。休想放過。種種勒難。不一而足。如果海西建州。若是沒有天產富源的話。單由明人來欺騙。也就騙光了。我們但看明人黃道周的博物典彙。和近年日本稻葉君山所著的清朝全史。足以知道建州之興起。全由明人所激成。當官的一點施爲也沒有。只知賄賂官官。威福自恣。當兵的只知道披着虎皮。欺凌弱小。無惡不作。可是上陣的刀。却全銹了。當商人的。只知道欺騙圖利。把建州和海西的人。寃得如同大頭蚊子一般。但是無論是誰。也不許有一星半點的怨言怨訴。如果形於詞色。或是有什麼打架行爲。輕者責打治罪。重者就誣爲叛徒。一殺就不知道多少。跑了的。還令、部長勒限捕回。執送撫順關原各關所。梟首示衆。那時葉赫。和哈達。專門喜歡替明廷效力。以叛亂的罪名。追捕逃人。明廷也因爲他們盡忠。敢於殺其同類。所以格外優待他們。倚爲爪牙。建州裡面。也不是沒有這樣的人。如同尼堪外蘭。就是此輩的代表。無奈那時建州的文化。較比開明。而且又多豪右。不但思想進步。英雄豪傑。也比較海西多。只以雄長各地。沒有機會統一。明廷的羈縻政策。委實也不許他們統一。一方面用虛榮的勅書。有名無實的官爵引誘。一面又用武力苛政壓迫。使他們分散各地。明廷對於海西和建州。除了搜刮他們的人蔘、貂皮。以及東珠等珍貴物品以外。還有什麼仁德的政令。改善他們的生活。增高他們的智慧。他們天天被歧視。天天受着欺騙和威壓。除了少數的部長家裡。有勅書。有錦緞。普通的老百姓。究竟得到什麼。所以少微有點頭腦的人。打算爲公衆謀利益的。也不是沒有。無奈全都失敗了。可是到了太祖時代。爲什麼就成功了呢。第一部民的知識。已被太祖提高。人人都有了痛切的自覺。希望有一位偉大的首領出世。爲他們擁護利益。第二個原因。是人才輩出。如何和理。不但英雄有志氣。還以大多數的兵馬。舉以奉之太祖。第三個原因。是明廷政治。日形腐敗。寵任宦官。威福昏虐。對於自己脚下人民。還不愛惜。何況是海西建州。恣情虐殺。不以人齒。那是沒法掩蓋的事。所以才激起建州部民自決之心。偏巧又有不世出的民族偉人。爲之領袖。所以振臂一呼。便成功了空前未有的大業。歷來論者。不是偏於頌聖。便是委之天運。把當時個中眞象。反多隱諱不書。要知太祖所以奮然興起的眞諦。不但要把久受虐遇的滿洲民族。由明廷的黑暗政治下。爭脫出來。同時一反明之故轍。復又進行亞細亞全民族大同團結的運動。這個大理想。在太祖時代。雖然未奏全功。可是他的子孫。因有不斷的努力。也可以說完成了一大部。治淸史的學人。若是沒有這樣的眼光。那對於淸史。未免就十分隔膜了。閑言不表。話說太祖既然這樣勤修內政。一意足食足兵。對於明廷的壓迫。以及葉赫的不法。均皆暫置不理。另待時機。這時關於機密大務。設有議政五大臣。以爲輔佐。五大臣以下。又有十大臣。分理國家庶務。太祖五日一設朝。集合諸貝勒大臣。講求治理。餘時或宣讀古來嘉言懿行。及成敗興廢所由。以訓誡國人。或率領八旗官兵射獵行圍。以勤修武備。關於人民訴訟事項。尤爲認眞。不使少有屈抑。凡有訟者。先由理事大臣聽斷。然後再由議政大臣覆審。不能剖決時。則必須言於諸貝勒。衆議既定。始能發落。若其間猶恐有何冤抑。則令訴訟人跪於上前。更詳問之。明核是非。然後裁斷。以此之故。臣下不敢欺隱。。民情皆得上達。國內大治。奸宄不生。遺物於道。無人拾匿。必歸其主。求物主不得。則懸之公署。使人認領。

農事既畢。積穀滿倉。漫山遍野。皆是馬群牛群。隨處縱牧。既不用人看管。也決無盜竊傷害之事。至遇行軍赴戰之舉。則隊伍齊整。軍規嚴肅。那自然是節制分明。而於賞功罰罪。更是不分親疏遠近。是以將士一遇征伐。無不歡欣效命。攻則爭先。戰皆奮勇。起兵以來。所向無敵。全以此故。現在太祖所統治的滿洲國。儼然就是一個最理想的烏託邦。第一件。他們有一致的信仰。天和堂子。就是使他們精誠團結的教堂。無論什麼事。先告天再告堂子。這是一件不可輕視的事。第二件。在那時他們已有了相當的文化。不但在產業方面。有了極大進步。並且也有文字使用。在公私事上。得到不少的便利。再說女眞人。最喜歡唱歌跳舞的。在金朝時代。也曾產生了不少的歌詞戲曲。這種遺俗。自然還存在。他們完了農事。把牛馬放在山上。大家飲酒唱歌。或是殺猪祭祖先祭天神。跳着薩瑪舞。這是多末古典吉慶的事。歷來所謂烏託邦。只不過哲學家。腦筋裡一個幻想。幾曾見過眞的烏託邦。太祖時代的國家。眞可以說是一個實現的烏託邦了。牛馬放在山上。不用人看管。東西遺在路上。沒人取爲已有。法律是那樣公平。政治是那樣的簡樸。積壓不理的事。一樣也沒有。要知人民最大的苦楚。就是有寃沒處訴。有處可以訴了。偏又不好生辦。拖延緩滯。使你一輩子也不能完結。這才是寃苦呢。太祖時代。決不許有這樣的事。今天的事。今天必辦。這才合乎國家的理想的政治呢。不知道人民的苦痛。來了事。瞧也不瞧一眼。依然搖着扇子說閒話。那樣還能成爲烏託邦嗎。還有一點。應當說明的。希拉人所說的烏託邦。是偏重理論。所以始終未能實行。太祖的烏託邦。是重實行。不重理論。實行烏託邦的頭一個條件是武力。沒有武力。無論什麼國家。也是不易維持的。現在他有六萬多兵力。維持他們的國家。那是綽有餘裕的了。所以到天命元年。明萬曆四十四年。即西曆一千六百十六年。諸貝勒大臣集議。恭上尊號。是年正月壬申朔。太祖御正殿。諸貝勒大臣率羣臣暨八旗長官。齊集殿前。分班立候。上陞御座。諸貝勒大臣率羣臣跪見。然後由八旗大臣出班。跪進表章。侍衛阿敦。巴克什額爾德尼。接表。既而額爾德尼捧表跪上前。宣讀表文。尊上為覆育列國英明皇帝。於是上乃降御座。焚香告天。率貝勒大臣。向天帝行三跪九叩禮。上復陞御座。諸貝勒大臣。合率本旗所屬。行朝見慶賀禮。建元天命。以是年為天命元年。時上年五十有八。因諭貝勒大臣曰。朕聞古至治之世。君明臣良。同心共濟。惟秉志公誠而忘其私。則天心必加眷佑。地靈亦為協應。蓋天無私。四時順序。地無私。萬物發生。人君無私以修身。則君德清明。無私以齊家。則九族親睦。無私以治國。則百姓乂安。由是協和萬邦。亦不外是。為治之道。惟在一心而已。這道上諭。真可以說是大哉王言了。因為天下最壞事的東西。再沒有比私心更厲害的了。太祖於即位之初。便諭令大家去私心。存公道。上法天。下法地。由修身以至於協和萬邦。這並不是一時粉飾之言。要知道以後一一都實現了。

不過在這里有個問題。是歷史上的事實。也不容默過的。本書雖係演義體裁。卻是絲毫不許附會。

關於當時實在情形。更應當很忠實的敘述出來。天命元年。太祖受尊號。是歷史上一件特筆的事。也是一件事實。但是當時群臣所上的尊號。果然是帝號嗎。再說既受帝號。爲什麼沒有國號呢。這都是問題。雖然是問題。可是並不難於解決。因爲滿洲老檔。以及其他史蹟。已然告訴我們了。天命元年。羣臣所上的尊號。確乎是汗。而不是帝。國號大金。也可以說是後金。這是有實物可憑的。如同遼陽白喇嘛廟碑。瀋陽撫近門匾額。以及滿洲老檔。記載大金國號的去處很多。至於汗號。那更是無疑的了。直到如今。滿洲各地的老百姓。猶稱太祖爲老汗王。汗字。在一般習慣上。固然遜於帝。在實際上。也就等於帝了。如同成吉斯汗。難道說不大於帝麼。但是太祖當時不稱帝而稱汗。也有個道理。太祖原無取明而代之心。不過目擊當時部民。受盡明廷種種欺侮壓迫。度着不合理的生活。慨然興起拯濟之念。奮鬪二十餘年。纔把久未統一的部族。統一起來。成功了一個理想的烏託邦。文治武備。全都有了規模。這才籌及長治久安的計劃。於是不能沒有國號。又不能沒有君主。國號之建。必得恰合於全民的意志。而那時全民所最憧憬。所最企慕的。無過於再建大金帝國。於是金之國號。自然而然便應運而生了。但是到了太宗時代。國土益發加大。民衆也益發加多了。不但遼河東西。已成腹地。蒙古朝鮮。亦列藩封。極其聖明的太宗文皇帝。已然感覺大金國號。有些不合時宜。在未建大清國號以前。乃改以滿洲爲國號。滿洲二字。其說不一。謂出佛典曼殊者近是。本來一民族。或一國家。當其建立稱號時。必擇佳名。而此佳名。又必適合大多數之意志者。始能成立。曼殊之號。自昔即爲人人所樂稱道。或作滿住。或作曼殊。或作滿洲。要不外一佳名。而能聯屬萬衆之意志。對內對外。往古來今。皆足以顯示其存在。而不能消滅者。故大號之建。厥義深遠。後之人於此號也。豈可輕棄乎。

閑言且不多叙。話說太祖自踐大位。益發省刑罰。薄稅斂。撫近威遠。雖遠在東海極地之民。亦皆次第投附。不幸是年夏六月。明邊之民。屢屢越界侵擾。不是偷採人蔘。便是竊開鑛產。至於其他不法的事情。幾於不可勝數。太祖因諭扈爾漢曰。昔與明立石碑。刑白馬。誓告上天。原欲禁其滋擾。今明之邊民。數擾吾地。吾即戮其潛越邊界之人。豈爲過乎。汝往査視。這立碑定界的事。已不止一再了。最重要的是上年張承廕。勒退六堡。太祖雖然一時忍受。當時却有誓言。兩國人民。勿得越界滋擾。如有越界情事。見則執殺。盟誓未寒。不想明人便貪利先犯。本來當初建州未曾建國的時候。明人在建州境內。可以任意橫行的。用不着出多大的代價。便可以騙去極其高價的珍品。偷偷摸摸的事。更是不免。如今不比從前。不容他們那樣愚弄了。可是他們貪利心盛。時有冒險偷越之舉。藉收不當得的利益。太祖以有約在先。關於這樣越界侵擾的事。當然不能默過。所以才命扈爾漢前往視査。果然在邊界上。挐獲偷採的五十餘人。便依照約言。全行正法。這時明廷以李維翰巡撫廣寧。聽說此事。便派人向太祖提出抗議。太祖也遣綱古理方吉納二臣。前往廣寧。與李維翰覲面爭辯。李維翰雖知有此誓言。却誘在張承蔭身上。和他無干。毫無理由的把綱古理方吉納和從者九人。一并鎖拏。下在牢獄裡。可見當時明朝官吏。是怎樣橫暴。不用說自家沒理。便是極有理的事。也不可以這樣辦。何況人家派使是來說話的。並不是來打仗的。怎麼就能鎖拏下獄。可見他們還是自恃强大。藉此以爲要挾。誰知道太祖捨不得綱古理二人。必然軟化屈就。可是他們忘了此事是徒傷感情。而足以激動人心的。當下李維翰又派一人向太祖說。吾民出邊。宜解還。何遽殺耶。太祖曰。昔建碑立誓。有云。若越邊之人。見而不殺。殃及不殺之人。今何不顧前盟。而强爲之詞耶。其人曰。舊事不可重提。今惟執爾殺我民者。與我以抵罪。否則爾使不歸。且自茲多事矣。太祖曰。多事亦可。豈不自我。其人曰。此事已上聞。乃不容隱者。況且也不可因此興動干戈。汝國豈無犯罪之人乎。何不執至邊上。殺以示衆。此事便了結矣。不想對方的使人。竟自替人畫起策來。太祖尋思半時。一則爲息事寧人。二則急於救出綱古理方吉納二臣。只得權從此議。諸貝勒大臣。皆以明太欺人。有約不守。復又拘留使人。肆行凌侮。不如與明開戰。太祖曰。不可。明事姑且耐之。遂令於獄中提出所俘葉赫十人。送至明撫順關殺之。於是明乃釋歸綱古理方吉納及從者九人。但是從此太祖和明又多添了一重仇恨。征明之心。益爲憤切。不過依然隱忍持重。不欲急於圖功。況且欲攘外者。先須安內。卽如境內部族。十數年來。屢有征服投附。但遠在極邊之薩哈連部。以及使犬使鹿諸族。未沐王化者。尚不在少。秋七月。太祖命安費揚古、扈爾漢二人。以爲統帥。率馬步二千。往征東海薩哈連部。二臣領命。一路向東北進發。行至烏勒簡河。伐木、刳舟二百。水陸並進。沿河屯寨。共三十六處。見大兵到來。言語無二。而甲仗鮮明。無不歡然投附。願效馳驅。八月駐營黑龍江南岸。常年江水至九月始冰。及至大軍到此。只見江水洋洋。波紋起伏。惟駐軍之所。結冰一道。有若長橋。長二里餘。廣六十步。修然直達彼岸。大衆皆以爲異。安費揚古、扈爾漢二臣。見此奇祥。因謂衆曰。觀此冰橋。天佑我國也。遂引兵以渡。遥達薩哈連部。薩哈連滿語黑也。自黑龍江下游。以至今之庫頁島。皆屬此部。人民勇悍。精於射獵。施以軍訓。便爲無敵勁旅。大軍至此。無須用武。但以言語宣招。便皆誠心歸附。於是薩哈連部十一寨。並未加以一矢。全行收服。擇其精壯者。另編一隊。依然還軍江岸。只見舊所結冰處。已無冰橋。可是在偏西數里之地。依然凍成一橋。待至大軍盡渡。冰橋復又溶解。這也可說是一時的天候之變。不過有利於興王。自然就成祥瑞了。

安費揚古、扈爾漢。在江岸上結營二十餘日。每天訓練兵卒。出行校獵。眞是馬躍人歡。說不盡行軍樂趣。到了九月裡。天候驟寒。大地之上。又換了一派淸肅景色。不但沒有積潦。那波濤澎湃的黑龍江。也都一色晶白。凝成冰帶。人馬往來。毫無阻梗。當下二臣下令拔營。仍然越過黑龍江。向北略地而去。還次無憂江水阻隔。遠略達於數千里之外。於是使犬、使鹿、諸部。皆被招服。青年壯丁。

聽說太祖成了大業。一個個歡忻鼓舞。皆願出力報效。他們往返不過兩月有餘。竟自踏破數千里的土地。收集了許多的牲畜人民。班師之日。太祖勞迎。甚爲嘉許。天命二年二月。蒙古科爾沁貝勒明安來朝。先是明安以女許太祖爲妃。至是來朝。太祖迎於百里外。與之馬上爲禮。設大宴以款待之。明安獻駝十。馬牛各百頭。遂一同入城。太祖十分禮遇。每日筵宴。間日大宴。留一月乃歸。太祖賜以人役四十戶。甲四十副。及緞疋等物。遠送三十里乃還。這段記事。是不可忽視的。重之以婚姻。結之以恩義。示爲一體。以後遂爲對蒙一貫不變之政策。是年九月。太祖令愼刑獄。諭曰。凡有罪者。雖捕執宜急。而刑戮則不可遽加。必當審思詳議。而緩結焉。蓋生殺之際。不可不愼。平心和氣。察核始末。方能得情。如偕衆聽斷。或有一人爭執事理而先怒。不可因彼之怒而亦怒。若以先怒者爲非。效彼而怒者亦豈爲是耶。惟能不與同怒。而容受之。則能容受者。固已獨善矣。苟先怒者。自知其非。轉而引咎。則亦同歸於善矣。古來郅治之國。無不由於刑賞之公。吾人讀太祖此諭。可以想見大業之所由成。此乃關於一般民衆訴理之事。而小心詳審若是。其關於軍政大節者。不問可知矣。閑言不表。

話說自太祖踐汗位。一意修明內政。整飭軍旅。倉儲之積。財政之裕。武備城郭之完繕。至是三年。可以說一點欿憾也沒有了。到了天命三年正月丙子日寅刻。太祖起臨朝。只見將要落下的月亮。有黃氣直貫月中。其光以目力視之。約二尺許。上出月者約三丈。下出月者約一丈。從所未有。太祖見之。

慨然謂群臣曰。天意如此。今歲必征明矣。朕與明成釁。有七大恨。其餘小忿。難以悉數。隱忍至今。故欲往征。其共議之。諸貝勒大臣曰。明君暗臣庸。惟宦官之言是聽。侵我疆土。欺我人民。愚弄我人。非止一日。今葉赫處於肘腋。肆爲無道。明不判曲直。反以兵衛助葉赫。逼我六堡退耕。臣等久擬與決死戰。而上不許。今上既欲出師。正合天心人願。請勿遲疑。臣等願效其力。雖死無恨。太祖見衆議咸孚。大喜。遂密令將士治甲冑。修理軍器。又以繕治諸貝勒馬廐爲名。遣七百人伐木備攻具。又恐此等動作。爲明通事所見。啓疑泄謀。遂以所伐木。竟作爲馬廐。夏四月頒發軍訓。及攻戰兵法。其要曰。

一、凡安居太平。貴乎守正。用兵則以不勞已。不頓兵。智巧謀略爲貴焉。

二、若我衆敵寡。我兵潛伏隱僻地。勿令敵見。少遣兵誘之。如彼來。是中我計也。不來則詳察其營壘遠近。遠則厚集兵力。近則直薄營門。使彼自擁塞而掩擊之。倘敵衆我寡。勿遽近前。宜少退以待衆軍。衆軍既集。然後求敵所在。審機宜。決進退。此遇敵野戰之法也。

三、至於城郭。當視其可拔。則進攻之。否則勿攻。倘攻之不克而退。反損名矣。夫不勞兵而勝敵者。乃足稱爲智巧謀略之良將。若勞兵力。雖勝無取。蓋制敵行師之道。自居不可勝。以待敵之可勝。斯善之善者也。

四、每一牛彔。制雲梯二。出甲二十。以備攻城。凡軍士自出兵日。至班師。各隨牛彔勿離。如離本纛。執而詰問之。管甲喇管牛彔官。不以所頒法令申誡軍衆。各罰馬一匹。若諭之不聽。敢違軍令者論死。凡有委任職事。自度果能勝任則受之。不能則辭。蓋成敗關係。非止一身。如不勝任而强受之。則率百人者百人之事敗矣。率千人者千人之事敗矣。國家之患莫大乎此。

五、凡攻取城郭。不在一二人爭先競進。若一二人輕進。致受重傷者。賞不及。縱殞身亦不爲功。迨列陣已定。爭先登城。方錄其功。有一二人先登破城。卽馳告本旗大臣。俟一軍畢登。然後鳴螺。俾衆軍聽螺聲而並進焉。

以上兵法五條。是太祖自起兵以來。二十餘年。躬親體驗。筆之於書。世謂太祖兵法。雖寥寥數條。而攻城野戰之法。無不備具。玆當出師之前。頒佈此法。可見太祖之決心。昔日戰爭。全憑弓矢及個人武技。以與今日科學戰。固不能同日語。然而短兵相接。以肉薄城。則昔日之戰。其激烈程度。亦有不容忽視者。卽如雲梯攻城之法。後人已難想象。以爲無非樹梯登城而已。殊不知城高數仞。上有灰瓶、金汁、雷石、滾木。下有壕溝、鐵鎖、木柵。蒺藜。人馬且不能傍。何得樹梯上城。然而梯竟樹矣。人旣登矣。不決死奮戰。出有相當犧牲。決其不能近防綫逼城壕。安有所謂攀梯而上乎。雲梯戰法。卽今日之決死隊。太祖兵法云。每一牛彔製雲梯二。一牛彔三百人。是三百人有梯二也。雲梯之制。著者尙及見之。不第見之。且嘗試登。故於其形制戰法。尙能約略言之。雲梯一架。長約三丈。寬約五尺。兩框極爲粗大。類如房梁。梯級極疏。約間三尺。每級皆突出邊框八寸餘。如蜈蚣之脚。以作把手。梯之上端。各嵌滑車一。繫以絨繩。未攻城前。置於野地。梯兵守之以待機。令下時。螺聲齊鳴。官長揮刀直前。雲梯兵分左右。緊握梯之把手。齊力抬起。向城壁疾馳。梯端滑車。衝撞城壁。滾滑而上。梯乃得樹。於是決死之兵。緣梯而上。其疾如飛鳥。目力幾不能辨。既登城。則拔短刀以血戰。而城可破矣。但是以上所記。乃練習時之情形。眞的戰爭。萬不能如此自在。眞正使用雲梯時。須先由前鋒勁旅。將敵人壕壘。以及一切障碍。全行踏平。只有城兵。据高臨下。奮力固守。此時始用雲梯。掩護雲梯者。以火器爲第一。因爲城上敵人。萬不許雲梯好好立起。必然使用灰瓶、金汁、滾木、雷石。或種種防具。以擊破雲梯。殺傷士卒。使不得上。這時惟有用火器或弓弩。向城仰攻。雲梯乃得樹立。

我們自想想。一座堅城。外有壕壘戰線。城上又有兵將把守。猛烈的守具。什麼時候都可以抛下。所以攻打一座堅城。由破壞戰綫。踏平壕壘。以至樹梯仰攻。已不知犧牲了若干士卒。因此之故。兵卒的敎練。也不能一樣。自然要分出許多科目。鐵甲精騎。完全用於野戰。蹻捷善刺擊者。則用以攻城。舊制。凡屬前鋒兵。皆須練習雲梯。以期技能之普及。另外則有正式雲梯兵。專門造就。大抵皆捷如猿猱。輕如飛鳥。不待梯之樹穩。早已飛躍上城。此等技能。若非目擊身經。則萬難想象。原來古今勢異。其戰爭之法。也自因時而異。古時用車戰。一部左傳。所寫戰陣之事。皆屬車戰。然而當時有記無圖。故後人不得其詳。任意編造。而車戰遂無人能知。秦漢以來。一樣有戰記而無戰圖。小說家。不明古制。也不解實在戰爭爲何事。任意胡編。每逢戰陣。皆由大將出馬。一戰數十合。如戲劇然。將勝則兵進。將敗則兵退。雖云千軍萬馬。不啻裝點之廢物。夫古今時異。理無不同。戰之勝敗。雖在主將之謀猷。至若實際戰爭。必由兵卒之效命。卒不精而將勇。亦不能勝也。若談到武器一層。自然也是因時而異。大將所使兵器。小說家容心附會。多不足據。人之體力。各有大小。所使兵器。自有輕重。然亦不能過於笨重。使人馬不堪也。況乃國家原有一定制度。公中軍器。與私人使用者。截然不同。刀、矛、弓矢。馬步異用。總以能及遠者爲利器。故火器未發明以前。無論古今。皆以弓矢爲最大利器。直到清代。弓益勁而射益精。箭鏃鋒利。謂之透甲錐。故甲冑在所必用。後來火器發明。威力愈大。甲冑失其效。是以廢甲冑而用輕裝。總之一時代有一時代之武器。即一時代有一時代之軍裝。考明歷代之武器。討論其制度。使不失實。非第史家之責任。雖小說家。以及繪畫家。亦不可漠然置之也。制度不明。思想淆亂。使衣冠兵器。盡如戲台之所用者。而無時代之分。其影響於文化者可謂大矣。閑言不表。書歸正傳。（這八個字。雖係爛調。讀者切莫輕視。它不亟救命仙丹。溪流橋棧。在新式小說中。本來是用不着它了。可是舊的章回體。仍須用它。以作渡橋。因爲舊式小說。每一個字。都要用文法接連的。所以閑言少叙等等。是廢不掉的。）話說天命三年壬寅。太祖既然決意出師。乃卜是日赴堂子告祭祖先天帝。太祖戎裝。諸貝勒大臣。分統步騎二萬。奏着悠揚嘹亮的軍樂。整齊嚴肅。隨着太祖一路向堂子而來。城內居民。聽說太祖率兵告祭堂子。一齊都出來瞻仰。歡呼萬歲。到了堂子。太祖下馬。早有執事大臣。以及神官等職。迎進廟去。導入預先備妥的黃幄。諸貝勒大臣依序侍立。這時殿堂之上。高燒明燭。設擺祭器牲醴。由額爾德尼贊禮。達海讀祝。恭請大駕陞殿告祭。此次本來是告天出師。禮雖不繁。而意極肅穆。行禮已畢。乃由達海跪在神前。恭讀出師理由。共有七條。即世所稱七大恨者是也。其辭曰。

我之祖父。未嘗損明邊一草寸土也。明無端起釁邊陲。害我祖父。恨一也。

明雖起釁。我尚欲修好。設碑勒誓。凡滿漢人等。毋越疆圉。敢有越者。見即誅之。見而故縱。殃及縱者。詎明復渝誓言。逞兵越界。衛助葉赫。恨二也。

明人於清河以南。江岸以北。每歲竊踰疆場。肆其攘奪。我遵誓行誅。明負前盟。責我擅殺。拘我廣寧使臣綱古理、方吉納。挾取十人。殺之邊境。恨三也。

明越境以兵助葉赫。俾我已聘之女。改適蒙古。恨四也。

柴河、三岔、撫安三路。我累世分守。疆土之衆。耕田藝穀。明不容刈穫。遣兵驅逐。恨五也。邊外葉赫。獲罪於天。明乃偏信其言。特遣使臣。遺書詬詈。肆行陵侮。恨六也。

昔哈達助葉赫。二次來侵。我自報之。天既授我哈達之人矣。明又黨之。脅我還其國。已而哈達之人。數被葉赫侵掠。夫列國之相征伐也。順天心者勝而存。逆天意者敗而亡。豈能使死於兵者更生。得其人者更還乎。天建大國之君。卽為天下共主。何獨搆怨於我國也。初、呼倫諸國。合兵侵我。天厭呼倫起釁。惟我是眷。今明助天譴之葉赫。抗天意。倒置是非。妄為剖斷。恨七也。欺陵實甚。情所難堪。因此七大恨。是以征之。

當達海讀遣告書時。聲音十分悲壯。衆皆肅然。讀畢。將告書供於神案之上。太祖焚香拜畢。遂焚其書。以告祖先神祇。禮畢。太祖因諭諸貝勒大臣曰。此兵我非樂舉也。首因七大恨。其餘小忿。不可殫述。陵迫已甚。用是興師。凡師行所至。切須嚴守紀律。遇有俘獲。不許剝去衣服。不許奸淫婦女。有配偶者。仍使完聚。不可使其分離。凡拒戰而死者聽其死。若歸順者。愼勿輕加誅戮。爾等各嚴誡軍衆知之。違者嚴罰不貸。是夕進軍至古哷地方。遂命駐營。乘此太祖駐軍之際。作書的對於七大恨的事。想要說幾句閑話。古言出師必須有名。這七恨。便是出師之名。但是並非假造。全係事實。讀者由第一回以至現在。便可一一覆按。眞是飲恨數十年。至是方才一吐。祖父之仇。固然是一重大恨。但是當時禍首尼堪外蘭。已然被誅。明也自知理屈。遣人賠罪。遺以銀馬。其恨業已消釋一半。最大的怨毒。還是六堡退耕。以及衛助葉赫諸端。因爲這是一種高壓的手段。明之武力。已及肘腋之下。不戰也無非是敷衍時日。本來明廷政策。向來是以勅書作武器。以南北關（哈達葉赫）作爪牙。所謂以夷制夷是也。如今勅書失效。爪牙只剩其一。指不定什麼時候。定要出以四面包圍的手段。這是太祖早已料定的。所以於六堡退耕後。厲兵秣馬。隱忍數年。自度足以一戰。遂以七大恨告天。誓師伐明。按之近代語言。便是奮鬭自衛的意思。所以說此兵我非樂擧也。至於七大恨告天文書。當時曾刷印很多。流佈各地。可見太祖的宣傳戰。也正不弱呢。閒言不表。却說太祖駐兵於古哷之野。一夜無話。次日分大軍爲兩路。令左翼四旗兵。取東州瑪哈丹二處。太祖自與諸貝勒則率右翼四旗兵及八旗護軍。直趨斡琿鄂謨之野。是日卽於此地駐營。時蒙古台吉恩格德爾額駙。薩哈爾察部長薩哈連額駙。皆從太祖出征。太祖乃告以金朝往事。因諭曰。朕觀自古帝王。雖身經戰伐。勞瘁備嘗。大位之尊。亦未有永享之者。今朕興此兵。非欲圖大位。而永享之也。但因明國。屢搆怨於朕。不得已而征之耳。太祖此諭。極爲簡明。不貪大位。亦是實話。惟當時有甚於大位者。卽此方興之民族。如何生存耳。依照明廷的老辦法。自然是民不厭其愚。勢不厭其散。一紙空文。便可換去無窮的珍寳。何況以明人之奸智。來對付滿人之愚傻。予取予求。那眞是太隨便了。但是這種偏枯的形勢。不是可以長久延遲下去的。終歸要有一個自決的機會。可見聖人治世。全憑大公。一有不公。便是自家子女。也要離心離德。何況是萬邦百姓。太祖自起兵以來。處處言天。時時曉諭存心公正。所以天與人歸。其勢甚順。再說明末的腐敗。也正需要一個清新勢力。來振作一下了。話說太祖在御營之中。正自與大家談論古今。講述聖帝明王之事。不想到了夜裡。天忽降雨。在一般少壯的軍人們。固然不在意。還以爲可喜。但是太祖晚年用兵。最怕勞而無功。一見天雨。便有回軍之意。因向大家說。天雨、道路泥濘。朕欲改期出師。爾等以爲何如。大貝勒代善曰。我與明修好久矣。彼不以盟言爲重。反倒時加凌侮。欺我太甚。是以出師。爲其無道也。今我軍已臨其境。若遽旋師。將與明修好乎。抑將仇怨乎。興兵之名。誰能隱之。不戰而還。人其謂我何。天雖雨。吾軍士皆有禦雨之衣。弓矢亦有備雨之具。何慮霑濕。且天降此雨。以懈明邊將之心。使我進兵。以乘其不意耳。是雨利於我。不利於彼也。太祖聞言。甚以爲是。因諭曰。意既決。宜速進兵。度天曉。當圍撫順城。於是傳令各營。拔寨疾行。時夜中亥刻。天雨忽止。一輪皓月。已上東天。雲翳全無。且甚涼爽。馬步星馳。直向撫順城而去。隊伍綿亙百餘里。所過村落。都在熟睡之中。眞是鷄犬不驚。大軍已自通過。次日甲辰。天將拂曉。大軍齊至撫順城下。明兵見大兵已到。慌忙驚遁入城。有一老兵被執。太祖與以書。令其入城招降明遊擊李永芳。書略曰。

爾明發兵疆外。衛助葉赫。我乃興師而來。汝撫順所一遊擊耳。縱戰亦必不勝。今諭汝降者。汝降。則我兵卽日深入。汝不降。是汝誤我深入之期也。汝素多才智。識時務人也。我國廣攬人才。卽稍堪驅策者。猶將擧而用之。結爲婚媾。況如汝者。有不更加優寵。與我一等大臣並列耶。汝不戰而降。俾汝職守如故。恩養汝。汝若戰。則我之矢。豈能識汝。必衆矢交集而死。且汝出城降。則我兵不入城。汝之士卒。皆得安全。若我兵入城。則男婦老幼。必致驚潰。亦大不利於汝矣。勿謂朕虛聲恐喝。而不信也。汝思區區一城。吾不能下。何用興師爲哉。失此不圖。悔無及矣。汝熟計之。勿不忍一時之忿。致僨事失機也。

要知李永芳。得書後。作何區處。且待下回分解。

第六回

冐白刃力取淸河城　破明兵大戰薩爾滸

話說太祖暨諸貝勒。統帥右翼四旗兵。一夜疾馳。至次日拂曉。已到撫順城下。城外明兵。不敢擅敵。紛紛逃進城去。太祖暫不攻城。乃先以書遺明遊擊李永芳。招其投降。熟諳掌故的人們。自然都知道李永芳也是清初一位佐命功臣。並且妻以宗女。稱爲撫順額駙者是也。但是他與太祖的際合。並不始於撫順投降之日。老早的已與太祖有了莫逆之交。不過他是明官。而且爲人極有聰明才智。雖然有心歸事太祖。又怕太祖不能完全成功。狐疑不決的神氣。到底是不能免的。所以他接了太祖勸降的書信。依然躊躇莫決。沒法子只得聚集同僚。商議辦法。自然也有主戰的。也有主降的。不過不戰而降。未免於體面上說不去。若說拒戰的話。城內尚無預備。倉卒之間。如何保得城池。結局還是李永芳有主張。先來個緩兵之計。然後再說。因向大家道。不想敵兵來得這樣神速。如若攻打上來。我們毫無準備。一定要束手被擒的。如今我有主意了。你們大家分頭去赶辦防禦工具。我一人先到城樓和他們說話。假作納款迎降。乞其勿攻。這時你們却把防具。運上城來。他再攻時。我們也有恃而無恐了。大家見說。以爲有理。於是分頭去佈防事。如同灰瓶。滾木。擋牌。軲車之類。全由軍裝庫內。搬出來。人民家裡。有磚頭、瓦塊、沙囊的、也忙着往城上搬。眞是慌作一團。忙成一塊。不言城裡官民。忙作防守。單說李永芳。急忙換了一身官服。帶了從人。還有幾十名衛士。來到城樓。扶定女墻。往下觀看。只見滿洲軍士。人歡馬躍。甲亮盔明。這時朝暾甫上。照得矢鏃槍頂。閃閃作光。數目不下萬人。已向撫順城。取包圍之勢。陣營當中。搭起一座黃幄。用鐵騎精選的戰士簇擁着。氣象森嚴。

那便是太祖的御營。李永芳一見這種氣勢。已自嚇了一跳。只得搭躬向城下叫道。不才撫順守將李永芳。謹請滿洲國主。有機密相商。此時早有前哨軍士。報入御營。太祖遂上馬。率領諸位貝勒。策馬來到城下。揚鞭指斥李永芳曰。吾不忍一城塗炭。故約汝降。汝不開城迎降。反登城答話。詎仍有拒守之心乎。永芳曰。攻戰之事。姑且不言。請問陛下。何故興此無名之師。太祖曰。何謂無名。汝明吾之深仇。今更以兵衛助葉赫。是無異侵我臥榻也。使我不能安枕。張承蔭以武力逼我退耕六堡。殺我農人。是不欲我生存也。我忍無可忍。是以代天行討。何謂無名乎。永芳語塞。太祖曰。汝降乎戰乎。降卽開城。不降吾令下矣。汝城便成虀粉。永芳曰。陛下勿急。我降意已決。但城中仍有多官不從。容我曉以利害。陛下不費一矢而得一名城。不亦善乎。太祖許之。永芳忙下城去。到了署中。因謂衆將曰。汝等預備停妥乎。此老將已被我瞞過矣。衆曰。防具已備。我等便可登城固守。永芳然之。遂亦換了戎裝。率領兵將。一齊登城。樹起旗幟。太祖一見。怒呵曰。汝奸猾若是。吾不赦爾矣。永芳曰。得罪。諸將不降。非我也。太祖不語。遂令前鋒及雲梯兵一齊攻打。李永芳和他的同僚。雖然把城墻上面。滿佈防線。無奈城外一道防禦也沒有。這在久經訓練的八旗兵看來。眞是太容易辦了。這時螺聲響了。戰馬聽了這種聲音。把耳朵全行豎起來。準備着衝殺。精銳的步兵。各按隊伍。一齊向城下逼近。城上明兵。自然是不許向前。先用弓矢。繼之以雷石滾木。但是滿洲兵毫無懼色。强弓勁弩。一齊向城上仰射。明兵只得伏身女墻之下。就在此時。雲梯兵於矢石交射中。已將雲梯豎起。飛躍登城。當下便於城墻之上。展開了白兵戰。一陣砍殺。明兵大亂。紛紛由馬道潰逃。千總王某。死於亂軍之中。李永芳見勢不佳。忙命樹起白旗。請求停戰。此時城上已無明兵。完全換了八旗旗幟。沒法子。只可一降了。李永芳這才回到署中。脫去武裝。換了冠帶。乘馬出城迎降。由大臣阿敦。引他來到御前。下了坐騎。匍匐謁見。太祖於馬上答禮。遂仍令騎馬。隨了太祖。一同進城。於是傳令各營。嚴守紀律。如有妄殺一人者抵罪。是日太祖駐蹕撫順城。旋得捷報。左翼兵已將東州、瑪哈丹二城攻下。撫順、東州、瑪哈丹、三處主城既下。其餘臺堡屯寨。共五百餘所。自然望風披靡。全行佔領。遂令諸將。各營於所至之地候令。次日。太祖命毀撫順城。所謂毀者。並非完全拆除之義。無非下其武裝。毀其要害而已。是日太祖率兵還至撫順城東之原野。集合出征各營。一齊出邊。駐營於嘉班。論功行賞。編降民爲一千戶。時有自山東、山西、江南、浙江、各省。來撫順貿易者。令人査明。共十六人。太祖一一安慰之。給予優厚川資。並將七大恨。付給多張。使各歸本籍。向父老言說用兵之不得已。十六人者。千恩萬謝而去。分撥既定。遣兵四千。護送降民牲畜。先返都城。然後大軍徐徐而退。太祖在先。諸貝勒殿後。當眞是鞭敲金鐙響。人唱凱歌還。正在回軍之際。忽有報馬飛來。稟報說明廣寧總兵張承廕。遼陽副將頗廷相。海州參將蒲世芳等。聽說我軍已下撫順、東州、瑪哈丹等處。刻已率領大軍隨後追來。請作區處。大貝勒代善見說。早已心頭火起。因爲張承廕。便是上次以武力勒逼太祖退出六堡。索去無限農田之人。衣着諸貝勒的意見。在那時便想和他決一死戰。如今聽說。正是此人帶兵追來。如何不怒。當向四貝勒（卽太宗文皇帝）說。怎麼。我們的仇人來了。不殺此人。難出這口惡氣。四貝勒聞報。亦甚激昂。遂令軍士盡甲。一面報告太祖。一面率兵至明邊。迎上前去。這時太祖駐營於謝里甸。因傳諭大貝勒曰。彼兵非與我爲敵而來也。欲詐稱追我兵出邊。以誑其主耳。必不待我兵至也。乃遣巴克什額爾德尼。令兩貝勒勿進兵。兩貝勒遂駐兵於邊。覆奏曰。彼若待我兵。我則與戰。若不待。是必走矣。當乘勢追襲。無使我兵寂然而歸。令彼謂我爲怯也。太祖然之。遂統大軍前進。果見明兵據山依險。分結三營。並在營前掘剜長壕。陳列火器。嚴陣以待。因爲明兵不長野戰。每每利用火器。以爲攻防利器。據實錄。滿洲初起。惟憑弓矢雲梯。攻城野戰。全仗肉搏。若以武器而論。明人老早便有火器。其威力較之弓矢。不能同日而語。後來又由澳門購用葡萄牙的紅夷大砲。威力益發猛烈。所以袁崇煥在寧遠時。曾以此類大砲。加給太祖一個極大的損失。可見武器在戰爭上。關係是如何重要了。但是太祖能得天助。士卒用命。不用說了。有時常因自然的機會。便甚得手。到了太宗時代。一樣也自鑄大砲。所以益發所向無前了。却說明總兵張承廕等。雖然聲言率兵追擊。却也不敢冒險深入重地。一面據險結營。一面遣派偵卒。刺探滿洲大兵是否退去。如果去遠。他便侵入滿洲境內。擒殺幾十名無辜百姓。以作邀功之具。不然的話。他爲什麼不破釜沈舟。向前追赶呢。他的心事。可謂被太祖一語道破。不想正在激怒未消的少壯貝勒們。偏不爲他留一點機會。不但不退。反倒迎上前來。他自恃火器。足以殲敵。又據形勢。一見大貝勒四貝勒率兵到來。自知退也無益。只可拒敵。不想滿洲兵地理諶熟。人馬行於山中。不亞坦途。早已度陵越谷。逼近他的營寨。這時張承廕的營陣在西。大貝勒的兵馬在東。忽然西風驟起。張承廕大喜。以爲得天助。忙令軍士槍砲齊鳴。當時火光四濺。烟霧瀰天。喊殺之聲。震撼山谷。滿洲兵見明兵施放火器。騎兵只得約後。隱蔽林間。步兵皆伏身前進。於烟火下。爬行上山。逼其壕壘。明兵因有烟霧障蔽。觀看不清。一力向遠處射擊。不意突然之間。風頭轉向。反倒由東向西颳去。這一來。明兵火器。煙皆反吹。至爲狼狽。滿洲兵乘此機會。齊起掩擊。當時奪過戰壕。箭射刀斫。明兵大敗。三處營陣。便如瓦解冰消一般。全行潰滅。死者相枕籍。幸而得生者。已不成軍。落荒而走。總兵張承廕。副將頗廷相。參將蒲世芳。遊擊梁汝貴。皆戰死。大貝勒等將領。率得勝之兵。追擊四十餘里而還。獲馬九千匹。甲七千副。兵仗器械不可計數。是役也。明方將領。無一生還。兵卒死者。定有相當大數。至於滿洲方面。據舊紀。謂止死二人。恐怕有誤。這樣的惡戰。決其不能僅死二人。或者以體格及技術上之關係。死者少傷者衆。亦未可知。話說大貝勒一戰之下。奏此全功。依然還至邊界駐營。當即遣人飛馬報知太祖。一面集合各旗將領。査點陣亡受傷人數。自貝勒大臣以下。至於軍士。依其功之大小。傷之輕重。分別錄冊紀功。次日還軍謝里甸。遂與太祖合兵一處。凱旋都城。朝野慶賀。擧國歡騰。遂將撫順降民。編爲一千戶。所有私財奴僕。依然歸其自有。另外給予田廬、牛馬、衣糧等物。設官以管理之。沒多日。太祖命以第七子阿巴太之女。下嫁李永芳。授爲總兵官。卽令統轄降衆。時稱之爲撫順額駙。由此一點。我們便可以看出太祖的極大抱負了。自十三副遺甲。血戰三十年。爲的是什麼。頭一件固然爲的是救活自己的民族。同時對於明朝的人民。一樣也是要救。我們翻一翻歷史。從古以來。有這樣恩待降民的嗎。他眞是想建王業的。所以後來遼東各地。簞食壺漿。人人想當他的子民。

話說太祖自起兵以來。向卽避免與明衝突。完全以統一本國爲職志。但是這種統一工作。當然爲明廷所不喜。種種妨碍破壞。不一而足。太祖只是隱忍。不與深較。現在自度兵力堪可與明一戰。這才以七大恨告天征明。首次出兵。卽攻克了撫順城。李永芳投降。張承廕以下各將領戰歿。消息傳入北京。明廷大震。於是議論盈廷。對於遼東之事。自然要有一番作爲。無奈他們的軍事。腐敗已極。他們的政治和財政。一樣也是捉襟見肘。在短促的時日內。決其不能集合有力的軍隊。更支不出鉅額的軍餉。這種情形已被太祖所揣知。所以依然進行他的軍事。頭一件是恢復撫安以下各堡的失地。這是上次被張承廕强索了去的。如今乘得勝餘威。自然要收復六堡。以擴農田。其次便是明邊各城。亦必以次攻下。毀其要塞。以開拓深入遼東之道路。這種計劃。太祖籌之已熟。是年夏五月。太祖自率大軍。進了明邊。不消一日。遂攻克撫安堡。連克花豹衝。三岔。於大小堡壘凡十處。皆爲攻下。次日派人招服崔三屯堡。其附近有四堡不降。臨之以兵遂下。是日太祖駐營於三岔堡。分遣將士。安輯各地居民。所有明兵積粟。武器等。全行搬入都城。上回連禾稼帶土地。擧以歸之明人。這次依然原樣拏了回來。並且除了六堡以外。又添了許多地方。加了不少積粟。利息可謂不小矣。欲取先予。欲擒先縱。太祖於兵機。可謂神化矣。然而若言行政。則處處以公心。奉天意。無使人民有所失也。至秋七月。太祖復統大兵入鴉鶻關。進圍清河城。此處乃遼東要道。指顧之間。可至瀋陽。明廷向以重兵把守。其守城副將鄒儲賢。乃是老行伍。曉暢軍事。明於戰守。故使鎭守此城。自從太祖攻克了撫順城。他便曉夜抵備。把座清河城裝備得眞不亞金城湯池一般。城外堀了一道深壕。壕底樹以木椿。銳其上。便如利刺一般。人馬不能越過。城上有砲手千餘人。鳥槍火砲。密密層層。把住了女墻。看那樣子。禽鳥好象也不敢飛過。砲手以後。約有兵士萬餘人。各執强弓勁弩。以備敵兵近城時。向下疾射。其餘防守工具。應有盡有。佈置的異常完備。但是他守禦得雖然這樣堅固。攻城者却是視同無物。

話說太祖率兵來到清河城下。遂令駐營。集合諸貝勒大臣商議曰。鄒儲賢。守禦得法。若徒糜時日。我軍損失必多。惟今之計。只有一擧破之。先由四面。塡其壕塹數處。使我雲梯得過。冒死攻之。如有一面得手。其城可破。彼之火器。利於射遠。而不利搏戰。我軍既迫其城。自無所施其技矣。衆以爲然。遂卽移動大軍。將淸河城四面包圍。就地掘土。每人一掬。裝入袋內。霎時之間。土袋如山積。於是敢死塡塹者在前。雲梯兵在後。一聲令下。螺聲四起。環而突進。每一面塡塹數處。雲梯兵卽踏之而過。這時城上火器齊燃。鉛丸如驟雨般飛來。受傷及殞命者。當然爲數不少。但是那時火器。全係前膛。由裝藥下子。以至燃放時。中間需要相當時間。敏捷的士卒。大足以利用它的間隙。迫至城下。所以城上火器。雖然猛烈。在他們間歇着裝入藥彈的時候。滿洲兵業已迫至城下。百數十架雲梯。早於砲火之下。一齊樹起。前面已然說過了。這雲梯厲害非常。除了沒有機會樹起。如果有一把。它的滑車滾上城壁。這座城就算攻陷了。因爲雲梯兵。技能敏速異常。膽大無比。自有一架雲梯。不至摧毀。晃蕩蕩的挺起身來。他們就好比肋生雙翅。不待展眼。便已登城。何況是百數十架。由城的四面。一齊樹起。這時明兵已自慌了手脚。只得止住火器。忙用弓矢、以及滾木雷石之類。向下拋砸。太祖的大兵。也以强弓勁弩。向上還射。並以擋牌輛車。掩護雲梯。奮力仰攻。眞是前仆後繼。先登的將士。早在城堞之上。演開了白兵戰。當下明兵大亂。再不能防備城下 於是雲梯兵畢登。一陣斫殺。明兵墜城而死者。不計其數。其餘有逃有死。一萬餘人。幾同全滅。副將鄒儲賢戰死。城上盡易八旗旗幟。不見明兵隻影。太祖因傳令。仍令大軍駐於城外。出榜安民。除官有及軍需外。秋毫無犯。歇兵一日。

論功行賞。次日命將往取一堵墻、鹻場二城。探馬回報。二城官民。早於昨日遁逃一空。太祖見說。遂率大軍。逕趨遼東。耀兵二日而還。命毀一堵墻鹻場二城。盡遷其輜重糧穀。凱旋京城。最可怪的。明邊將領。不一其人。兵數武器。絕不爲少。當戰於撫順。戰於清河。他們不來赴援。反於邊境殺戮無抵抗之農民。以及婦人孺子。這眞不解是何用心。卽如太祖攻取清河之日。明副將賀世賢。率兵五千。出靉陽。掩襲新棟鄂寨。這里並無駐兵。無非是些農民。在此開墾。一見明兵到來。腿快的全行逃去。只有老病七人。及婦人稚子百餘。未及逃走。被賀世賢一刀一箇。全行殺了。耀武揚威的而去。大約這又是他一件大功。還有一起是明總兵李如柏。乘夜掩至嘉穆瑚。殺農夫七十人而去。先是太祖以渾河界藩河合流地之嘉穆瑚地方。秋禾已成。因命納璘。音德二人。率四百農夫往刈穫之。瀕行諭令二人曰。汝等至彼。晝則督農夫刈穫。夜則宿於山谷險隘處。或南或北。或則東西。日易其地。因此地有受敵之虞。必須謹愼抵防。方保無事。二人去後。竟違命不易宿所。因此數被明偵卒所窺。明總兵李如柏。以爲可乘。遂夜襲之。納璘等狼狽遁歸。太祖因籍二人家產。又以偵者葉古德。敵至不覺。一樣治罪。有此二事。太祖遂大怒。因發兵往征撫順城北之會安堡。俘三百人。命戮之撫順關。留一人馘其兩耳。付以書。使歸告明邊將曰。爾若不以我爲是。欲攻伐。可訂期出邊。或十日。或半月。前來決一戰。否則必以我爲是。輸金幣以圖息事焉。爾亦國也。乃苟且盜襲。殺我農夫婦稚。汝殺我百。

我亦殺汝乎。爾能於城中耕種乎。明邊將得書。無可如何。是年冬十月。東海呼爾哈部長等來歸。先是招服使犬部諸路。太祖厚賚之。給與田宅、牛馬、人役。無妻者。且爲擇配。至是呼爾哈路長納喀達。率百戶來歸。太祖遣二百人迎之。御殿受朝。設筵款待。諭令挈家口願留者爲一行。未帶家口願歸者爲一行。分別聚立。這是什麼意思呢。不但當時遠來的部民不知所謂。便是在當日陪宴的好多文官武將。也不知是何用意。不一時。太祖的旨意下來了。命把願留的八人。每人各賜男女僕從二十口。馬十匹。牛十頭。錦裘蟒服。並四時之衣。田廬器用諸物。無不備具。儼然都成了貴家。眞是比住老娘家舒服的多了。這些受賞的部民。自然更是出於意外。一個個無不歡欣鼓舞。叩謝不迭。至於那些沒帶家口願意歸還鄉土的。萬沒想到會有這麼大的恩賞。當下便有多人。請求願留。太祖慰之曰。爾等在本部皆有家口。可以赶快搬來。我國有無窮之富。爾等如能率先來歸。一樣皆有重賚。這些部衆見說。紛紛回到本部。往搬家口。並且很懇切的向他們隣里鄉黨說。我們快去歸附老汗王吧。他們的大兵。也不殺我們。也不沒收我們的財產。反倒額外給我們好多東西。他是想收我們作羽翼。圖舉大事的。我們若是遲疑不去。豈不是自誤前程。這樣的懷柔。眞比軍隊的效力大的多。果然邊遠地方。前來歸附者。日不暇給。這且不提。却說太祖自以七大恨與明開戰以來。僅不過一年光景。攻克撫順。降李永芳。陣斬張承廕。收復以前失地。進而攻淸河。所有明邊各地。多半皆與相當打擊。惟目下葉赫國中。

尙有明兵。而且又有開原總兵馬林與。之遙爲呼應。這是使太祖極其不快的事。所以天命四年正月。乘氷堅地凍。太祖便自率大兵。親征葉赫。此舉並非想滅葉赫。無非示明以決心。挑明兵出戰而已。太祖未行之前。先命大貝勒代善。率頭大將十六人。兵卒五千。往守扎喀關。以防明兵。太祖遂親統大兵。深入葉赫。一路克城寨二十餘所。距葉赫城僅十里。俘獲甚多。葉赫主錦台什等。不敢拒戰。乞援於馬林。這時太祖業已班師。馬林等從後赶來。太祖駐營待之。馬林懼野戰失利。不敢再前。太祖遂全師而還。是年二月。命築界藩城。這界藩是個極其緊要所在。一名界凡。地近渾河。位於薩爾滸山之對面。由今日看來。固然是座古戰場。可是在當日。却是滿洲西邊的一個要塞。薩爾滸戰後。又曾以此地爲新都。貝勒大臣的宅第。多在此處。考古家果能實行踏查。正不知要發見什麼樣的史蹟呢。在當日既是這樣重要。所以太祖不能忽視此地。在去年已然派人起工修造了。因天寒暫行停止。現在又派夫役一萬五千人。運石興築。另以騎兵四百。以防護之。起工還不到一月。明廷已命楊鎬經略遼東。起用了不少的知兵大員。委任了不少的謀臣勇將。集全國之精銳。盡所有之人才。冀一舉覆滅滿洲。不使復有札足之地。但是太祖以天命三年。取撫順。降李永芳。斬張承廕。破清河城。其事非小。決難隱諱。爲什麼明廷直到一年之後。纔得命將出師？這裡面原因很多。由來論事者。都把此節忽略了。論理遼之東西。全在明廷掌握。各處關隘。皆有重兵。爲什麼遲之一年之久。而兵不集。費了一年多的工夫。纔把軍事布置就緒。這是什麼緣故呢。難道遼東有這些兵將。就不堪一戰嗎。眞的、薩爾滸之戰。明兵全是由各省調來的。東南閩浙。西南四川。都調來不少的大兵。至於遼東原來的駐兵。據說不下十萬左右。但是腐敗已極。領餉的時候。倒是一個不短。一遇有事日子。便都逃之夭夭。即如此次楊鎬的部下。有一位劉綎將軍。他在四川、作過總兵。稱得起是萬人敵。日本文祿年間。豐臣秀吉征朝鮮。明廷曾派他往援。打過不少的勝仗。這次明廷所以派他爲遼陽總兵。參加薩爾滸戰役。就因爲他明白遼東的事。而且他有功於朝鮮。並可以請求朝鮮出兵。誰知他到任以後。檢閱遼東將士。眞是笑話重重。沒一個能任弓馬的。不是跌下馬來。便是把兵器掉在地下。祭纛的時候。連用三刀。竟殺不死一頭牛。他一看這宗情形。不是白送禮嗎。沒法子。他只得奏請明廷。說遼東兵怎樣不可用如欲打退敵人。保全遼東。非由四川徵調他的舊部不可。明廷只得允如所請。同時李如柏。杜松等。也都是能征慣戰的宿將。無不建議明廷。主張另徵勁旅。以此之故。費了一年光陰。才把大兵由各省調齊。調兵遣將。既然這樣費手。籌運餉械。自然也很艱難。因爲明季政治。已入黑暗之途。最富的是宦臣。其次士大夫階級。也都好貨成風。朱舜水先生的陽九述略。已然說的很明白了。只仗疲困已極的老百姓。要平添極大的軍費。他們的結果。實在可怕的很哩。反觀新興的滿洲。不用說十數年前。單就最近三年而論。兵有六萬。而且一個頂一個。決無廢物。並且有事則出征。無事則屯田。兵器軍裝。

馬匹、弓矢。皆爲自有。不必國家代爲置備。在軍費方面。當然支出很少。糧食呢。早已有了充分的積蓄。用不着怎樣籌備。再說八旗兵制。在當時不啻是個大家族。上下痛痒相關。毫無隱蔽。到了最後關頭。人自爲戰。有時不待長官指揮。人人皆有冒死赴戰的勇氣。這一點決非明兵所能企及矣。閑言不表。却說太祖自以七大恨誓師征明以來。准知明廷必有一日大舉來犯。但是他們究竟能出若干大兵。在太祖固然沒法逆料的。不過在不久的將來。必有一大決戰。那是毫無疑義的。所以才命令兵夫赶速興築界藩城。以作西方屏障。不想興工將及一月。軍事諜報員。已有密息到來。說明廷已特命楊鎬爲遼東經略。統領四十萬大兵。分四路殺奔興京。請卽定奪。這四十萬大兵。在當時固然有此一說。僅不過號稱而已。原來兵不厭詐。兵數多寡。實際上必不能使敵預知。非當眞交綏。見了勝敗。誰也不知誰有多大兵力。不過有時一方面欲使敵人恐怖。故意宣傳兵多。如同魏武伐吳。戰於赤壁之兵。未必便有八十三萬。可是他却號稱一百萬。同時周瑜戰勝了魏武。所燒殺的也未必便有八十三萬。但是他爲誇耀戰功。便說八十三萬全潰滅了。要知戰爭之事。與時地極有關係。時代不許。地形不能收容。經濟能力亦未達到。欲使數十萬或百萬以上的大兵。齊赴戰場。那決其是不能的事。薩爾滸山戰役。爲明末清初一大戰爭。亦明清兩代成敗興亡之所繫。但是那時双方究竟有多大兵力呢。據當日宣傳文字則謂明兵有四十餘萬。滿洲兵則爲數極少。恐怕不是實情。我們由眞正可靠的資料來檢討。双方所出兵力。皆可以謂之爲傾國之師。太祖之兵。共爲八旗。每旗七千五百人。則爲六萬之數。明廷之兵大約有二十萬左右。但是除了遼東舊有軍隊之腐敗不堪用者九萬餘。其由各省新集之精銳。僅不過十萬左右。此十萬之衆。若由後世所謂大戰看來。固然不算鉅數。但是由當時明廷的財政看來。能出此十萬大兵。已是十分拮据了。不然的話。也不能遲之一年以後。始克集事。玆將明兵配置及其進路。分誌於下。

主將。遼東經略楊鎬。駐營瀋陽。以爲全軍總指揮。

左翼中路。以杜松爲主帥。王宣、趙夢麟副之。張銓爲監軍。督大兵三萬餘。由渾河出撫順關。以趨蘇子河之谷地。

右翼中路。以李如柏爲主帥。賀世賢副之。閻鳴泰監軍。督兵二萬五千。沿太子河出淸河城。自鴉鶻關。以衝興京老城。

左翼北路。以馬林爲主帥。麻岩副之。潘宗顏監軍。督兵二萬。由開原合葉赫兵。出三岔口。以趨蘇子河流域。

右翼南路。以劉綎爲主帥。康應乾監軍。督兵二萬。合朝鮮兵。由寬甸口出佟家江流域。以趨興京老城之南方。

以上明兵。共分四路。皆以興京爲目的。取了一個四面包圍式。他們的計畫。是使太祖首尾不能相顧。一擊之下。可以直取興京。使無再舉之力。並且極端守着秘密。那路兵多。那路兵少。那路是主力。那路是偏師。除了在瀋陽發號施令的楊鎬。以及各路將領。別人是無從知曉的。他們只不過揚言以四十萬大兵攻圍興京。由四下里進兵。這爲是分離太祖的兵力。使無一處得手。本來太祖的兵。根本便少着一倍。再要分兵拒敵各路的敵兵。形勢未免太不利了。無奈將在謀而不在勇。兵在精而不在多。明將雖多。大抵勇有餘而智不足。所以喪了自己性命不算。還犧牲了十數萬大兵。至若太祖。在最初、便已料得敵兵孰爲主力。及至交戰。上自貝勒大臣。下逮士卒夫役。又無不力戰破敵。是以形勢雖極不利。而一戰克成大功。轉弱爲强。此戰陣之事。所以貴謀、貴勇、貴決也。却說明經略楊鎬。將大兵進攻次第。分撥既定。遂使人致書於太祖。約定師期。謂三月十五日。乘月明起四十萬大兵。決一死戰。他這分明是詐語。因爲現在是二月下旬。離三月十五。還有半個多月。再說這致書人。以二月二十四日到興京。二十九日。杜松等所率中路大兵。已然列炬。沿着渾河出了撫順關。如果太祖輕信楊鎬之言。以爲三月十五日。才有兵來。毫無預備。那不是完全被人愚弄了。楊鎬雖有心愚哄太祖。但是太祖用兵多年。什麼不明白。尤其是爭戰的事情。決其不會有一絲疏忽的。自從偵得了楊鎬經略遼東的消息。便在國境上。佈置了許多偵卒。以及諜報員之類。無論什麼消息。均能很迅速的報告前來。

卽如杜松的大兵。在二十九日出了撫順關。可是三月一日辰刻。西路的偵卒。已然把這消息報到興京了。南路的偵卒。報告更快。他們說在二十九日未刻。明兵已由寬甸口侵入新棟鄂路。是月小建。南來消息。差不多快着一日。假使我們適當其衝。忽然諜報紛傳。敵人以重大的兵力。由四路來進攻。我們應當怎樣應付呢。這眞是成敗興亡之所繫。最難負的一個大責任了。可是我們的太祖高皇帝。身當這樣大敵。却一點驚懼也沒有。把四路攻來的大兵。就如掌上觀紋一般。判斷的非常淸楚。應付得非常得當。明決果斷。料敵如神。這是後人所當師法的地方。當西路南路的諜報。相繼到來的時候。諸貝勒大臣。卽時相偕入內陳奏。太祖曰。明兵之來信矣。我南路駐防之兵。不滿千人。然卽此足以拒之。明所以使我先見南路之兵者。誘我兵而南也。其由撫順關來者。必爲重兵。急宜拒戰。如破此路。則他路兵不足患矣。言畢。卽於辰刻親率八旗六萬之衆。鼓行而西。城中只以少數老兵及婦孺防守。兵旣起行。命大貝勒代善以爲前部。督兵先行。這時又有偵卒報說。淸河路上。又來一路明兵。大貝勒曰。淸河地界。道途逼仄崎嶇。敵兵未能驟至。我兵惟有先往撫順。以逆敵兵。太祖曰。話雖如此。亦不可不愼。此路宜作疑兵。以爲牽制。遂留兵少許。俾於山僻谷地。假設營壘。樹起旗纛。遠遠望之。不知有多少兵馬。所有勁旅。遂過扎喀關。與大臣扈爾漢等。集兵以待上至。時四貝勒以家有祀事。祭畢。始策馬赶來。因謂大貝勒曰。界藩山上。現有我築城夫役萬餘人。彼處雖險峻。倘明之將帥。不惜其士卒。奮力攻之。則我國夫役必遭陷沒。爲之奈何。今我兵宜急進以安夫役之心。大貝勒等以爲是。遂下令軍士盡擐甲。日過午。至太蘭岡。大貝勒及扈爾漢等持重。欲駐兵僻地。以待明兵。四貝勒奮然曰。今日之戰。志在決死。正宜耀兵列陣。明示敵人。且以壯我夫役士卒之膽。使其并力以戰。何故反令駐隱僻地耶。大臣額亦都亦以四貝勒之言爲然。於是督兵逕赴界藩。却說明將杜松。以二月二十九日。出了撫順關。一日之間。行了七八十里。以三月朔日。馳至薩爾滸山。也許是爲急於成功。也許是爲顯他的身手。把行軍的忌諱。全行忽略了。固然杜松是位有名的上將。身上刀瘢。不知有了多少。並且膽大氣粗。膂力過人。在中朝是數一數二的戰將。眼目之中。向來沒有餘子。太祖究竟是怎樣一位英雄。他也好象沒瞧起。在他想着。他不出馬則已。一行出馬。衞霍之功。當然是屬他了。所以他一日之間。率領三萬多大兵。跑了七八十里。僅僅剛在薩爾滸山岡上。結下營寨。忽然聽說對在岸約五六里東北地方。有山名曰界藩。那里現有滿洲一萬五六千夫役。正在築城。他好象沒有明天了。當下他由大營之中。分出一萬多人。大聲呼曰。跟老子去取這座界藩山。雖然有好多人不以爲然。但是他是主將。只得由他。只見他脫得赤條精光。一馬當先。撲通一聲。跳入渾河。涉水而渡。衆軍見主帥尙且這樣奮勇。沒法子也都涉水渡過渾河。弄得一個個如雨淋鷄一樣。被服器具皆被水濕。又赶上天降細雨。氣候轉寒。還沒交戰。便弄得怨聲載道。但是杜松也有主張。得了此地。與薩爾滸以爲犄角。豈不更好。還有一個使他急於圖功的原因。如同南路主帥劉綎。右翼中路主帥李如柏。皆爲一時名將。足以爭奪他的功勞。萬一使他人着了先鞭。於他的名望便有傷了。其中尤以劉綎。是他一個絕對的競爭者。以此之故。他便惟日不給的冀奏膚功。方到薩爾滸。還不曾立妥營寨。便又分兵去取界藩城。他這些舉動。全是眼空四海。目中無人。好象十拏九穩的。必定成功。那里知道。明兵全體。已不出太祖所料。早有應付之方。何況杜松這一路呢。這時界藩山上。防護築城夫役的四百軍士。已遠遠望見明兵漫山徧野。齊向界藩攻擊了來。但是在地理上。明兵却不及滿兵熟悉。他們一面招呼夫役。聚保吉林崖。一面繞出谷口。由明兵後方。掩擊了一陣。殺死百餘人。明兵突遭意外。已有些膽怯。杜松一見大怒。即率本部親兵。由前方轉到後方來拒敵。却不見一個人影。那四百軍士。早由僻路奔上吉林崖。與夫役合在一處。據高臨下。把杜松一陣好罵。氣得杜松哇呀呀叫說。你這羣不知死的鬼頭。待老子搶上山來。一個不留。說話間。他一馬當先。左有王宣。右有趙夢麟。指揮大兵。奮力向上攻打。其勢甚猛。並由薩爾滸大營。調來許多火器助攻。此時大貝勒四貝勒。已率八旗全軍馳至。當與二貝勒阿敏三貝勒莽古爾泰及諸大將商議曰。吉林崖上。僅有兵四百。須急遣千人助之。俟大兵掩擊。即馳下夾攻。現在杜松之兵。一半在薩爾滸。一半在界藩。我兵亦當二分。以右翼四旗兵。攻界藩。以左翼四旗兵。攻薩爾滸。四旗各當一路。庶乎可以各奮其力。衆以爲然。遂遣千人由別徑赴吉林崖助戰。議方定。太祖駕至。問破敵之策。具以前議告。太祖曰。日暮矣。且從汝等。惟界藩山下。無須四旗之兵。宜抽二旗。以益左翼。合六旗之兵。先破薩爾滸之明兵。此兵破。則界藩之衆自喪膽矣。再令右翼二旗兵。遙望界藩明軍。俟我兵由吉林崖馳下衝擊時。則幷力一戰。分撥既定。太祖遂率六旗之兵。約四萬五千之衆。直趨薩爾滸山之明兵大營。太祖此等戰略。眞是微妙已極。在當時明軍諸將帥。決其是料不到的。不過我們在三百年後。由史書上。慢慢研究。纔恍然此法。是有所本的。當初戰國時代。孫子教齊王賽馬之法曰。以我下駟。對彼上駟。以我中駟。對彼下駟。以我上駟。對彼中駟。准保兩勝一輸。太祖此次戰略。完全與此法暗合。於此可見太祖不是熟讀兵書。善於運用。定是天縱之聖。才略非凡。決非碌碌之輩。所能企及的。據諸家研究。那時明兵有十萬。其餘數目。恐怕都不實在。而太祖的八旗兵。僅不過六萬。明兵分四路。每路多者三萬餘。少者亦有一萬五千或二萬之數。四路之中。以杜松兵最多。將最勇。次則劉綎李如柏等。皆非等閑之輩。太祖如分兵拒戰。不第兵數不敷分配。而勝敗亦不可預期。於是乃活用孫子賽馬之法。先操兩個勝算。一路破。他處便皆聞風喪膽。不足畏矣。杜松一路。在明軍中固不失爲上駟。而太祖以六旗五萬四千之衆當之。已失其上駟之資格矣。欲知後事。且看下回。

第七回

殲蜀兵劉省吾授首　滅葉赫錦台什焚臺

古語說。兵凶戰危。戰陣之事。絕對是不許輕談的。如果自恃勇力。或以名望過人。目無餘子。一定是驕矜自滿。任性妄爲。一遇勁敵。未有不失敗者。杜松在四路之中。責任最重。希望最多。人人皆以爲他必成功。他自己也抱着滅此朝食的野望。無奈他太貪功了。却不想正遇着一位最能軍的太祖。鴻猷廟算。早已把他玩於股掌之間。用疾雷不及掩耳的迅速舉動。先以全力對付他這一路。不用說他已分兵去打界藩。就讓他全數結營於薩爾滸。太祖的六旗之衆。尚且比他多至萬餘。若在分兵以後。則差不多二與一之比。儼然上駟之於下駟矣。宜乎一擊之下。全軍覆滅也。明兵各路之中。不失爲中上駟者甚多。尤以劉綎一路。最爲駭人。兵皆蜀人。剽悍無比。所使兵器。銛利異常。加以有朝鮮二萬人爲之助勢。聲威之大。可以想見。只以杜松一路覆亡。劉綎一路亦遂如下駟之慘敗。然則太祖用兵之巧妙。應付之得方。吾人除感佩以外。無詞可贊矣。話說明兵之在薩爾滸山者。見太祖揮兵殺上山來。疾忙出營列陣。又以主帥杜松不在營中。除了監軍張銓。其餘皆是偏俾末將。他們唯一護符。全仗火器。當時。槍砲齊鳴。聲震山谷。砲彈鉛丸。雨點般自山上飛下來。不知滿洲兵對於槍砲。久有經驗。人人皆能自覓掩護。節節上攻。不移時前鋒兵業已迫近營壘。一聲吶喊。突過壕戰。弓矢在前。刀矛在後。一齊殺入大營。明兵大亂。火器也不能使用了。自然就展開了短兵相接。若論到野戰這一層。自來明兵不敵滿洲兵的。我們只看熊廷弼的奏疏。已然明白無隱的說『我兵五足當敵兵一』。就是明兵五人。纔足當滿兵一人的意思。這樣看來。滿洲兵一萬。便能抵明兵五萬。何況薩爾滸大營中的明兵。實際上僅不過二萬多人。反觀太祖對於此路所配兵士。卻有四萬五千之衆。那無疑的明兵必至全軍盡沒了。實錄所謂『不移時破其營壘。死者相枕藉』。說現在的話。就是不到一個鐘頭。把薩爾滸的明兵。全行解決了。這時所遣赴援吉林崖的一千軍士。也早到了山上。向守兵說。陛下和諸位貝勒大臣已然率領大兵全來到了。這時想已破了薩爾滸的明兵。大貝勒命我們來援助你們。山下已撥出二旗精兵。預備渡河夾擊明兵。我們就可奮勇馳下。大兵必來接應。那四百軍士和築城夫役一萬五千見說無不歡躍。當時喊殺衝下。杜松正自督催他的部下。覓路上山。以為這羣死在眼前的毛賊。兀自辱罵老子。等我到得山上。就象甕裡捉鱉。一個也跑不了。不想他正自發揮他的武威。揚揚得意之時。忽見山頂上。突然樹起一座大纛。他便有些疑心。他是勇將。自然沒有什麼懼怕。只是他不明白這大纛是怎樣上去的。忽然又聽螺聲響了。他更是一怔。就在此時。山上馬步。以及夫役人等。就如地裂山崩。由上面一齊衝了下來。他是慣於戰陣的人。固然滿不在乎。無奈他的部下。早已立不住脚根。紛紛倒退。這要在精細的大將。一定會知道其中必有原故。不然的話。方才還在山上固守。這時爲什麼竟敢衝了下來。即便軍士們敢於死鬭。難道夫役也有這樣的決心麽。一定是來了什麽救援。此時不但防備前方。尤須注意後路。誰知杜松這位將軍。他太狂傲了。他簡直不信對方能有人會用兵的。反正他是來捉人殺人。而並不是來打仗。光憑他的威名。便可以把敵人嚇得走不脫。多慮的事。一點也用不着。他這樣狂傲。所以一見山上有人衝下。兀自掄着大刀。騎着大馬。跑去跑來的說。不許跑了一個。他們這是想逃跑的。誰知道人家更不跑。眞不亞下山的餓虎般。當眞的斫殺起來。他這才有些驚駭。只得一馬當先。掄起大刀來抵禦。兩軍殺得正酣。不意後方的明兵。忽然發出一陣很不幸的悲喊。原來是大貝勒四貝勒。以及額亦都揚古利諸大將。率領右翼二旗兵。渡過渾河。自界藩山下殺奔前來。此時杜松指揮兵將。正在山之半腰。與築城兵士夫役交戰。忽見山後方殺來一支人馬。一上一下。把明軍夾在當中。到了此時。他眞駭怕了。並且也後悔了。萬沒想到敵人竟會有這樣的手段。完了。一世英名。恐怕要付與流水。此時他還想退歸薩爾滸的大營。但是兩地相隔。只不過四五里路。大約這里既然來了滿洲兵。薩爾滸那邊恐怕也不保了。正自這樣想着。果然聽見砲聲隆隆。槍聲驟起。遠遠望見薩爾滸山上。煙塵彌天。殺喊震耳。便如雨脚似的順風吹來。已知薩爾滸同時也正在鏖戰。

他益發恐慌了。界藩得失。還沒緊要。如果薩爾滸大營一失。那就算全軍覆沒了。想到這里。他不敢再那樣狂傲。捉人殺人了。三十六着。還以走保大營爲對。他想的雖然很對。無奈太晚了。這時大貝勒等。指揮士卒。上下夾擊。明兵死者無算。杜松一心想去救大營。已自無心戀戰。只聽他在馬上。向王宣趙夢麟喊着說。我們不可只在此地鏖殺了。應當赶緊去救大營。死也要衝出去。在一小時以前。他們還在攻人家。不想一轉移間。反主爲客。他們却被圍在垓心。又加以地理生疏。山路崎嶇。吉林崖下。便是渾河。他們除了肋生雙翅。若說用人馬兵器的力量。想要闖出。那是萬難。據太祖實錄記此戰說『我兵縱橫馳突。無不一以當百。遂大破其衆。明總兵杜松、王宣、趙夢麟等。皆沒於陣。横屍亘山野。血流成渠。其旗幟器械。及士卒死者。蔽渾河而下。如流澌焉。』雖不免少有誇張。但是杜松以下。所有將士。全行陣亡。這是實在的。可見用兵之道。忠勇雖爲前提。最要緊的。還在戰略。杜松號萬人敵。不是不能戰。就因爲太祖的戰略。比他高着數籌。接戰時。士卒無不效命。所以明軍的第一路不出一日。便與以全滅的打擊。這不但在瀋陽指揮全軍的經略楊鎬所不及料。也是身當第一路的杜松。所沒想到的。他滿想旗開得勝。馬到成功。結果適得其反。這就皆因他眼空四海。目中無人的原故。三位主將已死。明兵之幸生的。因無人指揮。自然全無鬥志。滿洲兵追奔逐北。直到二十里以外之碩欽山下。因爲天已昏黑。方才止住。以上這一戰。是三月初一日的事。是日甲申。次日乙酉。明總兵馬林。率領大兵。結營於尙間崖。濬壕溝嚴斥堠。鳴金鼓。壁壘甚堅。他這一路是由開原發來的。在明軍中。謂之左翼北路。因爲他自開原行至尙間崖。也是甲申日的夜間。所以只得駐營。專待杜松的消息。如果杜松的中路得手。他便拔營直衝興京老城。不想一夜之中。也沒見杜松的消息。他便有些疑心。知道杜松的中路。必不得手。果然將到天明。已然聽說杜松全軍覆沒。他不敢逗留。只得命令拔寨後退。但是太祖的偵卒。早已乘夜把馬林駐兵尙間崖的消息。飛馬馳告大貝勒了。所以初二日黎明。大貝勒代善。便率三百騎。疾馳至於尙間崖下。這時馬林方在拔營。一見大貝勒率兵馳至。他不敢再動。恐怕大貝勒從後面掩擊。依然把大營扎住。營外佈了三道戰壕。使習火器者。列於壕外。又命潘宗顏一軍。扎營於三里外之斐芬山。以作犄角。大貝勒見狀。忙派人馳告太祖。這時太祖的六旗兵。已然完全把薩爾滸的明兵解決了。追奔逐北。至於斡琿鄂謨之野。正遇杜松的後路。有遊擊龔念遂。李希泌等。統兵不滿萬人。在此以爲接應。原來他們還不知杜松全軍覆滅的消息。如果知道了的話。就不能孤軍在此駐營。直到初二日黎明。方才看見由薩爾滸逃來的敗兵。隨後太祖提得勝之兵。也已趕到。眞不亞摧枯拉朽一般。交綏之下。龔李二將。全行陣沒。明兵除戰死者外。大都拋棄了軍中用具。四散潰逃。太祖於大勝之後。又得一小勝。方在勒馬高岡。四望戰場之際。這時大貝勒的報馬已到。說尙間崖一帶。現有明總兵馬林等。在彼駐營。太祖見說。卽留諭於四貝勒。命統大軍繼後。遂率侍從四五人先行。日中。已然到了尙間崖。此時大貝勒所統左翼二旗兵。已然到齊。太祖卽命先據山巔。以便向下搏擊。但是大軍還不及登山。馬林營內之兵。已與壕外之兵合在一處。太祖曰。是將與我戰也。我兵且勿登山。宜下馬步戰。因命大貝勒往諭。時左翼二旗兵。下馬者僅不過四五十人。明兵已自西方掩至。大貝勒一見。大聲因向太祖說。敵兵已進矣。卽怒馬迎戰。直入敵陣。二貝勒阿敏。三貝勒莽古爾泰。與衆台吉等。遂各賈勇奮進。兩軍當卽殺在一團。這時四貝勒所率六旗兵。也前後趕至。因爲不及佈陣。更沒有傳令的工夫。大家人自爲戰。一齊突入陣中。這陣斫殺。比薩爾滸戰。尤形激烈。結果明兵不能支。虧輸大敗。副將麻岩以下。大小將士。陣沒者甚多。總兵馬林。僅以身免。至於斐芬山上潘宗顏一軍。更不能支。一樣陷沒了。這一路是明軍北路。本來約會了葉赫兵二萬。前來助戰的。這日葉赫貝勒錦台什。布揚古。率兵方至開原中固城。聽說明兵已敗。他們不敢進前。卽日率兵驚遁。由三月初一日出兵抵禦以來。至初二日中午。僅不過一日半的工夫。連破明軍兩路大兵。這雖然由於太祖以下君臣主僕。勇於赴敵之所致。而最大原因。仍在戰略之克制機先。使敵無所措其手。所謂克制機先者。反客爲主之謂。當二月二十九日。四路告急之時。明兵十餘萬。猛將如雲。謀臣如雨。由四下里取攻圍之勢。此時太祖僅有兵六萬。分拒則不足。坐守都城。爲背城之戰。尤爲危險。是在人爲主。我爲客。無論如何。形勢均極不利。但是誰也想不到太祖置其他三路於不顧。先以全力對付杜松。並且變守爲攻。以極短的時日。收極大的效力。杜松既破。遂以得勝之兵。轉而以當他路。其勢益疾。其兵甚整。而其氣亦益壯。足使敵人聞之喪膽。故向之明兵。足稱上駟中駟者。至是全爲下駟。是以西路北路。幾於隻輪不反。而淸河一路。遂不費一矢。全行驚退。只有南路劉綎一軍。依然節節前進。自投死路。這是因爲路遠。消息難於速達之故。原來杜松、馬林兩路覆沒的消息。在三日的早晨。才達到了瀋陽。總指揮經略楊鎬。聽了此息。驚得他目瞪口呆。半晌說不出話來。他不解爲什麼在一兩日之間。兩路大兵。六七萬人。就全陷沒了。滿洲兵究竟是怎樣出來的。我明明寫信與他們約定三月十五日會戰。怎麼他們不等到日子。就出師呢。雖然我那書信是假定的日子。但是他們也不能猜得這樣透呵。這一定是有人泄漏了師期。着他們有了防備。直到如今。他還昏着。眞是天朝的人。腦筋特別。總以爲編在夷字號的人類。是容易欺騙的。如果不會欺騙着。便疑惑有什麼漢奸走漏消息。他絕不想人家原有極嚴密的組織。單說諜報一層。那時太祖的部下。確乎比明人敏速的多。不然的話。他說十五日會師。便等他十五日。國境上一個人也沒有。那還了得。不過照楊鎬這一類的人。總以爲這裡頭是有毛病的。當下他無可爲計。跺跺脚。連說完了完了。旁邊一位幕客說。大帥不必如此。大小也得拿個主意。楊鎬見說。嘆道。人都說遼事難辦。果然是難。如今國家費了一年多的經營。湊齊了各省的精銳。不想一旦之間。兩路中堅。全喪失了。這不能戰了。趕緊把李如柏。劉綎的兩路調回吧。省得深入重地。一樣也得喪失。當下他傳檄李如柏劉省吾。（省吾劉綎字）命他們赶緊撤回。清河路上的李如柏。道路較近。根本他也沒進軍。因爲他見山谷之中。籠煙四起。旌旗蔽空。知有重兵把守。只得扎下營壘。專待杜松得手。並力向前殺去。不想杜松一向沒有消息。如今却由瀋陽飛來總帥的命令。教他立刻退師。以保遼東。他這才知道杜松馬林兩路。全行覆沒。他孤軍無倚。只得遵令撤退。因此清河一路。倒落個全師而返。惟有劉綎。道路比較遙遠。再說他是當時有名上將。在緬甸、雲貴、四川、朝鮮。都顯過大名。以現在四路主將而論。除了杜松。就得讓他。據明史說。綎於諸將中。最爲驍勇。所使鑌鐵刀。重百二十斤。馬上輪轉如飛。天下號稱劉大刀。他還有一位養子。名叫劉招孫。和他一般驍勇。至於他的部下。全爲四川人。也是他親手訓練的銳卒。他的本身。既有絕人之力。而羽翼又是這樣精强。同時又有朝鮮兵二萬爲助。他勇於奏功。不讓杜松的心事。可以想見了。

却說太祖連破杜松馬林兩路大兵。收全軍於固勒班地方。檢點傷亡。慰勞將士。旋有偵卒來報說。明將劉綎。業已侵入棟鄂路。我守將不能支。清河路上之李如柏軍。尚不見有何動靜。本來太祖早知劉綎是個勁敵。若發兵速往迎戰。士卒已然惡戰兩日。未免過勞。今惟有誘其深入重地。一鼓擒之。因問衆將。劉綎已入我境。誰敢率兵先行。探其消息。大臣扈爾漢曰。某願往。太祖曰。汝此去善觀方便。不可與敵。將彼行動。隨時報吾知道便了。遂與兵一千。令其先行。次日侵晨。又命二貝勒阿敏。率兵二千。以繼扈爾漢之後。往觀敵情。是日爲三月初三日。太祖率諸貝勒大臣。還軍至界藩。行凱旋禮。刲八牛。祭纛告天。大貝勒請曰。連日戰鬭。宮中當必懸心。都城官民。亦必正盼吉報。兒欲先歸都城。以安衆心。俟祭祀完畢。父皇再統大軍徐歸。未晚也。太祖許之。大貝勒代善。遂率二十騎先歸都城。且探南路消息。此時三貝勒莽古爾泰。亦請伴兄同行。太祖亦許之。既而四貝勒由本營馳至。見兩兄皆行。亦請與俱往。太祖曰。汝兄微行而往。僅不過爲探消息。汝隨吾後行可也。四貝勒曰。兄往。兒獨留此。心不能安。遂亦馳往。比日暮。大貝勒已至都城。先詣內廷。慰告曰。撫順開原兩路敵兵。已斬戮淨盡。南來兵。已遣將往禦之。俟父皇凱旋。必擊破之。宮中得此消息。無不大喜。忙備祭品。預備祭天。既而大貝勒又把破敵之事。曉諭城內官民。眞是歡聲四溢。大呼萬歲。勇敢之情。倍於往日。大貝勒把告捷之事。辦理完畢。遂又問了問日來南路。有何消息。守城將士說。最初棟鄂路有告急文書到來。我等正憂。今上與諸貝勒。奏此不世之功。劉綎雖猛將。不足慮矣。大貝勒說。父皇已有計破之。汝等依然小心防守。吾迎父皇去也。當下飛身上馬。迎至十五里外大屯之野。遂與太祖一同進城。這時曉日初昇。旌旗在晨光之下。招展春風。百數十里不絕。都城之內。氣象尤爲盛壯。滿街爭跑紅旗。家家皆結燈彩。歡迎太祖凱旋。只以敵兵尙未完全掃滅。太祖不願少逸。當即傳令。命大貝勒、三貝勒、四貝勒。分統大軍。往禦劉綎。付耳說如此如此。又以清河路上。李如柏、賀世賢等。不知有兵若干。萬一衝將上來。都城先受其患。遂又益兵四千。以備都城。那里知道。那李如柏。連個影兒也不曾留。早被楊鎬調回去了。不過此時太祖還未得着消息。如果預先知道李如柏退去的話。以全力去對付劉綎。那更容易措手了。却說劉綎由寬甸出兵以來。真是節節順利。就好象入了無人之境。第一日。侵入了棟鄂路。居民一見。又是明兵。又是朝鮮兵。漫山偏野掩殺上來。尤其是那些明兵。一個個手使長槍。身穿籐甲。非常矯捷。並且一律全是四川口音。居民向來沒見過這樣的兵。早已嚇得逃散。避匿深山茂林中。此時棟鄂路的守將。一名托保。一名額赫。僅有部兵五百人。一見敵人掩至。當即奮力拒敵。但是衆寡懸殊。早被圍在垓心。托保二人。率領五百軍士。左右衝突。瘋狂般惡鬪。到底額赫戰死。損失約有百餘人。托保一見。不敢戀戰。當即率領殘卒。殺開一條血路。突圍而出。畢竟他們於地理道路。十分熟悉。跑了一天一夜。已與扈爾漢所率千人合在一處。托保在當日。也是一員戰將。弓馬嫻習。今日却殺得渾身是血。徧體傷痕。所餘三百多人。無不帶傷。扈爾漢一見。就知敵人十分利害。忙令他們後營將息。一面飛馬報知太祖。單說劉綎。頭一戰。便得了一個勝仗。士氣益發奮揚。忙催促大軍。向前赶殺。但是托保及三百餘敗殘軍士。早已不見踪影。劉綎的性情。十分急躁。他見敵人突圍逃去。恨不一步赶上。殺個淨盡。方才快心。無奈他所率大兵。共有四萬。除了朝鮮兵二萬。另有鮮帥姜弘烈節制。便是他所部的二萬人。也當然不及三四百人跑的快。雖然他揮着大刀。只顧叱喊着快走。究竟好幾萬人的事情。移動十分遲緩。朝鮮兵。好象根本就不聽他的節制。元帥姜弘烈。自出師以來。便不合他在一起。總是離他很遠。他也知道。朝鮮兵是客情。不便相强。沒法子也只得率領他自己的蜀兵二萬。向前趲行。如果楊鎬的命令。早到一日。或者他自己已然知道杜松覆沒的消息。那他或者也不敢深入重地。早已辦個退計了。無如這些消息。他一件也不知。依然自恃武力。向前赶行。最可怪的。一路之上。一個敵人也不曾遇見。他以爲這必是杜松得手了。他又嫉又恨。到了此際。爭功之心。益發憤切。這日他的大軍。將次行至阿布達哩岡。這里重山起伏。林木森然。朝鮮軍雖在他以後。行至富察之野。便止往不行。扎了營寨。劉綎却依然前進着。那里知道。扈爾漢已伏軍山谷中。看着他的大軍。行過去了。在阿布達哩岡的左近。大貝勒和四貝勒等。也正伏軍以待。這時劉綎正向前行。忽見前面有一人。騎馬揚塵而至。臨近看時。却是明兵打扮。口音也正是南人。劉綎一見。不覺大驚。忙把那人喚至馬前。只見那人喘息着下馬。很慌遽的向劉綎說。閣下是劉大帥麼。小人是杜大帥的差官。現在杜大帥已然得手。不久便殺入敵人老巢。特命小人前來報知大帥。赶快前去接應。劉綎說。杜帥得手。爲什麼不放號砲。那人含混應道。小人來時。他們正在白兵戰。想來就要放砲了。說話間。依然上馬。向西飛馳而去。劉綎此時。惟有在鐙中跺足。恨不得教軍士再多生兩條腿。只聽他哇呀呀亂叫說。到底被老杜佔了頭功。孩兒們。隨老子搶敵城者。當下他撥出精銳一萬人。狠命向前赶。他想着由此至興京。僅不過六十里。半日必可馳到。方到阿布達哩岡下。又見岡上有明兵旗幟。隨着就聽號砲齊鳴。他益發覺得走的太慢了。連催快行快行。誰知大兵將到岡下。大貝勒由岡之左。四貝勒由岡之上。各率左右翼八旗兵一齊殺來。劉綎這一驚。非同小可。心知中計。但亦無法。只得揮兵應敵。這一戰。眞可以說棋逢對手。將遇良才。不過劉綎陷於四面楚歌之中。抑且人困馬乏。滿洲兵以得勝餘威。又是以逸待勞。所以戰不多時。明兵大潰。大貝勒四貝勒。率衆掩殺。射死及被擒者。不計其數。劉綎父子雖勇。到了此時已不成軍。只得手殺數人。同時被亂箭射死。

俗語說。兵敗如山倒。一點也不錯。劉綎和他的養子劉招孫。皆號萬人敵。但是他們在南方打仗慣了。照滿洲兵這樣的强弓勁弩。還不曾遇過。再說明兵歷來不長於野戰。他自己又不小心。自行投入重地。雖然滿洲兵被他們父子殺傷了不少。但是大勢已決。他父子二人。以及前行的一萬兵將。差不多全被犧牲。後路的一萬人。由監軍康應乾率領。前面主將。既然遇伏。來個全軍盡沒。後面的這一半。也自站不往脚。雖然他們有精良的火器。無奈大貝勒。四貝勒。以及大臣扈爾漢等。由前後夾擊。太祖續遣的大兵。也一齊來到。這一萬人。自然也是不能倖免。康應乾本是文職。見事不佳。早已先遁。遊擊喬一琦。也以戰事不利。自率殘卒。逃入朝鮮軍營中。當兩軍戰酣時。朝鮮軍。只作壁上觀。他們的態度。已自可怪。及見劉綎戰死。全軍幾乎盡沒。朝鮮的姜元帥。便命偃旗息鼓。不許擅動。隨卽遣派通事。來見大貝勒。商議納款的事。又一說朝鮮國王。於出兵之先。已有書致太祖。說明此次出兵之不得已。因爲朝鮮有難時。明廷曾遣劉綎率兵援助。爲報昔日之德。是以不得不出兵爲之聲援。然而決無戰意。貴國如能撫我。我自願歸付。他們既然預先有了這樣的通款。無怪朝鮮兵之按兵不動了。却說朝鮮通事來到大營。見了諸位貝勒。說明來意。大貝勒因與四貝勒商議辦法。結果是先請朝鮮姜元帥過營一敘。卽日留於營中。否則必非眞降。通事見說。卽忙回報姜元帥。姜元帥立刻又派來一個使人說。余本當過營。藉聆雅教。惟余若離營。恐軍亂逃竄。今擬先遣副元帥金景瑞。宿於貝勒營。以示信。詰朝余率衆詣降。大貝勒許之。是夕朝鮮副元帥金景瑞。率從者數名。謁大貝勒營留質。次晨姜弘烈。盡執明兵之在朝鮮營者以降。遊擊喬一琦投岩死。諸貝勒列騎。把姜弘烈迎入軍門。卽大帳中設宴勞之。宴畢。先派人將朝鮮二元帥送至都城。太祖陞殿召見。待以賓禮。所有朝鮮從軍人員兵將。皆命優遇。供應甚豐。不在話下。却說大貝勒等。既破南路明兵。檢點所得戰利品。三日始竣。當卽奏凱而還。慶功賀捷的事。朝野自有一番盛況。都不消細說。因爲此役。明出傾國之師。太祖也是賭國脉而戰。無論勝歸某方。全是必得慶賀的事。如今勝歸太祖。王業之基。已然打定。

焉有不慶之理。無奈歷來論此事者。皆謂太祖以少勝衆。爲得天助。把人事方面。概置不理。夫得道多助。失道寡助。自古聖帝明王。無一不有天助。何況太祖。每事告天。天之賜助。自無疑義。但亦不能全謂之天。即如明以全國精銳。取四路來攻的形勢。不用說少數人所不能應付。便是勢均力敵。一有錯誤。也要土崩瓦解。何況太祖兵數。僅不滿明兵二之一。就讓有天助。如果不濟以謀勇。恐怕也不易奏功。前面已然說過了。太祖的戰法。完全是把敵人的上駟。化爲下駟。而出以迅雷不及掩耳的單獨打擊。個個擊破。敵力散。而太祖的力全。一路既破。他路皆不能立足。所以不出五日。明兵除了清河一路。其他三路。全是片甲不歸。十分慘敗。此可見謀勇二字。在戰爭上。是如何重要了。

却說太祖於五日之間。破了四路明兵。有名上將。多數陣亡。消息傳出。不但遼東大震。便是明廷朝野。也無不驚慌失措。尤其對於劉綎之死。簡直是夢想不到的事。因爲明廷正在信賴他。准知他一出馬。便可成功。誰知適得其反。從此明廷益感遼事棘手。除了對於死事諸將。分別予謚賜奠以外。關於經略遼東的事。自然又有一番議論。又有一番更張。姑且不提。話說太祖大破明兵之後。知明創巨痛深。未遑再舉。遂修書一封。並簡派使臣。送朝鮮姜元帥以及大小將士回國。朝鮮國王。亦以書報之。於是兩國和好。諸事完畢。太祖遂有志取葉赫國。因爲滿洲諸部。次第削平。有名大國。如烏拉、哈達、輝發等。亦皆全入版圖。獨有葉赫。向恃明助。諸事作梗。不樂合作。對於太祖的統一政策。

實在是個絕大障碍。且同在一國之中。而分道揚鑣。互存敵意。長此以往。爲害甚大。所以太祖乘明新破。無暇顧及之秋。欲一舉而翦葉赫。以遂統一之志。然而開原鐵嶺。適爲葉赫屏蔽。欲取葉赫。不破二城。終於不能根本翦滅。於是太祖決計先取開原。却說明總兵馬林。自尚間崖戰敗後。他率領少數殘卒。僅以身免。明廷不但不加處治。依然命他鎮守開原。這大約也是由於千軍易得。一將難求的原故。馬林回到開原。一力整軍經武。不到兩月工夫。依然把兵募齊。夏六月。太祖率大兵。直向開原進發。因天雨。暫時駐軍。一面派偵卒到開原視察。一面聲言攻略瀋陽。不消一日。偵卒回報說。開原無雨。太祖遂率大兵逕行。直迫城下。馬林慌忙拒敵。諒此一城之衆。多半又是新募之兵。焉能與太祖常勝之軍對抗。一攻之下。其城遂破。可憐馬林不死於薩爾滸之戰。而竟與城俱亡。也算盡了守土之責了。當攻戰時。鐵嶺有兵來援。還未赶到。太祖已然進城。援兵不敢再前。自行退去。太祖在開原城駐兵三日。籍所俘獲。仍還界藩。因爲天氣炎熱的關係。諸貝勒大臣請還都城。太祖曰。非計也。今六月盛暑。我兵已行軍二十日矣。若還都。二三日乃至。軍士由都城至各路屯寨。又須三四日。炎蒸之時。復經遠涉。馬何由壯耶。不如居界藩。牧馬於邊。房屋不敷用者。可添築之。界藩爲吾西都。未可輕視也。至秋涼。由此出師。其甚勢便。遂駐蹕界藩。大宴、行慶賀禮。當破開原城時。有明守備千總多人投降。太祖命厚賞之。至是一同與宴。至秋七月。太祖復率兵圍鐵嶺城。以雲梯攻之。城破。守將喩成名以下戰死。太祖因駐兵鐵嶺城。不想這時蒙古喀爾喀諸貝勒。因嫉太祖成功。不時出掠。就中尤以貝勒介賽最爲捷勇。太祖一戰擒之。後與盟天釋歸。因得其用。却說太祖攻克開原鐵嶺二城之後。障壁已除。至秋八月。遂親統大軍。往征葉赫。時葉赫貝勒錦台什居東城。布揚古居西城。相爲犄角。彼此呼應。他們知道現在已到最後關頭了。因爲他們平常所倚賴者。惟有明廷。不想明出四路大兵。不但未能成功。反倒損兵折將。落個大敗虧輸。如今開原鐵嶺。又復相繼失陷。葉赫國內。雖有一部明兵。爲之戍守。恐怕也不濟事了。不如自己嚴防。滿洲兵不來便罷。他若來時。便和他決一死戰。錦台什這人。實在是可憐極了。我們不解他爲何這樣執迷。如果他是英雄豪傑。耻居人下。也未甞不可轟轟烈烈作一場。何況他國大人多。自來卽有基業。若拿他的勢力。和當初的太祖十三副遺甲來比較。眞是不可同日而語。爲什麼僅有十三副遺甲的。倒成了帝業。錦台什有世守的大國。反倒落個國亡身戮。推原其故。錦台什無非是個極其執拗的胡塗人。去英雄二字遠甚。如果他是英雄的話。自知才略不如太祖。也應照何和理額亦都諸人一般委身以事太祖。那末他既與太祖有婚姻之雅。又有那樣多的兵馬土地。以作贄敬。將來他的勳名。眞是不可以想象的了。如果自以才略出衆。不屑倚人成事。也未甞不可周旋疆場之上。顧盼自雄。他都不能。僅不過依明廷之末光。貪勅書以自貴。微特衰老的明廷。不足倚賴。藉使薩爾滸之戰。明兵倖勝。以那時諸將之驕。僻見之强。區區葉赫。

其不爲虞公之續者幾希。無論何事。也不問國之大小。既然負着當國重責。必須通達時務。利害分明。外交的眼光。更不可以沒有的。假如他於明兵失敗後。赶快與太祖妥協。從事交涉。也未必便有悲慘的末路。無奈他執拗性成。全憑意氣。至死也不妥協。此點雖不失崛强漢之風度。但是未免愚之至矣。閑言少叙。話說太祖自率大軍進入葉赫國。一路屯寨。望風披靡。不日進至近郊之下。太祖當與貝勒大臣定攻取策。以諸貝勒率兵圍西城。太祖自率八旗將士圍東城。在夜中佈置攻具。撥派人馬。至曉即薄其城。葉赫偵卒。早已報入城中。却說西城貝勒布揚古。見說滿洲兵已來攻城。忙與其弟布爾杭古出城禦敵。此時葉赫居民。聞有兵來。已自驚擾失措。負郭居住的。早已逃入城中。遠者則避匿山谷。一陣荒亂。致使葉赫兵已自慌了手脚。當他們出城時。很像有些勇氣。鳴角鼓噪。進至一道土岡上。列成陣勢。忽見滿洲兵遠遠而來。隊五整肅。劍戟如林。馬壯人强。軍容甚盛。他們自度不敵。還是登城固守爲妙。所以他們不戰而退。倉皇入城。諸貝勒遂督兵圍之。水泄不通。大約不消一日。這座西城。便不能守了。這里我們還是先說一說太祖怎樣去打東城。這座東城。較比西城堅固的多了。主城以外。是一道土城。無奈他們還不會佈置停妥。正在手忙脚亂之際。已被太祖攻入。他們只得退保主城。太祖的大兵。緊接着又迫近他們的城下。雲梯輴車。就好象倒海排山似的。一齊都陳列在城下。看着實在是駭怕。但是太祖絕無一點傷害錦台什的意思。自要他改悔。仍然以親戚的感情。彼此合作。也就算了。所以大兵雖然薄臨城下。依然不許攻打。先令軍士環城喊叫。錦台什快快開城投降。依然不失一國之主。那里知道。執拗不悟的錦台什。不但不降。反在堞樓上大言曰。我非明兵比。等夫也。我肯束手歸降乎。與其降汝。寧戰而死耳。他雖然執拗。他的氣概。也實在令人可驚。太祖知道若不加以痛擊。萬難得他投降。當下便發令。一齊攻打。欲知結果如何。且看下回。

第八回

太祖書斥林丹汗　明帝起用熊廷弼

話說太祖親統大兵。深入葉赫國。與諸貝勒分攻東西二城。太祖因念錦台什雖一時執迷。如肯投降。未嘗不可共圖大事。所以其城雖然垂下。依然勸其早降。無如錦台什崛强不從。並且口出大言。太祖無法。只得揮兵攻打。當下兩軍鏖戰。矢石上下。交飛如雨。攻戰良久。勝負不分。雲梯折毀數架。終不得樹。太祖遂分命一軍。以楯牌掩蔽。擁上傍城之一山。剷掘地道。欲隳其城。但是城上火器齊發。石雷滾木。不斷抛下。以防碍工兵作業。工兵亦伐木編牌。掩盖地道。依然進行工事。那消一日。

便在城下掘下數個大洞。內實火藥。安下藥綫。點火燃着。只聽轟然震響。城壁早墮數處。大兵乘勢進擊。遂一擁入城。敵衆見城已破。慌忙四下拒敵。演了一度巷戰。敵兵不支。紛紛逃潰。於是太祖令人執旗。禁約入城軍士。毋得妄殺一人。又令人執黃蓋。傳諭城中。降者免死。當下城中兵民盡降。錦台什見大勢已去。慌忙入府。携其愛妻幼子。登一高臺。只有從者數人隨護。此時太祖所部軍士。業已將臺圍住。向上呼曰。事已至此。汝猶不降乎。速下速下。否則吾等進攻矣。錦台什曰。我戰不能勝。城破困於家。縱再戰。豈能勝乎。汝皇子四貝勒我妹所生也。得相見。聞其盟言。我乃下。時四貝勒正在圍攻西城。太祖因命人召之來。謂曰。爾舅有言。待汝至乃下。汝往喻之。彼下甚佳。不下。以兵毀其臺。於是衆將隨從四貝勒。來到臺下。論理甥舅見面。有不感慨無量者乎。就讓兩國失和。連年以兵戎相見。甥舅之間。無緣晤談。但是血終比水濃。雖說向未謀面。感慨之情當有不能自禁者。誰知過於執拗的錦台什。到了此時。忽然犯了疑心。那里是什麼疑心。只不過藉詞不下。還想有什麼意外的救援。他說。我與甥未識面。眞僞烏能辨。他這話未免太可笑了。用一個假外甥來欺他。又有什麼好處呢。而且太祖也萬不許有那樣的事。他實在太愚了。所以大臣費英東。額駙扈爾漢向彼叱曰。惡！是何言。汝見常人中有如我四貝勒魁梧奇偉者乎。汝即不識。汝國使者必嘗語汝。何難識別耶。若仍不信。曩者我國議和之時。曾以媼往。媼乳汝子德勒格爾。今尚在。盍令視之。錦台什曰。

何用嫗爲也。觀此辭色。似未承父命善遇我也。特誘我下臺。而見殺耳。我石城鐵門旣失。困守此臺。縱戰不能勝。但我祖父。世居此土。我生於斯。長於斯。則死於斯而已。四貝勒曰。天設此險。俾汝築城。疲勞百姓。至於數年。所築重城。今的摧破。獨據此臺。欲何爲也。汝欲誘人至此。與汝拚命。孰肯如汝之意耶。汝曰。得我盟言活汝。汝乃下。我豈來與汝盟乎。惟汝速下。我引汝往見皇父。生殺一惟父皇命。且汝當日之意。實欲翦滅親戚。肆行無道。我國屢欲和好。遣二三十人至汝國。汝輕視我國。謂懼而求和。殺我使臣。或羈留之。致有今日傾覆之禍。倘父皇念汝惡。則戮汝。倘不念汝惡。以我之故。貸汝。汝生矣。本來四貝勒到了現在。以國家之故。也無權敢與私盟。只得以言語勸之。准知太祖亦不至念其舊惡。一定有個保全。誰知四貝勒申勸再三。錦台什終不悟。仍要四貝勒盟誓。四貝勒曰。舅言我來卽下。我乃來。若下。速下。引見父皇。否則我往矣。錦台什曰。姑勿往。我先令親臣阿爾塔什往見上。察言觀色而回。我乃下。遂令阿爾塔什往。太祖諭責之曰。離間諸舅。與我爲難。致明人舉兵四十萬來。非汝也耶。念此本宜誅汝。事既往。不汝咎耳。汝還語貝勒。與偕來。阿爾塔什以太祖有不咎既往語。遂勸錦台什往見太祖。錦台什仍不下臺說。我聞吾子德勒格爾被創在家。召之來。吾與相見乃下。四貝勒忙遣人召德勒格爾至。與之相見。德勒格爾因謂其父曰。我等戰旣不勝。城又破。今居此臺。欲何爲者。盍下臺。生死聽之。勸諫再四。錦台什終不從。四貝勒怒。欲縛德勒格爾。德勒格爾大呼曰。我年三十六。乃於今日死耶。殺之可也。何縛焉。四貝勒以其言奏。太祖曰。子勸父降。不從。父之罪也。父當誅。勿殺其子。遂引德勒格爾來見。時太祖方膳。因以所食賜四貝勒與德格爾同食。諭曰。此爾之兄也。善遇之。這時錦台什猶在臺上。其妻以其旣不降。又不下臺。怒。携幼子下臺去。錦台什引弓。從者復擐甲待。滿洲將校士卒一見。無不大怒。忙用斧斤鍬鍤之屬。一陣拆除。臺上覺得顫顫欲動。錦台什自知不免。遂令從者縱火焚臺。霎時臺上屋宇皆燃。煙焰沖天。霹巴亂響。臺下將士。見他已然自焚。謂其已死。遂罷攻。但在臺之四周張望之。原來擧火之初。錦台什雖有自焚之心。及火焰將及其身。甚覺苦痛。乃慌忙自後梯馳下。攻臺軍士。在火光中。已然看見他滿身火星。由臺上跑了下來。早是一聲吶喊。圍上前去。可憐錦台什。執拗了好半日。不能自殺。依然被擒。如果他早明大義。與太祖妥協。焉有今日。太祖以其愚執不通。而且也無大用。留之無益。當日命人縊殺之。仍以禮葬。却說諸貝勒之圍西城者。最初一樣勸其投降。免受屠戮之苦。布揚古不從。及聞東城已破。孤掌難鳴。他這才慌作一團。只得派人來到大貝勒營中請降。無奈他們終是懷疑畏死。不敢來見。大貝勒因喻之曰。始令汝降。決無殺汝之心。且我與汝爲外兄弟。自能愛而生汝。汝若不信。曷先令汝母來。汝母我外姑也。豈執婦人而殺之乎。布揚古旋使人來言曰。我等固願降。但汝須留盟言而去。使我仍居此城。大貝勒怒曰。何復爲此言也。旣破東城。豈力不能拔西城。聽汝居此而去乎。速降則已。否則父皇至。必攻克爾城。克城之後。汝等駢首戮矣。布揚古兄弟。到了此際。不降又待怎的。沒法子。只得令其母來見大貝勒說。汝無盟言。故我二子懷疑而懼耳。大貝勒乃以刀劃酒而誓曰。若汝等降。而我殺之。殃及我。若我既誓。而汝仍不降。殃及汝等。汝等不降。破汝城。必殺無赦。乃執酒飲其半。分其半送與布揚古。布爾杭古飲之。遂開門降。大貝勒引布揚古來見太祖。布揚古勒馬立不行。大貝勒乃挽其轡曰。爾殆非丈夫耶。言既定。又立此躊躇何爲也。乃來見。布揚古跪不恭。僅屈一膝。不拜而起。太祖親以金巵賜之酒。不恭如初。屈一膝。偏向。酒不竟飲。沾脣而已。又不拜。竟起。太祖默然。既而顧謂大貝勒曰。引爾婦兄去。同彼西城。是日。太祖深念久之。謂吾既不念舊惡。欲留而豢養之。貸其死。予以生全。未見有喜色。仍懟怨。且拜跪亦不少屈。此人可豢養耶。是夜。命縊殺之。其弟布爾杭古。以大貝勒故。宥其死。其餘葉赫族屬。以及內眷人等。皆加恩養。城中官民。亦皆各安職守。財物無所取。妻子仍團聚。其壯丁之堪任軍旅者。分別造冊。於是葉赫土地人民。全爲太祖所有。惟當時城中有明兵一千。由遊擊馬時楠統領之。屢次與太祖爲難。城破時。除了腿快逃脫的。餘者全行殲滅。至是葉赫遂亡。葉赫之先。原出蒙古。姓土默特。後滅呼倫國之納喇部。遂據其地。因以納喇爲姓。未幾。又遷於葉赫河岸。建國號曰葉赫。自始祖星根達爾漢、數傳至青嘉努、揚吉努、爲明寧遠伯李成梁所誘殺。青嘉努之子布齋。揚吉努之子納林布祿繼之。錦台什卽納林布祿弟。布揚古爲布齋子。不念祖仇。反處處媚明以困太祖。積不相能。遂至亡國。不在話下。却說太祖攻圍鐵嶺時。蒙古喀爾喀貝勒介賽。出師數擾太祖。太祖與戰。擒之。至是喀爾喀部衆貝勒。以書來問太祖。且請盟。太祖許之。遣使與之刑馬歃血。相約一致對明。不想這時察哈爾部長林丹汗。見太祖攻破開原鐵嶺。今又滅了葉赫。眼見就要深入遼東。他心懷嫉妬。久欲與太祖爲難。偏巧這時明以王化貞爲廣寧巡撫。這位先生。力主聯絡蒙古。以抗太祖。每年協助察哈爾百數十萬兵餉不計外。凡廣寧以及遼西一帶。還許蒙古兵隨意出入。以此之故。察哈爾的林丹汗。驕傲異常。他不思這是巡撫王化貞一個人的政策。以爲連明廷都這樣敬畏他。何況遠在東海的小國滿洲。所以他驕傲已極。竟自給太祖送來一封極其不恭的書信。書曰。

統四十萬衆蒙古國主巴圖魯青吉思汗。問水濱三萬人滿洲國主英明皇帝安寧無恙乎。明與我二國。仇讎也。聞自去歲以來。汝數苦明國。今年夏。我已親往廣寧。招撫其城。收其貢賦。倘汝兵往。吾將牽制汝。吾二人非素有釁端也。但以吾已服之城。爲汝所得。吾名安在。若不從吾言。則吾二人之是非。天必鑒之。先時二國使者。常相往來。因汝使臣謂我不以禮相遇。搆吾兩人。遂不復聘問。若以吾言爲是。汝其先遣使來。

這是多末驕傲誇大的言詞。他這封書信。是以天命四年十月送來的。齎書使者。名叫康喀勒拜瑚。諸貝勒大臣。閱其書。無不大怒曰。是人驕慢極矣。無異狂吠。宜斬其使。或劓鼻馘耳而放歸之。太祖曰。爾等怒之是也。吾亦未嘗不怒。但與使者無涉。遣使者罪耳。姑留使者。吾亦有以報之。遂羈康喀勒拜瑚。遣派碩色武巴什爲使。而報以書曰。

閱來書。自稱四十萬蒙古之主。稱吾爲水濱三萬人之主。奈何恃其衆以驕吾國耶。吾聞明洪武取爾大都時。爾蒙古以四十萬衆。敗亡殆盡。逃竄得脫者。僅六萬人。且此六萬之衆。又不盡屬於爾。屬鄂爾多斯者萬人。屬土默特者萬人。屬阿索特雍謝布者萬人。固各有所主也。其餘三萬衆。亦不皆屬於爾。以不足三萬人之國。乃遠引陳言。自詡四十萬。而輕吾國爲三萬人。天地豈不知之。吾國即不如爾之衆。吾力即不若爾之强。然仰蒙天地眷佑。以哈達、輝發、烏拉、葉赫、暨明之撫順、青河、開原、鐵嶺、等處。悉以授予。來書以廣寧爲爾收賦地。欲我勿征。若征之。將不利於我。使我與爾平日有隙。出此言宜也。乃本無仇隙。何故爲異姓之明。出此惡言。豈非抗拂天意。倒行而逆施耶。吾惟至誠格天。天乃錫我智勇。眷顧獨隆。爾獨未之前聞。焉能不利於我哉。且爾之收賦於廣寧也。豈爾能興師轉戰。多克堅城。彼畏而與爾耶。抑姻婭和好。愛爾而與之耶。若愛爾而與之。錙銖之利。受之何爲。爾誠能使彼還爾大都三四十萬蒙古之衆。則爾出此言。亦無足怪。昔吾之未征明也。爾曾與明搆兵。盡失其甲冑駝馬。僅以身免。及再搆兵。格根代青貝勒之侍衛。及從者十餘人。爲明所殺。毫無所獲而回。爾侵明者二。俘何人衆。克何堅城。敗何勁旅。明何畏於爾乎。況明之價汝。從未有如此之厚者。徒以畏吾征伐之故。誘爾以利耳。爾我二國。語言文字雖異。衣飾髮膚則同。蓋兄弟之國也。爾果有知識。來書宜云。明吾深仇也。惟天眷佑之主。能隳其城。敗其衆。願同心協力以圖之。如是立言。不亦善乎。乃惟利是嗜。以有限之金帛。搆怨於素無嫌怨之國。皇天后土。寧不鑒之。

語云。有文事者。必有武備。若是沒有武備。徒然舞文弄墨。或是用語言亂喊狂呼。一旦以武力來臨。將何以禦之。實在是不堪設想的事。就拏語言文字來講。有時也足以當武器用。但是文字以外。必須有眞正的武力。若是武力不佳。徒憑文字。不但沒有絲毫益處。或者反倒成了賈禍之具。就如同陳琳替袁紹作了一篇討曹檄文。由文字上說。自然是勝利了。無奈袁紹的武略。去曹操太遠。所以反倒因爲有此檄文。招來一個滅國亡身的大禍。可見文字決其不是輕弄的。但是太祖這篇文章。與那徒尙口舌。而沒有實力的宣傳文字。不能同日而語。因爲太祖平日是講實際。而不尙空談的。如今既然用書信把林丹汗斥責了一番。後面自然有不可侮的實力以對付之。所以徒爲大言的林丹汗。也知道太祖不可輕侮。雖然挨了一頓申斥。卻也無可如何。只得把使臣碩色武拘押起來。以泄一時之憤。但是他忘了他自己的使者。也一樣留在對方。會有喀爾喀使人來言。碩色武已被林丹汗殺以祭旗。但屬風傳。並未證實。諸貝勒遂有主張殺其使以報之者。太祖乃命人殺康喀勒拜瑚。未幾碩色武巴什。密通守者。破械逃歸。自是太祖遂與察哈爾斷絕往來。暫且不提。卻說明廷自命楊鎬爲經略。起傾國之師。分四路進攻。本擬一舉成功。不想薩爾滸一戰。全軍覆沒。宿將名人。陣歿者不計其數。生還者僅不過康應乾張銓等一二文人。明廷得報。擧國震駭。於是對於遼東之事。不免又有一番更張布置。

原先他們對於滿洲事情。一點兒也不措意。除了因循欺瞞。以及任用沒有頭腦的武官。肆行高壓以外。簡直無所謂政策。現在事體越發大了。十數萬大兵。百餘員猛將。眼見全行葬送。這雖說是兵家勝敗。古之常理。而楊鎬以經略重任。竟使四路大兵。遭此慘敗。也可以說是喪師辱國。責無旁貸了。所以明廷特下一道嚴旨。將楊鎬拿問。因爲當時明廷。在刑賞二字上。已然失了依據。並且黨派繁興。議論盈廷。卽如東林黨。在當時雖以講學礪操爲名。但是分子極其複雜。朝野連結。攻訐政治。每遇一事。總是議論多而成功少。但看楊鎬逮問的事。直到崇禎二年。方才伏法。可見那時是如何的紛議了。楊鎬既然失敗。明廷知道經略一職。是不可忽視的了。幾經物色。遂起用前任遼東巡撫熊廷弼。以爲遼東經略。熊廷弼字飛白。江夏人。他是明末清初遼東大舞臺上。一位重要角色。無奈生不遇時。君闇時艱。而閹宦又從而撓其計。彼雖一時之彥。終而演了一場大悲劇。傳首九邊。增加了他不少的價值。這是讀史的人。所共知的。當他受任臨行的時候。太祖的大兵。已然攻破了開原。廷弼因上疏明廷曰。『遼左、京師肩背。河東、遼鎮腹心。開原、又河東根本。欲保遼東。則開原必不可棄。敵未破開原時。北關、（明謂葉赫爲北關）朝鮮。猶足爲腹背患。今已破開原。北關不敢不服。遣一介使。朝鮮不敢不從。既無腹背憂。必合東西之勢以交攻。然則遼河何可守也。乞速遣將士。備芻糧。修器械。毋窘臣用。毋緩臣期。毋中格以沮臣氣。毋旁撓以掣臣肘。毋獨遺臣以艱危。以致誤臣誤遼兼誤國也。』他的摺奏內有『中格旁撓』語。分明怕的是明帝信任不專。內而宦官。外而廷議。皆足以阻撓他的計劃。這樣時。比無兵無餉。還要利害的多。廷弼早已料到廟堂之上。常以議論誤事。所以先事預防。特地上了一本。明廷以遼事正急。一一允其所奏。並賜尙方劍。以重其權。天命五年。明萬曆四十七年六月。廷弼出山海關。行至遼西十三山地方。聽說鐵嶺也被太祖打破了。瀋陽及遼東各地。無不大震。人心洶洶。大有朝不保夕之勢。廷弼接報。兼程急進。來到遼陽任所。到任之後。急忙查閱軍實。不但粮餉庫存。十分貧窘。便是現有兵數。也是實數與名冊不符。一言以蔽之。逃亡殆盡。廷弼一見這種情形。大驚失色。當下盤算多時。若不正軍法。嚴紀律。便是目前現狀。也自不易維持。何況是拒敵備戰。措遼左於磐石之安。於是他在到任的第五天上。便把歷次戰陣不力慣於逃遁的三名將官。逮繫庭下。數之曰。昔在撫順。從張承蔭逃陣一次。又從杜松逃陣一次。非劉遇節乎。

衆曰然。曰。於法云何。曰。應斬。又問曰。臨陣背主先逃。致杜松飲恨切齒而死。非王捷乎。衆曰。然。於法云何。曰。當斬。又問曰。鐵嶺陷。棄城逃生者。非王文鼎乎。衆曰。然。於法云何。或曰。文鼎到城僅一日。其情可矜。廷弼曰。不然。主將與城共生死。今鐵嶺城何在。防援客將史鳴鳳等又何在。情雖可矜。亦應斬。

當下廷弼喝令。將三員逃將。推出斬首。以祭死節之士。到了是年八日。他又向明廷奏陳一本。說明當時遼東兵民所以不堪之故。雖不免少有故甚其辭之處。但是情勢如此。宜彼痛心。疏曰。

遼東現在之兵有四種。一曰殘兵。自主將趙甲逃陣。甲死而歸錢乙。又由錢乙逃陣。乙死而歸孫丙。或七八十人。或二三百人。身無片甲。手無寸械。轉營糜餉。妝死扮活。不肯出戰。此殘兵之形也。一曰額兵。開原一道。全額已亡。遼陽道所屬、清河、寬甸、撫順、靉陽、一帶。全額已亡。即一標下之左右翼兩營。亦併亡。闔鎮之額軍。或死征戰。或圖厚餉。逃而爲新兵者。又皆亡去其大半。此額兵之形也。一曰募兵。傭徒厮役。遊食無賴之徒。幾能慣熟弓馬。幾能膂力過人。朝投此營。領出安家之月糧。夕逃彼營。夕投河東。領得安家之銀兩。朝又逃於河西。點册有名。及派工役。忽去其半。領餉有名。及聞警告。則又去其半。此募兵之形也。一曰援兵。各鎮之挑選。誰敢以强人壯馬來。誰肯以堅甲利兵來。每一過堂。弱軍羸馬。朽甲鈍戈。不堪入目。而以事急需人。

無暇發回。以另擇精壯。此援兵之形也。皇上有兵如此。欲其能戰能守得乎。喪敗以來。自總兵以下。副參遊擊都司守備以至中軍之千把總指揮千百戶。死者五六百員。降者百餘員。遼將援將。已一掃淨盡。又募萬數千人。卽求一世職而爲中軍之千把總。倂分布管領。亦不可得。況今一二見在之將領。皆屢次征戰之存剩。及紛糾久廢之人乎。一聞警報。無不心驚胆喪。皇上以缺將如此。欲其能戰能守得乎。良馬數萬。一朝而空。今太僕寺兌寄之馬。多瘦小。而驛馬更矮小。兵部主事王繼謨。所市宣府大同之馬。並無一匹之解到。卽現在之馬。一萬餘匹。多半瘦損。率皆軍士之故意斷絕草料。設法致死。欲充當步兵。以免出戰。甚有無故用刀刺死者。以是馬愈少。倒損甚多。皇上馬匹如此。欲其能戰能守得乎。堅甲利刃。長槍火器。喪失俱盡。今軍士所持之弓。皆斷背斷弦。箭皆無翎無鏃。刀皆缺鈍。槍皆頑禿。甚有全無一物。借他人以應點者。又皆空頭。無一盔甲之遮蔽。今欲開局打造。無鐵無匠。而疏討中央局庫之所貯。又不能急到。皇上器械如此。欲其能戰能守得乎。聞風逃。望陣逃。懼戰逃。頃聞北關消息。(時太祖已滅葉赫)各營逃者。日以百千計。若逃一二營。或百數十人。臣猶得以重法繩之。今五六萬人。人人潛逃。營營欲逃。雖有孫吳之軍令。亦難禁止。皇上軍心如此。而欲其能戰能守得乎。又使民有同仇之意。各顧自家之性命。同心協力。效死而固守兩三日。以待救援。則亦可以捍禦。今瀋陽皆已逃盡。遼陽先逃者。去不復返。現在者。雖畏不敢逃。事急時。臣安能保乎。況今日遼人。既已傾心彼向乎。（略）皇上民心如此。欲其能戰能守得乎。（略）今臣實不能制邊保遼。（下略）

廷弼把遼東現狀。這樣很痛切的陳奏了去。明廷自然要加以一番振作。誅貪將。罷無能。火器戰車。弓矢被服之類。也很努力的增添了不少。廷弼自己又招募了好多新兵。不到一年工夫。竟有堪戰之兵一十八萬。但是他歷來的政策。是以守爲戰的。他知道戰鬥的時機。還沒有到來。打算嚴守。以困太祖。太祖也以新勝之後。國土越大。整理工作。是不可缺的。所以廷弼在任。太祖一向只與相持。並未輕發。所謂蓄銳伺隙。待機而發。大約就是這宗情形了。但是無論廷弼怎樣堅執他的主張。在北京的明廷政府永遠是議論紛紜。不能一致。尤其是對於戰守兩個方法。向來是沒有決定的。主戰的當然要排斥議守。講守禦的。又攻擊出戰。有時候戰敗。把責任歸罪於守者。而失守的人。又說是受了戰敗者的影響。再加上黨論的紛爭。熊廷弼到底被排而去。原因是廷弼在爲御史的時候。與姚宗文、劉國縉、爲同僚。三人意氣相得。以排東林。攻道學爲事。因此樹怨於東林。後來宗文丁憂失職。及服滿。又到京謀補官。不想他的運蹇。老沒成功。因此他想起老同寅熊廷弼。現在經略任上。又是當年同志。因此他特地給廷弼去了一封信。求他代爲設法。廷弼不答。因此宗文把廷弼恨在心裡。偏巧這時他的官星忽然動了。補了吏科。並且着他到遼東檢閱士馬。與廷弼議事。又皆相左。因此回得京來。竟說『遼士日鼙。』詆廷弼『廢群策而雄獨智。』且曰。『軍馬不訓練。將領不部署。人心不親附。刑戮有時窮。工作無時止。』時劉國縉也與廷弼生了嫌隙。兩人相比。以傾廷弼。宗文復鼓其同類。詆毀廷弼不遺餘力。於是御史顧慥。首劾廷弼說。『出關踰年。漫無定畫。蒲河失守。匿不上聞。荷戈之士。徒供挑濬。尙方之劍。逞志作威。』到了天啓元年。朝政更壞。御史馮三元。劾廷弼無謀者八。欺君者三。謂不罷。遼必不保。詔下廷議。廷弼憤。抗疏極辨。並且求罷。而御史張修德。又劾其破壞遼東。廷弼益發憤怒了。因復上疏自明云。『遼已轉危爲安。臣且之生致死。』遂繳還尙方劍。力求罷斥。給事中魏應嘉、復劾之。朝議允廷弼去。以袁應泰代。廷弼乃上疏求劾。言『遼師覆沒。臣始驅羸卒數千。踉蹌出關。至杏山。而鐵嶺又失。廷臣咸謂遼必亡。而今且地方安堵。舉朝帖席。此非不操練不部署者所能致也。若謂擁兵十萬。不能斬將禽王。誠臣之罪。然求此於今日。亦豈易言。令箭催、而張帥（張成麈）殞命。馬上催、而三路（杜松等三路）喪師。臣何敢復蹈前軌。』可見他依然主守。不主戰。旣言嚴守之效。復擧二件戰敗的前軌。以折廷議主戰之非。但是明廷上那些戴紗帽的人。却是不管這些。自要修了自己嫌怒。位置了自家私人。一切全不在乎。所以三元、應嘉、修德、諸人。依然交章極端。廷弼卽請三人往勘。明帝許之。御史吳應奇。給事中楊漣。力言不可。本來他三人正與廷弼爲難。又派他們往勘。那能公允嗎。乃改派朱童蒙往查。廷弼因上疏曰。『臣蒙恩回籍聽勘。行矣。』於是他很不痛快的。自回江夏原籍了。史言廷弼身長七尺。有膽知兵。善左右射。自按遼。即持守邊議。至是主守禦益堅。然性剛負氣。好謾罵。不爲人下。物情以故不甚附。要知廷弼去後。遼事如何。且待下回分解。

第九回

太祖連拔遼東城　明帝再起熊廷弼

話說熊廷弼自奉命經略遼東以來。雖無戰功可言。但是安輯流亡。招募兵士。申明軍紀。布置防綫。專門以守爲戰。所以廷弼在任時。太祖雖曾出兵攻略懿路蒲河兩路。而遼瀋依然無恙。但是當時北京政府。實在知道邊情的人。可謂絕無。尤其是臺閣之中。自己雖不能戰。而好言戰。更喜催人出戰。照廷弼這樣惟務守禦的。當然不爲時論所許。何況他平日排東林。攻道學。因爲自己不注意。又開罪了不少的小人。所以大衆交攻。不得不去。他臨離任聽勘時。曾有疏上明帝曰。『今朝堂議論。全不知兵。冬春之際。敵以氷雪稍緩。閧然言師老財匱。馬上促戰。及軍敗。始愀然不敢復言。比臣收拾甫定。而愀然者又復閧然責戰矣。自有遼難以來。用武將用文吏。何非臺省所建白。何嘗有一效。疆場事。當廳疆場吏自爲之。何用拾帖括語。徒亂人意。一有不從。輒怫然怒哉。』以全不知兵之人據臺省。把八股文的爛調作方略。加以喜怒用事。阿私用人。遼事焉得不壞。宜乎廷弼臨行時。又這樣罵了他們一頓。及至朱童蒙杳勘復命之後。也不敢說熊廷弼辦的全是。也不敢說彈劾者論列皆非。結論是『功在存遼。微勞雖有可紀。罪在負君。大義實無所逃。此則罪浮於功者矣。』依然是兩句八股文。廷弼賴此雖未得罪。究竟經略大印。袁應泰掛了。應泰未到任以前。以巡撫薛國用暫代理事。袁應泰在當時也是很有能名的。不過他長於吏治。在軍事上。未免疏陋的多了。他知道臺閣之中。主戰甚力。所以他也就一反廷弼之主張。節節進行着攻取的事。當他到任之初。卽刑白馬祀神。誓以身委遼。並上疏明廷。謂臣願與遼相終始。更願文武諸臣。無懷疑心。與臣相終始。有託故謝事者。罪無赦。明帝優詔褒答。賜上方劍。乃戮貪將何光先。汰大將李光榮以下十餘人。遂謀進取撫順。議用兵十八萬。大將十人。上奏陳方略。又以廷弼在任時。持法太嚴。他以爲寡恩。乃以寬矯之。多所更易。當是時。蒙古諸部大饑。多入塞乞食。應泰曰。我不急救。則彼必歸敵。是益之兵也。乃下令招降。於是歸者日衆。處之遼瀋二城。優其月廩。使與民雜居。有言其不可者。說一降人多陰爲不法。如果爲敵所用。或間諜在其中。爲之奈何。禍必立至。而應泰信之不疑。且謂將用以抗敵兵。會降人偶立戰功。死二十餘人。應泰更謂人言爲過慮。殊不知當時遼左之民。早已歸心太祖。何況區區蒙古降民。遂能爲之用乎。話說天命六年春三月。太祖以袁應泰有進取撫順之謀。並且調兵遣將。一意爲進取之計。不如先發制人。以挫其銳。當集諸貝勒大臣議論攻取瀋陽之策。參事范文程曰。明爲無道。遼民苦其苛政久矣。今上應天順人。民之悅歸。若旱望雨。如嚴紀律以拯濟爲先。豈第瀋陽一城。雖全遼可得而有也。矧袁應泰者。特一腐儒。希旨言戰。妄招流亡。其民益爲深熱。乘今取之。則遼瀋可計日而下。遼瀋既下。則遼東諸城。不難傳檄而定也。太祖聞言大悅。遂命文程從軍。起大兵三萬。以三月癸丑出師。水陸並進。是夜明偵卒見大兵至。舉火鳴砲。馳告瀋陽。

明總兵聞報。一面派人向遼陽經略衙門告急。一面督飭將兵。登城固守。次晨、太祖大兵已至瀋陽近郊。在約距城東七里地方。安營立寨。樹起一座木城。以爲根據。凡粮秣以及重要軍用品。皆置其中。太祖卽於木城中辦事。諸貝勒及八旗各將領。則環木城各立營壘。準備攻城器具。明方亦不示弱。環繞城牆。掘了兩道長塹。一曰外塹。深約一丈。寬二丈。塹內安立木樁。皆削成銳利鋒尖。森如劍樹。塹上復以秫稭遮掩。鋪以黃土。如人馬不知。誤踐其上。立刻墜於塹中。必至穿胸破腹。五臟迸流。一曰內壕。距城較近。沿壕又密置木柵。以作障蔽。單就此內外兩塹而論。在普通的軍隊。已然足够攻打。何況近城處。又有原設塹壕。他們猶恐有失。又臨時掘了兩大塹壕。寬各五丈。深二丈。塹底一樣樹立木錐。最後才以磚石。堆成一道短垣。名曰攔馬牆。間留砲眼。排列鳥槍砲位。密佈衆兵守衛。這是平地的防禦。至於城上。東西南北。每面不下萬人。火器弓矢。密於林木。他們守禦得這樣堅固。好象什麼樣的强兵猛將。也不敢傍邊。但是所謂戰爭的事完全是一股氣。氣盛者。馬壯人强處處皆有先聲奪人之概。自從薩爾滸山一戰。太祖的士氣益盛。明方的士氣益沮。不用說交綏以後。便是在未戰之前。明兵自知不敵。先懷怯懼之心。其氣已衰。其志不固。全憑物質的防禦。那自然是不能取勝的。何況明兵除了外來的援兵。全爲新募。訓練既未純熟。戰陣亦無經驗。又加以流亡之蒙古民衆。也都執戈攙雜其中。以此湊亂烏合之衆。欲當太祖久訓常勝之軍。勝敗之數。不待蓍龜。其中尤有切要者。則爲人心之向背。明臣黃道周云。建州銀錢山積。遼民就役其地者。年予十五金。歸家時。又可任意負錢。視其力之所及。此不過一例。其他述遼民歸向之事。不一而足。勢事如此。何用遣間諜爲內應乎。却說三月乙卯。攻城之具。已然備置停妥。太祖遂下令進攻。霎時之間。螺聲四起。鉦鼓齊鳴。馬躍人呼。烟塵蔽日。城外塹壕。全不濟事。早被填平。明兵大驚。慌起應戰。斫殺多時。明兵不支。繞城逃潰。總兵賀世賢、尤世功。參將夏國卿、張綱等。呵止不住。只得率領親兵。奮力死戰。皆沒於陣。此時雲梯兵早已攻上城堞。大兵繼之。遂拔瀋陽城。知州段展。同知陳栢等。皆與城殉。忽有偵卒來報說。渾河南方一帶。有明兵一支人馬。想是來援瀋陽城的。太祖見說。卽親統大兵往迎。原來是明總兵陳策。奉了經略袁應泰的急檄。自黃山來援。他剛渡渾河。距城只不過七八里。

瀋陽已被太祖攻下。他只得駐軍安營。分立兩寨。陳策也是一位老軍務。所部軍士。皆爲四川人。手執丈五竹柄長槍。又有大刀利刃。鎧甲以外。復以棉帽棉被罩之。以避弓矢。數約有二萬來人。此時太祖已與對陣。先令右翼四旗兵。着棉甲。推楯車。徐徐前進擊之。既又令紅甲護軍奮勇先進。以摧其陣。四川兵鏖戰不退。這時喊殺連天。戰鬥甚爲激烈。太祖遂又令後軍往助。人馬皆被堅甲。衝突入陣。左右突擊。一場撕殺。明兵不支。大敗潰走。太祖揮衆。從後追擊。直至渾河岸旁。敵無路可走。爭渡。溺水死者不計其數。總兵陳策。參將張名世。皆死於陣。當太祖命後隊鐵騎衝殺敵陣時。參將布哈。遊擊朗格及錫爾泰。各率本部。先驅突擊。直入敵陣。以故三人皆戰死。但是因此使敵陣不整。卒至潰退。却說太祖旣殲陳策二營之衆。立馬河岸。方與衆貝勒大臣議論進軍之策。忽有探馬報說。渾河南方。有明兵在彼駐營。布置戰車槍砲。塹壕以外。用秫秸爲垣。塗以黃泥。有拒戰之意。太祖見說。卽欲往攻。忽又報奉集堡總兵李秉誠。武靖營總兵朱萬良、姜弼。各領騎兵數千。營於白塔鋪。請令定奪。太祖當派護軍校尉雅遜。領護軍二百人。往偵敵情。適値李秉誠等。亦遣千騎爲前探。遜見敵來。不戰而退。致明兵遙躡其後。太祖聞之大怒。欲親往擊之。四貝勒忙從旁勸止說。此小事。何勞父皇。當卽率領所部護軍。疾馳迎戰。明兵之追雅遜者。受擊奔潰。四貝勒從後掩擊。直至白塔鋪。明三總兵。忙統兵布陣。四貝勒不待從軍至。只率百騎。奮馬馳入敵陣。敵出意外。無所措手。正混戰時。大貝勒代善。台吉岳託。亦率衆同至。內外夾擊。敵衆逃潰。追出四十餘里。斬首三千級。這時日已西沈。昏鴉亂噪。野犬長號。屍橫油碧之野。血染渾流之水。人馬蓋地。旌旗蔽空。好一片戰場也。太祖以白塔鋪之敵既破。遂乘昏暮。進擊河南步兵。佈楯車。張强弩。衝入敵營。陣斬副將董仲賢。參將張大斗。三路援兵。以次全破。遂收兵。是夜太祖與諸貝勒。率護軍駐營瀋陽東門外。令諸將引所部兵。屯於城內。次日論功行賞。安慰民衆。使照常生理。除官有及軍用品物。有擅動民間一草一木者嚴罰。處理既畢。遂命人把雅遜喚來。諭責之曰。四貝勒。爲我國所倚賴。如身之有目。因汝敗而殺入敵軍中。萬一有失。雖寸磔汝不足贖。汝何故率我常勝之兵。望風奔潰。挫其銳氣耶。責畢。因命褫雅遜職。太祖既得瀋陽。歇兵數日。命將所俘戰利品。先行押送都城。既乃諭令諸貝勒大臣。瀋陽已拔。敵兵大敗。今宜乘勢。率衆長驅。以取遼陽。遼陽爲明經略所在地。得此遼東不復爲明有矣。遂命於庚申日出師。得瀋陽後五日也。師至虎皮驛。明兵棄城遁。經略袁應泰聞警。當即督飭文武官吏。急講防守之策。並決太子河水。灌入城壕。東西作兩閘口。一引水入。一瀉水使不得外泄。沿陣盡列槍砲火器。兵環四面。守禦甚嚴。辛酉日午。時太祖大兵已至遼陽城東南。渡河未竟。偵卒馳告說。城之西北。有敵兵來。爲數甚多。原來是明總兵李懷信、侯世祿、蔡國柱、姜弼、董仲揆等。奉了經略袁應泰的急檄。率領兵馬約四五萬人。來城外五里。結寨安營。爲是與守城兵互爲應援。太祖見說。卽命左翼四旗兵往擊。四貝勒以敵衆。因自請進戰。太祖止之曰。我已令左翼往擊。汝勿前進。可率右翼兵駐城旁以監視之。四貝勒力請曰。監視敵城。後至之兩紅旗兵足以辦之。言畢遂領所部護軍前進。太祖恐有失。乃命兩黃旗護軍往助。話說四貝勒。統領所部。直衝明營之左。明兵發砲應戰。四貝勒不之顧。奮力突擊。已迫其營壘。明陣遂搖。此時太祖所派之左翼兵。也同時奮力殺到。兩軍夾擊。明兵大亂奔潰。四貝勒乘勝追擊六十餘里。直至鞍山乃還。當兩軍交戰時。城內明兵。衝出武靖門。本想援助城外之接戰明兵。無奈太祖早已安下監視隊。一陣堵殺。明兵不能如願。只得依然退入城內。但是門小人多。爭相擁入。以至塡塞門洞之中。人馬自相踐踏。死者相枕藉。自此明兵遂不敢再出。太祖亦以天晚。命令收軍。在城南七里外駐營。次日太祖乘馬。率領衆將。繞城觀察形勢。因諭諸貝勒大臣曰。觀繞城之水。西有閘口。可令左翼兵掘之。東有水口。以右翼兵塞之。壕水既竭。其城可破。於是分派軍士。衞以楯車。前往冒死掘塞閘口。但是明軍方面。把這兩道閘口。保衞得十分嚴密。沒有絲毫疏虞。搶掘多次。明兵砲火。便如氷雹驟雨一般。一刻也不停止。所以左翼掘閘將校。使人馳告太祖曰。某等非不效死。但掘閘口甚難。損失亦大。不如奪橋易。太祖曰。橋可奪。試奪之。如得。亟來告吾。當進攻此門。此時壅塞水口之決死隊。已然成功。水勢頓減。右翼四旗之棉甲前鋒軍。遂乘勢布列楯車。進擊東門外之明兵。砲火連天。喊殺震地。鏖戰多時。右翼楯車。已然渡過壕溝。殺在一處。這時又來紅甲護軍二百人。兩白旗兵千人。一齊參加戰鬪。明兵不支。其騎兵先遁。各貝勒所率白甲護軍。又繼續掩至。生力之兵益多。明之步軍。亦被射退。望城而奔。大兵從後縱擊。直至東門之外。明兵死者甚衆。時左翼之掘水閘者。已改變方略。逕奪武靖門外之壕橋。果然比掘閘容易。因爲明兵偏重閘口。沒想到敵兵竟敢奪橋。所以堵截不住。壕橋竟失。兩軍遂在城廂之下。演成了巷戰。怪物一般的楯車雲梯。也在城脚下豎起來了。城上守兵一見。火箭火罐以及足以摧毀雲梯之物。一齊由城上拋下。雲梯楯車之着火者。以及軍士被打殺燒傷者。不計其數。但是前仆後繼。凡得手的。便如捷猱飛鳥一般。相繼登城。拔出短刀。在城上白兵搏戰。於是遼陽西面城堞全得。把住了城之兩隅。這時右翼之攻北面者。亦皆下馬步行。運搬薪芻。塡平了幾處壕塹。節節逼近城垣。日將暮。太祖聽說左翼兵已然登城。遂撤攻城兵。以益登城之衆。雖然是一面。已然上城。差不多已等攻陷。因爲城外守禦全失。只有城內兵將。已是無濟於事了。所以城內明兵。益發慌了手脚。是夜。明道員牛維曜。高出、邢愼言、胡嘉棟。戶部郎中傅國等。見事不佳。相繼縋城而遁。因而城內大亂。逃者越多。直到天明。城門已不能閉守。遼陽遂陷。這時明經略袁應泰。還在東北隅之鎮遠樓督兵拒戰。及見城破。因謂御史張銓曰。君無守城責。可以去矣。語畢。佩印劍自縊死。其僕抱屍痛哭。遂焚樓從死。僕名唐世明。可謂義矣。其餘文武官吏。死事戰沒者。載在淸史。不消細說。惟御史張銓被擒。衆欲生之。四貝勒亦喜其人。惜其才。援引古今。勸其投降。銓曰。我所以不卽死者。恐闔城官民悉坐塗炭耳。今城中已安。我若不死。不特靑史遺喪節之名。卽吾老母弱息。皆不免受唾罵矣。言念及此。雖欲不死。不可得也。終不從。衆見其堅執一死。乃往告太祖。太祖曰。彼若知天命來歸。宜優禮厚遇之。今戰而被擒。生又非其所願。以求死之人。而我養之。豈能爲我用乎。宜遂其志。四貝勒依然不欲銓死。反復開導。仍不從。乃聽其死。而厚葬之。話說遼陽既下。當日正午。太祖率衆入城。商民人家。懸燈結彩。歡呼萬歲。婦女亦皆盛裝出觀。沒有一點驚懼樣子。好象早已豫定必有此日。這就皆因平日人民早已歸心。便是太祖國中。久已夫已然養着遼東百姓。耳口相傳。已是成了一家。所以雖是婦女。心中不但不怕。反倒都想瞻仰瞻仰太祖。到底是怎樣一位英雄人物。如果平日沒有德政可言。把老百姓也當敵人一般看待。縱虎狼之衆。四出搶掠。憑仗武力。無惡不作。不用說老百姓心裡自有算計。不能心服。便是照范文程寗完我那樣有才略的人。也決不能委質稱臣。劃謀獻策呵。我們但看遼東民衆那樣歡迎太祖。就可以知道恩結善待。匪伊朝夕了。閒言不表。話說遼陽既下之後。遼河以東之三河堡。東勝堡、長靜堡、長寧堡、長定堡、長安堡、長勝堡、長永堡、靜遠堡、鎭西堡、平定堡、定遠堡、慶雲堡、永寧堡、清陽堡、鎭北堡、威遠堡、靜安堡、靉陽堡、新安堡、湯站堡、鎮東堡、奉集堡、穆家堡、險山堡、鹻場堡、紅嘴堡、歸服堡、孤山驛、虎皮驛、鞍山驛、石河驛、長勇營、威寧營、武靖營、上榆林、十方寺、丁字泊、宋家泊、甜水站、殷家莊、瀝馬吉、永寧監、五十寨、古城草河、新甸、寬甸、大甸、永甸、長甸、鎮江、鳳凰、蒲河、懿路、范河、中固、熊岳、鬱固、岫巖、望海堝、黃骨島、青苔峪、海州、耀州、蓋州、復州、金州等。大小七十餘城。無問官民。一律投降。都作了太祖的子民。這也可以證明太祖建立王業。統一全國。不必全用武力。天與人歸的實例。也正自不少呢。不然的話。以遼東這樣多的城鎮。就讓用武力去打。也得一年半載。纔得竣事。但是武力打平以後。人民不能心悅誠服。又待如何呢。我們知道太祖。時常給大家講論古時聖帝明王的事蹟。並且每有舉動。必然祭告上帝大神。可見太祖心中所抱的理想。是要把古昔的治隆之世。重現於今日。他不分彼我。也沒有種族的僻見。凡是上合天心。下遂民願的事。他都喜歡去作。固然在當時。他的武力。是很強大了。但是他所收服的地方。決其不是單憑武力。或先以恩結。使其自投。或出以力取。而施以惠撫。加以謀略天成。胸襟濶大。是以民之願歸。如水就下。却說太祖既入遼陽。一反明官不合理的政令。釋獄囚。從新使人辦理訟訴之事。凡明官之被奪職者。悉復原官。又發帑銀布帛。大賚官民。凡總兵以下。以及士卒民衆。無不頒給。既而又命第十子德格類。姪介桑古。偕八旗大臣。率兵千人。巡視各地。安撫人民。所至悅服。

惟鎭江一帶居民。以與朝鮮相隔帶水。多有移入朝鮮境內者。太祖因以書致朝鮮王李琿曰。今遼東官民。已易服歸順。官俱服原職。爾仍欲助明則已。不然。凡屬遼民之渡鎭江而竄者。可盡反之。若納我已附遼民。匿而不還。惟明是助。異日勿我怨也。當明廷四路進兵之時。朝鮮已與太祖通款。所以歸其二帥。不折一兵。但是朝鮮國內。一樣也是黨派分岐。並無一定國是。後來到了太宗時代。所以擧兵入朝鮮。至結城下之盟。全由黨論不一所致。不過此是後話。此處不提。話說太祖取遼陽城是三月二十一日的事。到了四月初旬。兵後的事。也都料理完竣。太祖便有意遷都遼陽。爲久遠之計。只是不知貝勒大臣意見如何。所以特地把大家都召喚了來。開了一個御前會議。太祖曰。天既眷我。授以遼陽。今將移居此城耶。抑仍還我都城耶。諸貝勒大臣。因爲都在興京住慣了。並且家屋財產。田土牛馬。都在彼處。遼陽雖稱重鎭。但是除了少數的商民。只有一座殘破不完的古城。遷居此處。那是何等的不方便呢。所以他們皆以仍回都城對。爲目前計。諸貝勒大臣回都之見。也未嘗不是。不過往久遠裡一想。那未免見識太狹了。當初楚項羽。得了關中諸地。不自建都咸陽。却說富貴不歸故鄉。如衣錦夜行。把大好山河。拱手讓於漢王。這是何等的失計。諸貝勒回都之見。恐怕也跟項羽差不多。所以太祖諭之曰。國之所重。土地人民。假若我兵一還。則遼陽必復爲敵兵所據守。城堡居民。亦必悉匿山谷。不復爲我有矣。棄已得之疆土。失已附之民衆。他日又煩征討。非計之得也。且遼東爲明國。及朝鮮、蒙古接壤要地。天既與我。即宜居之。否則必有後患。諸貝勒大臣見說。芽塞頓開。皆贊遷都之議。不在話下。提回來。我們再講一講明廷那一方面的事。自從遼陽失守。經略袁應泰死事的消息。傳入北京。朝廷震駭。莫知所措。閣臣劉一燝大叫曰。使熊廷弼在遼。必不至此。立刻對於當初彈劾熊廷弼的諸人。給了一個大沒面目。明之天啓帝。到了此時。也深悔罷廷弼之非。忙降詔旨。起廷弼於家。仍使爲經略。同時擢王化貞爲巡撫。這位化貞先生。山東諸城人。萬曆四十一年進士。由戶部主事。歷右參議。分守廣寧。時蒙古察哈爾諸部。乘機窺塞下。化貞力主懷柔。並請發帑銀百萬兩。以款之。以此之故。蒙古諸部。甚感化貞。相約不動。林丹汗與太祖書。倍極驕慢。即在此時。及朱童蒙奉勘遼事。也說化貞有才具。深得西人心。所以明廷於遼瀋相繼失陷後。立進化貞爲巡撫。把遼西之事。全都付託與他。並且言聽計從。這也是因爲遼陽陷落後。人人都以爲遼西必不能保。但是化貞一方面激勵士卒。一方面聯絡蒙古。提弱卒以守孤城。毫無畏葸之狀。因之人心大安。他的時望。也越大了。但是他的才幹。實在不如廷弼。迂濶萬分。廷弼本來不應當與他共事。不想牽就多時。卒受其累。至於殺身。這未免太可惜了。話說廷弼遵旨入朝之後。首請罷免言官。帝不許。於是廷弼乃建言三方布置之策。所謂三方者。廣寧用步騎兵。於遼河沿岸。列置壁壘。以形勢格之。綴敵全力。天津登萊。各置舟師。乘虛入南衛。動搖其人心。敵必內顧。而遼陽可復。經略置於山海關。以節制三方。明廷一一嘉納。廷弼又請募兵二十萬。募粮器具。責成戶、兵、工三部。於是廷弼以七月赴任。臨行時。明帝賜以麒麟服一襲。彩幣四。宴於郊外。命大臣祖餞。蓋異數也。要知廷弼到任以後。事體如何。且待下回。

第十回

君臣歡宴嘉悅有功　經撫不和明師敗績

話說遼陽失陷以後。明廷震驚。只得降下一道急旨。又從江夏本籍。將熊廷弼宣進京來。仍然付以經略大印。廷弼乃建三方布置之策。明廷一一嘉納。並賜衣服彩幣。命大臣祖餞、以寵其行、這樣看來。好象明廷此次再起廷弼。是十分信任。決其不能再蹈前此覆轍。誰知事有大謬不然者。明廷既然以熊廷弼足以擔當遼事。論理自然要與以實權。一切軍事。都應歸他一人調度。不應再用別人。以分他的權。掣他的肘。無奈那時明朝的天啓帝。內而任用宦官。把持一切。就如一個魏忠賢。差不多就總攬着天下大權。除了納賄行奸。旁的爲國爲民意識。一點也沒有。外廷呢。也是小人多。君子少。那些小人。

自然都是魏黨。惟命是聽。便是君子。一樣也是激於黨論。於國家大事並未見有什麼裨益。昏庸的天啓帝。被這樣的惡勢力所包圍。自然失其權衡。沒有定見。有人說熊廷弼足以存遼。立刻便起用廷弼。有人說王化貞才堪大用。又立刻把化貞進爲巡撫。偏巧這位王巡撫。又是一位主戰的。所說的兵略。是朝廷所愛聽的。因爲連年用兵。不但沒打一次勝仗。反倒把遼東葬送了。這在明廷是如何恐懼呢。一定還想再打一仗。趕快把遼瀋開鐵一齊收復。才得安心。如今見王化貞說得天花亂墜。好象指顧之間。就能成功。深合相當明廷的脾胃。所以那時明廷。信任王化貞的心理。比信任熊廷弼心理。尤爲十分濃厚。以此之故。實權皆被王化貞所把持。經略反倒成了虛設。這是多末不合理的事。到後來。經撫不和。竟自失守了廣寧。可見當時明廷。對於軍國大事。是怎樣的胡塗昏謬了。明方經撫不和的事。且待後言。如今乘此機會。先把太祖定都遼陽以後的事說一說。說話太祖既然定都遼陽。眞是一新氣象。不比往常。當初遼陽有明兵在此防守。商民疲於供應。自不待言。而且風聲鶴淚。攪擾不寧。所以農戶人家。生恐種種勒派。多往興京就役。不但免了許多傜役。每年皆有十數金的賺頭。如今遼陽既成國都。漸興事業。自然一天多了一天。居民生活也就一天比一天富裕。人口的增加。更是不免。太祖一見國都日見繁庶。生恐人多乏食。又恐軍民人等。奢華偷安。不務正業。遂令官府調查農田。以及各處未墾荒地。把所有官私地畝。抽出。分給無產農民。計口授田。爲了此事。曾有下面這樣一道諭旨。
海州一帶。有田十萬日。遼陽一帶。有田二十萬日。共三十萬日。宜分給駐紮該處之軍士。以免閒廢。其該處人民之田。仍令其就地耕耘。遼陽諸貝勒大臣及素封之家。荒棄田畝甚多。亦宜歸入三十萬日之內。二處之田。如不敷分派。可以自松山堡。及鐵嶺、懿路、蒲河、范河、歡託霍、瀋陽、撫順、東州、馬根丹、清河、孤山等處之田補之。若仍不敷。可令至邊外開墾。往者明國富戶。大都廣有田土。已不能徧耕。則佃諸人。所穫粮米。食之不盡。則以出售。至於貧人。家無寸土。缾無斗儲。一餐之粮。亦出自沽買。一旦財盡。必至流離失所。夫富者與其蓄有用之糧。以致腐爛。積有用之財。徒行貯藏。何若散給貧人。以資贍養。既獲令名。又積福德也。自諭之後。本年所種之粮。准其各自收穫。嗣後每一男丁。給地六日。以五日種糧。一日種棉。按口均分。家有男丁。不得隱匿不報。致抱向隅之恨。乞丐僧人。皆給以田。務使盡力耕作。勿自暴棄。其納賦之法。用古人徹井遺制。每男丁三人。合耕官田一日。又每男丁二十人。以一人充兵。一人應役。至如明國官吏。卽不聚斂民財而以一參將遊擊之微。年亦入豆米五百石。麻麥藍靛。不在數內。每月木炭。紙張。菜蔬等費。又索取至十五金之銀。朕將此項虐政。概行禁止。執法行政。一秉至公。所有官員。皆由朕給以銀米。不准向民間勒索。免蹈明覆轍。百爾臣工。凜之勿忽。

以上這道諭旨。是由滿洲老檔秘錄鈔出的。我們由現在來看。這固然是個驚人的德政。也可以說是千古以來關於田制的大改革。在滿洲史料裡。是篇最有價值的東西。錯非照太祖那樣雄才大略的英主。恐怕誰也沒有這麼大的決斷。我們要知道明末的政治。已然腐敗到家了。單說貧富的懸殊。那便是一件極其可怕的事。至於土地。也多半盡入富室豪家。如今太祖不但把官荒分給軍民。並且把富室的田土。也諭令勻給貧民。實行井田遺制。這在軍國要務上。固然不外足食足兵的大計劃。可是由一般國民經濟上看來。因此也調濟了不少。免去畸形不均的現象。何況又制定俸銀俸米。不許官吏向民間勒索一物。在明末積困的商民。得此。那能不頌聲載道呢。不過這是天命六年的政令。以後的變遷。當讓經濟史專門家來研究。我們講演故事的人。便無暇及此了。却說對於太祖計口授田的事。一般軍民。固然十分感泣了。那末現在還有許多攻克遼陽的大將們呢。太祖又怎樣獎賞他們呢。這里也可以記述一下。太祖因為衆將奮不顧身。攻克遼陽。乃於秋七月殘暑未消的時候。諸鮮畢獻。大宴群臣。凡總兵以下。備禦以上。全行賜宴。眞是衣冠齊楚。翎頂輝煌。左右分作兩列。太祖親酌金巵勸飲。各賜衣一襲。諭曰。明之萬歷帝。土廣民衆。不知自足。反欲侵奪我國之地。故致喪其將士。而又失其疆土。此天之厭明而佑我也。然朕仰承天眷。得至於斯者。亦賴爾諸臣之力。酒一巵。衣一襲。豈足以酬功哉。但念爾等攻戰之勞。以此表朕心之嘉悅而已。衆臣見說。無不感激。當下君臣歡宴。有如家人父子。惟飲酒之際。太祖忽然有些傷感。因謂衆臣曰。惜此盛會。吾大臣費英東、額亦都不及見矣。原來費英東以天命五年春三月因病卒於家。是日雲起有聲。天大雷雨。忽然晴霽。有侍衛某。遇之於途。見公騶從甚盛。且呼侍衛至馬前。囑其善事英明皇帝。侍衛不解所謂。及至興京。始知公卒。所遇者。公之神也。太祖數臨其喪。哭之甚慟。謂左右曰。吾股肱大臣。與同休戚。今先彫喪。能無悲乎。天命六年六月。攻克遼陽後。不幸額亦都亦卒。他的功勞事跡。詳載清史本傳。這里節鈔一段人所不能的事。較之石碏大義滅親。尤有聲色。可見古大臣爲國慮患無所不至。

『額亦都次子達啓。少材武。太祖育於宮中。長使尙皇女。達啓怙寵而驕。遇諸皇子無禮。額亦都患之。一日集諸子讌別墅。酒行忽起。命執達啓。衆皆愕。額亦都抽刃而言曰。天下安有父殺子者。顧此子傲慢。及今不治。他日必負國敗門戶。不從者血此刃。衆乃懼。引達啓入室。以被覆殺之。額亦都詣太祖謝。太祖驚惋久之。乃嗟歎額亦都爲國深慮。不可及也』。這是清史本傳之一節。我們不是事事全說古人好。照這樣的事。今人就不會有。一個國家。爲什麽就有盛世。使人人都享着治隆的幸福。那不是偶然的事。所以我們必得讀古書。更應當很熱心的崇拜英雄。能够這樣。所們的社會。才會有出息呵。閒言不表。却說太祖既然念及開國二位勳臣。遂命人備辦禮品。祭其坟墓。自此以後。政令益修。軍備越厚。遂有取遼西之意。不想這時忽然有明將毛文龍受了廣寧巡撫王化貞的密令。着他隨時擾害沿江（鴨綠江）各地。以牽制太祖。不得西進。其實文龍雖爲明將。卻是跋扈異常。心目中並不受任何人的節制。他自從割據了皮島。把住了鴨綠江口。招聚亡命。經營私商。島內聚集了有七八萬人。往好裡說。不亞海外天子。往壞裡說。儼然就是一個海盜頭目。他利用明廷用兵遼海之際。百般挾制。要求兵餉。無非要爲鞏固他個人勢力。眞正效忠明廷的事。卻是毫無。但看他屢屢與太祖通信接洽投誠的事。此人心跡。可以想見。近來他見太祖的勢力。已無擴至朝鮮國境。他的根據地皮島。不免受了極大威脅。他一方面爲見好於明廷。要求餉銀。一方面也爲自家地盤計。對於沿江地方。自不免要有一番擾害舉動。以覷取形勢。有機會便進取。無有機會依然退保皮島。偏巧此時鎭江城。中軍裨將陳良策。受了毛文龍的勾結。秘密使令他從人民。詐稱兵至。鼓噪大呼。時在深夜。不辨眞假。因此城中驚擾。良策乘亂。率領亂兵。把守城遊擊佟養正。給襲殺了。他的兒子豐年。率領家丁僕役與亂兵格鬬。也都被害。一共死了六十餘人。直鬧了一夜。到了次日天明。良策這才率領自己親信。發聲喊。竟自叛投文龍去了。湯站險山二堡居民。亦有受了文龍利誘。相約叛去者。消息報到遼陽。太祖大怒。遂命二貝勒阿敏。統兵五千。往討毛文龍。時文龍屯兵朝鮮境上。阿敏從鎭江備舟逕渡。直指其壘。文龍兵向以刼掠爲能。不時出沒。攻城野戰。絕無所能。所以一戰之下。把文龍所率之衆。殺得七零八落。望影而逃。斬其遊擊一人。兵卒死者不下一千五百餘。文龍僅以身免。

單人獨騎。落荒而走。從此他身隱皮島。不敢再出。經此一番擾害。太祖益恨明廷。以爲這都是廣寧巡撫王化貞從中作祟。到了天命七年正月。東邊之事。已然佈置就緒。遂留族弟鐸弼、貝和齊、及額駙蘇巴海。統兵留守遼陽。親率諸貝勒。並各旗大臣。統領雄兵二萬五千。往征廣寧。却說廣寧巡撫王化貞。自袁應泰死後。明廷雖暫時以薛國用代理經略之職。誰知這位代理經略。病不任事。每天只是愁着。把事全都託給化貞。他也就儼然以經略自居。一切軍政。專斷獨行。更不與他人商量。大有躍躍欲試之狀。他部署諸將。打算沿河設立六營。每營置參將一人。守備二人。畫地分守西平、鎮武、柳河、盤山、諸要害。

及至熊廷弼到任以後。聽說他正自有這分地設營的辦法。頗不謂然。因向明廷上疏說。河窄難恃。堡小難容。今日但宜固守廣寧。若駐兵河上。兵分則力弱。敵輕騎潛渡。直攻一營。力必不支。一營潰則諸營皆潰。西平諸戍。亦不能守。河上止宜設遊徼兵。更番出入。示敵不測。不宜屯聚一處。爲敵所乘。自河抵廣寧。止宜多置烽堠。西平諸處。止宜稍置戍兵。爲傳烽哨探之用。而大兵悉聚廣寧。相度城外形勢。犄角立營。深壘高柵以俟。蓋遼陽去廣寧三百六十里。非敵騎一日能到。有聲息我必預知。斷不宜分兵防河。先爲自弱之計也。疏上。明廷褒答。以此之故。王化貞的計畫不得如願。心中十分懊惱。乃盡委軍事於廷弼。這一來。他們二人自然有了意見。並且當時由各處調來許多援師。化貞一概命名爲平遼軍。因是遼人多不悅。廷弼又請改爲平東。或征東。因爲遼人未全叛。怎麽能用這種名稱。以傷人心呢。由是兩人益相左。而經撫不和之議起。廷弼又請遣使朝鮮。乞其出各道兵。爲聲援。藉以助成三方布置之策。偏巧這時毛文龍勾結鎮江官民。搗了一次亂。化貞自謂這是他發縱指示之功。又謂敵已棄遼陽。有人待爲內應。蒙古各部。已許他出兵四十萬。如果我師一出。遼瀋可復。六萬敵衆。不難一鼓蕩平。簡直是一派夢話。不想明之兵部尚書王鶴鳴。深信不疑。居中袒護化貞。發兵餽餉之事。竟不令廷弼知。於是兵權又歸化貞。他擁兵十餘萬。廷弼僅有五千人。史言化貞爲人。騃而愎。素不習兵。輕視大敵。好謾語。惟務大言。以欺罔中朝。欲不戰而收全勝。他的理由是李永芳必爲內應。蒙古察哈爾必有兵來助。外有援兵。內有策應。所以不出兵則已。一出兵必獲全勝。廷弼說。這都是不可必的事。而且也不足恃。到後來李永芳也沒內應。蒙古兵也沒來。倒是太祖的大兵。已先到了遼河岸邊的東昌堡。其實照王化貞那種措施。不但是熊廷弼早已料到廣寧必有失敗之一日。便是廣寧城中一般人士。也好象感到了春冬之交。河水結冰之日。太祖的大兵也就該來了。現在是正月。那河冰几自堅挺着。所以太祖的人馬。行所無事。已然渡過遼河。防河明兵。自知不敵。棄營而遁。太祖的先鋒騎兵從後追擊。已然進迫西平堡。依照熊廷弼的意思。這時應當集中兵力於廣寧。引敵兵至城下。然後由側面橫擊之。雖非必勝之道。可保萬全。但是素不習兵的王化貞。偏自己有他的兵略。

竟不聽廷弼之言。分兵鎮武、西平、閭陽、鎮寧等各堡。他自己却在廣寧坐守。並且還擁有一大部分重兵。這樣的分配調度。不用說知兵的熊廷弼甚不謂然 。便是平日過信王化貞的兵部尚書張鶴鳴。也以爲這種兵略。不甚穩當。大抱不安之念。這時太祖的先鋒精銳。已然到了西平堡城下。守將羅一貫。忙率軍卒。登陴拒戰。相持良久。大部後軍繼至。將西平堡團團圍住。太祖命人勸一貫降。不從。遂布楯車雲梯。一陣攻打。由辰至午。僅不過四五小時。明兵自已不支。四面皆潰。其城遂破。羅一貫。及軍卒員弁。不下萬餘人。幾乎全滅。生者無幾。太祖方欲收軍。探馬報說。廣寧城中已有援兵到來。乞作準備。原來王化貞聽說西平被圍。忽派總兵劉渠。參將祖大壽等。大將十餘員。統領大兵三萬人。來援西平。不知形勢全非。明兵惴惴恐懼。已無鬪志。此時太祖之兵。不及整列。即往迎戰。明將亦欲乘機一戰。而復西平。那里知道太祖之兵。平日訓練有方。其臨陣赴戰。不必全由長官指揮。至必要時。進退自如。皆能人自爲戰。明將不知。以爲乘其未及佈陣。一衝可以四散。萬沒想到。明軍還未衝上。太祖之兵。早已驟馬飛至。長槍亂挑。弓箭齊發。四面八方。同時衝入敵陣。當下明軍大亂。整列的倒被不整列的衝擊得五零四散。常言說得好。一人拚命。萬人難當。何況是一萬多鐵騎軍士。不顧生死。奮然殺入。那眞是非同小可的事了。明方兵將。遭了這樣意想外的衝殺。當時立脚不住。紛紛向後方潰退。太祖揮衆掩殺。直追到五十里以外之平洋橋堡。明兵死者不知其數。劉渠以下各將領。多數戰歿。惟李秉誠、鮑承先、祖大壽、羅萬言。率領殘兵遁去。太祖因爲天已昏暮。遂令收軍。是夜駐蹕於西平堡。單說巡撫王化貞。他平日雖然一力主戰。却是一次也不曾親臨戰陣。固然在以前他也率領兵將到過一次遼河。那是因爲他已然是會了蒙古兵。和心裏想着李永芬必爲內應的原因。後來蒙古不但沒有出兵。有好多部長貝勒。反到和太祖結親聯好。李永芳一向也沒有消息。他的兵。只可原樣又帶回來。原來他的主戰說。並不是自己去戰。乃是妄想有個恰好的機會。由別人去戰。而他坐擎戰功。如今他所幻想的機會。一件也不曾實現。反倒把太祖的大兵。引到家門口。這正應了廷弼的話『撫臣（王化貞）恃西部。（蒙古）欲以不戰爲戰。計西部與我進不同進。彼入北道。我入南道。相拒二百餘里。敵分兵來應。亦須我自撐拒。臣未敢輕視敵人。謂可不戰勝也。』不戰而勝。那得是什麼樣的國家。什麼樣的勢力。自己毫無能力。但儌倖別人帮忙。這實在是危險萬分了。自已撐拒。已然是不可免。王化貞應當怎樣應付呢。西平失了。援軍也是損兵折將。大敗虧輸。廣寧城中。已自人心洶洶。朝不保夕。他平日不聽人言。可是最信任一位參將孫得功。分兵河上。赴援西平。差不多全是此人的主謀。現在西平不守。援軍四零五散。祖大壽已然跑到覺華島裏去。有名無實的經略熊廷弼。也不便在山海關坐鎮了。念在同官之義。而且自己也有責任。只得率領自己所部五千弱卒。來援廣寧。這時孫得功又有了主意了。因向王化貞說。爲今之計。惟有發兵到平洋橋去堵截。王化貞只得由他。於是城中更無一兵。所有兵將。全由孫得功一人掌握。他已知道廣寧不能再守了。戰也無濟於事。不如及早覓個出路。以保全首領。或者比現在更富貴起來也未可知。因向守備黃進。千總郎紹貞、陸國志等七人商議。曰。見麼。大事去了。乘此機會。不如另幹功業。吾欲投降。公等以爲如何。黃進等也以爲然。當下議定。共詣太祖御營投誠。並言願生縛王化貞以爲進見之禮。太祖笑許之。賜以銀幣信牌。仍遣回營理事。諸人叩謝而退。欲知後事。且待下回。

第十一回

失廣寧二臣被罪　禦敵衆三婦建功

却說廣寧城中。既無兵將。居民一夕數驚。及至孫德功等。納款投降。消息益惡。訛言四起。有謂敵兵已至城外者。因此城內大亂。爭相竄走。參政高邦佐。出而約束。到了此際。誰還聽他的話。後來他也知道孫得功是當眞投降了。早已驚得目瞪口呆。沒法子。只得去報告王化貞。這日王化貞。呆頭呆腦。正自在他的官署中。關戶辦理軍書。忽聽通的一聲。排闥闖進一人。他正伏案作書。不覺嚇了一跳。抬頭看時。却是參將江朝棟。慌慌張張。跑了進來。化貞一見。大怒說。什麼事。不先知會一聲。便闖了進來。太沒有體統了。江朝棟見說。又急又氣。大聲呼曰。還不知道嗎。孫得功已然投降敵人。大帥不走。就要束手被擒了。化貞見說。就如青天打個霹靂。只嚇得骨軟筋酥。不知所措。連動彈都不能了。江朝棟只得把他挾出屋來。掖上早已備好的一匹馬上。着兩個僕人。護他出城。眞是慌不擇路。狼狽而逃。這時高邦住也由後面趕了來。呼住說。公欲何往。化貞說。事已至此。吾留此無益。不如去見熊經略。商議恢復之策。邦佐曰。公去。此城何人守之。化貞曰。敬以煩君。邦佐見說。大哭而去。回到署中。知到此城萬難保守。遂自經死。單說化貞。行了一日。已至大凌河。正與熊廷弼相遇。化貞不覺痛哭。廷弼却是發出一陣冷笑。問曰。公言六萬之衆。可以一舉蕩平。竟如何乎。化貞見說。直羞得滿面通紅。俯首無言。待了半晌。纔慙然向廷弼說。吾意欲守寧遠前屯。公意如何。廷弼曰。嘻。已晚矣。惟護潰民入關可耳。乃以自己所部五千人。盡授化貞爲殿。把沿路所有積聚。以及居民房舍。全行焚棄。他們就這樣丢盔撩甲。好象馬謖王平。失守街亭一般。入關請罪去了。話說自化貞逃出廣寧以後。城中無主。益形糜爛。幸喜當時城中有一名千總。名叫石天柱。原是滿洲人。因見城中慌亂。人民十分驚擾。乃與當地秀才郭肇基。聯合紳衿。出而安撫民衆說。如今大官都跑了。我們無故驚擾。有害無益。大家不如各安職業。我們出城去見彼國統帥。要求勿得擾害居民。再說彼乃節制之師。也不會有這樣的事。大家千萬不要被謠言所誤。這樣一來。果然安頓了許多。次日石天柱和郭肇基。果然來到大營。求見太祖。當有人把他們引到御前。太祖甚爲嘉獎。每人賜鞍馬一乘。令旗一面。着他們回到城中。曉諭居民。各安職業。嚴查宵小。維持地方。二人謝恩而退。是日又有西興堡備禦朱世勳。中軍王志高。及以正安堡千總等。相繼來降。太祖並賜以信牌遣回。使各盡職守。是月庚申。大軍行至廣寧城東三里許之望昌岡。城中比戶焚香。紳士庶民。備乘輿。設鼓樂。執旗張蓋。俯伏迎謁。太祖一一慰勞。並以優詔安撫之。依然乘馬入城。萬民瞻仰。無不感激。到了城中。駐蹕巡撫公廨。這已在化貞棄城逃脫第二日之後了。明遊擊羅萬言。前在西平戰敗。逃入山中。至是聞城中安寧如故。並且投降各官。一無傷害。仍任原職。這眞是王者之師。不由感激。當下自來乞降。於是平洋橋守堡閔雲龍。西興堡備禦朱世勳。錦州都司陳守志。鐵場守堡俞鴻漸。大凌河遊擊何世延。錦州守堡鄭登。右屯衛備禦黃宗魯。團山守堡崔進忠。鎭寧守堡李詩。鎭遠守堡徐鎭靜。鎭安守堡鄭維翰。鎭靜堡參將劉世勳。守堡臧國祚。鎭邊守堡周元勳。大清堡遊擊閻印。大康守堡王國泰。鎭武都司金礪。劉式章、李維龍、王有功、及壯鎭堡。閭陽驛、十三山站、小淩河、松山、杏山、牽馬領、戚家堡、正安、錦昌、中安、大靜、大寧、大平、大安、大定、大茂、大勝、大鎭、大福、大興、盤山驛。四十餘城之官、各率所屬官民來降。差不多閭以外。遼西各地。

莫不望風而歸。太祖對於人民。愛如赤子。對於官吏。待如股肱。一律優遇。惟獨照孫得功那樣的人。未免有些害怕。當初王化貞是那樣信任他。言聽計從。資爲腹心。一旦失勢。投降別人。其罪還小。甚至欲生縛舊主。以作進見。這樣無義狠心之輩。若是假以權柄。必至無所不爲。商民住戶。還不被他任性蹂躪。倒不如遇機除去爲是。可見一個人。無論去就。以及在官在私。總要公正。作事總要光明。寧可使人諒。不可使人恨。心術一壞。舉措全非。結局也是難討公道。一部廿四史。無非是懲勸二字。我們雖然不能事事全跟古人符合。那壞人所作所爲的事。也當引爲龜鑑。就拏這里所說的孫得功來論。固然可恨極了。可是那徒務大言的王化貞。也未嘗不可恨哪。他身當方面。本來不知兵。偏好言戰。又不納人言。可是專一信從孫得功的話。不但失城失地。喪師辱國。連他自己也險被孫得功縛了去。作爲進身之階。他不但不知兵。而且又不知人。這樣人教他擔當大事。實在是明廷一個極大錯誤。怎能不亡國呢。可見用人一節。關係實在太大了。尤其是長官階級。對於所部。更應當安愼選擇。不可任情偏信。便是胥吏末僚。也該虛心體査。驗其心術。不然的話。那眞把國事當兒戲了。危險的程度。還用問嗎。閑言少叙。話說太祖在廣寧城中。把撫循人民。分布職守。安插降將。以及頒賞將士諸大端。辦理完竣後。當下撥派人馬。向西進發。打算趕上熊廷弼王化貞。一鼓成擒。直撲關上。不料熊廷弼已將沿途粮草。以及民間廬舍。全行焚棄。大軍所至。一片荒凉。毫無所得。

轉饟又不能急至。僅到了中左所。太祖只得命令還軍。仍駐廣寧城。因此熊廷弼王化貞。得以從容遁去。這好象是他二人一件幸事。那里知道他們逃進關去。還不如戰死沙場之爲得。尤以熊廷弼所遭不幸。過於慘酷。容後再說。單表太祖回軍至廣寧城中。因見義州地方。最易受蒙古攻略。因命大貝勒四貝勒。率兵招撫其民。不想這里明方駐兵。閉城拒戰。只得以兵戎相見。一陣攻打。因克其城。軍威益振。所有遼西民衆。除了被熊廷弼王化貞燒了廬舍。驅入關內的。全部作了太祖子民。但是遼西地方。連年用兵。又與蒙古毗連。他們所受的攪擾。當然是十分痛楚。因爲這個。太祖特命關係大臣。在遼河以東。相度相當地方。並且撥出許多農田。諭令遼西農戶。盡量移往河東。這一來。不但免去明兵及蒙古人的侵害。對於遼東一帶的人口。以及生產力。也自增加了不少。所以研究滿洲經濟史的。對於此點。也是不可忽略的。話說太祖的兵威。既然達於遼西各地。素與此地接近往來的蒙古各部。生恐太祖移兵撻伐。不如及早歸附。遂命烏魯特部「貝勒明安、諤勒哲依圖、索諾木、吹爾扎勒、達賚、密賽、拜音岱、噶爾瑪、昂坤、多爾濟、固祿、綽爾齊、齊卜塔爾、布延岱、伊璘齊、特凌、」以及喀爾喀部貝勒。錫爾呼納克。並台吉多人。率領所屬三千餘戶。各驅牲畜。搭載帳幕什具。由草地上。結隊直向廣寧而來。單說牛馬駱駝。便結連一百多里。就好象傾國以遷似的。太祖聞報。忙命貝勒大臣。率領八旗精銳。整隊出迎。這些蒙古貝勒台吉們。那里見過這樣的軍容。一個個馬上私語。無不驚駭讚嘆。及至臨近。彼此下馬行禮。命將人衆牲畜。屯於城外。然後把衆貝勒台吉等。道引入城。管待安置。次晨、太祖於廣寧城中。大會蒙古諸貝勒台吉。設擺豐筵。以宴勞之。每人賜貂、虎、狐、貉、猞猁等皮裘各一襲。蟒衣、紬緞、布帛、金銀、田廬、僕從、牛馬、糗糧、器具等物。莫不具備。又依各人品位。授以職官。諭之曰。我國風俗。守忠信。奉法度。無盜賊詐僞。無凶頑暴亂。拾遺於道。必還其主。人情敦厚如此。是以獲膺天眷。爾蒙古未嘗不持念珠。頌佛號。而欺詐橫暴之風不息。天弗汝佑。俾爾諸貝勒。自亂其心。殃及國人。今爾等既歸順於我。賢者因予優禮。無能者亦皆撫育。自後勿萌不善之心。若怙惡不悛。即以我國法度治之。這些蒙古貝勒。聽了這道諭旨。無不感激。果然把不良的習慣。慢慢都革除了。不但心性方面。漸漸馴順。便是日常儀節。也改善了許多。當初他們吃完飯。兩手是油。不懂用手巾。隨便往前襟一抹。現在他們見滿洲貝勒諸事皆有體制。耳濡目染。衣服袍褂。也都稱身合體。具備容儀。語言禮節。也有分寸。不照原先那樣粗野了。原來太祖對於蒙古諸部。不僅使其畏威懷德便算完事。其間還施以相當的教化事業。所以入關以後。深得其用。也就在此了。我們但看太祖的詔勅裏說。賢者固予優禮。無能者亦皆撫育。這眞是王者之用心。和一般營利經商者。太不一樣。王者覆育四海。一視同仁。賢者和有能力的。固然要加以優禮。對於沒有能力素養的。也必設法教育。使其達於水平。經商營利的人。只顧目前。自然開口先問你有能耐沒有。有能耐的才要。沒有能耐的滾蛋。由此一點。我們就可以看見王者無大不包。用心最細了。却說太祖自正月甲寅日出師以來。到了癸未日。整整四十天。把遼西一帶。大體上全都戡定了。不過遼西地面。毗連關上。明師雖然一時敗績。將來還免不了牴觸。所以除了一二要地。置兵戍守。其餘地方。多半放棄。乃傳令班師。駕還遼陽。不在話下。單說熊廷弼王化貞二人。自從失陷了廣寧。兵損將折。無地可守。只得焚棄廬舍積聚。驅逐着好幾十萬老百姓。踉踉蹌蹌的。向關上逃了來。一路上哭聲徧野。好不狼狽。他們見國家方面。既然喪師失地。理應負責自裁。如今自家逃了不算。還把無辜百姓。盡數驅逃。這就不知是何居心了。大約因爲遼東民衆。久已歸心太祖。爲之加勢。生恐遼西也受傳染。一旦百姓全歸太祖。豈不又替太祖平添了許多生產動力。因爲這個。他們不許這偌大的民力。再爲太祖所得。所以才出此毒惡之計。毀了民房。焚棄了積聚。把老百姓也一樣驅入關內。但是這些老百姓。祖孫相承。在關外耕種。已非一世了。田宅的建設。正不知用去若干血汗。如今一旦之間。燒爲平地。他們是如何心痛呢。再說明末的政治。腐敗已極。關裡百姓。已自痛苦萬狀。難道明廷還有辦法安插這些難民麼。也無非是聽其自滅。不想熊廷弼也算一時英傑。只因不肯有利於敵。忍心把百數十萬百姓驅走而就死地。他的罪孽應當有多大呢。如果太祖的兵馬。見人就殺。恣情焚掠。使所過之處。野無青草。也難怪熊廷弼有驅民入關之舉。但是太祖自出師以來。向以得民爲宗旨。沒有田地可耕的。還計口授田。教他們皆有衣食居處。如今反倒使百姓燒了自己廬舍農具。遠利就害。他們如何不哭不怨呢。只聽男也哭。女也哭。老人也哭。小孩子也哭。連結數百里。打成一片哭聲。慢慢向關上移了去。有那抱病落後的。兵士疑心他們不肯進關。非打卽罵。因此弄得怨聲載道。一個個咒怨着說。你們官兵官將。不會打仗。失了城池土地。却拿我們老百姓紮筏子。我們好幾世的房梁土地。全給毀了。驅我們到那里去。北京的皇上。只認識一個魏忠賢。把我們老百姓能看在眼裡。到那裡也是死。熊廷弼是兵家。心裡有點狠勁。聽了這些怨言。只不過暗笑。王化貞是文官出身。並且呆頭呆腦。聽了老百姓這樣哭叫。想起了他的責任。脖頸上未免就起了一圈冷綫。自己摸了摸也就大哭起來。惟有熊廷弼。始終不哭。總是笑吟吟的。他以爲他這回不但沒罪。而且有功。誰教不聽他的言語。把大權胡亂託給一個呆子手裡。如今喪師失地。責有攸歸。反正都有王化貞承當。那裡知道。他倆是同官。責任也得分負。何況廟堂之上。嫉恨他的。不一而足。誰能替他主持公道。他要想逍遙法外。那實在是萬難了。他們就這樣很狼狽的跑到關上。同時北京明廷。也接到了廣寧失守的消息。便是那精神不甚銳敏的天啓帝。也很特別的吃了一大驚。怎麼前些日子。還有捷報到來。不是說蒙古出兵四十萬。便是說毛文龍大獲全勝。如今却把廣寧失守了。既有前日之勝。萬不應有今日之敗。既有今日之敗。前日之勝也都是假的了。雖爲天啓帝。會有這樣的判斷。當下龍顏大怒。降旨責問兵部尚書張鶴鳴。並命錦衣衛赶緊把熊廷弼王化貞鎖拿進京。張鶴鳴當初本是袒護王化貞。言聽計從。十分信任的。不想自己所推許保薦的人。竟自失地喪師。棄城而走。他的責任也痛感太難了。因怕一律被罪。只得自告奮勇。請求出關視師。諒他和王化貞一鼻孔出氣的人。先不知人。自然也不知己。無非打算離開北京。暫免罪責而已。單說熊廷弼王化貞。遁至關上。已是二月初間了。王化貞依然哭哭啼啼。熊廷弼仍是暗笑不止。原來他心中早有打算。到了北京以後。給他一個合盤托出。因爲他是經略。軍權應當歸他一人掌握。如今朝廷信任不專。又把王化貞進級。諸事相左。不聽調度。失守廣寧的責任。自然應由化貞一人擔負。朝廷實在沒有理由來問他。所以只有好笑。決不在意。直到明廷逮旨到來。他依然是坦率從容。毫無畏懼。及至把他二人拿到北京。不即審問。先行投在大獄裡。他才有些心慌。

這是什麼事呢。照案情看來。到了北京。便應審理。爲什麼一堂不過。先把人押起來。這不是成了普通民間的一面官司了麼。當時明廷的一切。若由熊廷弼那樣的人來看。固然沒一件事不是笑話的。可是若拿當時的腐敗習慣來說。凡事如此。無不各有內幕。自二月初一。直到四月裡。未加審問。只是在獄裡收着。並且看守極嚴。雖家人戚友。也不許會見。天氣已有些熱了。衣服也不能換。早已生了蝨蟣。熊廷弼到了此時。可眞駭怕了。這是什麼事呢。有罪的王化貞。受些苦。怨不得誰。廷弼自以爲沒罪。一樣也陪他受罪。未免以爲很怪。那里知道。他那三方布置。嚴守待機的策略。因爲王化貞的大失敗。總算替他證實無誤了。如果說他無罪。那末凡是當時排斥熊廷弼。而附和王化貞主戰的要人。一律都得被罪。再說假如明帝依然認他爲有識有才。照舊重用起來。還能有別人的飯。因此大家私相商議。打算一不作二不休。把廷弼也鍛煉成獄。一樣處死。此外還有一個內幕。就是貪財無饜的魏忠賢。也打算利用此獄。敲廷弼一筆竹槓。反正所欺哄的。止有天啓帝一個人。他們在暗幕裡。就這樣私議了好多時。到了四月中旬。才命刑部尙書王紀。左都御史鄒元標。大理寺卿周應秋等。由刑部大獄。把熊廷弼王化貞。提出堂訊。可憐他二人鐵鎖郎當。已然困憊得不成樣兒。尤其是熊廷弼。一表英雄。只以辱於獄吏。直弄得豬狗不如。什麼叫干城之將。什麼叫綏帶輕裘。自來英雄之臣。須遇英雄之主　使廷弼這樣人物。與賞英東額亦都之倫。並肩而事太祖。聲溢當時。榮蔭妻子者。爲何如哉　不幸生於明末黑暗之秋。而事孱弱昏庸之主。有才不克用。辱於群小。妻子爲戮。眞可歎也。

却說刑部尙書王紀等。把二人提到堂上。只不過問了問當日廣寧失守的形情。也不聽熊廷弼怎樣辯訴。獄詞早已預先擬就了。只不過履行一個形式。仍把二人押獄。沒幾天。明廷的諭旨降下。熊廷弼王化貞。均行處死。廷弼見說。益發慌了手脚。他倒不是怕死。他以爲和王化貞死在一起太不値了。但是他在關外有兵五千。如能戰死沙場。總比這樣死得有名。只因自負才略。捨不得一死。反倒越弄越拙。

竟死於群小之手。如今他明白了。只得從中設法。希冀緩刑。他知道現在的事。惟憑魏忠賢一人處理。如果賄賂他一筆鉅金。也許買得一命。於是他懇求友好汪文言。爲之斡旋。願以四萬金爲魏忠賢壽。只求緩刑。魏忠賢的爲人。自要有錢。事沒辦不到的。自然就應許了。要他先把銀子兌來。也不知是廷弼沒錢。也不知是中悔。四萬銀子。始終不曾拿出一文。他既然說出四萬之數。大約他的力量足以辦到。這一中悔。他的禍可更大了。直氣得魏忠賢鴉鴉亂叫。因向他的乾兒黨徒說。弼兒這孩子。既要買命。又捨不得錢。老子要他一個命還不算。倒得教他多化幾個。因暗中授意徒黨。速斬廷弼。並把當時替廷弼說好話的朝臣楊漣等下獄。誣他們曾受廷弼的賄賂。偏巧這時市上忽出一本小說。名曰遼東傳。被魏黨諸臣馮銓等所發見。竟把此書。携至禁中。在天啓帝前。誣爲廷弼所作。說他希圖脫罪。嫁責旁人。連皇上都說在裡面了。昏庸而喜聽讒言的天啓帝。竟忘了當日怎的二次起用廷弼。當時大怒。命將廷弼立即棄市。傳首九邊。傳首九邊者。就是把廷弼的人頭。拿到所有駐兵的邊界上。號令示衆。乃是極其慘酷的刑罰。至今關外各地。把蹴鞠的皮球。喚作『熊頭』大約就是由這時傳留的。明廷既然忍心割下他的首級。置於邊外。難免人家要踢着玩了。廷弼既然受了這樣慘刑。明廷群小。猶以爲未足。御史梁夢環。又說廷弼侵盜軍資十七萬。御史劉徽也說廷弼家資百萬。宜査抄以充軍餉。這都是爲見好於忠賢。使他有題目出氣。魏忠賢果然矯旨。令地方官勒限嚴追。平日作地方官的。兀自揀瘠擇肥的。剖克不已。如今忽然來了這樣一個天字第一號的護符。差不多等於驅虎入市。人人都想染指。只顧官家作福作威。打算從中撈幾個錢。熊廷弼的家鄉江夏縣。就相遭了極大瘟災。無一倖免。不但廷弼一家。巢傾卵破。便是戚友以及素有往來之家。同時破產。家敗人亡。抄起來百數十萬鉅款。如果他是貪官。宦囊富裕的人。或者猶有可說。無奈他兩次出關。正値多事之秋。又想轟轟烈烈作一場。焉有私蓄。所以他的兒子。把產業以及親友家的東西。全折變盡了。也不及十分之一。偏遇見那位江夏知縣王爾玉。又是貪墨非常。以爲這是千載一時的機會。在追比官款以外。還打算乘火打劫。以飽私囊。所以特把廷弼的大兒子熊兆珪叫到署中說。你爸爸作了一任巡按。兩次經略。關外珍奇異寶。正不知撈了有多少。現在我的靴子都跑破了。你也須對我有點人情。別等我開口。才够朋友呵。兆珪說。亡父居官。公忠體國。從無私蓄。現在祖業都已售罄。那里還有他物。知縣見說哈哈怪笑道。動不動就是公忠體國。把別人都看成奸佞。不用說別的。單說關外的人參。貂皮。你們就不知有多少。藏在別處。想過幾世麼。如今你把人參、貂皮、骨董、文玩。揀那上好的。孝敬本縣便罷。不然時。要你的命。兆珪一聽。不由火起。本想和他對命。又恐添了父親罪名。反正是官敗如花謝。覆巢無完卵。倒不如一死。追隨父親陰靈去吧。想到這里。他便在江夏縣大堂上。用懷中短刀。自刎而死。家人慌忙回報。兆珪的母親。放聲大哭。乃令一婢攙扶。自去與知縣理論。知縣反誣以攪鬧公堂。把女婢剁得赤條精光。責打了四十大板。這樣暗無天日的事。在明末是很平常的。所以人民嗟怨。流寇蠡起。不言熊廷弼一心爲國。反被明廷處以極刑。傳首九邊。還弄得家敗人亡。單說太祖。自廣寧班師。回到遼陽以後。大設筵宴。慶克廣寧功。時太祖有皇子八人。飲酒樂甚。不拘形跡。遂有乘間進問太祖將來誰可以嗣登天賜之大位者。太祖。因進八皇子而諭之曰。繼朕爲國君者。非以其有强力也。若以强有力者爲之。則是以力爲貴。恐天必弗佑之。一人雖有才識。豈如衆謀之長。爾八子卽爲八王。八王同心。庶幾無失。爾八王中。當擇其能受諫而有德者。嗣朕登大位。若不能受諫。所行非善。則更擇其能受諫而好善者立焉。其易之也。必詢謀僉同。謹愼擇賢。必不使不善者儌倖被擧。爾八王中。或一人所言有益於國。七人宜共贊成之。如已旣無才。又不能贊成人善。而緘默坐視者。卽當易之。更於子弟中。擇賢者爲之。勿出於偏私。必同謀合議。衆人皆曰可。而後易之。若因事他出。宜告於衆。勿私往。若入而見君。宜衆畢集。始行入見。會議治國行政之事。務敬祀神祇。若有事則會同八王謀議。設滿大臣八人。漢大臣八人。蒙古大臣八人。其八大臣之次。設滿理事八人。漢理事八人。蒙古理事八人。衆理事審理後。告於大臣。大臣擬定後。奏於八王。八王復行審斷。務期斥奸佞而擧忠直。八王之前。設滿巴克什八人。漢巴克什八人。蒙古巴克什八人。國君於一月之內。初五二十等日。兩次御殿。除夕詣叩堂子及神主畢。國君躬親先叩拜衆皇叔皇兄後。登寶座。

使受朕叩拜之皇叔皇兄。皆配座於一列。受國人之叩拜。爾等宜謹記父皇訓誨之言。衆兄弟等。不可存兇暴之心。逞挑唆之語。或以蒙古語私相告訐。以圖隱瞞。即在鄉間時。亦不許私議善惡。設有一二貝勒。不論何人。有議父皇之善惡者。汝等勿置詞妄對。退而同謀。如善惡之事果實。然後置詞答之。乃無怨尤。若任意妄言。則怨尤生矣。八旗之貝勒。無論何人有罪。均宜入告。不可此有罪而告之。彼有罪而不告也。征戰之時。八旗貝勒屬下。與他旗下、凡有事故。經衆審理。而後入告。勿獨自入告。若獨自入告。是非之間。必相爭執矣。若經衆審理以告。則自無怨尤。貝勒處。若欲放鷹行圍以取樂。須衆議皆允。始可行之。見行爲悖逆者。宜公同詰責。庶免心懷讎怨。凡與兄弟等互有怨尤。可以明言。若匿怨不言。則無當於公是公非之理也。父皇如有過失。爾等不可揚爾父之過於衆。必子爲父隱。乃合。隱一事可減一分之罪。隱二事可減二分之罪。凡事皆隱。則父皇所得之罪皆減焉。若不聽父皇訓誨之言。不聽衆兄弟勸導之語。竟行背逆之事。則必自取罪戾。於取罪戾後。猶能修身持己。則父皇雖怒之。亦不至置汝於死。不過囚禁之。以俟其改過耳。若不聽此言而行邪道。則天地神祇。皆譴責焉。加以重罪。壽亦不永。令其夭殂。若將父皇訓誨之言。謹記不違。存心忠義。則天地神祇。皆眷佑焉。必錫以嘉祥。克享遐齡矣。八王聞諭以後。人人奮勉。遵諭而行。國務軍政。益見修明焉。八王者。大貝勒代善以下八位和碩大貝勒也。滿洲老檔祕錄。譯爲八王。諭旨文詞。亦較實錄方略爲詳。故採錄之。却說太祖自奠都遼陽。不但兵民戶口。日益加多。便是四遠商賈來此貿易者。逐月增加。大有人滿之患。自得廣寧後。遼西民庶。遷往河東者。固然爲數甚衆。同時西部蒙古。以至東海極邊各部新附來歸者。接踵而至。太祖皆賜官予田宅。因此遼陽老城。甚覺狹小。再說旣爲國都。宜有堅城。何況與明爭戰。已不可免。而東有朝鮮。西北蒙古。未盡帖服。太祖遂有重建都城之意。因諭貝勒大臣曰。我國家承天眷佑。遂有遼東之地。然遼陽城年久傾圮。東南有朝鮮。西北有蒙古。俱未帖服。若釋此而征明國。恐遺內顧憂。必更築堅城。分兵守禦。庶得坦然前驅。而無後慮也。但是諸位貝勒大臣。以築城未免勞民。多持異議。太祖曰。今旣征明。豈容中止。汝等惜一時之勞。朕惟遠大是圖。若以一時之勞爲勞。何由成遠大之業。今新降新附之民甚多。與其徒苦安插。不若優其工資。使興工作。於是貝勒大臣皆以爲善。出榜募工。就役者十分踴躍。乃在遼陽城東。太子河邊。距舊城八里之地。更築一城。眞不亞經之營之。庶民子來。成功之日。名之曰東京。城內外民房官舍。以及富室豪家宅第。則令自出私財。僱工興建。於是舊城與新城相望而居。稱殷富焉。自天命七年。太祖攻破廣寧後。大兵由遼西撤還。轉向蒙古及東海各地。對於明方。暫置不問。明也以新敗之後。無力復起。惟從海道。接濟毛文龍兵餉。使其就地。時出擾亂。前面已曾說過了。毛文龍並無眞心爲明。無非利用機會。要挾明廷。多得些餉銀。以便招聚流亡。自固其勢力而已。現在他的機會又到了。准知道熊廷弼等失守遼西後。明廷又該用着他了。所以很得意自矜的。只在皮島中坐待。果然明廷使者。泛海而來。詔書以外。還有二十萬餉銀。詔書如何。他却不曾看在眼裡。只不過用形式接受了。惟獨對於二十萬餉銀。未免以爲太少。因向明使說。王化貞在廣寧時。平白無事。每年給蒙古百數十萬餉銀。吾遂不如蒙古乎。明使只得說了許多好話。怎的新敗之後。帑金不足。以後必能源源寄到的話。說了一遍。他才收下。他頭一次出兵。是在天命九年五月。太祖還未遷都瀋陽的時候。文龍以外。還有遊擊三員。引兵約五千人。由朝鮮境內。沿鴨綠江。越長白山。侵入輝發。那時輝發守將蘇爾。棟安。急聚諸將。率兵往剿。文龍乃僥襲性質。無備則進。有備則退。決無鬪志。如今見有兵來。尋略便走。偏遇這位蘇將軍。是個見敵就紅眼的人。一陣追殺。文龍所部。差不多損失大半。幸虧逃入江中。乘舟而遁。僅乃得還皮島。第二次是本年八月。文龍因爲上次出兵失利。這回他變更計畫。由朝鮮義州方面渡江。佔據了幾庭島嶼在島中秘密屯田。如有機會。便上岸侵掠。得了便宜。便仍歸島中。或逕至義州境內。以避追剿。如此出沒無常。已非一日。太祖聞得此息。不覺大怒。遂命大臣楞額哩。武善二人。率遊騎千人。至鴨綠江岸邊。相機剿捕。楞額哩。會合當地駐兵。埋伏樹林之內。這日毛文龍又自率兵自島中渡到岸邊。欲行奪掠。早有伏兵起而截殺。文龍大敗。不敢歸島。一直奪舟逃往義州去了。但是他的部卒。有被生擒的。已把島中情形。供招無遺。並說文龍積聚全在島中。他白天在島。夜則歸宿義州。以防不測。楞額哩訊問明白。因分兵進勦。自率精兵五百。自鎮江支流。乘舟突至其島。文龍所部。一見大驚。當時大亂。楞額哩早已督兵上岸。霎時間。島之四外。皆有兵來。一陣闘勦。殺死大半。其餘爭舟溺水而死者。不計其數。文龍因在義州。被其逸去。於是楞額哩命將島中寨栅。全行毀棄。其積聚財帛可運行者裝載舟中。不堪運行者。一齊燒却。班師凱旋。太祖方在迎勞。忽有人報。額駙何和哩因病薨逝。太祖見說。不覺大慟曰。朕所與並肩友好諸大臣。何不遺一人以送朕之終耶。遂命駕哭於其家。何和哩自太祖起兵之初。即率所部數萬人。歸事太祖。與費英東、額亦都、安費揚古、扈爾漢。佐太祖成帝業。稱爲五大臣。天命五年。費英東卒。六年額亦都卒。七年安費揚古卒。八年扈爾漢卒。至是何和哩又卒。宜太祖哭之慟也。

清史論曰。國初置五大臣。以理政聽訟。有征伐則帥師以出。蓋實兼將帥之重焉。額亦都歸太祖最早。巍然元從。戰伐亦最多。費英東尤以忠讜著。歷朝褒許。稱佐命第一。何和禮。安費揚古、扈爾漢。後先奔走。共成篳路藍縷之烈。積三十年。輔成大業。功施爛然。太祖建號後。諸子長且才。故五大臣沒。而四大貝勒執政。我們看了這段議論。便可以知道一朝興王之業。人才是何等的重要了。人才繼續不斷。接踵而起。雖欲不興不可得。到了末葉。大感才難之歎。而邪說乘之。故同歸於盡焉。謂之天亦可。謂之人亦無不可也。閑話不表。單說明廷兩次嗾使毛文龍出師。皆未成功。乃又由海道發兵萬人。航至旅順口。修葺城堡。儲蓄糧秣。意在與毛文龍遙爲聲援。同時遣使至朝鮮。請其出兵。以牽制太祖西進。這也無非是一種無聊的辦法。希望大而成功少。因爲朝鮮國內。黨派不一。意見岐異。尤以武人。爭執最烈。有傾向明廷的。也有傾向太祖的。因此影響政治。時有內亂。卽如韓明廉和李國的事。就是其中一例。李國韓明廉。皆爲朝鮮總兵官。因爲政治關係。竟自各率所部。起了一場內亂。結果李國韓明廉失敗。全被亂兵所殺。韓明廉有個兒子。名叫韓潤。還有一個姪子。名叫韓義。兄弟二人。奮力殺出。由義州逃出。來降太祖。將朝鮮內亂情形。以及毛文龍的虛實。全行稟告太祖。太祖大喜。因授韓潤爲遊擊。韓義爲備禦。各賜妻室田宅。以安慰之。所以關於朝鮮方面。暫不介意。遂命三貝勒莽古爾泰。統兵六千。往征旅順口之明兵。三貝勒莽古爾泰。是何等的威名。他的部下。無不驍勇善戰。到了旅順口。明兵聽說他來。先自胆寒。只得忙向皮島請求毛文龍快來救援。無奈他們求救的人。還不曾到得皮島。他們的城堡。已被三貝勒攻破。明兵萬人。無一倖免。全被殲滅。莽古爾泰因命人毀其城。奏凱而還。太祖因明方屢出下策。不住挑釁。遂決計遷都瀋陽。更爲進取之計。天命十年三月。諭貝勒大臣曰。瀋陽形勝之地。西征明。由都爾弼渡遼河。路直且近。北征蒙古。二三日可至。南征朝鮮。可由淸河路以進。且於渾河蘇克素護河之上流。伐木順流下。以之治宮室。供炊爨。不可勝用也。時而出獵。山近多獸。河中水族。亦可捕取。朕籌之熟矣。遂於三月庚午日。自東京遷都瀋陽。從此瀋陽在太祖太宗時代。遂爲永久之國都。八方輻輳。商旅雲屯。不消細說。單表毛文龍。兩次出兵。全告失敗。明廷又不時以小惠來餌他。令其觀隙而進。他也以爲太祖方在經營瀋陽。如出不意。進兵邊疆。必能得利。當下遣兵三百。命一遊擊領之。自海邊潛至耀州地界。前回已然表過了。自然鎮江城有中軍陳良策勾結毛文龍作亂之事。太祖已把沿海地方居民。遷移安全地帶。只有各寨堡。留兵駐守。此時耀州統兵官。爲揚古利。其餘各寨。則以遊擊備禦等職駐守之。這時毛文龍之兵。於夜中已然潛至耀州城南之蕎麥衝。野地中不見一人。他們大着胆子。依然前進。眼見已到了官屯寨的寨墻下。聽了聽。毫無聲息。他們以爲得手。便發聲喊。將要踰墻殺入。欲知寨中如何拒敵。且看下回。

第十二回

崇煥力守寧遠城　太祖攻破覺華島

話說官屯寨中。有守寨三人。一名青嘉努。一名納岱。一名邁圖。皆爲備禦職。有寨兵百名。平日亦甚盡職。並且三人皆有家小。因爲昨天他們出獵。打來不少飛禽走獸。所以今天整治停妥。預備在夜裡痛飲。舉杯慶祝皇上的新都。誰知他們得意忘形。把職務全置腦後。連官帶兵只顧猜拳行令。樂不可支。那里還管得到外面的事。此時青嘉努的妻室。正在燈下作針指。只見燈花閃爍。劈巴亂響。她便有些疑心。聽了聽。墻外亂烘烘的。好象是有好多人私語的聲音。並且是南音。她心說不好。一定是明兵暗自襲了來。她眞有胆量。當時由墻壁上把青嘉努的配刀抽出來。吹滅燈。躡足去到隔壁。把納岱和邁圖的妻。也都叫出來說。聽見麼。有敵兵來了。他們都在校場喝酒。如果被敵人闖進來。大家全遭殺害。不如我們先抵禦一陣。他們聽見聲音。也就該來了。當下三婦人。各執利刃。把車轅倚在墻上。以作梯子。分作三處。登梯固守。單說墻外明兵。聽了半晌。不見有何聲響。以爲全入睡鄉。有那胆大的。發聲喊往墻上便爬。將及墻頂。只覺得冰涼利刃。由前胸刺進來。哎喲一聲。早由墻頂跌下。一連被刺死四五個。衆見有備。又不知墻內有多少人。早已驚得紛紛後退。急辨逃路。一陣大亂。青嘉努等已然聽見了。連忙拋棄酒杯。跑來觀看。只見三個婦人。正自執刀由墻上向外看。青嘉努忙問什麼事。三婦見說。纔復了原樣。忙道。你們來得正好。外面有敵兵侵來了。青嘉努諸人見說一面執兵刃。開寨門追擊。一面飛馬命人報告總兵官揚古利。此時明兵已不敢停留。狼狽退却。天已亮了。揚古利已率精騎赶至。可憐三百明兵。逃去者只有十餘人。餘衆全被斬獲。這個消息傳到瀋陽。

太祖對於三位婦人。十分嘉獎。命人帶領引見。褫青嘉努、納岱、邁圖、三人職。而改官三人之妻。又以青嘉努之妻。見敵不懼。有謀有勇。率領二婦。殺敵保寨。進爲遊擊。不想青嘉努三人。須眉丈夫。只因貪酒誤事。反在自己夫人麾下。充作小兵。未免難爲情哉。話說青嘉努三人。因貪酒誤事。太祖遂下戒酒之令。其略曰。爾等曾聞嗜酒之人。得何物。習何藝。有所裨益乎。愚者因之喪身。賢者因之敗德。朕屢聞之矣。酒雖爲五穀所造。然飢而飲之弗能飽也。若飩飥。若炊黍。均可充飢。何不食之。而耆飲酒耶。縱飲無節。流於汚下。或顚仆道路。遺失衣冠。或毀敗器具。消落家業。或墜馬傷手足。折頸項。或爲鬼魅所魘。或與人鬬爭。以刃傷人而抵罪。無論在朝。在家。每由酒被譴于君上。失懽于父母兄弟。且至夫飲酒取憎於婦。婦飲酒見惡於夫。下及僮僕。亦不能堪而去之。嗜此奚爲。昔賢云。忠言逆耳利於行。良藥苦口利於病。蓋悅耳之言。無補於事。悅口之酒。有害其身。可弗戒哉。又命人修築耀州城。以及海防各地。均行添兵駐守。

因明廷這時。已改命王在晉爲經略。王在晉在明末。也是一位留心時事的大臣。因爲關外遼濶。無堅城可守。他主張在關外八里鋪地方。築一重城。與山海關表裏爲援。惟務嚴守。再說當日王化貞失守廣寧。由關外各地。驅來難民。不下百數十萬。如今全在關上。嗷嗷待哺。他極力振救。安插。僅不過五六萬人得活。所以他不主張亟圖恢復。舉全力欲在關上佈防。可是有一位人所不甚注意的袁崇煥。一方主張在寧遠築城。到底被閣臣所許。而寧遠一城。在當時便成了頭道防綫。這袁崇煥是怎樣一個來歷呢。據明史本傳說。他是東莞人。萬曆四十七年進士。初任邵武知縣。雖然官小。却是慷慨有胆略。因見天下多事。遼海一帶。激起極大洄波。他便有心問世。每遇老校退卒。必然打聽塞上情事。因此關於阨塞形勢。多所熟悉。總想到關以外。幹番功業。天啓二年。他進京朝覲。有位御史名叫侯恂。請求破格任用崇煥。因此擢升兵部職方主事。沒多時廣寧失陷了。熊廷弼王化貞弄得師潰將折。明廷震駭。方議據關拒守。這時兵部衙門裡。却不見了袁崇煥。彼此都以失了袁主事。成爲奇譚。原來崇煥不告家人。已自單騎出關。查看形勢去了。他去了好多時。才回到北京。因向明廷自薦說。予我軍馬錢穀。我一人足守此。因此明廷益稱其才。本來新敗之後。大家正苦無策可施。忽然有這樣自告奮勇的。自然要着他試試看。其實明廷的事。一言難盡。他們的兵。也不是比太祖少。他們的錢也不是比太祖窮。尤其在兵器方面。早已便使用西洋大砲。比起太祖兵將所使的武器。優秀的多了。只以他們毫無定見。議論紛紛。雖然命將出師。屢賜尙方劍。只不過是個形式。其實閫外大將。仍無實權。而大權依然操在廟堂之上許多文臣的口裡。所以戰守全非。莫衷一是。如今熊廷弼屍骨未寒。又想着袁崇煥是人才了。他們此刻不教袁崇煥在那裡當主事了。立刻超擢僉事。監關外軍。並帑金二十萬。着他到任後招募兵士。但是那時他沒有一定的任所。關外地方。差不多全爲蒙古人所佔據。因爲那時的察哈爾。明人呼之爲插漢。尙與明人和好。還未盡入太祖的版圖。明人也就利用他們。阻礙太祖的進路。在熱河一帶蒙古人。因與遼西接近。也是自由出入。所以自廣寧失守。明師潰滅。關外便成了蒙古人的牧場。如今明廷聽了袁崇煥的建議。又要駐兵防守。自然先得請求蒙古人退出。他們雖是行國。遷徙方便。若是沒錢犒賞。也不肯退出。沒法子又替蒙古籌了一筆遷徙費。蒙古部族方才退去。袁崇煥這才受了經略王在晉的札飭。命他移駐中前所。監參將周守廉遊擊左輔之軍。並經理前屯衛事。崇煥於是由關上啓行。來到中前所。他這才有了相當的任所。後來王在晉又命他到前屯安置失業的流亡。也很盡心。因此王在晉很倚重他。但是崇煥知道王在晉沒有遠略。遇事專斷。並不十分聽他的號令。後來王在晉又主張在八里鋪築重城。崇煥以爲非策。力爭之。他說現在十三山站。有數十萬兵民。正受敵兵包圍。宜築城寧遠。以壯其氣。會明廷以大學士孫承宗行邊。深以崇煥有才識。竟主守寧遠之議。於是袁崇煥就成了寧遠城中一個主角。享了歷史上的大名。當初寧遠築城的事。孫承宗也曾命祖大壽辦理過。

但是祖大壽心知明廷不能遠守。雖築堅城。也無非是勞民傷財。終是無用。所以當他初次在寧遠築城時。僅不過費了十分之一的工程。自然是疏簿簡率。粗具城垣形式而已。若想恃爲要塞。拒敵强兵猛將。那是決其無效的。這次孫承宗既然極其贊許袁崇煥的主張。想在寧遠作防禦。重築堅城。自是不可緩的事。並且一切計畫。全由崇煥一人料度。他便把當初祖大壽所築的薄城。全行毀棄。改爲城高三丈二尺。雉高六尺。城址寬三丈。上面寬二丈二尺。不但人馬通行無碍。並可以使西洋大砲。在城上安置行走。監工則使祖大壽與參將高見、賀謙。分督之。晝夜赶築。一年而成。竟成關外一重鎭。於是承宗命大將滿桂。與崇煥駐守寧遠。其糧秣輜重。則置於覺華島。分命大將。率重兵守之。自廣寧失守以來。關以外。四五年來不見明兵隻影。至是流亡漸聚。兵馬粮草日積。重議戰守焉。說到此處。作書的想替大家向自已問難一下。太祖在天命七年。攻克了廣寧。巡撫王化貞。經略熊廷弼。狼狽竄逃。莫之爲計。有名上將。降者降。死者死。二十餘萬大兵。慘遭覆滅。有如燎毛。所餘者只有廷弼五千弱卒。此時太祖如提得勝之兵。鼓行西上直叩關門。雖不必遥搗幽燕。關以東可得而有也。何必待其聚甲兵。完城郭。始加兵哉。遺易就難。誠所未解。答之曰。此不難明也。夫伐國之擧。必有緩急先後。尤須審度時勢。以策萬全。夫以葉赫之地。不逮明十之一。而太祖之伐之也。尚以伐木爲喩。以明之大。豈能一揮而倒之。且欲伐人者。先須攘外而安內。蒙古朝鮮。以及邊外之地。未全帖服。有事於西。咸足以爲內顧憂。故廣寧伸威之日。即以恩威招服蒙古。遠而梗化者。則分命大將旺善等。以兵遠征。平服而收降者。遠迄萬里之外。蓋自天命七年以來。此等記錄。已數見不鮮。至於東南方面。毛文龍雖爲疥癩之疾。以有朝鮮暗爲應援。亦不能不有以懲之。若失內政。則屯田。移民、理兵、理財諸大端。三四年來。盡心擘畫。已無遺策。萬端整備之後。則遷都瀋陽。以示與明不兩立。蓋自茲以後。明淸兩國。對立形勢已成。而局面益形嚴重矣。一寧遠」袁崇煥又奚爲哉。却說天命十一年正月。太祖諭諸貝勒大臣曰。觀古今載籍。國雖大、而氣數將盡。則君臣庸暗。紀剛倒置。至於滅亡。國雖小。而運祚方興。則禎祥洊臻。民物蕃盛。浸以昌熾。今明災異迭見。民罹水火。而其君臣不務修省。終必致天之罰矣。縱國大兵强。豈足恃乎。自廣寧之敗。朕謂其必反省矣。乃東結朝鮮。嗾使文龍。百方加擾。侵害我民庶。擄掠我財物。行同鼠竊。神人嫌棄。今復築城寧遠。遣兵調將。躍躍欲試。朕不能再姑容之。其擧兵征明。於是以戊午日。親統大兵十五萬號稱二十萬征明。諸貝勒及八旗將領。早於城外校場。點定人馬。配備軍實。分撥起行。大軍綿亘數十里。迤邐向西進發。庚申日。師至東昌堡。辛酉渡遼河。已漸入敵地。乃分軍爲左右兩翼。變縱爲橫。南至海岸。北越廣寧、大路。於平原曠野間。向前推進。此時前衞先鋒騎兵。已至西平堡。遇明方偵卒數人。見大兵至。方謀逃脫。早被先鋒騎兵瞥見。

一齊催馬赶上。明偵卒寡不敵衆。全作捕虜。大凡兩國交兵。偵卒和間諜。最爲重要。因爲他們不但冒死探刺敵情。一方還要通信於本軍。使作準備。所以兩方軍隊。如果發現一方的偵探間諜。那一定狠命捕挐。決不能被其逸去。如今明方偵卒。既被捕挐。自然要加以嚴訊的。始知明方在右屯衞方面。

配兵千人。大凌河有兵五百。錦州城則駐兵三千。此外盡爲荒凉村落。並無駐兵。前鋒將領。將此情形。報至御營。遂催軍兼程而進。將至右屯衛。明守城參將周守廉。聞說大兵已至。自知不敵。戰也無益。倒不如率領部下退去。省得白作犧牲。當下不等兵至。棄城而逃。兵將既去。人民益慌。也就紛紛潰散。及至太祖大兵到來。此處已是空城。惟遠遠望見海邊一帶。有海船數艘。兀自嵌於氷凌之中。海岸邊糧秣軍需。堆積如山。太祖遂命軍卒將明軍所運粮食。盡行搬入右屯衛。留將八人。大兵四萬守之。於是親督大兵向前移動。直取錦州城。却說錦州守將遊擊蕭升。中軍張賢。都司呂忠。松山參將左輔。中軍毛鳳翼。以及大凌河。小凌河、杏山、連山、塔山等七城守將。聞大軍至。莫不相顧失色。因爲自廣寧一戰之後。二十萬明兵。無異摧枯拉朽。如今在此海邊荒城之中。多者不過五千人。而且全爲新募。如何能敵久戰雄師。現在只有寧遠。是新築堅城。又有西洋大砲。不如退到那里。再作計較。當下由錦州起。皆自焚廬舍積聚。不戰而退。單說袁崇煥。自到寧遠。與諸將和衷。勤於職守。誓與城共存亡。又善撫將士。衆樂爲盡力。由是商旅輻輳。流移駢聚。所以他的官位。也就升進了許多級。現在他已進到按察使的職位了。他曾由寧遠向東巡視各地。在右屯錦州各地設兵。全是他的主張。這也因爲有孫承宗一力倚重的原故。後來孫承宗罷任。明廷以高第代爲經略。一反承宗施爲。謂關外必不能守。欲盡撤關外兵入關。崇煥執不可。大起爭執。並誓死不離寧遠。高第無法。只得由他。

便在此時。太祖大軍已至寧遠。突出前方。將寧遠城團團圍住。乃修書使俘虜入城。致與袁崇煥。其略曰。我以二十萬兵來攻此城。破之必矣。爾衆官若降。卽封以高爵。崇煥亦以書答曰。汗何故遽行加兵耶。錦寧二城。乃汗所棄之地。我修治之。義當死守。豈有降理。且稱來兵二十萬。虛也。料不過十三萬。我亦豈以爲少耶。太祖見其拒降。遂命軍中治攻具。語云。藝高人膽大。太祖自少壯興兵。三十餘年。大小數百戰。眞所謂攻無不取。戰無不勝。自來未遇敵手。雖明知寧遠乃新築堅城。不易攻破。但以歷來經驗言之。好象亦不難攻落。殊不知袁崇煥平日甚得軍民之心。守禦之具。早在二年前備辦得十分完善。臨戰之前。他又以酒跪酌衆將。誓共生死。連吏民士卒。都拜了幾拜。激勸大家。因此城內士氣甚壯。再說他所用的武器。也是前此幾次大戰所沒有的弓矢以外。一律全是由澳門買來的紅夷大砲。使砲的又都是閩粵早沾洋化的悍卒。以此之故。既有人和。又得地利。再加以西洋利器。言戰雖不可知。若說以之來守禦新築的寧遠城。那自然是綽有餘裕的了。

也因爲太祖過於自信了。竟自忘了自己所著的兵法。『見其可攻則攻之。否則勿攻。若攻之之不克而退。反損名矣』。其實寧遠孤懸一城。正不必急攻。再說經略高第。正自主張撤兵關內。極力反對遠守。寧遠被圍。他必不來救。這時不必攻打。但遙圍之。斷其餉道。崇煥雖善守。內無糧米。外無援兵。一二月後。全餓死矣。在當時寧遠城中。雖有積儲其大部輜重。全在覺華島中。如果太祖先取覺華島。但以重兵圍困寧遠城。可獲全勝。但是役也。寧遠雖未攻下。由此刺激。殊感西洋大砲之有利。至太宗朝。遂能自鑄紅衣大砲。未始非此役之賜也。閑言不表。却說太祖命各營將士。將攻城器具備辦停安。一聲令下。大軍直薄其城。城上矢石交下。火砲齊鳴。攻城軍士。以輀車掩護。不顧死生。依然前進。在箭林彈雨中。工兵掘城隊。已然迫至城下。不一時把城壁掘了一個大洞。實以火藥。轟然點着。若在普通的城壁。這一轟炸。必能塌落。無奈寧遠城是新建的。而且又在正月。天氣沍寒。城壁凝凍。火藥雖然響了。城却依然挺立着。並未塌下。只不過城基下面炸成一個漏洞。城內明兵。早又用土石塞堵。霎時間又行凝凍了。太祖一見。城未轟開。反損失許多軍士。勃然震怒。下令全軍。由四面以雲梯攻之。崇煥亦以太祖頭次攻城未克。二次必然大舉急攻。遂刺血爲書。激勵將士。使通判啓倧。督率閩卒。在城上羅列巨砲。嚴陣以待。單說太祖令下以後。各營雲梯兵。莫不摩拳擦掌。打算一鼓作氣。陷此堅城。少時、進軍的螺聲。已然吹動了。只見前面是雲梯兵。後面是掩護隊。殺聲起處。遮天蓋地。一直向城壁撲來。城上明兵。知道雲梯利害。若使迫城。退之不易。當下巨砲齊燃。砲彈所穿之處。立成一道血巷。在從前太祖之兵。也未嘗不遇對方火器。但是無非是些鳥槍野砲。且因經驗多回。與其使用此等笨重遲緩的武器。反不如白兵突進便利。所以太祖軍中一向不曾使用火器。除了弓矢。完全以白兵奮戰爲能事。明方因爲不善野戰。常依城郭。自然以火器爲最要。以便防守。這次爽得用起西洋紅衣大砲。一彈的威力。就能殺傷許多兵馬。何況由城上四面環擊下來。人的力量。簡直無法抵抗。眼見死了。一千多人。遊擊和備禦職的軍官。也陣亡了好幾名。太祖一見。只得命令收兵。是夕太祖在御營之中。殊覺不樂。次日依然准備攻具。親立陣頭督戰。貝勒中有主張勿攻。宜以他法破之者。太祖不聽。當卽下令猛攻。這次比前兩次更形激烈了。一方是捨生奮進。一方抵死支持。眞是砲火連天。屍骸滿地。大兵將要迫近城垣。忽然一個砲彈。正落太祖馬前。那馬一躍。跳出二丈多遠。不幸一粒碎片。已中太祖肩頭。早有侍衞上前扯住馬轡。將太祖攙下馬來。扶入御營。大貝勒四貝勒等。聞訊莫不大驚。忙令所部暫止攻城。一齊到御營來問安。此時太祖已卸去衣甲。幸喜傷痕不重。只以春秋已高。不能不臥於御榻之上。以資休養。若在壯年。早又裹創上陣矣。衆見太祖無恙。方才放心。當命御醫小心調護。四貝勒遂與大貝勒議曰。

寧遠城堅。且崇煥守禦得法。又有巨砲爲用。攻之徒傷士卒。吾聞明軍輜重。皆在覺華島。不如分兵取之。明失此島。積聚全空。徒保此城。亦無所利也。大貝勒以爲然。於是相偕至御營。將此意報告太祖。太祖曰。朕自二十五歲征伐以來。戰無不勝。攻無不克。何獨寧遠一城。不能下耶。四貝勒曰。攻此城。徒勞無益。如得覺華島。燒其積聚。以視得此一城。不啻十倍。太祖許之。因命大臣武訥格爲前鋒。統八旗蒙古之衆。又益以滿洲鐵騎八百。直取覺華島。却說覺華島在寧遠城南六十里。明之糧儲盡置於此島中。守備分爲兩層。一在海中氷原上。鑿氷十五里爲壕。衛以楯車。守將姚撫民。胡一寧、金冠。還有遊擊季喜、吳玉、張國青等。分統大兵四萬。在氷壕以內分立營寨。島上則有兵二營。以守粮秣。論理他們這樣設防。太祖大兵是不能飛渡的了。無奈他們所鑿之氷。僅有十五里長。在島的西北方面。留氷未鑿。這並不是爲他們戰敗逃遁的去路。乃是爲關上以及寧遠等處有援兵來時。也容易出入。再說他們搬運粮食。輸送各地。也得有個通路。但是有利就有弊。十五里的氷塹。焉能阻得住太祖大兵。早以由氷原上把覺華島重重圍在垓心。姚撫民等一方督兵守禦。一方在島上揚起烽煙。希望寧遠城以及山海關方面有兵來救。但是經略高第。因爲不主張在關外設防。如今袁崇煥遭了他的節制。方在氣恨。那有功夫去救援他們。所以任憑烽煙怎的緊急。他只作不聞不見。袁崇煥呢。在寧遠費盡心血。才得抵禦了許多天。不但兵卒勞困。死傷很多。大砲還炸裂了兩尊。連同知啓悰。一齊也都炸死了。如今雖然眼見城外圍兵已有多數去取覺華島。他也不敢衝出城來。奮勇一戰。說現在的話。寧遠就是他的地盤。寧遠城中的兵民武器。就是他的實力。他明知禦城有餘。野戰不足。所以寧可犧牲了覺華島。萬不肯以他現有實力作孤注。因此袁崇煥也就把覺華島置於度外。好歹由他們自己撐禦吧。關上不來兵。寧遠不遣將。覺華島中雖有兵五六萬。只以孤立無援。早已人人膽落心寒。失了主意。太祖之兵。適以不得志於寧遠。怨氣正沒處消。如今在這一望無際的大氷原上。正好一戰。

以雪寧遠之辱。當下人人奮勇。個個爭先。自氷原未鑿處。衝殺進去。展開了白兵血戰。數十里廣濶的雪白氷原。霎時變成鮮紅血色。若論擊突奮戰。短兵相接。八旗兵素有專長。明兵五人僅足以當八旗兵一人。何況今日之戰。太祖之兵。多於明兵。而又懷着報復之念。所以下手決不留情。因此島外明兵。全行殲滅。逃去者無幾。島上二營。因被包圍。無處可走。也都一樣戰死。當下覺華島中。已無明兵。武訥格一面差人向太祖御營報捷。一面令軍士嚴搜島之內外。放列步哨。遂駐兵島中。暫爲休息。查點傷亡。造具册簿。然後命將明方積儲。盡行焚棄。所有船舶、寨柵、營舍。亦全毁墮。惟有弓矢火器。可能爲用者。全行載還。於是整隊待命。太祖見大軍得了覺華島。燒毁明軍粮秣。寧遠粮道已絕。仍欲攻下寧遠而後班師。大貝勒等以爲太祖已受傷。不如舍之。再作他圖。要知是否旋師。且待下囘。

第十三囘

順天人太宗登汗位　乞和好明國遣行人

話說上囘書。表得是太祖因一時大意。督兵猛攻寧遠城。不想袁崇煥早有準備。用西洋巨砲。轟傷了許多人馬。連攻三次。不但未得手。便是太祖也被砲彈破片擊傷。因此才改變方針。攻陷了覺華島。把明軍所有糧草。全行燒却。四五萬明兵。一個不留。也全被掃滅。所加給他們的損失。實在難以言語形容。如果繼續圍困寧遠。使外絕援兵。內無糧秣。相機攻之。寧遠未必不下。但是太祖春秋已高。又因受傷。勢必得作速還都調養。所以諸貝勒協議。一致主張班師。這也因為快入太宗朝了。天意留下後來許多事功。特為教太宗來完成。我們但看往史。照這樣的事情。是很多呢。却說太祖班師以後。依然照常經理國務。據實錄所載。是年夏五月。太祖親率大貝勒代善等。往征巴林凱旋後。又命大貝勒等征錫喇穆倫。如果太祖受傷甚重。聖躬不豫的話。不但自己不便出征於塞外蒙古之地。便是大貝勒等也不能出師遠征呵。諸書有謂太祖因在寧遠受重傷而晏駕者。實不足據。自秋七月以後。太祖始感不豫。因幸清河溫泉坐湯。到了八月。病勢益發重了。乃由太子河乘舟而還。並命人召大福金來。大福金者。烏拉貝勒滿太之女。睿親王多爾袞豫親王多鐸之生母也。據實錄云。大福金美豐儀。而心未純善。常拂太祖意。雖有機巧。皆為太祖所制。太祖憂其於已死後必亂國政。乃預以書遺諸貝勒曰。我身後必使從殉。但是太祖既預有這樣的遺旨與諸貝勒。又使人迎大福金來。是作什麼呢。我們實在是無從揣測。但是大福金還沒有迎至。太祖行至瀋陽西約四十里靉鷄堡地方。已在舟中賓天了。年六十有八歲。關於太祖在靉鷄堡崩御的事。本報記者園田一龜先生。曾有一篇極其翔實的考證。留心太祖史迹者。不可不讀之作也。惟本書不專主考證。凡其事迹可資談助者。亦酌錄之。總期與史實無違。而與讀者以正當之觀念焉。現在關於太祖一朝的事。已然完了。不過自第一回所叙來者。皆爲開疆拓土。或斬將搴旗之事。至於太祖之私生活。不但材料難得。而且也無暇叙及。如今太祖一生大事。已然完了。我們不妨再把他的起居瑣事。記述一二。以補書內之不足。太祖不喜飲酒。更不喜吸菸。關於衣服什具。均極珍惜。不使無故損壞。太祖最惡婦女不貞。犯者必嚴懲。宮女秦泰與納哲口角。納哲詆秦泰淫蕩。謂戎庫者。其所私通之情夫也。秦泰曰。汝謂我與戎庫有私。曾會於何處。曾以何物相投畀。能一一指數乎。若汝之與巴克什達海私通。曾與以細藍布二疋。則皆有確據也。兩宮婢只顧逞快一時。互不相讓。事爲太祖所聞。遂當衆審詢。知納哲以布與達海之事。果非虛誣。乃謂衆福晉曰。區區一二疋布。本何足惜。但按律。福晉等未奉命。不得以物與人。況宮婢乎。今納哲違律。以布與人。殊屬胆大妄爲。宜與受者同科。達海納哲。均擬死。惟達海精通漢文。殺之可惜。遂置納哲於死。而收達海於獄。這事很奇。淸史稿達海傳所未載。或因當時達海掌管詔令。不時出入禁闥。遂與宮婢發生愛情。幾喪其元。少年有才者。所當引以爲戒也。

話說太祖在靉鷄堡晏駕以後。大福金以及隨侍諸臣。不敢舉哀。只得將太祖靈床。由舟中移上岸來。諸大臣侍從等。更番肩舁。連夜入城。這時宮內以及官民人家。多有聽說太祖已然賓天的。想起了平日撫愛之恩。眞是如喪考妣。當下哭聲四起。遠近不絕。一切發喪典禮。皆有儀制。作書的也無須代爲鋪叙。惟獨關於太祖的謚號。崇德元年。是承天廣運、聖德神功、肇紀立極、仁孝武皇帝。廟號太祖。到了康熙元年。又改謚曰。承天廣運、聖德神功、肇紀立極、仁孝睿武、弘文定業、高皇帝。後謚內所以加入弘文定業四字。尤爲確當。太祖朝雖未立文館。而已粗備其形式。至於刱制國書。其功尤偉云。閑話不表。話說太祖賓天以後。共有皇子十六人。除了長子褚英。早已被罪禁死。以現在而論。大貝勒代善爲最年長。論理應當由他來繼承大位。但是大貝勒年雖長。並不爲嫡出。而且他賢明有讓德。對於繼承大位一事。根本就沒有那樣的心情。他是最顧大體的人。萬不肯因爲個人的虛榮。而引起什麼無利於國家宗社的事。大貝勒以下。如同二貝勒阿敏。(太祖之姪)三貝勒莽古爾泰諸人。在性情方面。不能說不好競爭。但是他們也多爲庶出。因見大貝勒這樣爲國謙退。也都很恭順的跟着大貝勒學。關於繼登大位的事。沒一個敢有什麼表示。本來這有多麼重要。十五位皇子。一位位又都不是常人俗士。人人都懷抱着英雄氣概。立志想要叱吒風雲。如今機會迫在眼前。還有不思思想想的。齊恒公身後的現象。在當時的明人。是不知怎的禱祝。希望他們快快勃發爭位奪權的大亂。那里知道。希望僅不過是希望。而事實却是極其平穩的度過了。天與之。人力要想誘使分裂。也決不能有寸效呵。現在我們但把大貝勒以及其他諸位貝勒合請太宗文皇帝繼位登極一事。寫在下面。我們就可以明白。

正在身當大故的諸位貝勒。是怎的爲國爲家。和衷共濟了。大貝勒代善之長子岳託。日來因見大貝勒有些愁煩。好象有欲說的話。他已明白了。所以這日會合了自己兄弟。去見大貝勒說。國不可一日無君。宜早定大計。四貝勒才德冠世。深契先帝聖心。衆皆悅服。當嗣登大位。大貝勒曰。此吾素志也。天人允協。其誰不從。次日大貝勒書其議以示二貝勒阿敏。三貝勒莽古爾泰。及其他諸貝勒。皆曰善。遂合辭請太宗卽位。太宗辭曰。皇考無立我爲君之命。若舍兄而嗣立。旣懼弗克善承先志。又懼未能上契天心。且統率群臣。撫綏萬姓。其事綦難。實恐不堪勝任。辭至再三。由卯刻直請到申刻。大貝勒等說。上不從。我等不離去。依然堅請如初。然後始允衆請。以九月庚午朔。告天行卽位禮。詔以明年爲天聰元年。頒赦國中。自死罪以下悉原之。太宗旣登大位。因見諸貝勒。平日所言所行。有不能盡合禮法者。宜共誓約。俾得共循禮義。乃足以履正道而交相儆戒。於是以辛未日合諸貝勒。大貝勒代善。二貝勒阿敏。三貝勒莽古爾泰。太祖第七子阿巴泰。第十子德格類。第十二子阿濟格。第十四子多爾袞。第十五子多鐸。貝勒舒爾哈齊爾第六子濟爾哈朗。太祖長子褚英之子杜度。太宗長子豪格。大貝代勒善長子岳託。次子碩託。第十三子薩哈璘等。由太宗躬親率之。共詣堂子。祭告天地。先由太宗爲誓告神曰。

皇天后土。既佑相我皇考肇立丕基。恢宏大業。今皇考。龍馭上賓。我諸兄暨諸弟姪。以國家人民之重。推我爲君。惟當敬紹皇考之業。欽承皇考之心。我若不敬兄長。不愛弟姪。不行正道。明知非義之事。而故爲之。或因弟姪等微有過愆。遂削奪皇考所與戶口。天地鑒譴。若敬兄長。愛弟姪。行正道。天地眷佑。

太宗誓畢諸貝勒亦爲約誓曰。

我等兄弟子姪。詢謀僉同。奉上嗣登大位。宗社式憑。臣民倚賴。如有心懷嫉妒。將不利于上者。當身被顯戮。我代善、阿敏、莽古爾泰、三人。若不教養子弟。或加誣害。必自罹凶孽。我三人好待子弟。而子弟不聽父兄之訓。有違善道者。天地譴責。如能守盟誓。盡忠良。天地眷佑。我阿巴泰、德格類、濟爾哈朗、阿濟格、多爾袞、多鐸、杜度、岳託、碩託、薩哈璘、毫格等。若背父兄之訓。而弗矢忠藎。天地譴責。若一心爲國。不懷偏邪。天地皆眷佑焉。

告天行誓已畢。大家心中。都覺着十分暢快。太宗此時雖然登了寶位。可是對於三位老兄。大貝勒代善。二貝勒阿敏。三貝勒莽古爾泰。却是不敢以臣禮之。仍率諸貝勒。向代善等三人。行了三拜禮。並賜雕鞍馬匹。不但此也。據說當時廟堂之上。以及朝見外國使臣。御座兩旁是由大貝勒二貝勒三貝勒並肩同坐的。這也可以想見太宗是怎樣優待親兄了。不過因此那時遂有三尊佛之稱。大貝勒很覺不安。因議他事。使把三尊佛的座位取消。而終成了一尊了。不過這些都是閑話。說眞正的。繼太祖而爲國君者。非太宗莫屬。第一嫡長且賢。第二功高無比。史家雖有種種議論和批評。使當時由太宗以外。另選一人而爲君。果爲幸事乎。阿敏莽古爾泰之桀驁。大貝勒代善之溫良。皆不足以爲開國之英主。而太宗者。實天造地設第二代守業開創之大君也。他是壬辰（明萬曆二十年西一五九二）年十月二十五日誕生。諱皇太極。母卽所謂孝慈高皇后也。實錄描寫他的狀貌和品行說。『天表奇偉。面如赤日。嚴寒不用暖耳。龍行虎步。擧止異常。天賜睿智。恭孝仁惠。誠信寬和。聖德咸備。言辭明敏。威儀端重。耳目所經。一聽不忘。一見卽識。又勇力軼倫。步射騎射。矢不虛用。宏謨遠略。動中機宜。料敵制勝。用兵如神。性嗜典籍。披覽弗倦。自幼穎悟過人。太祖甚鍾愛焉』。無論那一樣。諸貝勒皆不能與之抗行。大位也就自然是天與人歸。一般而沒什麼可疑問了。如今折回來再把明方的事。略爲叙述一些。因爲自從太祖由寧遠班師後。一向不得消息。雖然有人說太祖已中砲彈。身受重傷。但是也無非是軍營中一種風傳。並無實在證據。所以別人都希望着太祖受傷。而袁崇煥是個有才識的人。他却不敢胡說。僅不過把當日守拒實情。向北京報告一番而已。

當太祖督兵攻打寧遠時。明廷上下。以爲必不可守。彷彿敗報是應當的。捷報那里會有。孰知事有出人意料以外者。寧遠不但未失。反倒有好多超乎事實以上的風說。如同朝鮮的譯官韓瑗。以及當時在各地傳教的基督教會。都有太祖身受重傷的記載。這些不負責任而隨便云云的風說。雖然無補於事實。但是當時的明廷。賴此風說。也平添了不少的壯氣。所以一方嘉獎袁崇煥。着他把事實詳細報來。一方又傳旨把在山海關坐視不救的經略高第撤任。從此關以外的事。便全操在崇煥一人之手。但是他實不知太祖有無受傷的事。不便妄報。再說今後轉敗爲勝。全資策畫。敵人主將受傷不受傷。又有什麼關係呢。後來北京又派人來問他了。說金國汗已有駕崩之說。這眞是一件可喜的事。着崇煥設法打聽。崇煥說。這也未見是一件可喜的事。如果老王在世。碰巧較比容易對待。因爲他的性體。是豪邁逕直的。假如老王不在了。他的十幾位王子。都有過人之才。如果他們和衷共濟。力行仁政。未來的大患。那實在是難以想象了。惟今之計。唯有散布流言。使他們兄弟子姪不睦。群起爭奪汗位。一方再派人前赴瀋陽。以和好爲名。探聽他們的虛實。也好早爲之備。畢竟崇煥的見識。較比明廷一般大老高明的多。但是他散布流言。使諸大貝勒不和爭位的事。已然完全失敗了。這不過在歷史上留下許多可疑不實的記載而已。究竟在事實上他們所希望的事情。不曾作到。而四貝勒以長以貴。（睿親王多爾袞豫親王多鐸。雖亦嫡出。但在當時甚幼。自然以太宗繼位爲最相當）。以賢以功。諸處皆沒有什麼可說的。而繼承了大位。所以袁崇煥爲弔舊君賀新君。遂請准明廷。以天命十一年十月。（明天啓六年）遣都司傅有爵田成等。共三十餘人。隨同着五台山的大喇嘛鎦南木座。（當時俗呼爲李喇嘛）前赴瀋陽。名雖弔喪。實則裡面也欲示以和好之意。俾得暫時免去干戈。再圖恢復。至於他爲什麼特派遣一位喇嘛僧去。這裡面也有個道理。第一這位綽南木座大喇嘛。在當時很有名望。明朝的萬曆帝曾賜以勅書法衣。甚爲尊顯。第二也因爲滿洲各地老早便有喇嘛教輸入。自從太祖成立帝業。蒙古部族隸入版圖的也一天多似一天。蒙古人信服喇嘛。這是舉世所共知的事。因此西藏的活佛。也就不時派遣使節。來與太祖獻丹書上尊號。於是喇嘛教勢力。在滿洲國中。也就逐漸興旺起來。勅建的喇嘛廟。已自有了好幾處。這樣的事情。當然爲袁崇煥所素知。其所以派遣李喇嘛來作使節。也無非欲仗宗教之力。以收外交上的圓滿結果而已。話說他們一行三十多人。由寧遠起身。一路上。瑞雪紛紛。寒風刺骨。只以預先有了照會。所以一路無阻。一直到了瀋陽地界。偏巧這時太宗所遣征蒙軍。也同時奏凱而還。太宗正在城外設擺盛宴。迎勞凱旋諸貝勒。無意中把軍容炫耀了一下。直驚得明使無不點頭稱讚。原來當太祖攻圍寧遠不克。班師回都的時候。蒙古喀爾喀之札魯特部。

不知爲了什麼原故。竟把以前的盟好棄掉了。暗中出師。把太祖遣往科爾沁修好的使臣。要劫於路。殺傷了不少的從人。掠去了不少的財物。這樣背義寒盟的事。實在是小人之尤。不可容恕的事。常言說的好。兵家勝敗。古之常理。他們怎見得太祖未能攻下寧遠。從此就能一蹶不振呢。那好便翻轉面皮。劫殺人之使節。他們太不自重了。所以太宗即位之後。首次用兵。便打算給札魯特一個極大的打擊。冬十月己酉。太宗特命大貝勒代善。二貝勒阿敏。率領諸位少壯貝勒。德格類、濟爾哈朗、阿濟格、岳託、碩託、薩哈璘、豪格等。並一萬大兵。往征札魯特部。太宗則率三貝勒莽古爾泰。及多爾袞、多鐸、杜度等。送至蒲河山岡。瀕行諭大貝勒等曰。未戰以先。須以書示彼。使知所以聲討之由。其書茲已繕就。至彼地可散布之也。書略云。

前者己未年。擒貝勒介賽後。曾刑白馬烏牛。誓告天地云。我滿洲及喀爾喀。協力征明。欲與和。當共議以行。若喀爾喀聽明人巧言。利其厚賂。背棄盟誓。而先與私和者。天地譴責。我滿洲若背棄盟誓。譴責亦如之。乃爾喀爾喀五部落。竟潛通於明。聽其巧言。利其厚賂。以兵助之。是爾之先絕我好也。又爾卓哩克圖貝勒下。有托克推者。犯我臺站。且擾害我人民。掠取我財物。至再至三。甚至將所殺之人。獻首於明。疇昔盟言安在哉。昔盟誓時。爾五部落執政諸貝勒。及卓哩克圖貝勒。俱預此盟。而昂安不從。爾等因以昂安委我裁斷。我是以興師誅昂安。嗣後爾札魯特諸貝勒云。昂安罪固應誅。我部落仍願修舊好。不似東四部落。或食言敗盟也。我故歸桑圖妻子。及昂安之子。癸亥年。復申盟誓云。察哈爾我讎也。科爾沁我戚也。爾愼勿與察哈爾通好。或要截我遣往科爾沁之人。致起兵端。無何。爾又背此盟。甲子年。爾右翼兵來襲我使於漢察喇地。乙丑年。又追我使於遼河畔。恣行刼奪。是年、又要截我使臣固錫。刃傷其首。盡奪其財物。爾札魯特。何其貪利而背義也。然我猶念前好。不問爾罪。遠征巴林。所俘獲爾部下百餘人。悉行釋遣。後桑圖以誑言而來窺我。我已洞悉其奸。仍不繫留。卽遣之歸。蓋我之推誠于爾。不欲終棄前盟如此。今年春。爾札魯特左翼諸貝勒。覘我使臣之出。屢次要截通路。刼奪財物。並行殘害。是爾札魯特之貪詐不仁。妄加於我者。終無已時也。我之所以興師致討者。職是故耳。

此書理直氣壯。至於文章。乃餘事耳。大貝勒等當將此書敬謹收起。並謂太宗說。我等此行。必不辱命。定當生致札魯特諸貝勒。使其伏罪王庭。語畢。卽與太宗馬上爲禮。催動大軍。直向喀爾喀攻去。不言大貝勒等這一軍方才出動。隨後太宗又派了兩起人馬。一是以大臣達珠瑚爲主將。統兵六千。往征東卦勒察。一是副將楞額哩爲主將。參將阿山副之。督鐵騎六百。直入喀爾喀之巴林部。與大貝勒一軍遙爲聲援。沒有多日。三路大兵。皆有捷書到來。

楞額哩等奏說。臣等遵上方略。到了巴林部。卽令哨卒四下驅逐。並縱火燎原。以張聲勢。使與札魯特部。不得相顧。然後揮兵掩擊。彼衆大敗。俘獲人口二百七十餘。駝三十四。馬一千一百一十。牛一千二百一十。羊二千五百八十六。大貝勒等。所統大軍。已獲全勝。日內便可凱旋。果然楞額哩的報捷使方到瀋陽。大貝勒所派報捷之人。也隨後來到。奏說。大貝勒等。自奉命往征札魯特。憑上威德。所至克捷。目下札魯特十四貝勒。已具擒獲。其首禍之貝勒鄂爾齋圖。則已於陣上斬之。此外所有該部之人口牲畜。無一逸去。全被俘還。謹先派人奏聞。同時大臣達珠瑚。也一樣有捷音齎到。

因此太宗大喜。命在城外高塔行幄。迎勞凱旋諸將。楞額哩阿山。以所率皆爲騎兵。歸還最早。次則達珠瑚。次則大貝勒代善等。太宗因不以代善阿敏爲臣。特地率衆迎至鐵嶺范河界。然後並馬凱旋。依八旗次序。設立八面大纛。凱旋軍。即各集於本纛之下。由典禮者奉表讀祝。祭天已畢。太宗御黃幄。凱旋諸將。以序入內跪見。惟太宗不欲受大貝勒代善二貝勒阿敏跪拜。躬率三貝勒莽古爾泰等答禮。並使巴克什達海傳旨問兩兄及諸貝勒在行間安否。巴克什庫爾禪前跪代奏云。荷蒙上天福佑。皇上威靈。此行俱各如願。代善阿敏遂率諸貝勒大臣。以次入跪。行抱見禮。太宗謂。追念皇考創業艱難。兵威積久始盛。今茲諸兄弟。勤勞遠征。刻期制勝。皆由平日稟承皇考謨訓。：太宗語至此。已自愴然淚下。不復成聲。代善及諸貝勒大臣。無不感泣。良久。始收悲感之情。再申歡讌之禮。大貝勒奏曰。聞有明使在此。未知來意如何。太宗曰。明使來多時矣。彼固名爲弔喪。實則無非來窺我虛實。今當諸兄凱旋。不妨使之入見。遂命巴克什達海庫爾禪二人。奉旨宣召明使入見。原來李刺麻一行。在楞額哩拜山二將凱旋時。他們已蒙太宗召見。使參凱旋禮。把牛羊物品等類。也一樣賜給他們一份。在那時。他們看見滿洲軍禮那樣嚴肅。士兵軍馬那樣肥壯。已自欽佩的了不得。這次聲威更大了。除了凱旋軍。所有八旗兵將。全行在場。一點沒有虛假。全行擺在那里。令明使隨便觀看。大概不可輕侮四個字。他們總可以記在懷抱了。現在聽說皇上又在召見他們。也想乘此機會。與諸大貝勒見見面。當下他們都穿了各人應着的禮服。惟獨李剌麻。照樣是一身黃色剌麻服。手裡掌着一串大念珠。一進寶帳。先向太宗行禮。及又問那位是大貝勒、二貝勒。由達海作翻譯。都替他介紹了。只見李剌麻合掌當胸。念道。善哉善哉。貧僧出世以來。已有六十多年。天下善知識。已然見了不少。若照諸位皇子這樣善相。實所未有。皇上以及諸位皇子。分明都是菩薩羅漢轉世。諸大臣最不及也都是天上有名的星君。如果大發慈悲。作出悲天憫人的事業來。將來福德。正自不可限量。說着向大貝勒以下。每人作了一次合掌鞠躬的最敬禮。太宗遂從座上命他們以次坐下。大貝勒和諸位少壯貝勒。在太祖時代。雖然也見過幾位西方來的大剌麻。若說照鎦南木座這樣的高僧。却是初次呢。所以人人都很敬重他。在席間李剌麻又把來意很懇切的表示一番說。貧僧本着我佛悲天憫人。化災消難的宗旨。不避艱難困苦。特受袁巡撫之託。前來貴國聘問。意思是想要化干戈爲玉帛。兩國從此和好。共享昇平。豈不善哉。前些日已將此意向皇上奏明了。如今又值諸貝勒奏凱還朝。貧僧等既叨腆賜。復蒙參加盛典。覩兵戎之盛。人物之繁。實在引爲畢生大幸。獨是兵凶戰危。皇上和諸位大貝勒。曷體上天好生之德。立戢干戈。講求和好之事。如有金言。貧僧願爲轉達。語畢。又向太宗和諸位貝勒。合掌念佛不迭。太宗和大貝勒以下諸貝勒聽了。都不覺相視而笑。暗道這剌麻倒是一片誠心。無奈袁崇煥心裡有什麼鬼胎。也不可不預加防範。想到這里。太宗因以滿語向大貝勒諸人問題。剌麻已將來意說明了。我們可以跟他們講和麼。大貝勒說。講和的事。必須兩國互有利益。如今他們只派這樣一個世外人。欲憑幾句常言。便行和好。那是不可能的。再說袁崇煥也未必負得起這樣大責。他無非欲以和議綏我出師。以便得暇佈防而已。未必便有講和誠意。太宗說。朕也如此想。但彼如有誠意講和我當以誠意報之。再說我國今後兵略。先以綏服蒙古。戡定朝鮮爲急務。西進尙非要圖。不如乘彼欲和之機。我亦遣使與之進行和議。成則兩受其益。不成我計業已完成。再提兵以制明國。未始不操勝算也。諸貝勒也以爲然。因使巴克什達海向李剌麻說。方才大剌麻所說欲和之事。大皇帝和諸位貝勒。皆久有此心。惟講和之事。非空言所能成。大皇帝擬派欽使。並修繕書札。使使臣偕剌麻一同往會袁巡撫。彼此協商。如成。兩國之福。不成。則再作理會。李剌麻見說。合掌道。最好最好。皇上有意言和。則萬無不成之理。當下凱旋欽至之禮告終。太宗又教李剌麻和明方隨從。一同上馬。隨駕到校場陪觀閱兵。並將所有俘獲。頒賜有功。一應完畢。遂命仍將李剌麻諸隨從送還館驛。諸位貝勒因見李剌麻爲人十分有趣。略去形迹。不談政治。今日你請。明日我邀。把位李剌麻招待得樂不可支。大有不願分離之概。此時太宗已命巴克什達海庫爾禪二臣。把國書修好。簡命方吉納溫塔什二臣以爲使臣。這二人都是久慣出使的能臣。說現在的話。也是著名的外交家。國書以外。又另附一書。以致袁崇煥者。書略曰。

爾停息干戈。遣李刺麻等來弔喪。並賀新君即位。既以禮來。我亦當以禮往。故遣官致謝。至兩國和好之事。皇考在寧遠時。曾致璽書。令爾轉達。尙未見答。爾主如答前書。欲兩國和好。當以誠信爲先。爾亦無事文飾。

本來兩國和好。一以事實爲歸。原無須乎文飾。不過兩國當中。若是有一國。以天朝自居。把天朝以外的國家。全當作夷狄。沒有國家的資格。那樣時。這和好的事。就完全不能成功了。偏巧那時的明廷。又是專講天朝的虛面。而不甚顧及事實的。所以和之一字。是最不容易作到的。此次議和便是極好的例子。欲知和議成否。且待下回。

第十四回

伐朝鮮阿敏貪功　誅文龍崇煥行權

話說太宗自從登極以後。對於寧遠之役。雖無日不思報復。但是太宗爲人。十分深沉。尤具遠略。一戰不克。又算什麼。何況在覺華島中。既然燒毀了明軍積聚。又殲滅了他們五六萬兵將。兵威大震。如果乘明戰守未決的時候。依然鼓行西進。勝敗之數。正未可知。但是太宗以太祖新喪。自己乍承天位。國內大事。諸待改革。固然不待言了。便是關於軍事。也以先從背後作起爲不易之至理。所以暫把西進的事。置而不理。一力從事於蒙古的綏服。朝鮮的撻伐。以絕內顧憂。爲是將來一擧而有關內。但是這時正在計劃着征討朝鮮的事。不想明巡撫袁崇煥。忽然派來這麼一位李剌麻。提及欲化干戈爲玉帛。聰明聖智的太宗文皇帝。便以此機不可失。彼以議和來探虛實。不如我也議和羈縻中國。使得專力征討朝鮮。絕其後患。然後再以全力對付明廷。豈非事半而功倍哉。因此之故。將計就計。派遣方吉納溫塔什二臣。齎了國書。隨同李剌麻去見袁崇煥。進行議和的事。雖然是一時的策略。但照當時情形來講。太宗也未始沒有欲和的眞心。不過不能彼此太懸殊。利益要彼此共之。無奈當時的明廷。一言難盡。他們寧可天天失地失城。損兵折將。可是天朝的面孔。却比什麼都重。彷彿一行言和。天朝的地位。便失墜了。平日所目爲夷狄的。也就不是夷狄。而升爲人國。這樣有重大關係的事。誰敢和皇帝老官去說。所以一天一天的蒙混着。只是敷衍局面。錯非袁崇煥。於立功受寵之後。始敢露出一點示和的意思。若是別人。誰敢派遣使人。去到瀋陽接洽這人所不敢言的事呢。但是太宗早已把明廷那種不顧事實。專一喜弄文飾的惡習。洞明無遺了。所以於國書以外。特地與袁崇煥附去一封小簡。着他以誠信爲先。不可徒事文飾。那里知道。這文飾二字。正是天朝的專長。如果沒有文飾。好象天朝就不成爲天朝了。所以雖在袁崇煥那樣有雄略的人。究竟也不敢把文飾一筆抹殺。或者反要十分看重這一層了。現在方吉納溫塔什已然偕同李剌麻一行來到寧遠了。袁崇煥自然以禮相迎。先把方溫二使。在館驛中安置。所有隨從僕役。皆以盛宴管待。然後自把李剌麻請到署中。問了問在瀋陽所見到的情形。李剌麻說。我等在彼。備受款待。彼國君明臣良。人强馬壯。尤其是諸位皇子。個個了得。再說民情樸厚。風俗善良。看不見什麼憂時厭生的樣子。人人都有向前邁進的精神。將來之事。正未可料呢。崇煥見說。不覺憮然。待了半天。又問彼有欲和之意乎。李剌麻說。和議彼甚以爲然。不過中朝的事。太拘俗禮。滯碍重重。恐怕難有好果。這就看天心吧。崇煥又不覺歎了一聲。遂將李剌麻慰勞一番。遣去憩息。次日袁崇煥以公式接見方溫二使。在大堂以禮叙座。方吉納溫塔什。先將國書呈上說。敝國大皇帝。特命行人。敬問貴國大皇帝安。現有國書備述願和之意。請巡撫代爲轉達。另有書簡一份。則爲致與巡撫者。此乃兩國百年大計。惟巡撫盡力圖之。

自行人的職責上看來。方吉納溫塔什二人之言。可謂盡情盡理矣。並且表示着十二分願和的誠意。誰知道他們剛把國書和那封附給袁崇煥的簡札。呈到袁崇煥的面前時。不但主角袁崇煥。嚇了一跳。便是那些陪座的明官。也都慌了手脚。只見袁崇煥先把那封私信拆開看了看。倒是連連點頭。很以爲然。惟獨對於那正式的國書。却是不敢收下。依然原樣呈還方吉納說。這國書是不合式的。本官實在難於轉奏。如果本官若是把這樣的文書。送到北京去。不知要弄出什麼樣的大禍呢。方吉納和溫塔什一聽。不覺駭怪問題。是怎的不合式。又怎的能弄出大禍呢。袁崇煥說。你們建州當初也不是沒有文書到北京。成案具在。如今怎麼用起國書來。並且把你們的皇帝和大明的皇帝。並列齊書。這不是不合式麼。假如本官胡裡胡塗。把這文書送到北京。那豈不要惹出砍頭的大禍。萬萬使不得。方溫二臣見說。早已啞然失笑道。彼一時此一時。巡撫怎的把百年前的老話。引向今日用。我國就讓不如明國土地之大。人民之多。固一强盛之國也。怎的不能與明帝並稱。再說凡講信修睦。必須互利。更須平等。無何差別。始足以言交涉。如今貴官自視太卑。把貴國皇帝奉到三十三天以上。儼然神人。不復再有敵体。這樣時。貴官還能有什麼全權來替兩國人民謀福利呢。恐怕這和議也無非終於不得要領而罷了。一席話把袁崇煥羞得面紅過耳。欲待發作。又恐理上說不去。其實也難怪他。凡是以天朝自居的。根本就無所謂外交。因爲天底下只有一個天朝。其餘都是四夷。或是對蠻部落。凡四夷人有事到天朝來的。不問內容如何。全以進貢朝天了之。如今不言進貢朝天。忽然以平等的意志來辦交涉。那如何使得。所以我們曠觀往史。天朝決無外交。非至兵臨城下。將至壕邊。把天朝社稷推倒。那才算完事。若想使他們在平日沒事時。研究外情。曉然於國際利害。彼此都有一種往來。那眞是難而又難的事了。明末的天下。就是這樣。他們決不想在他們以外。會有一個敵國的。更不想用外交手段。來維持他們的國運。唯一思想。他們是天朝。別人是夷狄。若是和夷狄言和。就好象把顏面擦破了。聰明而有識見的袁崇煥。也未嘗不知道這種頑固思想。足以亡國。但是他在這頑固而不能打破的空氣裡作官。若是太立異了。也眞能有禍。何況他本身自有的華夷之見。也未必就能完全打消。所以他能作名臣。名將。若想以外交手段。委曲婉轉。維持明祚於不覆。他還遠的很呢。閑言少叙。話說方溫二使。當面把袁崇煥搶白一番。却也無可如何。只得把自己怎的爲難。北京朝堂之上。有什麼規矩。自圓其說的推論一番。方溫二使道。既講規矩。何必又派人求和。總之貴國自視太高。華夷之見。永遠盤錯於胸中。這樣的僻見。若是一日不除。恨怨仇視之心。也永遠不能去掉。不用說現在。便是將來。禍患也是不能免的。崇煥說。決無僻見。委實有違碍處。還請貴使臣將此國書携回。另換格式。那時本官必然盡力。使兩國底於和好。

方吉納溫塔什。也見袁崇煥太爲難了。不便相强。只得將國書原樣帶回。辭了袁崇煥和李喇嘛諸人。依然就道。回歸瀋陽。報告袁崇煥所以不能將國書傳達之故。太宗見說。亦甚諒解袁崇煥的地位。實在沒有能力來專斷。但是目下正想向朝鮮去用兵。究竟向明議和。仍有進行的必要。所以二次修書。仍遣方吉納溫塔什二人。前往寧遠。與袁崇煥去作商議。二人領命去後。太宗便以天聰元年正月元日。受朝賀後。命二貝勒阿敏、貝勒濟爾哈朗、阿濟格、杜度、岳託、碩託、等。分統大兵。授以方略。命他們去征朝鮮。並且向機剿滅在朝鮮營有巢穴的毛文龍。因諭之曰。

朝鮮屢世獲罪我國。理宜聲討。然此行非專伐朝鮮也。明將毛文龍。近彼海島。倚恃之以披猖。納我叛民。故整旅徂征。爾等可兩圖之。

却說出征諸將中。以阿敏最爲驍勇。而且貪功之心也最切。固然朝鮮自太祖以來。歸叛無常。心目中仍然奉明爲天朝。那里看得起新興的滿洲。自然背義忘恩之事。不一而足。並且暗助明廷。時行窺伺。諸將積怒。不止一時。固思一逞而甘心。所以太宗命令一下。諸貝勒無不踴躍。但是無一不出於忠君愛國的公心。若論到阿敏的爲人。固然不能說他沒有國家民族思想。但他的個性。是個貪多務得。而不肯甘居人下的。加以自己勇力過人。而又掌握着相當的權勢。利用這次出師。難免就有許多自便的地方。第一他知朝鮮是個古國。不但子女玉帛。多不勝紀。便是那些傳世的宮殿。也足以令他憧憬而愛慕。偏巧朝鮮又無力自存。只不過仰賴明廷。苟延殘喘。如今大兵一到。自然爲所欲爲。無人再敢節制他。我們不敢說他已有自王朝鮮之心。但照毛文龍那樣下乘人物。還有欲王朝鮮之志。也無怪阿敏有動於中了。所以後來他被罪時。條款中有異志一條。也不能說是無因的了。閑話休提。却說二貝勒阿敏以下各貝勒各將領。自正月初旬。奉了太宗命令。分統大軍。由都成瀋陽出發。非止一日。已到鎮江城。過此以往。卽爲朝鮮地域。沿江一帶。除了少數的朝鮮兵。大部分皆爲明兵駐扎巡哨。但是廣潤的鴨綠江。早已凍成一片氷原。大兵卽分頭而渡。明方哨卒。見大兵到來。方欲馳告本營哨官。

前部的總兵官楞額哩。率部下葉臣、雅遜、蒙安、等。督同騎兵八十人。早已乘夜掩至。將明方哨卒。盡行拿捕。一共六處哨地。已無一人。於是大兵很安全的直趨義州。府尹李莞。判官崔鳴亮。以時在夜中。不知大兵何由得至。怎的連個報信人也都沒有。他那里知道。沿途哨卒。早已全被拿捕。誰還能來給他們送信。沒法子。只得慌忙聚集兵將。央懇人民。一齊登城固守。大兵見他們不降。反倒拒敵起來。早已怒惱一位勇將。此人名喚愛湍。賜號巴圖魯。早已脫去衣甲。只着短衣。自率八旗精銳一百人。樹起雲梯。奮力攻上。城上雖然矢石如雨。愛湍只如不見。揮刀率先而上。一躍身已過女墻。在城上大殺起來。下面兵卒一見。大呼道。巴圖魯愛湍已然上城了。我們更待何時。當下一陣吶喊。雲梯兵也都冒矢石攻上。

這時總兵官楞額哩。見愛湍已然得手。忙偕驍將阿山、葉臣。率八十人繼之而登。城上已自大亂。紛紛逃潰。府尹李莞。呵止不住。其城遂陷。李莞陣亡。崔鳴亮自縊身死。時天還未明。乃分兵急取毛文龍所居之鐵山。這里是毛文龍一個根據地。粮秣最多。文龍向來是不敢野戰的。一見大兵到來。他先遁入海島去了。所餘明兵。焉能拒守。一戰之下。斬獲無算。餘皆潰逃。於是一夜之中。取義州攻鐵山。盡殲兩地之衆。兵威大振。休息二日。遂留大臣八員。兵千人。以守義州。大軍遂進而攻取定州。斬宣川副使奇協。獲定州牧使金搢。盡降其民。乃馳檄招郭山城。促其速降。郭山郡守朴由健不從。進兵圍之。一日而克。獲由健。殺傷敵兵甚多。城中文武官吏。亦多被擒。於是留大臣四員。兵五百。以守郭山城。大軍遂自定川渡嘉山江。擇地駐營。從此將向平壤進發矣。遂由二貝勒阿敏領銜。將出師以來。節節順利之事。報告太宗。並請速派蒙古兵。乘冰未解時。來至義州代爲駐守。以便調取現留之兵。前敵應用。太宗見報。亦遂差人報曰。蒙天眷佑。爾出師諸貝勒。所至克捷。朕聞之不勝嘉悅。前進事宜。爾等詳加審酌。可行則行。如不可。亦勿強行。爾等在行間。宜仰承天佑。保惜聲名。凡事相機圖之。有當請命者。公同議定、遣使來奏。朕據所奏。裁決焉。於是添派蒙古之衆。往守義州。單說出征諸貝勒。已率大軍渡過大同江。次於中和。因遣人以書遺朝鮮王而聲其罪曰。

向者。我軍出征瓦爾喀時。爾國無端出境。與我軍相拒。罪一也。烏拉貝勒布占泰。屢侵爾國。爾以其屬我姻戚。求我勸諭。得以息兵。爾曾無一好言相報。罪二也。我兩國原無仇怨。爾於己未年。發兵助明。圖我。幸蒙天鑒。明兵敗衂。爾之帥卒。爲我陣擒。我不忘舊好。故不加誅戮。且贍養之。爾不遣一介來謝。罪三也。天以遼東賜我。遼東之民我民也。爾容毛文龍潛據海島。致我遼東百姓。被其侵擾。聽其引誘。我曾令爾縛送文龍。復成兩國之好。爾竟不從。罪四也。辛酉年。我軍攻剿毛文龍。惟明人是問。亦望爾惠顧前好。不以一矢相加。爾竟無一好言相報。罪五也。文龍係明國之將。爾乃與以土地。導其耕種。資之糗糧。贍其軍實。罪六也。我皇考上賓。明方與我爲敵。尙遣使來弔。爾竟不遣一使。罪七也。爾如此負恩搆怨。難以悉數。我用是聲罪致討。

却說當時朝鮮王李倧。接得這樣極其嚴重的聲罪檄文。未免慌了手脚。當卽聚集文武。商議對策。固然那時也有許多慷慨不屈的人。主張背城借一。但是當時朝鮮王城。守備極疏。對於大兵已然壓境的强敵。徒務大言。不圖和議。絕對是有害無益的。遂由大臣崔鳴吉。力排衆議。主張派遣使臣。去與二貝勒阿敏等進行和議。並詰爲何無故興師。朝鮮王無法。只得聽從崔鳴吉的主張。繕具書札。遣派姜朴二人。前赴大金營中。與諸貝勒去面晤。這二人就是朝鮮元帥姜功烈。和參將朴蘭英的兒子。當初。明廷興動四十萬大兵。四路侵犯的時候。姜功烈等也爲一軍。隨同劉綎來作戰的。不幸明軍覆沒。姜功烈等投誠。在太祖朝。本想打發他們回朝鮮去。也不知他們是畏罪。也不知是願意在軍中效力。直到如今。他二人依然在太宗的軍中。卽如此次撻伐朝鮮。他們一樣也在行間。不想事隔多年。他們的兒子都作官了。並且派爲行人。前來議和。父子們到在這里相會。眞可謂奇緣了。却說姜朴二使。也眞不弱。一到軍中。呈上書信。便向諸位貝勒問說。貴國無故興兵。忽入我境。我兩國原無仇隙。自古以來。欺卑凌弱。謂之不義。無故而殘害人民。是謂逆天。若果有罪。義當遣使先問。然後聲討。今請作速撤兵。以便計議和好。諸貝勒見說。駁道。汝謂我無故興師。其理由已具前發檄文。今惟問汝。果否尙欲與我爲敵。抑悔禍抒誠。申盟修好。我今姑留師五日以待。如愈期。則我師必前進矣。當下一面修書。答覆朝鮮所持意見。一面請朝鮮二使。與姜功烈朴蘭英相見。他們父子四人相見之下。自有一番悲喜。不在話下。却說諸貝勒修畢書札。遣官二人。偕二使齎去。此時大軍先鋒遊騎。已然進抵昌城。二貝勒阿敏。以前書意有未罄。因復遣備禦扎努。巴克什科貝。再以書往。其略曰。

爾來書云。國有日本之難。明曾助兵。恩不可負。故亦以兵助明。獨不思烏拉布占泰之以兵侵爾國也。我曾勸解息兵。可不謂恩乎。又云。兩國素相和好。何無故興兵。夫兩國固素相和好也。乃爾以兵助明侵我。豈有故也。又云。毛文龍是明朝將官。義不可逐。夫毛文龍不見信於其主。弗給糧餉。爾獨何爲信之深。代籌瞻養。以爾土地與之耕種耶。又云。貴國兵來追毛文龍時。不曾擾我民間一物。故毛文龍侵擾遼東。並未以兵相助。夫毛文龍之得據海島。惟爾庇之。其沿江屯劄也。一抵昌城。一抵安州。皆屬爾境。隄防偵探。惟爾教之。爾之助惡。不已多乎。又云。遼東之民。乃毛文龍招誘。我國不知。夫爾旣留毛文龍。致我土地人民。屢被招誘。爾尙得謂不知乎。又云。疆域阻隔。未及聞喪來弔。夫明與蒙古。雖道里迢遠。皆聞喪來弔矣。爾與我國接壤。獨懵然而不聞乎。凡此積怨啓釁。職汝之由。若引咎自責。以圖寧居。可速遣親信大臣來。負罪請和。盟誓天地。我即旋師。我非爲土地人民興師至此也。

二月五日。大軍進征黃州。城中居民。紛紛逃竄。已無一人。次日朝鮮王李倧。又另派兩使臣。同姜功烈朴蘭英之子。隨同前所派之備禦扎努來至軍中。告曰。我王得貝勒之書。已遣親信大臣來矣。我先來馳告。原來朝鮮王李倧。急怕和議不成。大軍如果直搗王城。豈不要束手被擒。不如自己先離開都城。免去目標。總比城下之盟强一點。所以在前些日。便携了他的妻子。逃遁江華島中。其實他的主意錯了。難道他所能去的地方。大軍就不能去嗎。李倧既然避居江華島。他的長子李溰。也逃往全州去了。不過這次太宗出師的本意。對於朝鮮原無刻求。其主要目的。還是在痛擊毛文龍。使無再起的餘力。所以大軍進至黃州時。對於朝鮮曾有下記三條要求。

一、割地。二、拏捕毛文龍。三、出兵二萬、助伐明朝。

但是二貝勒阿敏。野心勃勃。却不願就這樣罷兵的。他不等朝鮮王所派親信大臣到來。一力主張進兵朝鮮王城。衆貝勒曰。彼既云遣大臣至。當俟其到來。再定行止。總兵官李永芳也說。我等奉命。秉義而行。前與朝鮮書。已記須遣大臣盟誓。卽行旋師。若背前言、不義。阿敏怒呵之曰。汝何得多言。不至王城。此來何爲。竟不待諸貝勒同意。獨自統軍進至平山。距江華島僅不過百里許。二月七日。李倧所遣之進昌君。遇大軍於途。遂命隨軍至瑞興駐營。次晨。進昌君晉謁諸貝勒。請駐兵。定議曰。

吾王自願認罪。敝國貧瘠。悉願索土產以獻。吾王聞兵至。恐懼。已棄城避於海島矣。城中府庫財物。倉皇散失。若以兵前進。轉難定議也。貝勒阿敏曰。若然。爾當指與我駐兵秣馬之地。使者因指三屯。每屯約三四百戶。衆貝勒意似認可。但是阿敏早已拂袖而起。令中軍吹角進軍。貝勒岳託。察其情。知道不易勸止。乃策馬往邀濟爾哈朗至營。商議進止之策。濟爾哈朗曰。吾等不宜深入。不如駐兵平山城。以待和議之成。遂率軍駐平山城中。並留進昌君於營。次日貝勒岳託等。共同商量。先遣副將劉興祚。率隨員十人。乘舟至江華島中。往見朝鮮王李倧。這也因爲朝鮮王歷次所派使臣。好象皆沒有全權。所以纔派劉興祚直接去與國君交涉。這比城下之盟。還要嚴重的多了。可憐那時的朝鮮王。眞成了孤家寡人。竟沒有一位大臣。挺身出來。替他辦事的。這也因爲當時朝鮮國中。黨派分岐。沒有專人負責的原故。竟自使國君拋頭露面。這是怎說呢。却說劉興祚。一直來到島中。聲言欲見朝鮮王。有話相商。朝鮮王的侍從。見大金營中。忽然來了這樣一位武官。早已嚇得慌了手脚。又不敢不報。只得荒忙報了進去。朝鮮王見說。一樣也是無可如何。因爲他平日事事都跟天朝的明廷學。什麼事都得稟承他意旨。現在着誰去見劉興祚呢。環顧左右。無一可使。卽便勉强派出一人。恐怕劉興祚也不能承認的。沒法子只得命人把劉興祚請了進來。只見李倧依然坐在當中。左右侍立着幾名內官。劉興祚因向他行了一禮。李倧却忘了答禮。也不知他是駭怕。是害羞。端坐不動。不發一言。好象是塑在那里。劉興祚見了。未免大怒道。汝何物。作此土偶狀耶。何無一言。李倧見說。不覺赧然。待了半晌。纔答道。我因母喪未終故耳。他居然用起高宗三年諒闇的典故。興祚曰。爾惟知妄自尊大。却是狂悖無禮。國中百姓。致罹兵禍。不爲不甚矣。今日之事。成敗在於俄頃。爾欲修好議和。可遣親子弟一人往。盟諸天地。先去天啓年號。汝國所產財物。每年循禮貢獻。自定額數。事竣。我軍卽還。李倧見對方指出大概條件。猶豫不能解決。想了半天。才說。城下之盟。春秋耻之。汝國果行大義。盍退兵。而後言和。興祚曰。汝尙以支辭抵飾耶。遲一日。則汝民受一日之害。恐旦夕不能以相保矣。吾今此言。實爲爾民。可卽遣爾弟行。不可再遲疑了。李倧無法。也知强敵深入。國中重要城池。失陷了不少。若不從速議和。這大禍也正未可料呢。當下允遣其弟原昌君李覺。並隨員五人。跟隨了劉興祚來到了平山城。貝勒岳託等。也把二貝勒阿敏由前方請來。爲是請他坐主席。完成和好。這時八旗將領。一齊參列。分坐兩旁。阿敏坐在當中正位。濟爾哈朗、阿濟格、杜度、岳託、碩託、則左右坐。於是令李覺等進見。行一叩抱膝相見禮。於是李覺進馬百匹。虎豹皮百張。綿紬苧布四百疋。布一萬五千疋。見禮已畢。然後設宴款待。宴畢。李覺退出。岳託因謂阿敏曰。吾等俱來此。國中御前禁軍。爲數不多。蒙古與明。皆是敵國。或有邊疆之事。當思預備。今我軍中所俘獲者。亦已多矣。宜令朝鮮王盟誓。卽可班師。阿敏曰。吾嘗慕明朝皇帝及朝鮮國王所居城郭宮殿。久思一見。迄未遇機。今已至此。何不一見而歸乎。當至彼近地再議。如不從。則屯種以居。前面已然說過了。阿敏此次來伐朝鮮。多少不無妄念。城郭宮殿雖美。他豈能照鄉下人一般。看一看就算完事。他別有用心。只不過設詞以掩飾他的野心便了。岳託等見阿敏不願就此言和。依然想着打入朝鮮王城。便命八旗大臣公同議之。八旗大臣。多數願意速成和議。惟阿敏本旗之固三泰。穆克坦。舒賽三人。依然主張進征。其他各旗大臣。如納穆泰。和碩圖、托博輝、達爾漢、徹爾格、喀克篤哩、博爾晉等。均附和岳託之言。主和者既佔多數。於是岳託復遣劉興祚偕同巴克什庫爾禪。仍往江華島。與朝鮮王李倧會商。往返三日。議乃定。於是以三月三日。築盟壇於江都之西門外。刑白馬烏牛。祭告天地。朝鮮王李倧以母喪未終、爲言。未蒞盟。遣宰臣李廷龜、吳允謙、金鎏、李貴等代之。滿洲則由八旗大臣署名。其彼此之誓文曰。

朝鮮國王。與大金國二王子立誓。我兩國已媾和。今後同心合意。朝鮮若計仇於金國。整理兵馬。新建城堡。存心不善。則皇天降禍。若二王子因起不良之心。亦皇天降禍。若兩國二王同心同德。偕處公道。則龍天保佑。獲福萬萬。丁卯年三月初三日立誓。

以上是大金的誓言。其朝鮮的誓言如下。

朝鮮國。今以丁卯年甲辰月庚申日。與金國立誓。我兩國已講定和好。今後兩國各全封疆。若我國與金國計仇。違背和好。興兵侵伐。則皇天降禍。若金國因起不良之心。違背和好。起兵侵伐。則天降禍。兩國君臣。各守善心。以共享太平。皇天后土。嶽瀆神祇。鑑聽此誓。

這是公式的盟文。在此以外。八旗大臣和朝鮮的三閣老。六尚書。還有一道私誓。大要也是各守盟誓。勿再侵伐的意思。盟誓既告完成。朝鮮王遂以禮送結盟使者渡海還營。諸貝勒也就遣派巴克什庫爾禪。先還瀋陽。向太宗告捷。不想二貝勒阿敏。以目的未曾達到。一怒之下。遂令所部軍士。分路自取資粮。岳託說。如今我等已與朝鮮王結盟。怎好縱兵劫擾。阿敏更怒說。我未與盟。爽得教軍士大掠起來。一直到了平壤。方才駐營。

諸貝勒無法。只得又令李覺等從新再與阿敏結盟。其氣方消。由是大軍奏凱而還。一路之上。秋毫未犯。除了駐守義州的。全部都回到瀋陽。太宗郊迎。備加勞慰。不在話下。却說明巡撫袁崇煥。自寧遠奏捷後。意志漸驕。遇事專斷獨行。對於諸將如滿桂等。亦生意見。所謂排斥異己四個字。已然是漸露端倪。不照從前那樣客氣。但是明廷知他有才。肩荷着關外大任。也惟有一意優容。任其所爲。崇煥對於毛文龍。尤爲不滿。准知他毫無用處。無非徒糜鉅餉。所以常懷誅除文龍之心。不過那時明廷却是把文龍看得很重要。總以爲他能聯絡朝鮮。足以牽制太宗。後來太宗命將出師。征伐朝鮮。毛文龍不但不能救。連他本人。也僅以身免。致使朝鮮一敗塗地。結了城下之盟。可見文龍徒有虛名。實際上却是毫無用處。本來毛文龍的爲人。是無大略的。一遇戰爭。必然敗北。他只不過利用形勢。惟務廣招商賈。販賣違禁之物。他的老巢皮島。儼然就是一個秘密走私市場。什麼軍火、糧食、人蔘、布疋。無一不備。他以籌餉接濟朝鮮爲名。又有四五萬軍隊。爲作守護。所以島中市肆林立。四遠私商。以及亡命之徒。無不以皮島爲巢窟。走私營利。他却坐享其成。以故島中積財如山。子女玉帛。恣意享受。這樣的事。日久天長。便成公然的秘密。所以就有人參奏文龍。糜餉濟私。須徹底査辦。但是明廷總以文龍不可動的。所有參奏。一件也沒有發生效力。崇煥只得自己又參他一本。依然不報。於是崇煥暗自大怒。心說我在關外。出生入死。血戰沙場。方才保得寧錦諸地。使關上穩如泰山。如今毛文龍一事未成。反倒坐在島中。分贓圖利。將來指不定要有什麼禍患。朝廷既然捨不得殺他。不如我把他殺了吧。殺了他。我再請罪。難道還能把我一樣也殺了。與他抵罪麼。想到這里。其意已決。便以巡海閱兵爲名。泛海來至離金州不遠的雙島。原來在職位上。文龍是崇煥的屬官。他不得不來謁見。在從前他二人見過面。只是文龍以海外天子自居。驕慢慣了。那里把崇煥看在眼裡。這次來見。依然是傲慢非常。自恃部下人多。諸處與崇煥抗禮。崇煥毫不與較。只是每日以盛筵款待。至夜方罷。一日他們又在飲酒。崇煥因向文龍說。你的營制。未免有些雜亂。應當改革一下才對。餉項也沒有核實報銷。應當設置監司。專理此事。文龍見說。怫然不悅說。我島中事。是特殊的。不能一概而論。崇煥道。如今辦理軍務。也實太難。老兄這大年紀。倒不如歸鄉。優游歲月爲得。文龍曰。我也久有此意。但方今惟我深悉東事。一俟東事辦理完竣。朝鮮乃衰弱之國。可襲而有也。他居然想作起朝鮮的國王來。崇煥見說。益發不悅。心說這人太執迷了。到了六月五日。崇煥因邀文龍觀將士較射。先於山上。安設帳幄。預使參將謝尙政等。率甲士伏於帳外。既而文龍到來。只見帳外另置布垣。以甲士守之。除文龍及其隨從少數將官外兵卒衛士。皆不得入。文龍不虞有他。昂然而入。崇煥依然以禮迎迓。肅之入座。崇煥因向文龍曰。予詰朝行。公當海外重寄。可受予一拜。既又問其從官。則皆爲毛姓。崇煥曰。何毛姓之多耶。文龍曰。他們皆是我的孫輩。崇煥不覺大笑。因謂其從官曰。爾等積勞海外。月米只一斛。言之痛心。亦受予一拜。爲國家盡力。衆皆頓首謝。坐定後。崇煥因向文龍詰其違令數事。文龍不服。大聲抗辯。崇煥厲聲叱之。並命左右去其衣冠。速速縛來。早有帳前武士。一齊上前。將文龍按倒。摘去頭上冠。剝去身上官服。已把他背剪捆了。只嚇得毛姓諸官。顫作一堆。呆在那里。文龍被縛。猶自倔强不服。口中亂罵。崇煥因數之曰。祖制、大將在外。必命文臣監。爾專制一方。軍馬錢粮不受核。一當斬。人臣之罪。莫大欺君。爾奏報盡欺罔。殺降人難民冒功。二當斬。人臣無將。將則必誅。爾奏有牧馬登州。取南京如反掌語。大逆不道。三當斬。每歲餉銀數十萬。不以給兵。月止散米三斗有半。侵盜軍粮。四當斬。擅開馬市於皮島。私通外番。

五當斬。部將數千人。悉冒己姓。副將以下。濫給札付千。走卒輿夫。盡金緋。六當斬。自寧遠還。剽掠商船。自爲盜賊。七當斬。强取民間子女。不知紀極。部下效尤。人不安室。八當斬。驅難民遠竊人參。不從則餓死島上。白骨如莽。九當斬。輦金京師。拜魏忠賢爲父。塑冕旒像於島中。十當斬。鐵山之敗。喪軍無算。掩敗爲功。十一當斬。開鎮八年。不能復寸土。觀望養敵。十二當斬。大約袁崇煥自有殺文龍之心。已將文龍一切毛病。調查清楚。要不然也不能這樣切鑿着實。縛了好久的毛文龍。被崇煥這一場責問。句句都如利刃般刺到心坎內。早已魂飛魄散。惟有磕頭如搗蒜般。哀求免死。這時崇煥又向文龍的部將說道。文龍的罪狀。有這麼多。應當斬不應當斬。衆皆惶恐。不敢作聲。半天才有一人說。文龍雖有罪。但是數年勤勞。亦不爲無功。崇煥見說。怒目叱曰。文龍一布衣耳。今官極品。滿門封廕。足以酬其勞。何悖逆如是。於是向西叩頭請旨曰。臣今誅文龍以肅軍。諸將中有若文龍者悉誅之。臣不能成功。皇上亦以誅文龍者誅臣。遂取尚方劍。命帳前武士。將毛文龍推出帳外。便在山坡草地上。把文龍一劍。斬下頭來。懸竿號令。可憐毛文龍。也是明末清初。遼東大舞台上。一個著名角色。便這樣被袁崇煥用調虎離山之計。斬於雙島荒山之上。後人論此事者。其說不一。有說袁崇煥出於妒殺者。也有說使毛文龍不死。遼東之事。萬不至壞到如此地步者。作書的也不知他們說的話。誰是誰非。不過有一點。是中國上下四千年來的一個通病。就是好捧死人。而不好捧活人。好捧失敗的人。而不好捧成功的人。就讓是個草包。自要中途被人殺了。於是便有好多人。替他來捧場。不是說有他萬不至如此。便是說假如有他活着。正不知成就了如何的大功。回環詠歎。若不勝其惋惜。可是對於一般眞正成了功的大英雄。大豪傑。或是偉大的帝王。反倒視之淡然。甚或譏諷汚謗。不遺餘力。這沒別的。根本上沒有崇拜英雄的心情。也沒有崇拜英雄的習慣。只不過揀那失敗挨殺的幾個人。替他們訴々委屈。說幾句風涼話。也就算了。那有什麼眞是非呢。閑言不表。却說崇煥殺了毛文龍。即專摺奏知明帝。明帝一見大驚。欲知後事。且待下回。

第十五回

續和議太宗申七恨　戰寧錦明將守孤城

却說袁崇煥以巡海閱兵爲名。把久據海外。無人奈何的毛文龍。哄至雙島。先以言語打動他。理宜告職還鄉。怎奈文龍方在作他襲取朝鮮。獨立爲王的迷夢。那里悟得到眼前正埋着一個殺身大禍。自然不以崇煥之言爲然。並且他驕傲慣了。那里把崇煥這樣一個文官看在眼裡。一切都不在意。竟被崇煥預伏甲士。突出縛之。幸虧是在雙島。崇煥所部人多。如果在皮島。或是毛文龍先有防備。他們也許全體鼓譟。互相火併起來。到那時正不知若惹出什麼樣的大亂。幸喜毛文龍的兵卒。全在山下。隨身幾員將官。也都嚇慌了手脚。便這樣捆羊一般。把毛文龍殺了。總算是萬幸。這時消息傳出。島中一陣大亂。文龍部兵。大半奪舟逃走。去到皮島報信。如果文龍平日是個人物。多少有點田橫那樣愛士之心。他島中也應有一二英雄人物。和他共生死。無奈他平日只知圖利聚斂。威福自恣。手下所用的人。無非是些海盜烏合之衆。眞的懷才尙義之士。那肯到他那里去當他的孫子冒爲毛姓呢。所以聽了文龍被殺消息。早已逃亡大半。所餘的只不過是些老弱殘兵。以及無處可歸的亡命之輩。崇煥早已料到他們無能爲役。當下派人到島中去安撫說。罪在文龍一人。餘者無罪。並且還有賚賞。當下島中人衆。也就惟命是聽。全歸崇煥節制。於是崇煥把更定營制。規畫餉銀數目。以及另委將官管理之事。全行奏向明廷。這時崇禎二年五月。明帝見崇煥未先奏明。便把毛文龍斬首。心中十分駭怪。如今又見他裁了不少兵。反倒把餉銀增高。未免更以爲奇。但是崇煥在寧遠曾立大功。關外之事。正賴他料理。也就一切不問。反倒傳旨褒獎。並宣布文龍罪狀以安其心。殊不知他的殺身大禍。已在此時種下了一個老大的遠因。原來袁崇煥和熊廷弼毛文龍三個人。雖都一時之彥。而結果却都一樣。當熊廷弼被罪時。就有人說。如果有熊廷弼在世。必不至此。如今又拏這些話來惋惜文龍。後來明帝殺了袁崇煥。又把惋惜熊毛者。來惋惜袁崇煥。天爲何不留一人。以試驗他們的實效呢。把失敗的死人。當作天神一樣。

可是把成了功的偉大人物。不問生死。卽看得稀鬆平常。一點崇拜記念的心情也沒有。這樣的重大毛病。若是一日不改。那末中國一定是免不了滅亡的。現在我們把這些閑話。姑且不提。一俟有了餘暇我想作一篇『我的英雄崇拜論』。此刻還是言歸正傳。話說天命十一年。太祖因攻寧遠不克。燒了覺華島的明軍粮秣。便班師而還。到了八月。太祖因病賓天。太宗繼位。袁崇煥因爲連年用兵。遼西殘破。必須假以相當的時日。方能有備而無患。所以他懇求李刺麻。以弔喪爲名。想着提出和議。以便從容防備。偏巧這時太宗也正不樂西進。打算一鼓搗毀毛文龍老巢。把朝鮮收歸自己卵翼之下。以絕後顧之憂。所以也願與明言和。才派方吉納溫塔什與李刺麻偕行。去見袁崇煥。這時太宗正派兵向朝鮮進征。國中兵少。仍願以和議手段。牽制中國。所以二次又派方吉納溫塔什二人齎書前往。說明失和搆兵之故。

單說方溫二使。奉了太宗之命。率領從人。曉行夜宿。一直向寧遠進發。這日到了寧遠。袁崇煥和李刺麻諸人。依然照故人一般。以禮接待。敘罷寒暄。方溫二使。便將太宗所致書札呈與崇煥觀看。這次不用國書名義。只不過教崇煥轉達的意思。崇煥當下拆書觀看。其書曰。

吾兩國所以搆兵者。因昔日爾遼東廣寧守臣。高視爾主。如在天上。自視其身。如在霄漢。俾天生諸國之君。莫能自主。欺藐陵轢。難以容忍。是用昭告於天。興師致討。惟天不論國之大小。止論理之是非。我國循理而行。故仰蒙鑒佑。爾國違理之處。非止一端。可爲爾言之。如癸未年。爾國無故興兵。害我二祖。一也。癸巳年。葉赫、烏拉、哈達、輝發。與蒙古會兵侵我。爾國並未我援。後哈達復來侵我。爾國又不以一旅相助。己亥年。我出師報哈達。天遂以哈達畀我。爾國乃庇護哈達。逼我釋還其人畜。及已釋還。復爲葉赫掠去。爾國則置若罔聞。爾既稱爲中國。宜秉公持平。乃於我則不援。於哈達則援之。於葉赫則聽之。偏私至此。二也。爾國雖啓釁。我猶欲修好。故於戊申年。勒碑邊界。刑白馬烏牛。誓告天地云。爾國之人。勿越疆圉。違者殛之。乃癸丑年。爾國以衞助葉赫。發兵出邊。三也。又曾誓云。凡有越邊者。見而不殺。殃必極之。後爾國之人。潛出邊境。擾我疆域。我遵前誓誅之。爾乃謂我擅殺。縲繫我使臣綱古哩方吉納。索我十人。殺之邊境。以逞報復。四也。爾以兵衞助葉赫。俾我國已聘葉赫之女。改適蒙古。五也。爾又發兵焚我累世守邊廬舍。擾我耕耨。不令收穫。且移置界碑于沿邊三十里外。奪我疆土。其間人蔘。貂皮、五穀、財用產焉。我民所賴以爲生者。攘而有之。六也。甲寅年。爾國聽信葉赫之言。遣使遺書。種種惡言。肆行侮慢。七也。我之大恨。有此七端。至於小忿。何可悉數。逼陵已甚。用是興師。今爾若以我爲是。欲修兩國之好。當以黃金十萬兩。白銀百萬兩。緞百萬疋。布千萬疋。爲和好之禮。既和之後。兩國往來通使。每歲我國以東珠十顆。貂皮千張。人蔘千斤饋爾。爾國以黃金一萬兩。白銀十萬兩。

緞十萬疋。布三千萬疋。報我。兩國誠如約修好。則當誓諸天地永矢勿渝。爾即以此言。轉達爾主。不然是爾仍願兵戈之事也。

（癸未明萬曆十一年癸巳同二十一年己亥同二十七年戊申同三十六年癸丑同四十一年甲寅同四十二年事俱見前）

這封書信。分明又把太祖興師時所頒布的七大恨。重提一回。先把興師之故。叙在前面。意思說釁由彼啓。我們被逼不過。才動干戈。脚步站的十足。後面把議和的條件。很坦白的提了出來。也不算怎的刻求。如果雙方化干戈為玉帛。就這樣誓天和好。那是於明廷太有利了。因為他們從此不再把重兵重餉。消耗在遼東。正可一心一意。用那有用的錢粮兵馬。收拾他們將要糜爛的錦綉山河。那是多末有利的事。

滿洲與明議和的事。當時就有人論過。是利於明。而不利於滿洲的。無奈明廷君臣。只知道自己是天朝。四海以外。更無國家。即便是大小有個部落。也不算是國家。無非是夷狄衆衆。侵犯天朝。凡屬侵犯天朝的。罪大惡極。理當犁庭掃穴。着他們永遠是夷狄。狗一般的看待便了。只可惜他們不能如願。眼見夷狄日强。天朝日弱。也應當把虛文減少一點。說些正經的吧。但是不能。總以為和夷狄言和。是件奇耻大辱。這樣自尊自大的心理。若一日不自解開。那議和的事。怎的能成呢。所以袁崇煥看了太宗的議和條件。雖然滿心以爲有接近的可能。也因惕於明廷斥和聲浪太高。沒有一個共鳴的同調。那里敢把這事。公然向明廷去提議。當他派遣李刺麻去到瀋陽弔喪。已自惹起許多物議。如今人家又派人來議和。這應當怎樣回復呢。若置而不答。和議又是先由自己提倡的。這應當怎辦呢。沒法子一方面款待方溫二使。一方面又把李刺麻請到自己書齋。講求答覆辦法。想了半天。即以不待和議告成。滿洲竟自出師征伐朝鮮爲理由。質問來使。一面修書答覆太宗。以遷延時日。即使和議破裂。我們的守備。已完成了。便是以兵來侵。也不怕他了。李刺麻也以爲然。不過他是出家人。總以慈悲爲懷。仍想完成和好。所以他也寫了一封信。勸太宗罷兵。次日他們一同接見方溫二使。先由袁崇煥發言道。議和之事。下官極表贊同。但是目下正在進行議和之中。貴國却用兵於朝鮮。這於和議太有妨碍了。方吉納道。朝鮮屢屢獲罪我國。隱忍至今。是以出兵懲之。此乃我國與朝鮮之事。與和議又有什麼關係呢。崇煥道。朝鮮爲我國之與國。貴國如不撤兵。下官碍難把貴國所提和議之事。轉奏我國皇帝。現在下官已修好答書着人齎去。貴國如眞意議和。須照答書意思辦理。那時下官也就能以向我國皇帝進言了。方溫二人見說。知他又在設辭支吾。但他旣有答書。又自派人齎去。只得由他。又住一日。袁崇煥遂派從官杜明忠等。一共十餘人。携了崇煥答書。和李刺麻的私函。偕同方溫二使。來到瀋陽。太宗聞報。着人款待。次晨朝見。杜明忠將書函呈上。依然退出。太宗看那書函時、

只見袁崇煥的答書道。

再辱書敎。知漸息兵戈。以休養部落。卽此一念好生。天自鑒之。將來所以佑汗而昌大之者。尙無量也。往事七宗。汗家抱爲長恨者。不佞寧忍聽之漠々。但追思往事。窮究根因。我之邊境細人。與汗家之部落。口舌爭競。致啓禍端。作孽之人。卽宜人刑。難逃天怒。不佞不必枚擧。而汗亦所必知也。今欲一一辨晰。恐難問之九原。不佞非但欲我國家忘之。且欲汗家共忘之也。然汗家十年苦戰。皆爲此七宗。不佞可無一言乎。今南關北關安在。遼河東西。死者寧止十人。仳離者寧止一老女。遼瀋界內之人民。已不能保。寧問田禾。此極慘極痛之事。我國家所難消受。而汗家之雪怨。固已滿志快心者也。今若修好。則城池地方。作何退出。官生男婦。作何送還。是在汗之仁明慈惠。敬天愛人耳。天道無私。人情忌滿。是非曲直。原自昭然。各有良心。偏私不得。一念殺機。起世上無窮刼運。一念生機。開後來許多吉祥。不佞又願汗熟思之。來書中所開諸物。以我國家之財用廣大。亦寧靳此。然往牒不載。多取違天。又汗所當酌裁。方以一介往來。又稱兵於朝鮮何故。我文武官屬。遂疑汗之言不由中也。兵未回。卽撤回。已回。勿再往。以明汗之盛德息。止刀兵。將前後事情。講析明白。往來書札。無取動氣之言。恐不便奏聞朝廷。惟汗堅意修好。再通信使。則凜簡書以料理邊情。有邊疆之臣在。寧或虛汗美意。壅於上聞乎。

太宗把袁崇煥覆書看罷。微微一笑。又把李刺麻的附函拆開。只見上面寫道。

自幼演習秘密。朝禮名山。惟上報四恩。風調雨順。天下太平。乃我僧家之本願也。上年袁巡撫。念先汗盛德。遣我上紙。承汗及王子供養美饌。並贈禮物。又遣官遠送。我銘刻五內。至寧遠備述。袁巡撫甚喜。因書函外面字樣。未經開看。至第三次換來。見書中有仍欲兵戈一語。恐朝廷不喜。未曾轉奏。想汗及王子。具有福智。心地明白。我佛教慈悲爲體。方便爲用。須要救濟衆生。消除嗔恨。以成正果。我佛家弟子。難行處能行。難忍處能忍。解度爲體。勸化爲用。我佛祖留下法門。有歡喜。無煩惱。只有慈悲活人。更無嗔恨損物。若汗說七宗惱恨。固是往因。然天道不爽。再一說明。便可放下。袁巡撫是活佛出世。有理沒理。他心下自分明。所說河東地方人民諸事。汗當斟酌。良辰易遇。善人難逢。有我與王喇嘛在此。隨緣解說。事到不差。願汗與各王子。放得下。放下了。難捨者。亦捨將來。佛說苦海無邊。回頭是岸。戈干早息。即是極樂。種種譬喻。無非演我如來大乘慈悲至教也。

本來兩國紛爭。原因複雜。兵戈以外。宜有文事。說現在的話。太宗和袁崇煥書札往還。差不多就等於現代的電報戰。崇煥的答書。意婉而詞強。句句皆有鋒刃。使人難於應付。李刺麻的附函。把袁崇煥足捧一氣。好象要把不慈悲害干戈的責任。歸嫁給太宗。意思也很深致。無奈他們所說的話。未免偏重一頭。試問兩下和好的事。最低限度也得互有利益。如今他們不顧事實。反倒欲使戰勝的一頭。毫無條件罷息干戈。並且把歷年所擴充的土地人民。一舉還之明廷。這眞可以說是無理的要求。太與事實相遠了。所以太宗殊覺好笑。不過現在大軍仍在出征朝鮮。不便臨之以兵。彼以文來。還須以文事報之。遂亦授意文臣。擬就駁書。使杜明忠等齎還。與崇煥書曰。

觀來書。以事屬既往。欲我消釋七恨。爾先世君臣。欺凌我國。召怨積釁。致起干戈。我念戰爭不息。生民何辜。故遣使同李刺麻致書於爾。使兩國是非曉然。以修和好。我若猶懷七恨。欲相攻伐。則前此遣使。亦何爲哉。來書乃云今若修好。則城池地方。作何退出。官生男婦。作何送還。是在汗之仁明慈惠敬天愛人。夫理直在我。蒙天垂佑。賜與城池官民。今日退還。是不願講和有意激我之怒也。我國敬天愛人。久爲遠近稔悉。爾國土地人民。歸我之後。悉已奠定安集。若舉以還爾。是違天而棄人矣。又云。方以一介往來。又稱兵於朝鮮何故。遂疑汗之言不由中也。夫我豈無故而征朝鮮乎。庚子年。我兵東征。收我邊境屬國。師旋時。朝鮮以兵阻我。我軍擊敗之。殲其將卒。然亦未嘗因此宿怨也。其後烏拉貝勒布占泰。伐取其城邑。朝鮮以布占泰屬我姻戚。遣使來告。求爲勸阻。我遂命令罷兵。乃朝鮮忘我大德。於乙未歲。無故稱兵來犯。旋卽敗去。所俘將卒。我不忍誅。留之豢養。尋亦釋還。冀仍修好。而朝鮮無一好言相報。反自尊大。肆言輕我。又納我逃亡之人。自始至終。與我爲難。我猶遲之數年。彼卒不悔罪求和。我乃興師致討。惟天意是我而非朝鮮。故我軍所致克捷。天誘其衷。已和好矣。然自李剌麻通使以來。我亦未嘗有不征朝鮮之說也。有何言不由中。而爾疑之。爾詭言修好。仍遣哨卒偵視我地。收納逃亡。偪處近界。修葺城堡。是爾之言不由中也。我國將帥。實以此疑爾矣。又云。自止刀兵。將前後事情。講析明白。此言是也。乃又云往來書札。無取動氣之言。恐不便奏聞。夫是與非。必明爲剖析。而後和好可成。故前書歷敘原委。詳悉事機。使爾國君臣信我坦白。若徒以無取動氣之言相抑。則匿其意而不言。難於議和矣。似此欺謾之詞。與前遼東廣寧碌碌諸臣何異哉。爾洞察前後。熟諳機宜。若果和好。未有不誓諸天地者。人或可欺。天可欺乎。來書云。先開諸物。所當酌裁。夫講信修睦。藉金帛等物以成禮耳。我豈貪多而利此者。設爾國力有不支。則初和之禮。可酌減其半。我國亦以東珠。人蔘。貂皮等物酌報之。既和以後。兩國往來之禮。則仍如前議。若如此定約修好。永息兵爭。兩國之福也。至爾等於我。實漸加輕慢。前來書。尊爾皇帝如天。李剌麻書中。以我隣國之君。列於爾國諸臣之下。如此尊卑倒置。皆爾等私心。夫人君者。代天理物。上天之子也。人臣者。生殺予奪。聽命於君者也。今以小加大。賤妨貴。於分安乎。我揆以義。酌以禮。書中將爾明國皇帝。下天一字書。我下爾明國皇帝一字書。爾明國諸臣。下我一字書。以後爾凡有書來。當照此式寫。若爾國諸臣與我並書我必不受也。

勃興之國。不但軍旅得人。將材輩出。便是文事。也正不可輕視。明廷諸臣。舞文弄墨。固是長技。但是徒務大言。滿腹偏私。總免不了處處皆有漏洞。太宗此書。曉暢明白。理直氣壯。絕無半絲虛僞。最務又用書式。把袁崇煥教訓一番。尤爲坦白。不與明帝爭列。自認下一字書。更見太宗不務虛榮。惟求實際也。還有與李剌麻書。亦爲緊要史料之一。如今我們把它鈔在下面。書曰。

觀來書。以佛門弟子。爲介紹之人。欲成兩國和好。爾剌麻博通理道。明哲人也。我兩國是非。洞然明白。曲在我、則規我。曲在彼、則規彼。宜無偏袒之心。故我以衷言相告。自古以來。或興或廢。何代無之。焉可枚舉。如大遼天祚。無故欲害金太祖而兵起。大金章宗無故欲害元太祖而兵起。萬曆無故侵陵我國。偏護葉赫。而我兩國之兵起。我師旣克廣寧。諸貝勒將帥。咸請進山海關。我皇考以昔日遼金元。不居其國。入處漢地。易世以後。皆成漢俗。因欲聽漢人居山海關以西。我仍居遼河以東。滿漢各自爲國。故未入關。引軍而返。彼時意漢人或來議和也。遲遲四載。明人乘間修葺寧遠。伺隙搆兵。我因出師以攻寧遠。時適嚴寒。兵士勞苦。用卽班師。及皇考升遐。爾剌麻來弔。意謂此天欲我兩國和好時矣。故具書議和。遣官偕往。又以書式不合。封還至再。今爾剌麻又云。有仍願兵戈一語。難以轉奏。夫我以衷言致書。明國皇帝亦以書報。彼此通達明析。則和好可成。若順從彼意。不許直吐衷情。欲議和好得乎。袁巡撫來書。欲將天賜我之城池官民退還。爾剌麻亦輕聽其語。勸我捨而還之。又將袁巡撫書於上。隣國之君書於下。强相陵制。是不欲成兩國之好也。爾來書云。良辰易遇。善人難逢。我因爾剌麻以修好來。其意甚善。卽遣使相報。若不以爾爲善人。何遣使往來不憚煩乎。又云。苦海無邊。回頭是岸。此言是也。然向我言之。亦當向明國皇帝言之。若肯回頭。共臻極樂。豈不甚善。爾剌麻。旣深通佛教。明達道理。何獨向我喋々耶。從前遼東廣寧諸臣。妄肆欺陵。啓釁召兵。自貽伊戚。今又未鑒前車。而不自醒悟乎。語云。人相敬則爭心息。若徒事欺陵。不惟新好難成。卽舊好必敗。爾剌麻豈不知之?

我們最應注意的。書中每用欺陵二字。試觀自太祖起兵以來。節節勝利。明則損兵折將連失名城。在表面上。好象欺陵二字。應當加之滿洲。怎麼口口聲聲。反倒說明方强制欺陵呢。話不說明。後人難免誤解。在明末的當兒。滿族所受明人的欺陵。實在難以言語形容。若不是出了太祖那樣一位民族英雄。恐怕永遠要呻吟在悲慘的境遇。因爲那時的明人。僻見甚深。不但不援助滿族生活向上。反倒處處壓迫。目爲夷類。因此太祖振臂一呼。統一了四零五落的滿族。建設了新興有朝氣的國家。把明廷勢力。逐次打倒。直到如今。氣運益隆。兵力越大。明廷處在內憂外患相逼而來的時候。而且財政疲敝。理宜對於新興國家。另眼看待。用外交手段。轉危爲安。才是要圖。誰知他們迷夢沈酣。依然我是天朝。你是夷狄。雖然未肯明說。但看他們於往來書札。吹毛求疵還不算。竟把太宗的地位。看成還不如他們一個明臣。人是感情動物。皆有血性。什麼夷狄哩。異類哩。誰也不能甘受。自然也以天之驕子自居。一下子大家感情衝動。定要見個強存弱死。自來國家盛衰。民族離合。雖有許多複雜原因。而感情衝突。利害不能一致。實爲最大原因。

假使明廷。免除僻見。以兄弟手足。待遇邊地人民。無分彼我。聯合成一大帝國。利害與共。休戚相關。民族鬥爭。既然免去。群策群力。自然富強。誰知他們僻見牢不可拔。自大已成習慣。專好排斥異己。自斷手足。觀於明末之到處祈師。共滅滿虜之心。古今適成一例。夫立國於大地。人人皆欲主存。地理合一。利害自不能相左。故集合多數民族而成一國者。所在多有。原出利害相關。萬無一民族獨佔。而成清一色之理。惟心懷僻見者。不顧共同利害。惟圖一已得權。自壞肢體。毀棄金甌。卒之同歸於盡。眞可歎也。閑言少敘。話說太宗已命文臣把上記二書繕就。方欲派使。偕同杜明忠等前赴寧遠。忽由寧錦一帶。屢有明方商民逃來。言說現在袁崇煥。正在塔山、大凌河、錦州等處。修築城垣。大有秣馬厲兵。預備鏖戰形勢。既而又有察哈爾使臣前來。亦說袁崇煥正在積極備戰。太宗見說。知道明人並無誠意議和。無非藉此遷延時日。以便赶修戰備。遂不遣使。將繕就書札。交杜明忠齎還。另附一書。責問袁崇煥沒有議和誠意。也就不便再費心機。和他們信使往來。倒不如依然以兵戎相見。或者促其反省。得見曙光。此時征鮮大軍。業已凱旋。太宗命於城東武靖營。高搭帳幄。躬往郊近。與諸貝勒見面後。慰勞備至。都不消細說。過了些日。陞賞出征大小將士。安置朝鮮王弟李覺。諸事完畢。才與諸大貝勒商議征明之事。諸貝勒以明人假裝議和。暗修軍備。和平商議。已成絕望。不如依然與之決戰。以見高低。當下一致主張出師。太宗也以袁崇煥毫無信義。屢次舞文弄墨。肆行欺慢。亦遂決計征之。天聰元年夏五月。太宗率諸貝勒詣堂子祭告天地。然後親統大軍。出撫近門。浩浩蕩蕩。人馬向西進發。由上榆林至遼河駐營。至第四日。已至廣寧舊邊。過此以往。已漸與敵地接近。遂選拔精銳。命爲前哨。囑令如遇敵方哨卒。不可擊殺。須生擒以訊虛實。於是更分大軍爲三隊。以貝勒德格類、濟爾哈朗、阿濟格、岳託、薩哈璘、豪格等。率精騎甲士爲前隊。攻城諸將。則率建卒雲梯兵。携帶諸色攻城器具爲後隊。太宗與大貝勒代善。二貝勒阿敏。三貝勒莽古爾泰。統大軍居中。次日軍次廣寧。乘夜進發。前隊執明哨卒數人。審訊結果。知右屯衛有兵百人防守。小凌河。大凌河。城未修竣。守兵無多。惟錦州城。修繕已畢。有馬步精兵三萬餘人守之。城上皆布西洋大砲。以及各種火器。守禦甚堅。攻之不易。且寧遠方面。時有援兵發來。聯成一氣。較比去年。更爲堅固矣。太宗得此報告。遂自率兩黃旗兩白旗兵。直趨大凌河。明守城兵。見勢不佳。棄城而遁。前鋒兵驟馬逐之。巡至錦州城下。城上守卒。雖見本國兵將逃來。亦不敢開城納入。明潰卒只得越城而遁。

偏巧又遇貝勒德格類等所率前隊兵。走頭無路。只得交仗。遂全被殲滅。這時大貝勒代善。二貝勒阿敏。與貝勒碩託率正紅鑲紅鑲藍三旗之兵。亦赶至。遂將錦州包圍。各路兵漸集。距城約一里。分立營寨。

錦州城外。本有台堡數處。派兵二千餘名把守。如今見太宗大軍已把錦州城團團圍住。小小臺堡。焉能抵禦。大家商議。不如出降。遂豎起降旗。來見太宗。願在軍前效力。太宗知道這些人。無非是些營混子。徒糜粮餉。毫無用處。命令他們赶快逃走。或到山海關。或仍逃入錦州均可。這些人見太宗不願收留他們。連官帶兵。全行逃去。本想遁入錦州城。但是錦州守將總兵趙率敎。爲人精細。把錦州城防守得水泄不通。雖是自己人。也不許亂入亂出。城門緊閉。這二千多人。都逃往山海關去了。單說總兵趙率敎。在前些日。已然奉了袁崇煥的密令。敎他加意防守錦州。不可有失。至必要時。必有援兵前往救援。能多遷延一二日。使敵勿攻更好。因此之故。趙率敎遂與監軍內監紀用商量。先派人至太宗軍中。質問來意。假作議和。以待各路援兵。紀用也以爲然。遂遣官二員。前赴太宗營中。說現在有紀太監在錦州城內。聽說大軍到此。仍願繼商和好之事。太宗諭之曰。和好之事。我豈不願。但爾明邊臣。平日欺陵。太無誠意。今大軍到此。欲降則降。欲戰則戰。如彼太監有欲和之意。未嘗不可出城面陳衷曲。我亦可見彼太監。使將我意轉達爾主。即或攻城之日。亦斷不能傷彼太監。可令其自立記號。別居他所。明方二官說。必將此言。轉告紀太監。但請暫勿攻城。太宗許之。遂修書一封。使二人進城。以待紀太監來見。誰知紀太監得書之後。並不來見。仍與趙率教商量守城之策。乘大軍不來攻打。城上兵卒。把火砲益發安排得鐵筒相似。到底實心人是容易受寃的。太宗不見紀用出城。知是受紿。當下大怒。遂命攻城。一聲令下。三軍踴躍。擁牌、楯車、雲梯、鍬斧等攻具。一齊迫至城下。奮力仰攻。霎時烟塵漲起。砲火雷鳴。喊殺之聲。驚動天地。城上明軍。因有十足的防備。毫不慌亂。一樣也把雷石火砲。朝下打來。眼見城下已成一片火海。攻城軍依然不退。堪堪西城一角。將要塌陷。城上大慌。忙又添了許多生力軍。和防守工具。一陣抵禦。砲火、雷石、灰瓶、金汁等物。不斷的拋下。因此攻城軍。立脚不住。只得退下。太宗見城上砲火猛烈。亦遂命令收軍。此戰雙方互有損失。惟明方既有堅城。又有巨砲。据高臨下。甚得形勢。太宗之軍。雖極驍勇。但長野戰。若說沒有相當的大砲。只憑肉彈。克此堅城。實在不易。急切裡那能便有巨砲應用。再說滿洲軍野戰慣了。也不想用這笨重東西。因此直到如今。也不曾置備巨砲。仍想以人力攻破此城。所以發出令牌。又到瀋陽去調兵助攻。一面依然遣人去到錦州城。叫太監紀用出來說話。那紀用在昨天一戰。已吓得胆落魂飛。那敢出來。只得仍向總兵趙率教去請教。趙率教說。我們的城。昨天險被攻破。如今依然還得與他虛與委蛇。遷延時日。以便修理城垣。等待救兵。他不是教我們去人。我們不如教他派人來議。

他如派人前來。我們依然閉門不納。如此遷延。救兵也該到了。紀用已然赫慌了。只得全憑趙率敎一人調度。當即派人去見太宗說。議和也好。但是須請使臣到我們城中來。

據當時的情形來說。雙方議和。本來都是敷衍一時。藉以遷延日月。但是太宗因爲新即位。在政綱上。不無變更。以爲整理內部後方。較比對明戰爭。尤爲切要。所以對明望和之心。多少有幾分誠意。一見明使說須請由營中派人到錦州城中去議和。當下允其所請。即派巴克什綏占。同副將劉興祚之弟劉興治前往。時天已近黃昏。二人來到城下。從者在馬上高喚開城。那城上守卒。只如沒聽見。緊閉城門。聲響皆無。二人叫了半天。不見開城。只得回營報告所以。次日城中又有人來說。昨天因在昏夜。不便開城。如欲派人。請在白晝。太宗遂又派綏劉二人前去接洽。誰知才至城下。依然餉以閉門羹。只見總兵趙率敎。立在城頭。高叫曰。勝敗在天。豈有常乎。貴國想藉信使往來。覘我虛實。以破此城。其計甚左。今我已有備。想入此城。勢以登天。二人見說大怒。歸告太宗。太宗曰。彼所以如此誑我者。無非等候援兵。以緩我攻而已。朕已知其情。故派人於要路仔細盤察行旅。果獲細作二人。搜出書信一封。乃袁崇煥由寧遠寄來者。今可着人以書與趙率敎。激其出城決戰。諭罷。遂出書。交付前來明使。携回城中。書曰。

爾敢援天出大言乎。我惟上天所命。是以瀋陽、遼東、廣寧三處。俱屬於我。若爾果勇猛。何不出城決戰。乃如野貛入穴。藏匿首尾。狂嘷自得。以爲莫能誰何。不知獵人鍬钁一加。如探囊中物耳。想爾聞有援兵。出故此大言。夫援兵之來。豈惟爾等知之。我亦聞之矣。我今駐軍於此。豈僅爲圍此一城。正欲俟爾國援兵皆至。聚而殲之。不煩再舉耳。今與爾約。爾出千人。我以十人敵之。我與爾憑軾而觀。孰勝孰負。須臾可決。爾若自審力不能支。則當棄城而去。城內人民。我悉縱還。不戮一人也。

趙率教讀罷書信。雖然怒不可遏。又恐援兵消息已爲太宗所得。有心出城。與太宗決一死戰。又知野戰萬不能敵。何苦捨長就短。負氣僨事。爲今之計。無論如何。仍宜一遵袁崇煥所示方略。憑堅城火砲。小心固守。萬不可出城決戰。當下依然整頓防具。曉夜防守。不在話下。單說袁崇煥。聽說太宗大軍征服了朝鮮。結爲兄弟之盟。以王弟李覺爲質。隨凱旋大軍。一同回到了瀋陽。知道前此和議。不能再事敷衍。太宗必提得勝之兵。前來脅和。無奈和之一字。正爲明廷所惡聞。不得已依然還得以兵戎相見。又知野戰決非敵手。必須仍用以前老法。以守爲戰。當下一面奏知明廷。請發援兵大砲。一面命令總兵趙率教。依照原先固守寧遠之法。堅守錦州城。千萬不可出城迎敵。除了添派許多兵力。又把紅夷大砲。以及各種火器。給他們運去很多。原來袁崇煥去年堅守寧遠。深得西洋巨砲之力。知道非此不足以拒敵。所以年來集注全力。購買西洋武器。訓練砲手。成績十分良好。有時還向北京調請。不然也不能有餘力分給錦州。太宗大兵所以不能攻下錦州。全是由於此等火器的威力所致。現在他所請求的援兵。也都陸續開到。益發有恃而無恐。並着人下書。使趙率教安心。不想這下書人。竟被太宗獲得。欲知後事。且待下回。

第十六回

罷遠征太宗施仁政　來諸部瀋水聚衣冠

話說太宗此次率領大兵。約共二萬餘人。來攻錦州。在表面上看來。好象是和議不成。不得不以武力解決。其實裡面仍有欲和之心。不一定是來決戰。僅不過以兵爲後盾。迫明人以講和而已。至於太宗爲什麼願意明人前來言和。史籍沒有明白的記載。大約不外乎計畫充實國力。吸收明人布帛等物資。以補國產之不足。因爲當時滿洲所產生者。以東珠、貂皮、人蔘等爲大宗。五穀次之。布帛紬緞。則產量極低。但是自太祖起兵以來。國勢蒸蒸日上。人口增加。加以軍旅所需。對於布帛的需要。益感痛切。所以在太祖時代。便極力奬勵織造。如天命元年。命國中育蠶繅絲。以織綢緞。植棉以織布疋。天命八年。派七十三人織蟒緞補子。其所織之蟒緞補子。上覽畢。嘉奬曰。織蟒緞補子於不產之處。乃至賓也。遂令無妻之人。盡給妻奴衣食。免其各項官差。及當兵之役。就近養之。一年織蟒緞若干。多織則多賞。少織則少賞。視其所織而賞之。於此可見在太祖朝。對於織造、育蠶、種棉、等產業。已然十分注意。特別獎勵了。到了太宗時代。需要更多。國中所產。決不敷用。自然得設法充實。原先雖有交易市場。自兩國用兵。公然的交易。已受影響。聰明而有大略的太宗。便打算轉變方針。姑且與明言和。用本國所出的東珠、人蔘、皮張等物。以易本國所需的布帛。並且與明議和之後。更可以從容綏服內蒙。等到蒙古朝鮮。完全貼服。孤立的明廷。也就無能爲役了。這是太宗的意思。其實由明廷的現勢看來。如眞議和。也未嘗沒有轉機。總比竭力支撐。連喘息的工夫也沒有强的多。無奈明廷忌和。而袁崇煥也不敢十分主張。只得依然極力防禦。又因西洋大砲奏功。不但袁崇煥自行購置。便是明廷。也以西洋大砲有這樣的大用。竟把原先驅逐出境的葡萄牙宣教師。卑禮厚幣的請回來。教他們替明廷設法由澳門向葡商購置大礮。聘請使砲將官。這些宣教師。正在受明廷的排斥。忽然對他們解禁。並且請他們在軍事上幫忙。以爲有機可乘。從此可以伸張勢力於中國內地。一個個百依百隨。有的代爲買砲。有的代爲聘人。更有肆意替明廷宣傳。作了好多毫無根據的放屁文字。反正都是於明廷有利。而中傷滿洲的。以此之故。明廷以爲有西洋人援助。益發有恃而無恐。和議一層。便根本打翻。太宗不知就裡。依然與他們委曲求全的商量和議。他們如此遷延。至多無非等待援兵。所以才在各路盤査。果然拏了兩名細作。是向錦州城內報告師期的。殊不知他們於援兵以外。還有許多極其利害的西洋巨砲。所以才這樣傲慢。竟在城上口出大話。可是趙率教與太監紀用。也不知寧遠的下書人。已被太宗捉獲。原來袁崇煥知道援兵漸集。才給錦州去信。大略說。水師援兵六七萬將至山海關。薊州宣府兵。已至前屯。沙河中後所兵俱至寧遠。各處蒙古兵已至臺樓山。我即日進兵。錦州城中。火器俱備。兵馬甚多。如加意防守。何能攻克等語。太宗既然得到這樣要緊的消息。便想先破其援兵

當下便命莽古爾泰、濟爾哈朗、阿濟格、岳託、薩哈璘、豪格等。率偏師先往塔山。保衛本國運糧軍卒。如遇明援軍。便迎頭痛擊。諸貝勒領旨去後。太宗移御營。距錦州城二里。釋放連日所俘漢人蒙古人。使歸錦州。並以矢射書城中。諭城中官民速降。以免城破之日。玉石俱焚。旋又命大臣蘇納。選八旗蒙古士馬精壯者。向塔山西路。要截明之援兵。分撥已定。大臣博爾晉。圖爾格。又率兵由瀋陽來到御營。太宗問了問國中情形。二臣答言。國中甚安泰。惟入夏以來。雨水不勤。正在盼雨。太宗見說。才想起現在錦州一帶。也是炎熱欲雨。士卒正苦暑熱。便打算速下寧錦。即行班師。單說三貝勒莽古爾泰等。領兵來至塔山。一面分兵保護粮運。一面派兵偵察明軍。果有明兵二萬餘人。來援錦州。兩軍相遇。當即展開野戰。諸貝勒以連日未能攻克錦州。正沒好氣。士卒一樣也在憤恨。好容

易才盼得有了野戰機會。如何不痛快殺一場。早由諸貝勒驟馬當先。馳入敵軍。明軍心理。又自不同。他們本來是派來助防錦州的。怎麼行在半路。竟有敵軍截殺。難道說走漏了消息不成。心理一慌。鬥志便減。一陣鏖殺。明軍大敗。棄甲拋戈。死傷無算。餘衆分路而逃。莽古爾泰等。大獲全勝。得馬千餘匹。軍裝甲胄無數。同時大臣蘇納。亦在西路遇有明兵二千餘人。擊敗之。獲馬百五十餘匹。兩路皆捷。但是明之援軍。多在寧遠。太宗乃改變方針。打算一鼓而下寧遠。錦州自成甕中之鱉。遂率大軍往攻。留兵一半。圍困錦州。隨行者有大貝勒代善。二貝勒阿敏、三貝勒莽古爾泰、濟爾哈朗、阿濟格、薩哈璘。以及八旗將佐等。共馬步二萬餘人。直趨寧遠。在城北土岡前安下營寨。時正拂曉。只見有明遊擊二員。領兵一千二百餘人。方在掘作壕塹。以車爲營。中列火器。以爲城外守禦。太宗遂率諸貝勒面城列陣。先令前鋒兵攻其步卒。當下螺聲一起。大軍奮勇前撲。一陣攻打。明軍不支。其陣立破。千二百餘人。逃去無幾。這時明總兵滿桂。亦率本部及密雲援兵。在城東二里外。一北一南。與太宗之軍。對面列陣。寧遠城上。則密排巨砲。與滿桂之兵。互爲犄角。太宗因諭諸貝勒曰。此地逼近城垣。若即進攻。難以盡力縱擊。可稍退以觀動靜。遂令移軍過岡。使人偵視明軍。仍堅壘不動。滿桂乃明之名將。素即能軍。早與袁崇煥議妥。崇煥守城。滿桂出城列陣。如太宗攻城。則滿桂從後赴戰。如攻滿桂軍。城上亦發砲助之。決心死戰。是以不退。專待太宗來攻。太宗見滿桂不動。

便想先摧毀之。遂披甲冠胄。目欲進擊。阿濟格請從。代善、阿敏、莽古爾泰。皆以爲距城甚近。如城上發砲掩擊。爲之奈何。所傷必多。太宗曰。昔皇考攻寧遠不克。今我攻錦州又未克。若遇此野戰之兵。尙不能勝。其何以張我國威耶。因令近侍諸將盡衣甲冠兜鍪。率領阿濟格以下奮勇諸將。揮動護衛等軍。便如風馳電掣一般。擊入明陣。滿桂急忙禦敵。明軍若無城池大砲。就如游魚失水。焉能敵此百戰雄兵。一場混戰。滿桂之軍。死傷大半。只有騎兵。知不能敵。紛紛向城下敗走。代善等見太宗得勝。無不愧奮。不及冠胄。一齊驟馬馳進。這時寧遠城上。見滿桂大敗逃歸。火砲齊燃。便如天崩地裂一般。斗大火球。帶風擊下。砲彈所落之處。人仰馬翻。尸骸半空飛舞。貝勒濟爾哈朗、薩哈璘、及大貝勒代善第四子瓦克達皆被傷。猶自力戰不退。此時城上兵將。在煙塵蓋地之中。也分不出誰爲敵。誰爲友。只顧盲目施放。保護城池。因此明兵被大砲擊死者。亦不爲少。只有總兵滿桂。及少數殘兵逃去。餘者皆死於鋒鏑砲火之下。太宗在這一場惡戰之下。殲滅了城外明兵。始伸積憤。遂命收軍。那戰場上慢慢的也就漸歸沈寂。只見尸橫徧野。血泊殷殷。黃塵之中。時有殘火明滅。時方仲夏。熱氣一蒸。連硝烟帶血腥之氣。刺鼻欲嘔。太宗因見如此炎旱天氣。軍士甚勞。而寧遠又有巨砲堅城。一時不能得手。遂還軍至雙樹鋪。旣又撤至錦州行營。忽接瀋陽驛報說。有蒙古敖漢奈曼諸部。率衆來附。請駕還賜見。末後又說。本年國中。水旱偏災迭見。民食維艱。物價大漲。太宗見說。

遂命班師。因此給了明將不少報功的機會。這且不言。却說太宗。因惦念國中災重。命令班師。拔寨起行。錦州守將。因不知虛實。屢屢派人哨探。見大軍果然去遠。纔得放心。不日大軍還到瀋陽。早有貝勒多爾滾多鐸二人。率領文武多官。出城迎接。多爾滾多鐸兄弟二人。乃太祖高皇帝之少子。爲烏拉納拉氏大福晉所生。多爾滾排行第十四。多鐸第十五。後來出征從政。與八大和碩貝勒並肩。稱爲九王十王。此時俱在幼年。已然發育得十分建美。英挺非凡。聞說太宗還軍。便也每人騎了一匹怒馬。率領着文武百官。出城迎接。太宗一見這二位小兄弟。年紀幼小。却是這般英武。心中甚喜。友愛之情。不禁油然而生。連忙下馬。與之抱見。二人向太宗問了安。又與諸兄諸姪會見。舉動大方。言談儁朗。見禮已畢。然後一同進城。商民仰觀。無不驚歎。從此九王十王之名。漸爲一般國人所傳誦。太宗還宮以後。雖未照大獲全勝那樣舉行凱旋禮。但是也殲滅不少明兵。俘獲許多戰利品。便也封了八牛。祭纛告天。又命查點受傷陣亡將士。一一給賞陞級。陣亡將士。除了幾名偏裨。以遊擊覺羅拜山和備禦巴希二人最爲驍勇。不幸陣歿。除從優議䘏。又親臨其喪。諸事完畢。才召見敖漢奈曼兩部部長。賞賚甚爲優渥。命人妥爲安置。賜予田宅。不在話下。却說自太宗出征以後。各地因水旱不調。報災之地。不一而足。加以連年用兵。需要多而供給少。以致物價飛漲。盜賊竊發。越貨殺人之事。時有所聞。良馬一匹。值銀三百兩。牛一頭。值銀一百兩。蟒緞一疋。值銀一百五十兩。布一疋。値銀九兩。穀類更是奇貴。當局官吏。幾於無法應付。天天捕盜拿賊。誅不勝誅。只得與九王十王以及諸位貝勒大臣商量。請求班師。太宗深知盜賊窃發。原出不得已。一味嚴懲。決非救盜之方。因諭大臣曰。今歲國中。因年饑乏食。致民不得已而行窃耳。已緝獲者。鞭而釋之。遂下詔刑獄從寬。又發帑金。散賑貧民。

旣又別發諭旨。曉諭八旗大臣。其略曰。

各旗所屬之人。勤惰不齊。貧富亦異。夫務農積貯。爲足食之本。而有無相恤。實救盜之原。爾諸大臣。務加詳察。若力不能耕種而無糧贍養者。有兄弟則令與兄弟相依。無兄弟則令殷實有糧者養之。其爲諸貝勒素知才能之人。有不能耕種而無粮贍養者。須詳察其情。告知諸貝勒。設法贍養。毋俾失所。近聞盜賊蜂起。乘馬刦殺。若管堡官不修葺堡墻。不稽察盜賊。牧馬之人。不察收馬匹。縱賊窃乘。及守門人役。不盤詰出入之人。均治罪弗貸。管堡官有斂民間食物者。餽送巡察官者。與受並罪之。

人也許有不良的遺傳。性質凶惡。雖然有衣有食。也不免也淪爲盜賊。或恣爲惡事的。這都由於先天稟賦太壞。長大了又沒機會受良好的敎育。一受誘引。便成盜賊。但是這等天生惡人。究佔少數。大多數的人類。全是站在善惡兩方的歧途上。指不定偏到那一方。尤其是凶年饑歲。或是兩國交征的當兒。最容易使人爲非作歹。不是饑不暇擇。鋌而走險。便是依附勢力。魚肉商民。有時候眞能弄得天昏地暗。鬼怨人愁。若沒有賢明的聖主。撥亂的英雄。正自沒法澄淸呢。本來盜賊之中。也有好多受不了天災人禍的惡氣。才拾命爲盜。你再不體諒他們的苦衷。一味以嚴法懲治。未免不諳人情。舍本逐末了。就拏太宗初年那一時代說。用度一天比一天大。軍隊一天比一天多。再加上有那不知自愛的奸徒猾吏。偷竊權勢。倚靠背後有人。胡作非爲的事。當然不免。可不一遇凶年。便要憑空造出許多盜賊。若是不問所以。但行嚴法。反倒爲奸徒助長勢力。老百姓豈不益苦。賢明的太宗。一眼便看出癥結。所以一面省刑獄。用寬典。發帑賑濟。一面又諭令八旗大臣。徹查貧富。禁絕餽遺。貧富相倚。有無相通。而奸徒猾吏。亦無所搾取。在那時。眞是金口玉言。令出必行。一下子無食的都有了食。無田的都有了田。只剩甘心爲惡的。那就很容易辦了。所以眼看一場大禍。竟自消滅於無形。如此休養了一二年。依然豐收。年景轉好。不但貧人變富。而富戶也沒有虧吃。反倒因爲勢力增加的原故。又多開了許多良田。可見事在人爲。如果沒有這一次貧富互助。那能有這樣良好成績呢。趕到人人都有了衣食。有了正業。你若教他去作賊。恐怕他要打你的耳光子了。閑言不表。却說內蒙諸部。以察哈爾林丹汗爲最强。因係元裔。每懷恢復祖業之雄心。姑且與明知好。從中索取餉銀。明人謂之西部。亦曰揷漢。呼林丹汗爲虎敦兎。林丹汗既漸得勢。便想以武力征服諸部。不但把蒙古各地。視爲禁臠。

便是滿洲。也想歸他統治。不幸他雖有這樣大志。而才略胸襟。却不十分宏大。何況又有一位不世出的民族偉人太祖高皇帝。和他同時並起。一東一西。創業開疆。他處處落於下風。二十多年。太祖帝業已成。不但統一了滿洲遼東。便是蒙古諸部。也次第來歸。現在太宗又把朝鮮征服。林丹汗氣不過。便想急欲圖功。武力從事。

那里知道。太祖太宗的創業建國。並非專恃武力。所謂剛柔相濟。恩威並用。不知費了多少苦心。何況知人善任。佐命賢才。濟濟雍雍。豈僅單純武力所能成功的。林丹汗既無羽翼。手段又不甚高明。總想以威服人。殊不知蒙古諸部。早已離心離德。紛紛向瀋陽密派使人。前來納款求助的不一而足。甚至有舉族遷來。納士歸順。近些日、林丹汗又把大兵派出。侵淩諸部。從則收去。不從則殺。因此逃來者越多。奈曼敖漢等部。也受不了他的欺淩。這才派人來請收留。時太宗方由錦州旋師。即以書與奈曼諸部。允其來歸。因此諸部貝勒台吉。公推奈曼部長袞楚克巴圖魯爲首。一齊來到瀋陽。太宗出迎。賜與甚厚。先已略爲表過。不消細說。這時因朝鮮王弟李覺。還在瀋陽留質。朝鮮國王。屢屢派人前來請求釋還。並請撤還義州駐兵。朝鮮所負條約義務。如方物米穀之類。必能遵約辦理。太宗因覆書朝鮮王。略謂撤還義州戍兵。原自無妨。但我兵撤後。須以朝鮮兵守之。勿得再使明兵侵入。至於王弟李覺。如欲歸還。當以禮遣。決不强留也。粮石一層。尤望速辦。朝鮮王得書。一一應承。

並遣使來謝。秋九月。義州兵還。並遣朝鮮王弟回國。太宗命設盛筵於正殿。一則慰勞凱旋諸將。二則爲朝鮮王弟餞行。是日大會文武。衣冠畢集。鵝黃孔翠。與殿陛交輝。金紫珊紅。共楹桷耀彩。太宗居中御寶座。大貝勒代善。二貝勒阿敏。三貝勒莽古爾泰。以及多爾袞多鐸等平輩諸貝勒。分坐左右。次爲濟爾哈朗、阿濟格、薩哈璘、岳託、碩託、豪格等諸貝勒。又次爲蒙古諸貝勒。又次爲八旗大臣。文官武將。朝鮮王弟。及其從官。則居客位。別爲一席。雖非萬國衣冠。也可以說一時之盛。這時太宗先擧金巵。慰勞義州凱旋諸將。旣又擧杯爲朝鮮王弟餞行。說明兩國以後應當格外親睦。旣又傳旨頒賜朝鮮王李倧駝、馬、雕鞍、鏤金囊鞬、腰刀、鏤金鞓帶、貂裘、貂皮、等物。又賜李覺鞍馬、鏤金囊鞬、腰刀、鏤金鞓帶、貂裘、貂皮、蟒衣、同來侍郎鞍馬、蟒衣、猞猁猻裘、其餘官員鞍馬、及緞表等物有差、遂由巴克什達海、庫爾禪等。傳達旨意。並命李覺及其從官服蟒衣謝恩。這一來。却把李覺和他從的官爲難壞了。他豈不知皇上頒賜衣物。禮應着以謝恩。在天朝的明廷。以及在他們本國朝鮮。都是自古如此。無奈現在後起的大金國。雖然很强。究竟歷史沒有朝鮮那樣悠久。心目中未免有些輕視。再說他們服屬明廷慣了。耳濡目染。把天朝習俗模仿十足。好象除了天朝的明廷。和古老的三韓。別處更無文物。如今教他脫去紗帽圓領。穿上蟒袍補褂、滿洲服制。上去謝恩。自然不願。何況他們還想依賴明廷。城下之盟。無非出於不得已。不久便想乘機寒盟。如果今日穿了滿洲衣冠。叩頭謝恩。將來若教天朝明廷知曉。罪責非輕。想到這里。未免遲疑不決。達海庫爾禪二人見他們這樣猶疑。便問爲何不卽穿着。李覺支吾着說。蟒衣乃國王之服。予等人臣。不敢服。達海知他無非是託辭。便向副將劉興祚使了一個眼色。

劉興祚乃是這次和朝鮮締結江都條約最盡力之人。到江華島去見朝鮮王李倧。又是他首先去的。言詞鋒利。毫無假借。早在朝鮮。立下威名。他見達海向他示意。知道達海是文臣。不好發作。早已離席過來。向李覺說。恩賜之衣。而不肯服。爾殆畏明國而不願歸也。既如此。暫且在此多留幾天吧。說罷。向李覺怒目而視。李覺諸人。本想支吾過去。如今見劉興祚這樣一說。生恐壞了和約。自己反倒回不去。只得連忙改着蟒衣。上前叩謝。禮畢。太宗遂命參將英固爾岱。同副將劉興祚。伴送李覺回國。不在話下。却說天聰二年。爲明崇禎元年。明廷因新君卽位。關於一切軍政大節。多少又有變更。不過明帝崇禎。人雖聰明。性實忌刻。尤不諳內外情勢。如果徹底覺悟。在這內患已萌。外敵方盛的時候。免去一切虛文僻見。當眞與太宗議和。明祚決不至亡。無奈惑於群言。死命爭扎。卒至民疲財盡。流寇毛起。李自成殺入北京。演了一場極大的悲劇。把江山送掉了。可見自古君相謀國。忍辱負重。最爲難事。大都由於既不知己。又不知人。一味自大。豪不從權。明明有路可走。偏要自行堵死。埋怨誰來。最大原因。更在不知何爲中國。强執種族之見。把整個中國。四分五裂。疆域日蹙。版圖愈小。如果沒有新興的大清帝國振作一下。可憐的更不知成什麼樣子了。在明廷雖然仍見固執成見。太宗却是依然顧全大體。不願長此與明兵連禍結。乘明新君卽位。便想重提和議。因是敵國。又不便明遣使臣。偏巧去年在寧遠城下。所俘明方將校中。有一人名叫銀住。官級較高。乃是總兵祖大壽的部下。太宗遂將銀住釋還。命其致書於祖大壽。囑其斡旋和議。書略曰『彼此互爲大言。徒滋支蔓。何所底止。夫搆兵則均受戰爭之禍。息兵則共享太平之福。此理之易曉者也。我欲通兩國之好。共圖太平。擬遣使致祭爾先帝。並賀新君卽位。將軍其圖之。』這是多末好的機會。無奈明臣無一敢負這樣重責。又知和議爲明廷所惡聞。好象誰一提和字。立刻就有賣國嫌疑。避免不暇。誰還敢自尋晦氣。所以祖大壽自得此書。好生害怕。心說、連袁崇煥那樣有功受賞的人。因爲主持和議的原故。聖眷已然不照從前那樣優渥。自新君卽位。更無人敢言。怎麼無故要把這難題給我作。這如何了得。當下竟不和袁崇煥商量。秘密着給太宗去了一封覆書。語多不遜。大有免開尊口之意。太宗雖知他多半爲自己廻護。也未免大怒。怎麼明臣就沒有一個爲國爲民敢負責任的麼。當下便有征明之意。無奈邊疆各地。反側還有不少。如同察哈爾的林丹汗。以及蒙古未服諸部。皆須淸掃。還有毛文龍的舊部。散在海島時出剽掠。雖說是疥癬之疾。也不可不除。天聰二年春二月。擬先征察哈爾所屬諸部。斷其羽翼。以多羅特部。曾截殺太宗遣往喀喇沁之使臣。明爲出師之名。親統大兵。前往征剿。正在分派兵卒。調遣將佐。忽見多爾袞、多鐸、兩位幼弟。並馬來到御帳之前。欲知有何事故。且待下回。

第十七回

慰勞遠征肇錫嘉號　設置文館始命儒臣

話說太宗親統大軍。方欲出征屬於察哈爾的多羅特部。却不想兩位幼弟。九王多爾袞。十王多鐸。並馬來到。太宗還以爲他們是前來送行。誰知他二人武裝打扮。來到御營。堅請太宗分派他們的職務。非允許從征不可。原來他二人雖然年幼。志氣却是非常雄大。平日除了習學滿漢蒙古文字。最喜讀史書和兵書。至於弓馬武技。乃是家傳。又加有明師指點。天生神力。雖在幼年。騎射工夫。並不遜人。小兄弟兩個。日常各言爾志。一個說我必統一中原。建立非常之功。一個說我願用兵萬里之外。掃清寰宇。話雖如此。究竟他倆年幼。也無非說一說抱負。始終沒個實驗機會。每見諸兄諸姪。帶兵遠征。羨慕非常。總想試一試。現在聽說兄皇太宗。又要親征。他二人不覺技癢。也曾把意思求人代達。都說他們年幼。還不到出征年紀。二人無法。假送行爲名。當面向太宗請求。這次務須携帶。藉以練習行軍方法。太宗見他二人。小小年紀。竟有這樣雄心豪氣。平日本極友愛。不如把他二人携往軍前。

也好煅鍊身心。當下允許他二人一同出征。多爾袞多鐸。喜歡非常。便在御營中隨軍啓行。非止一日。大軍已入蒙古境。太宗因諭從軍貝勒大臣曰。此行只選精銳部隊。兵數不多。當出奇制勝。爾等誡諭軍士。務要嚴明紀律。勿得輕進。如此行了五日。堪堪入了敵地。太宗因命豪格等幾位少壯貝勒。率前鋒精騎。誘敵先行。諭之曰。如遇敵人。當以計生擒。訊明消息。朕即率諸軍繼進。多爾袞多鐸請隨先行。前往偵敵。許之。於是前鋒軍約三百餘人。策馬先行。馳騁於蒙古草野之中。十分暢快。有時還張弓抽矢。追逐野獸。正行間。只見前面塵頭揚起。知有敵人。大家不敢怠慢。全行合攏一起。並命人登高測望。果見有蒙古兵約百餘人。也好象向這邊哨探而來。本想全數迎上前去。又恐將敵人驚去。當下大家商量。以少數上前誘敵。餘人埋伏土岡左右。單等敵人追來。突出圍之。一定生擒不少。計議已定。命多爾袞多鐸。率兵五十人。前去誘敵。餘人作爲伏軍。單說多羅特部長巴圖魯塞稜。探知太宗親自來征。惶恐萬分。一面派人向察哈爾林丹汗處求救。一面率其部衆避往敖穆掄地方。不時派兵四出哨探。因爲蒙古是行國。並無堅城要塞。是以行踪詭秘。不許人知。偏巧這次他所派哨兵。正與多爾袞衆貝勒相遇。爲知究竟。依然向前進發。行至一道土岡前面。只見兩員少年將官。率領不過五十餘人。以爲手到擒來。當下一擁而上。誰知兩位少年。弓力甚强。餘人也是矢發如雨。早已射死十餘人。蒙兵一見大怒。也就還矢力戰。相持一二分鐘。兩少年率衆敗去。一勇之夫的敵人。不知是計。躁馬從後追來。才過土岡。不想伏兵盡起。欲要撥馬後退。已來不及。早被團團圍住。若非太宗預囑用計生擒。這百餘人。必無倖免。除力戰者。全被亂箭射死。餘人盡被生擒。無一得脫。當下加以拷問。才知巴圖魯塞稜。已然避至敖穆掄。連忙派人報告御營。太宗聞報大喜。遂率大軍直趨敖穆掄。多羅特衆首長。不知就裏。還在穹廬計議。早已被了包圍。

他們沒有營壘。只不過在接連的帳幕以外。用車爲垣。聯以鹿角繩索。再說也萬沒想到太宗能知他們的底細。却不知他們的哨兵。已盡爲太宗所得。他們的藏身所在。早已洩漏。乘其不備。太宗指揮大軍。已由四圍包圍上來。給他們一個措手不及。等到他們知道不好。已然沒有逃路。沒法子。只得困獸一般。起而應戰。還想突圍逃去。誰知太宗大軍。越圍越近。人不及甲。馬不及鞍。多羅特衆首長。已然眼紅。只得奮力突圍。一場混戰。除多爾濟哈坦巴圖魯。帶傷奪馬而逃。台吉固魯戰死。餘皆被擒。各人家眷妻孥。自然也就同時被獲。太宗發令。好生看管。不許妄傷。查點所俘人畜物品。共俘一萬一千二百餘人。牛馬駝羊無數。帳幕弓矢。堆集如山。可謂大獲全勝。可憐多羅特部。只因倚仗林丹汗。與太宗結怨。直弄得瓦解冰消。土地人民。盡屬太宗。可以說是自作之孽了。却說太宗平定多羅特部。略爲部置。復選精騎。耀兵於察哈爾。又獲許多馬匹人戶而還。林丹汗懼不敢出。遂奏凱班師。賞賚被傷將士。又設宴大會諸貝勒群臣。諭曰。蒙天眷佑。初次令兩幼弟隨征遠國。克著勤勞。

刻期奏凱。宜示美號。以示褒嘉。貝勒多爾袞。號爲墨爾根岱青。貝勒多鐸。號爲額爾克楚琥爾。此時忽報有朝鮮使臣至。太宗即命宣召入內。使臣見禮已畢。呈上國王李倧書信。略謂所貢方物。已如約備妥。命使齎去。惟米穀一項。因創殘之餘。無法市糴。請求展緩時期。原來去歲江都之盟。朝鮮國王。以兵臨城下。隻身逃入江華島。生恐被阿敏掠去。社稷不保。不得已始與諸貝勒大臣立誓訂盟。又恐將來受明廷責問。結盟以後。異常後悔。總想遇機背盟。旣因王弟李覺釋歸。義州駐兵也行撤去。以爲一時太宗不能出兵。雖然未敢公然棄盟。骨子裡已決意不能完全履行約誓。除不值緊要的土物以外。如大宗的米粮。以及交換逃人等等。全未實行。並且暗中與毛文龍的舊部。互通聲息。意圖效忠明廷。照從前一樣。仍從後面。牽制太宗。表面上却依然遣使通好。設辭支吾。如今又說米穀歉乏。無法市糴。明眼的太宗。早已料到李倧必有寒盟之一日。不過此刻正在有事於蒙古。不便與之決裂。乃修書一封。命人偕來使齎往朝鮮。書曰。

我國糧米。若止供本國民人。原自充裕。邇因蒙古諸貝勒。携部衆來歸者不絕。概加贍養。所以米粟不敷。爾與毛文龍糧餉。已經七年。我豈似彼無故索取。惟今歲市糴一年。以濟窘乏。爾能開糴助我。方見敦睦之誼。爾云平安。黃海、二道。俱經殘破。然所餘尚多。且六道仍如故也。若願以糧相濟。則從鴨綠江運亦可。海運亦可。至於我國逃人。當兩國盟誓時。原議自盟之後。爾國即行送還。爾並未踐約。後爾弟歸國。復約以過江日爲始。送還逃民。亦未見送還。爾云駐兵義州。縱有逃民。無由得知。若撤義州兵回。各守封疆。有逃來者。便易稽察。今我撤兵之後。逃往人數。已察出甚多矣。若不加禁絕。恐致生亂堦。特此相告。

照俗情、兩人合股營生。那心懷背約的人。總是膽虛。一經指破。總是百方掩飾。朝鮮王現在就是這樣。自從義州駐兵撤退以後。他以爲無人監視。不但背棄了許多條件。有時還密派間諜。到滿洲屬境內窺探。不知這些鬼祟行爲。太宗早已得了報告。如今他見太宗來書。好象無事不知似的。如果再不謹愼。表示無他。萬一二次發兵。何以拒敵。當下便命使臣。在方物以外。送來精米二千石。另外一千石。由江中平價市糴。他這種辦法。無非是表示履行約誓的意思。並無二心。殊不知太宗已知他萬不可靠了。所以才有二次朝鮮之役。此是後話。暫且不提。却說去年太宗率兵攻圍錦州寧遠。一因天氣炎熱。二因年景不好。只得班師。後來因爲明天啓帝上賓。崇禎帝卽位。國政未免要有一番變更。尤其前敵戰守方略。更受影響。本來那時就有兩派。一派主張固守山海關。放棄關外。一派主張以寧遠爲中堅。恢復關外失地。兩派水火。自萬曆間以來。已多爭論。如今新君卽位。此議復起。以致前方有了變化。除袁崇煥依然鞏固着寧遠防綫。其餘城堡。守衛已不似從前。太宗聞報。認爲機不可失。遂命貝勒阿巴泰、岳託、碩託。偕同八旗大臣。率兵三千。往略遼西諸城。太宗親詣堂子。送出征諸貝勒於十里外。授以方略。又使以書授與明國諸臣。其略曰。

爾國如大厦將傾。乃文武諸臣。執迷不悟。專事修葺城郭。亦何益耶。比聞察哈爾汗。罷棄耕種。欲就爾食。窺伺邊境。加兵於爾。事在旦晚間耳。我亦將率各路外藩蒙古兵。築成偪居。以俟秋城。取爾禾稼。爾等將挺身戰出耶。抑閉城伏匿耶。如欲出戰。則以何兵禦我。又以何兵敵察哈爾耶。我軍往來甚便。耕種樵採。無所不可。爾之軍民。雖欲出而耕種樵採。豈可得乎。我本欲罷兵修好。共享太平。故屢遺書。開誠相示。爾其思之。如以我言爲然。可卽遣使來報。勿貽後悔也。

自太宗卽位以來。每有對明出征之事。必定要有一兩封書信。或是檄文告示等。不是給與明廷諸臣。便是張貼戰地。使一般人民知曉。文告書信的內容。一樣都是滿露望和之意。太宗爲什麼要這樣。後人固然無從揣知。大約不外想把戰爭責任。轉嫁明廷。但是實際上。也不能說沒有欲和之心。只可惜明廷。懲於金宋往事。而又不肯與太宗平等交涉。所以事體越弄越壞。此次阿巴泰等出師略地。太宗依然教他們傳書明臣。並非虛聲恫嚇。實在是打算促他們猛醒。萬一和議告成。兩國皆有大利。不過那時明臣。不問文武。不求有功。只求無過。誰也不敢說個和字。所以太宗的苦心。又算白費了。阿巴泰等率兵來到遼西地面。先把書信。令人散布。射入各城。實旨望必有明臣前來接洽。誰知一等數日。不見明臣有何動作。只得依然前進。並派偵卒四出哨探。纔知除寧遠以外。並無重兵防守。當下直趨錦州。果然勢如空城。止不過有少數明兵。在此屯居。一見滿洲兵開來。紛紛棄城而逃。大兵所至。毫無攔阻。一直進至十三站。方才停止。於是自錦州起。至十三站止。共得大小城堡二十一處。此等城池臺堡。在太祖時代。屢經攻破。因不欲分兵駐守。大都毀之而去。後經袁崇煥派人修葺。撥兵駐守。又成要塞。不想局面一變。諸地復爲太宗所得。依然不願佔據。臨出兵時。已命令阿巴泰等。如得城池。卽行毀墮。可憐袁崇煥多年苦心。也不知費了多少金錢人力。僅保無恙的許多堅城。却被阿巴泰等。很容易的全行毀墮。可見天下事。變幻靡常。時會一到。有不期然而然者。前次兩大鏖戰。太祖不能克寧遠。太宗又不能下錦州。此次阿巴泰等僅提兵三千。毀城二十餘處。其重要者。如錦州。杏山。高橋等。皆爲要衝。明如再事修築。其財力恐怕辦不到了。阿巴泰等於意外成此大功。遂引軍還都。太宗郊迎。自出師至凱旋。往返不過十數日。到了六月裡。濟爾哈朗和豪格兩貝勒。也先後凱旋。這一支出征兵。是何時派遣的呢。原來貝勒阿巴泰等。奉命出征錦州時。行至中途。聽說察哈爾所屬的一名部長。名叫固特塔布囊。率其部衆。移據阿拉克綽特部舊地。因爲察哈爾近與滿洲爲仇。他爲見好於林丹汗。願作耳目。凡遇蒙古諸部有歸降太宗。或是向瀋陽派使。他必設法要截。降人如果不幸遇到他的軍隊。那是絕無倖免的。刼財物還不算。無論男婦老幼。一律處死。殘暴異常。阿巴泰等。得到這個消息。生恐截斷了降人來路。而且在交通上也不許這樣不太平。無奈不知眞假。

不敢妄報。只得派人前往覘察。假作降人。果然阿拉克綽持地方。眞情如此。當下派人報告太宗。這時正是蒙古部衆。源源來歸的時候。如有妨碍。決不容赦。因此太宗才命濟爾哈朗豪格二貝勒。率精騎六百。往征阿拉克綽持。諒此附庸察哈爾的一小部族。平日既無訓練。無非以刼殺爲能。焉能抵敵節制之師。何況濟爾哈朗豪格。又皆謀勇兼全。青年慣戰。固特塔布囊。不問青紅皂白。竟敢率衆來鬬。一戰之下。才知處處不敵。弓矢既不一律。又無盔甲。反之滿洲鐵騎。便如行所無事一般。殺入陣中。馬壯人强。弓矢又利。展眼之間。已把蒙古兵殺得四零五落。不復成軍。固特塔布囊見勢不佳。打聲呼哨。撥馬便走。豪格馬快。已然從後追來。左手執弓。右手由箭袋內取了一支透甲錐。搭弦認扣。拉得飽滿。依然疾追。二馬相距只不過十餘丈。颼的一聲。弓弦響處。固特塔布囊。應弦落馬。這透甲錐。利害無比。矢鏃如槍。三稜三刃。長約六寸。連矢共長三尺。發出去無論如何堅甲。也能射透。故名透甲錐。豪格乃太宗之子。天生神力。後來入關。平定流寇。用兵川陝。一箭射死張憲忠。弓强矢重。天下無與倫比。這不知死的固特塔布囊。偏要與他對敵。焉能倖免。這一箭。早已穿心而過。落馬便死。餘見主將已死。全部投降。計俘虜人口萬餘名。牲畜駝馬牛羊稱是。分別造册。大獲全勝而歸。太宗聞報。率諸貝勒大臣勞迎。拜天祭纛。論功行賞。不在話下。却說自察哈爾林丹汗與太宗爭覇以來。因手段拙劣。部衆離心。行爲益發凶暴。却不想這正是爲淵驅魚。叛逃愈衆。

但是蒙古諸部中。不盡弱小。凡屬强而有力者。便都連合起來。以與林丹汗爲難。如同喀喇沁部長塔布囊蘇布底。就是反對林丹汗最力之一人。因知太宗爲人非常。國富兵强。日後必成帝業。便想與太宗聯盟。合力征討察哈爾。不但失地可復。還能久保名爵。想到這里。便和兄弟萬丹偉徵商議遂。吾等內蒙諸部。雖曾聯結。共禦察哈爾暴汗。究恐實力不足。難以持久。吾聞滿洲天聰皇帝。仁民愛物。懷柔遠人。開疆拓土。聲馳遐邇。蒙古諸部。早多歸附。盍亦遣一价之使。請其共同出師。不第察哈爾暴汗不足慮。而祖先遺業。亦可永保矣。不知吾弟以爲何如。萬丹偉徵亦甚贊同。當下修書遣使。來向太宗乞師。其書曰。

察哈爾汗不道。傷殘骨肉。我喀喇沁部落。被其欺陵。奪去戶口牧產。我汗與布延台吉博碩克圖汗。鄂爾多斯濟農。同雍謝布、及阿蘇特、阿巴噶、喀爾喀諸部落。合兵至土默特部落格根汗趙城地方。殺察哈爾所駐兵四萬人。我汗與布延台吉。率兵十萬。回時、復値察哈爾兵三千人。赴明張家口請賞。未得而回。又盡殺之。今左翼阿巴噶及喀爾喀部落。遣使來約。欲與合力興師。且有與天聰皇帝同舉兵之語。是察哈爾汗。根本搖動。可乘此機。秣馬肥壯。及青草時。同阿巴噶。喀喇沁。土默特。興師取之。大國如欲往征。即宜秣馬厲兵。至期進發。

太宗得書大喜。本來目下正在籌畫怎的收服察哈爾。不想竟有較强的部落。聯兵與之爲難。雖然其中如喀爾喀部。已曾早有盟誓。而喀喇沁諸部。則尚未與會盟。宜先會盟。然後與之合作。因諭來使曰。爾等以察哈爾汗不道。欲與我國和好。合兵討之。可各遣人來議。使者見諭。連忙回報。喀喇沁部。乃以剌麻四人。率兵五百三十人來乞盟。於是太宗以秋九月。親統大軍。征討察哈爾。先期分遣巴克什希福等。傳令西北歸順外藩蒙古部長。率兵來會。敖漢部索諾木杜稜。奈曼部袞楚克巴圖魯。會于都爾弼。喀爾喀部諸貝勒。會于遼陽。扎魯特部台吉喀巴海。會於綽羅郭勒。大軍駐營七日。喀喇沁部蘇布氐。萬丹偉徵。與拉斯喀布汗。弼剌什台吉等。亦皆先後合兵。來到約會之地。太宗賜宴勞之。卻所獻財幣駝馬。各賜甲冑一份。惟科爾沁部長奧巴。未至會所。丙子日。大軍進發。乘夜馳至錫爾哈。錫伯圖。英湯圖諸處。察哈爾部衆。不知大兵從何而來。昏夜之間。倉卒應戰。除了人喊馬嘶。惟聞弦鳴矢響。就如突然起了大風。捲地而來。混戰了一夜。直到天明。才看見了太宗的大纛。那敢戀戰。打聲呼哨。全行潰去。太宗命選騎追之。一路追剿。直至興安嶺。方才停止。除抗戰被殺者。餘衆皆降。所獲牲畜。不計其數。是役也。雖未將察哈爾全部蕩平。所得人畜。足與林丹汗一大損失。太宗不願深入。遂令班師。以所俘牛羊。分賜有功。惟自用兵察哈爾。各部蒙古首長。以平日積仇。動輒擅殺降人。任意劫掠。八旗將校。亦有效尤者。太宗恐傷人心。便想殺一警百。以戢惡習。

偏巧有一旗員。名喚達敏。乃奉命留於敖漢濟農城中。看守疲病馬匹者。聽說察哈爾國剌麻哈葛拉。

率衆來降。達敏以爲有機可乘。竟背同僚。率其從人。要截於路。旣奪其財物。又盡殺其男婦以滅口。他以爲無人能知。殊不知這樣不法之擧。那能隱密。早有人報之太宗。連達敏及其從人。全行被捕。太宗生平。恨此輩不過。不問親疏。犯則必誅。何況現在正以慈惠。招徠遠人。他敢如此作惡。當命將達敏梟首。傳示各營。又命將帮同達敏爲惡之從人。各鞭八十。貫耳穿鼻。遊營示衆。可憐這些人。只顧仗勢欺人。誤用了優越感。以爲八旗將士。無人奈何。却不想賢明的太宗。是絕對不許他們胡鬧的。一個個除了身首異處的達敏。全都弄得觀瞻不雅。現醜人前。好不後悔。各營將官兵卒。見了這樣毫無假借的嚴厲處治。也都有了戒心。誰還敢以身試法。太宗用重法處治完了這一干不法的兵將。接着又曉諭蒙古諸貝勒曰。聞各處來降者。爾等每邀而殺之。甚非我撫恤流離。同仁一視之意。今後來降之人見殺。若諸貝勒知之。罰人十戶。貝勒不知。而屬下人妄行刦殺者抵死。妻子爲奴。擧首之人。留養內地。爾諸國可於各邊界。徧置哨卒。違者罰牛五。哨卒有不聽遣者。罰牛一。同是一樣殺降刼財的事。對於滿洲人。却是刻不容緩。立卽嚴辦。對於蒙古人。則不咎旣往。防止將來。偉大人物的權術。於此可見。還有一件事。也足以看出太宗對待蒙古人的權變手段。當太宗討伐察哈爾的時候。本來約定各部蒙古首長一同出師的。前已表過。惟獨科爾沁部長奧巴。不以師來會。原來奧巴在太祖時代。已爲盟國。太祖爲固其心志。賜號土謝圖汗。並以郡主妻之。關係極爲深切。惟奧巴爲人。傲慢自專。

不想這次太宗親征察哈爾。諸部來會。奧巴自以爲親。竟統本部兵。在察哈爾邊境上。大肆擄掠。飽載而歸。又不前來會師。太宗自然不悅。若在別位貝勒。膽敢自專。違誤節制。不知要怎處治。可是太宗正在懷柔蒙人。辦重了。又恐人人自危。辦輕了。又怕生心玩法。想了個從權辦法。着他自己來請罪。當下便修書一封。歷數其罪。書辭上說。

昔者汝父。助葉赫興兵。謀分我地。幸天佑我國。汝弗獲逞。後我兵征烏拉牛山。汝父子以兵助烏拉。又助葉赫。殺我侍衛布揚古。罪非一端。應即興師致討。我皇考寬仁。遣使議和。盟誓天地。相與修好。後汝欲來議和。約定會所。我皇考赴約。汝復不至。此汝之欺誑也。察哈爾興兵伐汝。我不辭勞苦。率師相救。兵至農安塔。察哈爾遂棄將克之城而遁。彼時若非我兵相援。爾尚得有今日耶。察哈爾還兵之後。汝來修好。我皇考復加優遇。以女妻汝。又厚賜金珠、裘幣、甲胄、器用等物。遣汝歸國。及我皇考升遐。諸國銜哀。各遣大臣子弟來弔。汝於兩月後。方遣一下等屬員來。此汝之負恩也。向者通好時。會約一切敵國。和則同和。伐則同伐。汝乃敗棄盟言。與我讎敵之明國。兩次通市。此汝之反覆無常也。汝欲報怨於察哈爾。屢遣使來約。及我國興師。爾竟不赴。委我於敵。遽爾先回。汝行不踐言。狡詐實甚。今後汝之心。我更何以相信乎。——

這樣極其嚴厲的書辭。好象是聲罪致討。後面隨着必是武力。誰知太宗並未派兵。止不過命令索尼、阿珠祜二臣。賫書前往。臨行時、太宗親諭二臣說。汝等見了奧巴。勿加以禮。勿食其食。厲色待之。卽作欲歸狀。以覘其情。大約奧巴再不醒悟。或是有什麼異志。大兵也就隨後而至了。單說索尼、阿珠祜。領了太宗命令。依照所分付的言語。行了十日。才至科爾沁。到了奧巴府第。一應屬官。見了上國使至。自然以禮款待。供應酒食。只是索尼二人。與往常大不相同。不但不食所備飲饌。辭色之間。非常嚴厲。把差官一齊揮退。取出自帶食物。據案大嚼。吃完了。把禮物打開。一逕去拜見郡主。和旁人連一句話也不說。大家一見。早已慌了手脚。心說這是什麼事呢。誰也沒得罪他們老二位呀。當下忙着去報告奧巴。說你老人家得留點神。今天這二位使臣。好生奇怪。不吃我們的東西。也不和我們說話。一直便拜見郡主去了。奧巴這時正患足疾。獨居別室。見家人一報。已然明白八九。當下命人攙扶着。來到郡主屋內。假作不知。故向二臣問說。二位何來。索尼、阿珠祜齊聲答曰。吾儕天聰皇帝使臣也。汝有罪。義當絕。今特以公主故。來餽問耳。奧巴見說。忙命左右具饌。索尼阿珠祜不顧而出。奧巴見狀大恐。乃使台吉塞稜等問曰。往者上使至。向我行禮。與之食則食。今爾等見我不拜。具饌不食。卽趨而出。豈皇上有所譴責於我耶。索尼阿珠祜答曰。吾儕非爲爾來也。何拜爲。又何爲食爾之食耶。爾罪多端。我皇上震怒。恐我等不能達意。另有諭旨。於是以書授之。不待傳言。卽作整轡欲歸狀。衆台吉那能聽其卽行。留人挽住索尼二人。塞稜早已匆忙入內。把書呈與奧巴。開讀一過。只驚得顏色更變。連忙命人挽留二使。並且服罪說。伏讀上諭。責我罪重。心甚惶懼。罔知所措。既已獲此重罪。若罪使者獨返。罪滋重矣。當令台吉拜斯葛爾及桑阿爾齋。同使者往謝罪。俟我足愈。再行親往。索尼阿珠祜曰。吾儕奉上命。饋公主禮物。事畢即行。汝欲辯己罪。強留我等。偕二人以往。我等豈爲取此二人而來耶。奥巴見二臣如此峻拒。知不親行。於事無濟。乃又使人告曰。令子弟去無益。適以重上之怒。我罪益深。不如親往。足雖病。力疾就道。死無所辭。終不可以安坐邕辯。冀釋上怒也。索尼阿珠祜答曰。未令我同汝去。亦未令我阻汝往。汝其自裁之。奥巴曰。今欲親往決矣。惟懼上怒難解。不我見而逐我耳。索尼阿珠祜曰。汝果引咎往朝。必蒙我皇上寬容。弗汝逐也。奥巴大喜。留索尼阿珠祜十日。送之先行。囑曰。我朝見。無遣使報聞至尊之理。爾既先行。幸爲我轉奏。我以獲罪之故。足雖疾。當令人扶掖來朝。叩頭以謝。如蒙上寬容。拜覲天顏。釋我罪戾。我之願也。索尼等許之。遂爲還奏。奥巴所犯之罪。本來很重。理宜加兵。但是操之過急。難免橫生枝節。今則僅以一紙之書。二臣之口。使傲慢的奥巴。化爲繞指柔。太宗的權術於此可見。

却說索尼阿珠祜。還京以後。把奥巴一切言動。全行奏明。太宗見他尚知悔罪。並無別志。不覺大喜。此時奥巴也隨後來到。他本病足。論理不能乘馬。因恐來遲。只得依然騎馬。由許多從官。後前簇擁。款段而來。太宗聞報。出迎十里以外。見禮畢。並馬入城。又在大殿中。設宴款待。關於奧巴違命誤期的事。一字不提。過了兩日。應行的私情和典制。全行完畢。才命巴克什庫爾禪和希福二人。去向奧巴致詰前此太宗所與御札中開列各款。是不是罪有應得。奧巴無言可對。只得一一服罪。情願認罰。其私與明國交市。願罰駝十馬百。征察哈爾違約遽歸。亦願罰駝十馬百。庫爾禪等。遂將其服罪情形。還報太宗。既已服罪認罰。當下便不深究。又過了三天。奧巴將認罰之物。開具明白。在罰項以外。特別選拔名馬一匹。鎧甲一副。獻與太宗。詣闕謝罪。太宗依然以禮召見。並以貂裘。金鞓帶、帽、靴、及朝鮮所貢皮幣財物等賜之。其值反倒超過罰項不啻十倍。奧巴喜出望外。住了些時。足疾漸愈。才請辭歸藩。太宗設宴。爲之餞行。復賜甲冑、緞布、猞猁猻裘、雕鞍、金銀器皿等物。奧巴從前內慙。不知要怎樣處罰。萬沒想到罪重罰輕。不但禮遇優隆。還意外得了許多賜物。從此感奮。再不敢那樣驕慢了。這一件公案。看雖平常。却結後人留下了不少的教訓。須知綏服蒙古。決其不是單純武力能辦到的。我們但看太宗對於奧巴這場比戲劇還妙的作法。就可以明白當時對於蒙疆的事。是怎樣苦心孤詣了。這且不言。却說自天聰元年。因水旱偏災。年景不佳。曾致物價高漲。民有爲匪者。幸經太宗寬仁發賑。又使貧富相依互助。嚴禁餽遺。休養年餘。民力漸復。惟明朝舊時惡習。雖在太祖時。已然嚴禁。究不能完全斷除。官吏公出。仍有科斂民間財物者。假言供應。實飽私囊。太宗卽位。深知民間疾苦。除正供以外。決不容妄取一文。近來又聞巡官筆帖式等。有科斂民間財物之舉。因又令貝勒大臣曰。

出使之人。定例各自備餱糧。勿許科取於民。近聞有違法妄行者。不可不嚴爲懲治。諸臣皆受朕恩。身居民上。衣食亦已豐裕。乃攫取貧民辛勤孳養之牲牢。以供口腹。貧民被此擾累。何所恃以爲生乎。逃亡背叛。職此之由。嗣後事發。除凡人照常處分外。若係管糧官筆帖式。及巡臺人。虐民妄行。定行處死。

在一般不研究淸史的人們。又惑於意存汚蔑的惡宣傳。人云亦云。對於淸室歷代皇帝。除了加以專制二字。好象和一般民衆。絕無關係。只是一味妄測。尤其對於創業的太祖太宗。似乎更不認識。無非認爲好打仗的武人便了。殊不知單純的武人。怎能建立王業。淸室三百年來。文治武功。邁越前古。雖由聖聖相承。君明臣良所致。其根本基礎。實太祖太宗所手造。尤以不擾民。禁妄取。使貧富皆得遂其生。不至失其保障。實爲成功之一大原因。卽如官吏下鄉。科斂民間財物。在明季腐敗政治之下。不啻平常茶飯事。而太宗竟以嚴法繩之。有犯者處以死刑。得民得國。僅此一屑。便够用了。何況良法美意。不一而足。不過限於篇幅。無暇細述便了。

却說太宗把以上所錄諭旨。頒發以後。一般商民。無不額手相慶。只是苦了平日揩油慣了下級官吏。

摸摸額頸。深恐再若胡爲。保不定吃飯傢伙。便要分家。畏法懷刑。風紀大振。再說太宗時代。軍民不分。一概置於旗制之下。八旗大臣。責有攸歸。所以又諭八旗大臣曰。正黃旗官員。皆攫取民間食物。朕已察知。爾七旗大臣。可各察本旗所屬人。有攫取之事。卽行奏聞。勿得容隱。諭旨一下。誰敢不遵。自然明察暗訪。四出稽查。那消幾日。又察出多人有犯此行。列名上奏。諭曰。官員攫取民間食物。若被旁人告發。斷難寬宥。因係朕自行察出。姑宥之。嗣後各宜省改前愆。共矢公忠。如再違犯。決不寬貸。由此一點。我們就可以知道太宗是怎樣的愛護人民。嚴刑約束屬下了。既而又因科爾沁部長奧巴。曾有違誤師期。自由擄掠之舉。因又制定違期處罰辦法。使大臣阿什達爾漢等。齎勅傳諭科爾沁、敖漢、奈曼、喀爾喀。喀喇沁諸部。令其遵行。勅曰『爾等既皆歸順。凡遇出師約期。宜各踴躍爭赴。協力同心。勿有後期。我兵若征察哈爾。凡管旗諸貝勒。年七十以下。十三以上。俱從征。違者罰馬百駝十。遲至約會之地三日者。罰馬十。若往征明國。每旗貝勒一。台吉二。以精兵百人從征。違者罰馬千駝百。遲至約會之地三日者。罰馬十。我軍入敵境。以至出境。有不至者。罰馬千駝百。於相約之地。擅行擄掠者。罰馬百駝十』。這里使我們不得不留意者。出征人員的年齡。是七十以下十三歲以上。若以今人言之。七十之年。已然是龍鍾不堪。不用說出征。恐怕平白扶掖在馬上。已自不勝其勞頓了。十三歲的幼童。一千人裡面。也未必有一個照成人一般能勝鞍馬。怎麼三百年前的人。就這樣建碩長大。十三歲便能出征。七十歲猶任戎行。這是現在的人。極端應當慙媿的事。我們但看九王多爾袞。十王多鐸。皆在十二三歲。便能將軍出征。其體格膂力。決非現在人所能及。其他如豪格等少壯貝勒。亦皆自幼少時。便任弓馬。雖說天生異材。大都不外父母健壯。勤加鍛鍊所致。記者生於旗營。八旗遺風。猶及親見。弓房箭場。觸處皆是。校場馬道。怒馬紛馳。人人皆習武事。十歲左右。以及七八十歲之老人。能騎射者。不一而足。那種好運動。練武技的風氣。和現在列强提倡運動。增進國民體格的辦法。不謀而合。所以體魄非常健康。末季猶能如此。初期可知。無如國事紛更。不能發揮固有之長。反取他人之短。加以邪說乘之。金甌搗碎。思想紊亂。人習淫靡。智力既無所增。體格反日趨衰落。少不努力。老大傷悲。東亞病夫。安之若素。以今日人體之脆弱。不第去太祖太宗時代遠甚。雖記者少時所目覩者。亦令人不易企及也。亡國慘禍。種因實多。而體格衰退。雄渾之氣銷沈。亦一因也。閑話不表。却說太宗眞是命世英雄。他不僅專注武備。在文治上。也很留心。在太祖時代。雖然創製了國書。命巴克什達海等。翻譯了不少書籍。但是太祖忙於開疆創業。永遠是身在馬上。無暇顧及文事。那些譯就文籍。無非止供瀏覽。至於曉暢書史的達海諸臣。也無專責。雖係文臣。依然武將。只不過遇有文告檄書。由諸人辦理而已。及太宗即位。秉神聖之資。更復樂觀古來典籍。深知古今得失。一寓史冊。不讀史書。無以爲鑑。因感文獻不足。不有專司。難望成就。於是以天聰三年夏四月。定文館職司。命儒臣達海、庫爾禪、剛林、蘇開、武巴什、扎素喀、古爾嘉琿、托布齊、瑚球、占巴等十人。分爲兩直。稱爲文館。他們的職責。也是分爲兩大項目。一爲翻譯。一爲記注。翻譯所負擔的事項。是蒐羅蒙古朝鮮以及漢籍中經史子集之切實用者。擇要翻譯。以備御覽。記注班。類似國史館。舉凡國家政事。弗問鉅細。概爲記錄。以昭信史。自此儒臣始有專責。而文化事業。亦有一定機關。後來事務日繁。成效大著。到了崇德元年。又把文館事務。大加擴充。增爲三院。一曰弘文院。二曰秘書院。三曰國史院。文事燦然大備。康熙乾隆聖代之大業。實肇於此矣。文館制度既定。而振育人才。以及選舉之事。亦不可緩。固然那時尙無新頒學校之制。而自由教讀。或聘用儒師。專館誦讀。自貝勒大臣之家。以逮一般人民。皆照習慣辦理。原無科條。惟校試儒生。自太祖以來。迄未舉行。如今太宗既然設置文館。關於一般文風。勢必加以振興。以期後繼有人。秋九月壬午朔。詔曰。

自古國家。文武並用。以武功戡禍亂。以文教佐太平。朕今欲振興文教。于諸儒中。考取其文藝明通者。優奬之。以昭作人之典。諸貝勒及滿漢蒙古之家。所有儒生。俱令考試。取中者。別以丁賞之。

如果曾經讀過西洋史的。再拏太宗此舉。和希拉羅馬的往事一行比較。必然發見有好多相同之點。

羅馬人是武力有餘。而文化不足的民族。自從征服了希拉。形勢一變。希拉人雖有不幸淪爲奴隷者。但是希拉的文明。却由這些被俘的學人。直接傳給羅馬的貴族。久而久之。希拉的文化。全被羅馬所吸收。舊的文化。新的民族。後來便孕成歐洲最放異彩的新文化。中國明末清初。也是這樣。漢人的舊文化。和滿人的新體魄。以輸血作用。孕成新的機運。成就了絕無僅有的清代文明。可惜後繼無人。大清帝國瓦解。將來如何。那就看誰來振作了。不過我們講故事的人。用歷史來證明。清初的事。却和羅馬十分相似。不但入關以後。有好多漢人學者。爲滿洲王公所禮納。便是關外時代。早已如此。照范文程寧完我等。那些參與軍事的不用說。便是當時諸貝勒府第中的奴僕。也有不少儒士。名分地位。雖不免歧異。實際上差不多都成了家庭講師。所以在此次太宗考試儒士。不問資格所屬。一總報名者。有三百人之多。校別優劣後。取錄二百人。便是在內府以及貝勒大臣家中爲奴者。亦盡皆拔出。免其二丁差徭。考列一等者。賞緞二疋。二三等者。賞布二疋。並令聽候任用。這些人。有的是前爲階下囚。今爲鳳池客。在開國之初。也可以說是最先的新貴。正不亞於舉人進士呢。只可惜名姓無傳。沒法稽考。欲知後事。且看下回。

第十八回

墜反間明帝殺崇煥　敦族誼太宗祭金陵

却說太宗以文治武功不可偏廢。既定文館之職。又諭令考校儒士。雖係開國以來創舉。一時文風丕振。何況又有范文程甯完我諸前輩。爲之揚扢其間。文學之士。接踵而起。不在話下。單說太宗屢次欲與明和好。共圖太平。只以明廷上下。狃於積習。依然肆言輕侮。不以平等相待。若不加以痛烈打擊。難望反省。好在四五年來。蒙古諸部。次第歸服。毛文龍的舊部。盤據海島者。亦皆一律肅清。內儲充實。邊裔向化。惟有明國。勢難兩立。到了冬十月。河水已冰。人强馬壯。遂親統六師。先至蒙古喀喇沁部。會合諸部。定議征明。因爲這是預定的計畫。在本年六月裡。太宗曾諭諸貝勒大臣曰。戰爭者。生民之危事。太平者。國家之禎祥。前曾與明議和。明之君臣。若聽朕言。克成和好。共享太平。則我國採蔘開礦。與之交易。若彼不願太平。而樂於用兵。則我國所少者。不過緞帛等物耳。我國竭力耕織。以裕衣食之源。卽不得緞帛等物。亦何傷哉。我屢欲和。而彼不從。我豈可坐待。定當整旅西征。令蒙古科爾沁、喀爾喀、扎魯特、敖漢、奈曼、諸國。合師並舉。勿似昔日之專以我兵往。夫師徒旣衆。供億浩繁。陸運糗糧。恐不能給。必用船載至河西西寧堡。方無貽誤。宜豫採木植。廣造舟楫。以備用。朕之所見如此。但一人所見。未必悉協于衆。詢謀僉同。乃克濟事。有謀略素裕。可裨益軍政者。各以所見入告。朕將擇而用之。

與明議和之事。除了太宗斷自乾衷。其餘貝勒大臣。本來皆持異議。因爲和議一成。明國利大。滿洲利小。將來形勢一變。明有賢君良相。力挽頹勢。事正未可知。所以大多反對議和。如今見了太宗此諭。無不贊同。於是一面傳檄蒙古諸部。約定師期。一面令人。督催工匠。在遼河岸上。伐木造舟。備辦草料糧食。以及一切軍需用品。趕辦了三個多月。一應物品。俱皆齊備。又命貝勒濟爾哈朗、德格類、岳託、阿濟格。率兵萬人。耀兵於錦州寧遠各地。使袁崇煥等。注意南道。移其耳目。不攻其城。但在城外牧馬駐守。俟出師後。即行撤歸。其實此次太宗出師別有用意。神謀妙算。秘而不宣。不但袁崇煥還在夢中。便是其他貝勒大臣。也不知太宗命意所在。到了後來成功以後。方才恍然大悟。冬十月。太宗大軍次於喀喇沁境上。蒙古諸部長。如期來會。因喀喇沁台吉布爾哈圖。曾受賞於明。熟識路徑。遂以爲嚮導。大軍依次啓行。到了陽什穆河。駐軍賜宴。大會諸部長。並檢閱軍仗馬匹。惟巴林部色特爾塞稜所部。馬多疲瘦。衆議罰之。太宗以正在行軍。命俟班師再議。因諭曰。朕曾諭爾等。善養馬匹。勿輕馳騁。以備征討之用。爾等違諭。用以畋獵。致馬匹羸瘠。來兵遂少。罰亦何益耶。諭責畢。仍令隨軍進征。師次納里特河。有察哈爾五千人來降。及至遼河。又命駐營。等候科爾沁部長奧巴來會。這次奧巴和從前大不相同。因爲前次誤期。已然受罰。這回不但自己親到。還把兄弟子姪諸貝勒台吉等。一同約來。各率精騎。踴躍來會。太宗聞報。出迎三里許。是日設宴。爲奥巴洗塵。宴畢。太宗召集諸貝勒大臣、以及蒙古諸貝勒台吉等諭曰。明國屢背盟誓。察哈爾暴虐無道。皆當征討。今大兵既集。所向宜何先。爾等其共議之。諸貝勒大臣見說。有謂距察哈爾國遼遠。人馬勞苦。宜退兵者。有謂大軍千里而來。群力已合。宜征明者。本來太宗此次出師。有好多話。都不能當衆明言。卽如袁崇煥固守寧遠。自太祖天命十一年以來。兩次猛攻。皆未得志。太宗已然恨之刺骨。表面雖然與之書札往來。不動聲色。其實袁崇煥早墜術中。一遇機會。定當除去。難得諸部這樣齊心。雖然說出征察征明兩路。本意還是征明。如今見諸貝勒有主張征明者。而且爲數不少。自然採取征明之議。只是捨了南道。統大軍進至喀喇沁之青城。這個地方。向西北可以直搗察哈爾王庭。若向西南。越過長城。便可衝破直隸省的北鄙。燕京唾手可得。因爲太宗成竹在胸。准知袁崇煥固守寧錦大道。一時難以攻破。卽或僥倖攻下寧遠。山海關路險兵多。亦甚不易得手。是以此次改變行軍進路。自大凌河上流。進至青城。利用蒙人爲嚮導。以疾雷不及掩耳之手段。攻破長城各口。直取燕都。則預定計畫。八九可以成功。前此所以貝勒濟爾哈朗等耀兵寧錦。亦無非爲使袁崇煥集全力於寧遠山海。無暇他顧耳。不想到了青城以後。大貝勒代善。三貝勒莽古爾泰。皆不知太宗心事所在。一位是老成持重。不願涉險。一位是脾氣古怪。生恐徒勞。這老二位。彼此一商量。全說此舉太險。所以乘夜間太宗少暇之時。老二位相偕來到御幄。侍從諸貝勒大臣。見二位大貝勒到。連忙迎接。大貝勒三貝勒。因命大家在帳外少候。不必一同入見。大家見說。知道必有緊要軍情。只得鵠立帳外。大貝勒三貝勒進了御帳。太宗正在燈下披閱地圖。忽見二位大貝勒夜間來見。心知必有要事。忙起立讓坐。大貝勒向左右看了看。見無一人在側。因向太宗道。這次出征。皇上不知道有諸多困難嗎。第一勞師遠征。粮秣軍馬。消耗甚多。一有不給。全軍困殆。再說毀墮邊墻。深入明地。尤爲冒險。假如明兵各路會合。蜂擁而至。堵我歸路。斷我粮道。那時進既不能。退又不可。爲之奈何。我二人心以爲危。不敢不言。還請皇上熟思。全師而返。以策萬全爲是。這蹈險伐國。決其不可以輕試的。大貝勒三貝勒所說的話。也未嘗不對。但是未免有點徒讀兵書之嫌。止注意原理。而忽略了事實。以太宗那樣精明幹略。萬不能尙氣冒險。不有幾分把握。也決不敢冒然從事。不過大貝勒太厚道。三貝勒好使性。都不能一點就破。本身所抱方略。不到成事以後。又不便預先宣佈。不想正在布置進行。忽然生出大阻力。好生難過。又不便與二兄辯論。只得默思一會。才向大貝勒三貝勒說。二兄之見甚是。今且退。容予熟思之。二人見說。遂即辭出。各歸本營。這時在帳外侍立的諸貝勒。見大貝勒三貝勒已然辭去。遂由岳託、濟爾哈朗、薩哈璘、阿巴泰、杜度、阿濟格、豪格等入見。燈光下。只見太宗面色益紅。默坐虎皮椅上。似極不懌。岳託因進前奏曰。諸將皆集帳外。待上諭旨。太宗正思方才之事。很煩悶似的命令岳託說。可令諸將各自歸帳。我謀既隳。又何待爲。頃所發軍令。可勿宣布。岳託諸人見說。不解所謂。因請曰。臣等未識所以。請上明示。太宗曰。我已定策。而兩兄不從。謂我師深入敵境。勞師襲遠。若糧匱馬疲。何以爲歸計。縱得入邊。而明人會各路兵環攻。則衆寡不敵。倘從後堵截。恐無歸路。以此爲辭。固執不從。伊等既見及此。初何爲緘默不言。使朕遠涉至此耶。衆志未孚。朕是以不懌耳。朝氣甚盛的諸少壯貝勒。向來志在進取。並且惟太宗馬首是瞻。見大貝勒三貝勒有阻師之見。自然皆不謂然。再說蒙古諸部。既已會合。展眼即入敵境。忽然無故班師。詎非笑談。一個個皆勸太宗決計進取。勿恤人言。太宗不願顯與兩兄爭執。見諸貝勒大臣多主進取。因諭曰。既如此。可往與大貝勒三貝勒共同商討。如伊等固執己見。亦不可過拒。轉不如班師爲得。再作良圖。諸貝勒見諭。偕同八旗大臣。即往大貝勒三貝勒營中計議。却好。大貝勒三貝勒。見多數皆主張進取。自己主張。允宜早言。如今大軍已集。供用亦備。眼看便入敵地。無故班師。委實無辭。只得打消所持意見。不待夜明。議已決定。岳託等回報御營。於是太宗頒發勅諭曰。

朕仰承天命。興師伐明。拒戰者不得不誅。若歸降者雖鷄豚亦勿侵擾。俘獲之人。勿離散其父子夫婦。毋淫人婦女。毋掠人衣服。毋拆廬舍祠宇。毋毀器皿。毋伐果木。如違令殺降。淫婦女者斬。

毀廬舍祠宇。伐果木、掠衣服。及離大纛入村落私掠者。鞭一百。又勿食明人熟食。勿酗酒。聞山海關內。多有鴆毒。更宜謹慎。馬或羸瘦。可量煮豆飼之。肥者止宜秣草。凡採取柴草。須聚集衆人。以一人爲首。有離衆馳往者。拏究。如有故違軍令者。與不行嚴禁之管旗大臣。及領隊各官。並治罪弗貸。

這敕諭內有『聞山海關內多鴆毒』一語。讀者千萬莫誤會。是故作聳聽之言。此點大約指的是鴉片煙毒。因爲鴉片輸入中國。歷史悠久。在明末的時候。不但民間。便是宮廷之內。亦已侵入。明之天啓帝。所以那樣頹宕昏瞶。便是鴉片中毒所致。這次太宗興師伐明。所以舉出此點。也就可以想見。確有流毒的風傳了。只不過沒有現在這樣普徧。我們試想鴉片自明末直到現在。三百多年。禍患反倒一天比一天加重。若不設法根絕。眞太可怕了。賢明的太宗。一眼看到。所以預爲警戒。我們拏現在一比從前。怎不令人感慨係之呢。話說太宗頒發敕旨曉諭諸營後。即由靑城分派大軍。次第啓行。一路無話。行了四日。到了老河。已離長城不遠。遂命貝勒濟爾哈朗、岳託。率右翼四旗兵。及右翼諸部蒙古兵。攻大安口。貝勒阿巴泰。阿濟格。率左翼四旗兵。及諸部蒙古左翼兵。攻龍井關。各授以方略。令相機而行。太宗則自統親軍。向洪山口進發。却說左翼兵。自奉命後。馬步砲兵。約共一萬餘人。自山路中。分隊向龍井關進發。關上明兵。以爲北路向來安寧無事。偶有警報。無非是些蒙古遊騎。一行迎擊。使即退去。始終未遇大敵。至於滿洲兵。自來只在遼西一帶作戰。不曾到這邊來過。所以防禦上。仍照往常一樣。守城副將易愛。參將王遵臣。並不在關上。他們的營房。是在漢兒莊。離龍井關還有十來里路程。如果他們到早能得消息。或者龍井關不至陷落這樣容易。直到貝勒阿巴泰等。提兵來到城下。與守城兵交手開仗。他二人聽見隆隆的砲聲。才知有異。忙點本部人馬。前去接應。誰知他們僅僅行至半途。龍井關已被攻破。原來貝勒阿巴泰等。知道明兵守城。全恃火器。只得避重就輕。分兵一半。前去攻城。虛張聲勢。另以一半。自山溪中掩至水關。鑿毀城基。埋下炸藥。轟擊了十餘處。立即塌陷。大兵遂由此處。突擊而入。一路斫殺。明兵死者無數。餘衆潰逃。阿巴泰既得龍井關。並不收軍。傳令直取漢兒莊。然後進食。軍士聞令。疾風般向前進發。前鋒騎兵。正遇易愛王遵臣的援兵。當下展開白兵血戰。鏖戰許久。未臨大敵的明兵。焉是滿兵的敵手。再說易愛王遵臣。又是無名的庸將。那消片刻。其軍立覆。易愛王遵臣。死於軍中。於是師薄漢兒莊城下。城中官民。以主將已死。軍士傷亡殆盡。遂全體出降。是日大軍駐營城中。秋毫無擾。依然照平日一般。因此四外官民前來投降者。接踵而至。其有官階者。皆加一級陞賞。這時太宗也攻破了洪山口。入駐城內。以降人方遇清爲備禦。即令守洪山。凡逃遁官民。聞大軍毫無所犯。而且重用降人。紛紛歸降。一點也看不出遭受兵燹的樣子。同時貝勒岳託。也自大安口。毀了水關而入。明兵有白馬關營來援者。一擊即走。於是濟爾哈朗。岳託。各將所部。分列進擊。行至馬蘭營。有明兵兩營。在彼駐守。又有自遵化開來之援兵。皆非勁旅。兩貝勒分別迎擊。明兵慘敗。得脫者僅數人。依照慣例。滿洲兵於戰後。必由大將率領部下拜天。報答神佑。此時兩貝勒拜天甫畢。忽又有敵兵一營掩至。兩貝勒未及傳令整列。大兵已自爭先殺入。旋即擊滅。自辰至巳。共敗敵兵五營。軍威大振。於是馬蘭營。馬蘭口。大安營。三城皆降。自是進趨石門。恐山中有伏。因立營曠野。這時明兵之駐扎石門者。並不知來兵誰屬。聽見砲聲。也以爲蒙古犯界。不問青紅。倉皇赴戰。正與大兵相值。無一得逃。其後至者。見係滿洲兵。始大駭懼。不敢臨敵。全行逃匿。石門驛丞。見兵潰將逃。無以爲計。只得與紳商核計。齎書來降。於是邊城要塞皆得。過此以往。便直入北直腹地。而北京也不過是指顧間了。單說太宗皇帝。自得了洪山口。當命總兵官大將揚古利。統領先鋒精銳。直取遵化城。太宗統大軍隨後進發。一路豪無阻碍。已至遵化近郊。距城五里。安立營寨。這時三貝勒莽古爾泰。也率左翼兵。自漢兒莊來會。城中明巡撫王元雅。平日省儉。專務裁兵。自各口告急。已料遵化難保。只以職責所在。不得不盡心防守。早已打下城存與存。城亡與亡的決心。及見諸口盡失。援兵皆潰。死志更決。但是太宗卻不願人民塗炭。明知如此堅城。不能善取。又不能不作萬一之想。當下先命文臣繕就勸降之書。射入城中。招元雅率衆降出。但是王元雅。以死守城。雖有勸降之書。不爲所動。又知日內必有援兵赶至。益發督率官民。晝夜防守。只是不見大軍來攻。不知何故。太宗把遵化城圍了整整一日。不見元雅出降。知他必然等待援兵。遂命偵卒四出哨探。到了十一月四日。果有偵卒來報。說是明總兵趙率教。統兵四千。來救遵化。太宗聞報。命貝勒阿濟格等。率左翼四旗及蒙古兵迎擊之。趙率教也是當時一位名將。與滿桂齊名。自從寧錦奏功。聲望日著。明廷十分寵任。現在移鎮永平。兼轄薊鎮八路。並掛平遼將軍印。自關以內。隨地駐劄。此刻他正在關門。聽說太宗親統大軍。由大安口攻入。遵化告急。即統輕騎四千。馳三晝夜。趕至三屯營。總兵朱國彥不令入。遂策馬而西。本打算馳入遵化城。與王元雅協同固守。不想城已被圍。貝勒阿濟格。以逸待勞。正率勁旅於路要之。上年太宗圍攻錦州時。率教曾口出狂言。又用西洋大砲。損傷許多將士。滿洲兵早已恨他刺骨。如今仇人相見。分外眼紅。當初有堅城巨砲。奈何不得他。天幸也有在沙場相遇之一日。率教亦覺悟今日之事。不死必傷。當下雙方毫不躊躇。早已殺在一處。先是弓絃亂響。人喊馬嘶。入後弓矢無聲。惟憑刀斫槍刺。眞是白進紅出。馬翻人仰。這種白兵血戰。也無非一小時。便見勝敗。那四千明兵。早已死傷徧地。雖有少數生存。大半身帶重傷。不復能戰。率教此時。也是身被數矢。方欲策馬逃去。已被阿濟格從後趕至。覷得準確。放了一矢。正中後腦。貫胄而入。當時落馬而死。阿濟格大獲全勝。檢點所部。除了被傷者。陣亡無幾。歸報太宗。甚蒙勞獎。外援既破。遵化益孤。太宗遂親率數騎。環城檢閱。相其可攻之處。歸營後。便命貝勒大臣。齊集御營。採以攻城方略。正黃旗攻北面之西。鑲黃旗攻北面之東。正紅旗攻西面之北。鑲紅旗攻西面之南。鑲藍旗攻南面之西。正藍旗攻南面之東。鑲白旗攻東面之南。正白旗攻東面之北。十一月六日黎明。角聲一起。大軍齊迫城下。雲梯在砲火交攻下。已然樹起。城上守卒大慌。並且大軍由四面八方仰攻。每旗各攻一角。如有疏虞。一角有失。全城即破。抵禦之猛。自然不讓攻城之兵。但是兩軍相搏。力大而不怕死者自占上風。如此相持良久。正白旗兵。有名薩木哈圖者。殺得性起。左手執定攩牌。右手揮動短刀。冒着萬死。自雲梯上衝火而上。只見攩牌之上。火焰四濺。雲梯楞木。已有多處着火。煙霧中。薩木哈圖。只如火龍一般。飛上城去。把那面已然燒着的攩牌。向城上一拋嚇得明兵紛紛後退。乘此刹那間。薩木哈圖。已自飛身。越過女墻。短刀揮處。搠死數人。下面雲梯兵一見薩木哈圖冒險成功。也就繼之而上。當下城上大亂。正白旗的大纛旗。也就隨着喊殺之聲。樹在城頭。迎風招展。表示着已得勝利。展眼之間。八旗大纛。全行樹起。遵化遂得。單說巡撫王元雅。見大事已去。敵兵攻上城來。不願束手被擒。入署自經而死。於是大軍入城。除拒戰者。不許妄殺一人。又命以棺斂元雅屍。太宗以得城迅速。甚喜。尤其對於薩木哈圖。特別嘉許。因諭諸將曰。我軍年來。皆怯於攻城。此城較所攻之城更堅。薩木哈圖。奮勇先登。殊可嘉也。宜重賞之。以爲激勸。原來自袁崇煥以西洋巨砲。固守寧遠以來。各城效之。無不添置火器。以爲滿洲兵所懼者惟此。本來人以血肉之軀。實不足以當此。但是巨砲之利。僅足及遠。無論攻防。必須砲出有效。一使敵人逼近。砲雖巨。其效失矣。近數年來。滿洲兵已知其利弊所在。故此次攻取遵化。以迅速手段。逼至城下。仍仗雲梯人力。克此堅城。可見戰場之上。無絕對是非。大要仍在士卒之勇敢。是役也。雖也損傷了幾多士卒。及攻城器具。但比較以前寧錦諸役。要輕微的多了。大將中。除副將伊遜被砲傷手。餘均無恙。因論功行賞。喀克篤里。造攻具如法。且親督本旗兵先登。擢一等總兵官。巴篤禮。指揮本旗兵攻城有方。擢二等遊擊。和勒多。攻城時善射。使所屬兵先登。俾襲參將職。綏和多。率兵先八旗兵進。擢三等遊擊。薩木哈圖。先八旗兵登城。授爲備禦。（等於輕車都尉）世襲罔替。有過失俱行赦免。家貧卽周恤之。賜號巴圖魯。與喀克篤里。巴篤禮。並親酌金巵。賜蟒緞及駝馬。扈什布。第二登城。親酌銀巵。與第三登城之多禮善。合授備禦。使兩人共管一佐領。茂巴禮。第四登城。並賜緞布馬牛。烏魯特蒙古阿海先登因後兵不繼。陣亡。授其父阿邦爲備禦。賜蟒緞一。緞十九。布二百。馬牛各十。別的有功大將不用說。最榮耀的是薩木哈圖以下各人。昨日尙是軍士。今天却成了一個佐領的首長。並且賜號巴圖魯。由皇帝親手酌以金巵。這種名譽。實在非同小可。不但他本人感激涕零。便是正白旗全體官兵。也以爲十分榮幸。爭相請薩木哈圖吃酒。不在話下。却說太宗把論功行賞的事辦完。隨着特降諭旨。曉諭群臣曰。

頃因克遵化。各旗大臣。至登城士卒。俱以次賞賚者。非以大臣等身自登城也。嘉其督率盡善。備具堅固耳。嗣後視此爲例。朕與爾等。經歷險遠。艱苦至此。已蒙天佑。克奏膚功。諸臣尤宜加意約束所屬人員。愛士卒如子弟。則所屬士卒。亦視爾等如父母。平時克遵教令。臨陣必竭誠效命。不違紀律矣。各旗大臣。倘不加訓飭。以致妄行不誅。則紀律廢弛。而爲惡者益熾。誅之則曾經效力之兵。而以無知獲罪。又實可憫。爾等有管兵之責者。當勤加教訓。以副朕意。

國家能建鄧隆之業。不外刑賞能得其平。尤在上下以感情相通。太宗以金卮酌有功之士卒。其情致爲何如乎。惟人類不齊。有受賞者。即不免有被刑罰。這時忽有蒙古從軍部隊。乘大軍得勝入城之際。不免爲利心所驅使。忘了出師時所頒勅諭。三五成羣。私出奪掠。不想早被稽查官撞見。逮捕了幾名。請旨罰辦。一個個只落得身首異處。號令通衢。太宗遂命張貼布告。又以蒙古漢字傳諭曰。

朕會師征明。志在綏定安輯之。凡貝勒大臣。有縱容部下掠歸降地方財物者。殺無赦。擅殺降民者。抵罪。强取民物者。計取之數。倍償其主。朕方招徠人民。若從征之人。横行擾害。是與鬼蜮無異。此而不誅。將何以懲。貝勒大臣等。倘其仰體朕心。廣宣德意焉。

話說太宗以十一月初四日。攻克遵化。到了十五日。整整十日之間。把賞罰招降。以及安輯商民之事。全行辦理就緒。遂以參將英固爾岱。遊擊李思忠。文館范文程。率領備禦八員。兵士八百。文武協同。留守遵化。親統大軍。向燕京進發。十六日。師次薊州。前哨遇明兵五百。擊走之。生擒十五人。獲馬二十四。十七日。次三河。獲一人令持書招降。次日命左翼兵三千。迴赴通州。相度渡口。太宗自三河縣行二十里。前哨捕一人送至。訊以敵方消息。其人云。大同宣府兩鎮兵。現在順義縣。由大將滿桂侯世祿統領之。未可輕進。太宗命厚賞其人。遂命貝勒阿巴泰。岳託。率左翼二旗之衆。及蒙古二旗兵。往擊之。大同宣府兵。雖負盛名。但是久未訓練。無非歲糜鉅餉。早成虛設。滿桂雖名將。而士卒不用命。亦無如何。是日兩軍戰於順義縣城外。大同宣府兵。不敵潰退。滿桂等不敢戀戰。率敗兵退保京師。順義縣官民皆降。太宗遂移軍通州。渡河而駐營城北。並以露布傳諭各城居民曰。

我國素以忠順守邊。爾萬曆皇帝。妄預邊外之事。曲在葉赫。而強爲庇護。直在我國。而強欲戕害。屢肆欺陵。大恨有七。我知其終不相容也。昭告於天。興師致討。天佑我國。先賜我河東地。我皇考思戢干戈。與民休息。遣人致書講和。而爾國不從。既而天又賜我河西地。我復屢次遣使講和。爾天啓皇帝崇禎皇帝。仍加欺陵。使去滿洲國皇帝帝號。毋自製國寶。我亦樂于和好。遂欲去帝號稱汗。令爾國製印。又不從。故我復告天興師。由捷徑而入。破釜沈舟。斷不返旆。爾明之君臣。視用兵爲易事。漠然不以愛民爲念。不顧和好。而樂兵戈。今我軍至矣。用兵豈易事乎。凡爾紳衿軍民。有歸順者。我必加撫養。其違抗不順者。不得已而誅之。此非予誅之。乃爾君自殺之也。若謂我國褊小。不宜稱帝。古之遼金元。俱自小國而成帝業。亦曾禁其稱帝耶。且爾明太祖。昔曾爲僧。賴天佑之。俾成帝業。豈有一姓受命。永久不移之理乎。天運循環。無往不復。有天子而廢爲匹夫者。亦有匹夫而起爲天子者。此皆天意。非人之所能爲也。上天既已佑我。爾明國乃使我去帝號。天其鑒之矣。我以抱恨之故興師。恐不知者。以爲恃强攻戰。故此諭知。

二十日。太宗進軍牧馬廠。距燕京約二十里。遂命駐營。這里有明室馬圉。所以謂之牧馬廠。由內監管理之。大軍一到。他們慌作一團。正辨逃路。已被包圍。爲首太監二名。並三百餘名夫役。只得開門出降。太宗見說。十分欣喜。命副將高鴻中。參將鮑承先。巴克什達海。及甯完我四人。加意看守之。且諭曰。此二人。朕有大用。須令飲食無缺。以好意待之。至時再有後命。四人見說。不明就理。既是上交差使。只得好生看管。不在話下。二十三日。太宗統師營於燕京城北土城關之東。兩翼兵則營於東北。明總兵滿桂侯世祿等。自順義縣敗退後。收集殘衆。已在德勝門外安營。

這時袁崇煥也聽說京師有警。忙偕總兵祖大壽。統兵二萬。星夜馳來赴援。結營沙窩門外。原來袁崇煥自受任以來。把全副精神。都集中在寧遠一方。沒有餘力。再能顧及旁處。雖然有時也想到北面各口不無可慮。但是他萬沒想到敵兵敢於破口深入。所以依然固守着山海關的通路。加以在九月裡。

濟爾哈朗諸貝勒。會率大兵略地錦西一帶。他更以爲不免要有第三次的寧遠大戰。所以益發不敢疏虞。誰知候了許久。並無動靜。直到太宗攻破洪山口。遵化被圍。趙率教戰死。他才接到報告。這一驚非同小可。連忙同了祖大壽。進關赴援。在袁崇煥的意思。還以爲太宗必自石門。襲取山海關。內外夾攻。以斷進軍之路。却不知太宗別有用意。竟自由三河順義。直搗燕京。對於袁崇煥。連理也不理。到了此時。袁崇煥眞慌了。只得追隨太宗的大軍。也到了京師。他雖志在勤王。却不料已墮太宗術中。正自引他到此。以便藉刀除之。此時太宗擬先破滿桂之兵。命衆將分三路撲其營。先以砲兵迎擊之。明之守城兵。見兩軍開戰。亦發砲還擊。不想砲彈多落滿桂營。軍士受誤傷者。不計其數。滿桂亦爲流彈所傷。不能戰。其軍遂潰。逃入城中。太宗命移軍南海子。與崇煥軍相持數日。不時自策馬往覘崇煥營。諸將請戰。太宗曰。路隘且險。若傷我軍士。雖勝不足多也。又請攻城。仍不許。且諭之曰。朕仰承天眷。攻城必克。但所慮者。倘失我一二良將。卽得百城。亦不足喜。朕視將卒如子。嘗聞語云。子賢、父母雖無積蓄。終能成立。子不肖。雖有積蓄。不能守也。此時正當善撫我軍。蓄養銳氣耳。朕之此來。不在得城。有視得城爲重者。因命人將高鴻中鮑承先二人召入。謂之曰。先得二太監無恙乎。答曰。無恙。惟屢乞臣等釋歸。時啼泣耳。太宗曰。今可釋歸矣。遂命二將近前。於耳邊授以密計曰。爾等可如此如此。二將見諭。領命而去。單說前在牧馬廠所獲之二太監。一王姓。一楊姓。皆內監中之有名位者。自從被執。交高鴻中等看管。雖然待遇很優。只是每日羈在軍營中。甚爲提心弔胆。他們享受優閒生活慣了。如今耳聽殺伐之聲。身受失陷之苦。眞是度日如年。雖曾屢乞開恩釋放。諸將只說無旨不敢自專。二人無法。每日除了哭。便是睡。這日楊太監和他的同伴。又在困睡之際。好象帳外有人竊竊私議。聽了聽。正是高鴻中鮑承先二人。不覺由帳縫向外一看。只見二人在陽光照射處。對坐取暖閒談呢。他們的聲音很低。似乎將可聽見。他心裡不免一動。暗道。這些日。他們說話。總是背着我們。好象怕我們聽了去。他們都是將官。也許所談的有關軍情。現在他們一定以爲我二人又在熬睡了。所以才在帳外去說。我倒得聽聽他們所說的是什麼事。萬一有要緊的話。便是捨命逃去。也好請萬歲爺作一准備。想到這里。益發假作鼾聲。其實他却挨到帳邊去竊聽。先前的話沒聽明白。似是說某貝勒的戰馬被砲彈給打死了。既又聽鮑承先問高鴻中說。怎麼皇上這次打仗。這樣小心呢。方才大家請求跟老袁決一死戰。竟不許。大家又請攻城。也說勿急。只不過前日。和寧遠兵見了一仗。未分勝負。便命收軍。實在令人不解。楊太監見說。才知道袁崇煥已然赴援來了。忽又聽高鴻中說。你以爲很奇怪麼。寧遠只不過來兵二萬。皇上還能放在眼裡麼。不過和他假裝見了一仗。以掩耳目。這次收兵約退。乃是預定計畫。你沒見今天皇上單騎親向敵營。敵營中有二人出來和皇上私語半天才回去的麼。據我想。袁巡撫一定和皇上定了什麼密約。你看吧。用不着打仗。這兩天什麼事都解決了。楊太監聽到這里。險些要叫出娘來。暗中哎呀一聲。嚇得渾身都攤軟了。有心再往下聽一聽。忽見甯完我匆匆由外面走來。探探頭向帳內看了看。似是尋人。楊太監那敢再聽。一咕嚕倒在行榻上。依然裝作沈睡。只聽甯完我招呼高鮑二人說。營裡有事。叫你們去呢。以後就聽不見高鴻中等說話。只有甯完我一人。不知在那里辦些什麼公事。此時楊太監害怕極了。好象眼前便要發生什麼大禍似的。暗地裡把袁崇煥罵個不止。心說聖上如何待你。由部郎破格洊至督師大位。怎麼不思圖報。反約大敵。侵犯京師。這還了得。有我命在。一定不能饒你。正自這樣想着。高鴻中鮑承先回來了。只聽甯完我向二人問說。有什麼事呢。高鴻中道。我們這次應該替楊老爺賀喜了。說着。便向裡面呼喚說。楊老爺。醒醒吧。楊太監不解所謂。依然裝睡。不即答應。半天、才故作呵欠。揉着眼睛。過來問說。二位是叫我麼。看他那故作睡沈才醒的樣子。便知他已然着了道兒。高鴻中這時笑吟吟的向他說道。楊老爺。你前日求我們幾次把你私放。但是沒有命令。誰敢私作人情呢。現在好了。我們的皇帝。想求你一件事。原先在錦州。也求過紀太監。只是他始終不敢和你們大皇帝去說。你如想回家。應了此事。立刻就放你。楊太監見說。雖出意外。又不知何事。想了想。反正以回去是要着。無論何事。我也不駁回。等到見了萬歲爺再說。當下便問是什麼事。能辦的必然答應。高鴻中道。方才我們把你思歸的意思。向皇上奏明了。皇上很體恤你。說他既欲釋歸。必得把我們欲和的眞意。去和明國大皇帝說知。因爲我們這次不是來打仗。乃是來求和。只是沒法去和明國大皇帝去說。如果他肯把這意思去代達。我們一定不留難他。立刻就可把他送出營去。他的夥伴。姑且在此留質。皇上既然開恩。難道這麼一句話。你不能代達嗎。楊太監見說。再想想方才所聽密語。益發知道袁崇煥不無從中作祟之處。當下滿口應承說。如將我釋放。我必去說。高鴻中等見他應了。又叮囑了幾句。遂命人備了一匹馬。將楊太監送出營門。任他自去。此時楊太監。就好比網中魚。重又得水一般。早已馬上加鞭。逃入北京城。因爲他本人是太監。雖在戒嚴期中。一點也沒費事。便進了東華門。見了大總管。說有緊要機密。必須面奏萬歲。此時宮中正在張慌失措。四路催調勤王之兵。聽說楊太監逃回宮來。不但旁人想問一問外面的事。便是崇禎皇帝。也要由他口中。聽一聽外間情形。楊太監更以無意中幹了一件旋乾轉坤的大功。十分欣幸。見了崇禎帝以後。便有枝添葉。把由高鴻中鮑承先二人口所聞密語。一一奏明。末了說。萬歲若不殺袁崇煥。吾主江山。恐怕難保了。一席話。直驚得崇禎皇帝目瞪口呆。半晌無言。既而由驚轉怒。不覺罵了一聲袁崇煥殺才。未免太負恩了。原先他無故擅殺毛文龍。朕已疑他有不臣之心。因正倚他幹功。這才曲與包容。後來他不體朕意。屢屢與虜書札往來。交換信使。妄動和議。肆口狂言。當時原有多人。乞朕繩以峻法。朕仍姑容。責其後效。不想他心毒意狠。非使朕屈從不可。反引外兵。侵犯京師。意在脅朕辱爲城下之盟。但看他按兵不動。各路勤王。多日無功。一定全是此人從中作祟。如再優容。卽朕躬亦難免受其危害了。崇禎帝越想越怒。當卽降旨錦衣衛。將袁崇煥立卽鎖拏。交部嚴擬。可憐袁崇煥。方在不眠不休。晝夜防守京師。忽遇嚴旨。被緹騎拏去。遞投刑部大獄。不但他本人不知所謂。便是同來的祖大壽。也是吃驚非小。忙去打聽獄情。始終不得要領。祖大壽爲人機警。料是情形特別重大。若再不走。難免不被波及。當時率領寧遠援兵。一路狂奔。毀了山海關。依然逃往錦州去了。姑且不在話下。單說明帝一怒之下。將袁崇煥投在獄中。不但滿朝素排和議的人。藉此要下井投石。便是一般人民。也以這次滿洲兵。來得奇怪。若非袁崇煥從中搗鬼。萬不至此。謠言一興。崇煥之罪益大。廟堂之上。請殺袁崇煥以謝天下者。不一而足。要以兵部尙書梁廷棟請斬袁崇煥徐敷奏張斌良一疏爲代表。玆節錄於下。

太子少保兵部尙書臣梁廷棟等謹題。爲大法未伸。奸謀益熾。內應不絕。外變轉生。懇祈聖明立奮乾斷。以定封疆大計事。慨自逆奴入犯。八閱月於此矣。大創未聞。狡謀叵測。乃忽以求款嫚書。明相愚弄者。無他。以斬將主和之袁崇煥尙在繫也。崇煥身拘狴犴。防範頗嚴。何以線索如神。呼吸必應。則以同謀斬將之徐敷奏張斌良方在事也。敷奏係京師小唱。夤緣崇煥之門。爲加銜裨將。奉差私帶難民。爲毛文龍所奏。奉旨處斬。時敷奏適在寧遠圍城中。崇煥以城守名邑。抗旨宥而用之。而敷奏恨文龍入骨矣。迨夫逆酋以納款愚崇。而必殺文龍以取信。崇煥以碍款圖文龍。而遂引敷奏爲主謀。又有張斌良其人者。刼賈殺降。冒躐副將。與徐敷奏并力而圖文龍。文龍既誅。崇煥手捧元寶彩幣。四拜謝之。敷奏斌良之勢愈重。而兩人之奸益不可方物矣。斌良又奉崇煥密諭。搜皮島貂蔘輜重。以百萬計。綑載而西。以轉運於家。萬目所共覩也。斌良未回。而奴騎突入。關門已越。城下難盟。皇上赫然震怒。敕拿崇煥。而敷奏斌良等。膽碎魂奪。陰懷鋌險之謀矣。斌良纜舟津岸。擺渡眠桅。若明招虜馬南下者。其通奴奸計。路人已知之矣。一旅舟師。揚帆徑渡。登萊旅順。在在可虞。況敷奏司關門之旗鼓。斌良作津門之嚮導。而永平剃髮叛臣張一慶等。又皆先自海外逃回。蹤跡詭秘。綫索靈通。可不問而知也。內外呼應。情狀彰彰。可不亟圖決計哉。即今我馬在郊。皇上或不欲輕遣緹騎。以驚關門諸將之耳目。何不密降手敕。令樞臣以同謀斬將。正敷奏斌良罪。立斬軍前。仍以專殺文龍。正崇煥罪。立付西市。且不必言爲款爲叛。致奸人挑激。有所借口。則逆奴之謀既詘。遼人之心亦安。一舉萬當。又奚惑焉。

一個國家。到了叔季之世。內憂已萌。外患頻至。群疑滿腹。衆難塞胸。那眞正有遠見。委曲謀國的人。必至不易施展。萬幸是被人排去。老死田園。偶一失當。必然身敗名裂。臨死還落個賣國通敵之名。反是那些胡說八道。誤國害人之輩。倒淸淸涼涼。幾世也受不着罪。袁崇煥和熊廷弼。遭際正同。

所犯的病。也是一樣。雖有爲國之心。謀國之略。只可惜心地褊窄。開罪淸議。廟堂之上。毀之者多。助之者少。文龍一海盜耳。殺之無利於敵。有益於國。不圖正坐是以殺其身。轉有資於悠悠之口。至於引敵脅和。更莫須有。所謂欲加之罪。何患無辭。獨是明之君臣。蔽於成見。辯論紛然。始終不知墜於太宗術中。直至百年後。明史告成。始悉其故。甚哉明人之蔽之愚。而益知太宗之計之巧也。不言明廷君臣。見神見鬼一般。已自中了太宗離間之計。猶在夢中。依然把袁崇煥排擠不休。到後來。明帝卒徇衆請。將崇煥凌遲處死。起用孫承宗。督關內師。此時各路勤王之兵。也有來到的。也有行在半路的。兵雖多。而堪戰者却甚少。加以比年以來。陝西大饑。流寇蜂起。當初有兵鎭壓。尙不至大亂。現在各處官兵。全行調援京師。地方空虛。賊勢便益發猖獗了。最可恨明廷諸臣。只知調兵。却不預爲籌餉。兵是來了。但是不名一文。再說這些外來之兵。駐在何處。爲守爲戰。全然無人過問。甚至有流徙無定。一日三遷者。又無處領銀領米。因此之故。西來之兵。大都譁變。有加入流寇者。語云。兵猶火也。弗戢自焚。以明季大勢言之。議和休養。實爲不易之良圖。偏生亂言害政。以致和旣不能。戰又無利。百萬饑兵。半皆爲匪。爲流寇添羽翼。速社稷於覆亡。良可慨也。單說太宗縱龍反間。聽說袁崇煥果然吃拿。這一喜眞比攻陷了北京城還要得意。遂命大軍前往良鄉房山。致祭金陵。原來河之南北。多金代古蹟。金太祖及世宗諸陵。又在房山良鄉兩縣。遺風流韻。多有存者。縣民四時饗祭。太宗嘉其守禮奉祀。對於兩縣諸生父老。賜予甚優。因爲文以祭金陵。其詞曰。

嘗聞二帝(金太祖金世宗)功高德盛。予中心緬懷。夢寐景仰。茲統師至良鄉。知二帝陵寢在焉。雖時異世殊。而春秋擧祀。至今稱頌弗衰。誠所謂德愈久而彌光也。特備牲牢。遣阿巴泰薩哈璘代祭。並白予懷。我國介在邊陲。世守忠信。明萬曆君。無故害我二祖。彼雖如此。我猶尊之爲君。同遼東副將吳希漢。刑白馬烏牛。盟誓天地。豎碑邊界。約曰、漢人出邊者殛漢人。滿人入邊者殛滿人。既盟之後。直道自守。及我與葉赫兩國搆釁。彼曲我直。明萬曆君。不以公道區處。反庇理曲之葉赫。陳兵邊外。代爲守禦。屢次欺我理直之滿洲。致成七大恨。我見其不能相容。必欲見害。故告天興師。蒙上天垂鑒。不計國之大小。止論理之曲直。遂以我爲直。畀我以明遼東迤東之地。後我復遣人議和。彼以爲敗我如泰山之壓卵。視我如草芥。欺陵不已。故復興師。天又畀我以河西地。後我欲息兵戈。享太平。開誠布公。不作詭計。屢遣議和之使。明崇禎君。更肆欺陵。欲索還天畀我之土地。去我帝號國寶。我以天賜土地。不可退還。止議去帝號稱汗、不另製寶。令彼造印與我。彼復不從。我故發憤興師。凡降城居民。秋毫無犯。惟誅其軍士之抗拒者。攻其城堡之不降者。我非樂於誅之攻之也。皆明君妄自尊大。不允議和。不啻彼自誅之自攻之耳。夫我深雪讐之志。而彼耻城下之盟。兵甲相尋。積漸至此。天實爲之。於我何預。雖然、我猶不爲已甚。復欲與彼議和。乃彼恃其國大兵多。蔑理逵天。將我之言。置若罔聞。若鑿枘之不相入。故予披瀝悃忱祭告。惟二帝英靈。昭鑒而默佑之。

十二月十六日。太宗還自良鄉。軍次盧溝橋。遇明兵六千。擊滅之。獲其甲冑馬匹之堪用者。餘皆棄去。傍晚。抵燕京。駐營城之西南隅。命副將阿山。遊擊圖魯什。往偵守城明兵。時明兵滿郊坰。分立營寨。惟務自保。尤以永定門外。結營最多。如滿桂、黑雲龍、麻登雲、孫祖壽等四總兵。共統馬步四萬餘人。以木爲柵。中列火器。壁壘甚堅。實爲勁敵。所可哀者。外兵日集。不復統屬。軍規號令。亦不一致。太宗欲破滿桂等軍。乃乘夜。以一軍執明兵旗幟先行。大軍繼後。突迫其陣。昏夜中。明兵不辨誰何。見有本國旗幟。誤爲援軍。不爲備。及至臨近。發喊殺入。始知敵人夜襲。慌忙應戰。亂成一團。直到天色將曙。大軍已然由四面突入。明軍不支。紛紛潰圍而逃。滿桂。孫祖壽。戰死。副將以下諸將官之陣歿者。不計其數。惟總兵黑雲龍。麻登雲被生擒。是役也。爲進兵北京以來。僅有之大戰。雖出夜襲。而鏖戰達旦。方大軍進薄敵柵時。敵軍鎗砲石矢。交下如雨。太宗憐惜將士。惻然隕涕。以爲將士如此用命。所傷必多。不想收軍以後。敵營橫屍累累。太宗所派擊敵將士。却無一傷。冥冥中似有天助。因厚賞之。自滿桂慘敗陣亡。明之各路援兵。益不敢戰。惟暗隨大軍移動而已。十九日。移駐德勝門外。命巴克什達海。愛巴禮。齎和書。分置德勝安定兩門之外。明人懲於袁崇煥主和被罪。誰還敢言。明知不了。只得一力敷衍。委之天命。太宗在城外候了數日。不見有人前來議和。好在大敵已去。不便多留。遂命貝勒阿巴泰、濟爾哈朗、阿濟格、杜度、薩哈璘、等。同總兵官揚古利。率兵三千。往徇通州。焚其舟船。攻克張家灣。二十五日。太宗旋師通州。渡河駐營。以貝勒岳託等。東徇香河。太宗則與大貝勒代善等。率護軍火器諸營。進軍薊州。會有明兵步卒五千。自山海關來援。兩軍各於城外立營。敵兵武器精良。環營皆列鎗砲盾車。太宗遂上馬親視敵營。還謂諸貝勒曰。敵陣堅。必須東西夾擊。因命大貝勒代善指揮左翼四旗攻其東面。太宗自率右翼三旗攻其西面。欲知戰事如何。且看下回

第十九回

失四城阿敏被罪　鑄大砲將作留名

話說太宗自燕京還軍。行至薊州。有明兵精銳五千。自山海關來援。對陣於薊州城外。太宗因命大貝勒代善。指揮左翼攻其東。自率右翼攻其西。及戰。貝勒杜度傷足。遊擊額爾濟格。烏爾坤。皆以

創甚死。正紅鑲紅兩旗又不奮力進擊敵壘。攻戰良久。敵不能克。總兵官揚古利大怒。同內大臣侍衛等。率正黃旗軍士。袒臂於砲火交攻下。冒死殺入。敵陣遂搖。大軍繼之。敵不能逃。全數殲滅。太宗以兩紅旗規避。罰其以物贖罪。盡予揚古利。揚古利不自私。分賜所部將士。旋得參將英固爾岱等自遵化奏報云。密雲總督薊州道。合兵夜至遵化。四面夾攻。我兵出禦敵兵。斬殺甚衆。敵乃退去。次日敵以馬兵。復來攻城。我兵出戰。敵走入步兵營。我兵殺其殿後五人。生擒答應官一員。敵夜遁。翌日。我兵追躡其後。斬馬兵百人。步兵千餘人。敵雖未退。難免復來。請添兵防守。太宗因命杜度統兵往駐遵化。以喀喇沁台吉布爾哈圖率兵駐羅文峪。與遵化互爲犄角。分撥以後。遂親統大軍。規取永平。壬午日。薄其城。太宗率諸貝勒環視進攻處。令十旗（滿洲八旗外、復設蒙古二旗、附左右翼、故曰十旗、）兵環城立營。是夜前哨圖魯什。獲明兵一人來見。訊之。其人云。予乃劉興祚部下也。衆人見說。無不大驚。太宗尤爲憤怒。原來這里所說的劉興祚。就是上年伐朝鮮時、往江華島去見朝鮮王李倧的那位副將劉興祚。他本是開原人。在鄉里間。屢爲不法之事。開原道見他如此犯法干紀。便想把他拿捕重辦。他在開原立不得足。這才逃往興京。歸順太祖。情願在馬前作一小校。並且更名愛塔。說得一口很流暢的滿洲話。太祖憐其才勇。也就不問既往。頗爲重用。直到攻克遼陽。撫有遼東全士。劉興祚已陞至副將。管理蓋、復、金三州。功績甚多。滿洲老檔秘錄。有愛塔立功一條。所紀便是劉興祚的事蹟。在滿文老檔裡。用的是滿名愛塔。所以人多不知便是劉興祚。到了太宗繼位，依然寵任。待遇上和滿洲人無甚分別。無奈興祚天生惡質。把奉公守法四字。總是看不在眼裡。加以見異思遷。利心太重。平日見毛文龍獨覇海島。金珠珍寶。堆積如山。未免看着眼饞。也想在海島裡嘗一嘗一字並肩王的滋味。天聰二年。興祚秘遣二僕。持書去到皮島毛文龍處通款。不想事發。太宗念其舊勞。不問。只說爲下人慫恿。殺其二僕。仍然着興祚照常任事。若按常理。興祚應當如何感奮才對。不想興祚一計不成。又生二計。先教他的兄弟興賢。逃附毛文龍。又教另一兄弟興治。照他所授秘計行事。他這才故意着慌說，吾弟已逃。吾必被誅。與其死國法。不如自經。因其妻母爲貝勒薩哈璘之乳媼。遂作書。使其妻持送貝勒。又使其妾致書巴克什達海。具言屢被讒毀。日夜憂懼。不得已而爲此拙計。又令一僕持書與巴克什庫爾禪。囑其葬屍於扎穆谷中。妻妾僕人行後。興祚忙令人喚一瞽者。爲言推命。醉而縊殺於別室。飾爲己屍。遂焚其室。疑點在此。但慌亂中。人也無注意者。興祚因變裝潛逃。達海庫爾禪。原與友善。得書大驚。兩人不約而同。飛馬來救。至則人死多時。火堆裡搶出其屍。業已面目焦黑。四肢拘攣。只衣帶金飾。尚可辨認。二人因撫屍大慟，以死狀奏聞。太宗命其子五十襲副將職。時大軍將征察哈爾。達海庫爾禪奏。以五十代興治隨征，這一來。興治也有逃去的機會了。因請遵兄遺命。葬屍扎穆谷。此地臨近明邊。遂亦逃去。

興治一逃。頗啓人疑。但是還不知興祚未死。後來才慢慢知道興祚的詭計。這才將五十以及其眷屬一并逮繫。可是仍不知興祚去處。不想這次伐明。師薄永平。於俘虜口中。得到劉興祚的下落。太宗如何不恨。原來興祚飾屍逃後。無以爲計。想了想袁崇煥在寧遠聲勢頗大。不如先往依之。再作良圖。不想這次大軍進圍燕京。袁崇煥率師入衛。以興祚隨行。到了永平以後。崇煥留興祚守沙河。興祚因馬疲。於永平營易馬二十四。携所隨十五人。蒙古兵五百以行。嗣聞崇煥下獄。遂不赴沙河。直趨天平寨。路遇從征之喀喇沁兵。截所俘會食途次。興祚襲殺五十人。令持首級赴城中兵備道鄭國昌處請賞。有永平易馬時隨去營兵遺還。因被前哨圖魯什擒獲。以前之事。其人雖不知。但是劉興祚如何隨袁崇煥入關。以至到了永平以後的事。一一說得甚清。於是太宗集諸貝勒而諭之曰。朕思擒劉興祚。勝得永平。彼忘朕格外恩養。詭計潛逃。當被上天譴責。使其歸罪。必克成擒。因命貝勒阿巴泰。濟爾哈朗。率領將官八員。騎兵五百追之。却說興祚。因見袁崇煥無端下獄。總兵祖大壽破關逃出。如今靠山已倒。太宗連破名城。若仍在此苦守。如遇大兵。萬萬難活。因與弟興賢商量。不如出關爲是。這興賢也是去年袁崇煥殺毛文龍時投降者。崇煥以其深知滿洲情形。留在軍中。此次崇煥入衛。便和他的哥哥。一同隨軍入關。方思富貴無窮。不想崇煥一敗塗地。眞不亞凉水自頭澆下。兄弟二人。商議進行。又恐太宗知其踪跡。心中好不悽惶。這日正行間。只見林間曉鴉。還不到飛鳴的時候。忽的一陣狂噪。驚飛起來。不覺大驚。知有凶變。他二人差不多是逃死一般。於路不敢多停。只盼出關。避入寧遠。誰知還有比他們快的。阿巴泰濟爾哈朗奉命後。因恨興祚已極。志在必得。當下催動五百騎士。曉夜不停的自後追來。行了一整天。將近拂曉的時候。看見前面似有軍隊蹭行。早已加鞭赶上。果是興祚。當下兩貝勒於馬上計議。阿巴泰出其前。濟爾哈朗夾擊於後。自無漏網。計議已定。阿巴泰領兵一半。繞行掠過。在寬濶處撥回馬來。張弓而待。這時興祚見有兵追來。那敢接戰。依然催衆快行。不想濟爾哈朗已率衆追至。罵聲負恩賊那里走。便如疾風驟雨般。殺上前來。興祚大驚。方思遁逃。前面阿巴泰也已揮兵圍上。兩下夾擊。又懷痛憤。可憐興祚所部五百蒙兵。人困馬疲。早已胆落。勉強支持一會。便都殲滅。興祚身被數矢而死。興賢被擒。兩貝勒大獲全勝。把興祚死屍。馱於馬上。連同俘獲馬匹軍仗。回報太宗。太宗大喜。命斬興賢。磔興祚屍。傳示各營。無不稱快。不在話下。

話說永平城中。自聞太宗入了洪山口。連破京東名邑。圍了燕京。勤王諸軍。無能奈何。自然是每日提心弔胆。加緊防守。此刻城中負責人員。有兵備道鄭國昌。知府張鳳奇。推官羅成功。以及同知魏君謨等。都是文官。武職自參將楊春以下。還有許多告職的鄉耆。也都協同助力。督飭兵民。曉夜抵備。正月初二日。太宗已把攻城器具。備辦齊楚。使二十二人用梯一架。每旗出兵千人助之。以阿山葉臣爲督戰。命令一下。大軍撲至城下。矢石交飛。砲火上下。戰了多時。明兵之守北面者。砲身自裂。炸死多人。因而城上大擾。雲梯兵。乘隙攻上。一面既得。四面繼之而上。時正夜中四鼓。阿山葉臣。令衆環立城上待曉。並宣布赦令。凡敵兵拒戰者不得不殺。其不戰而歸順者。悉收恤。勿得妄殺。及曉。城內明兵悉竄。鄭國昌、張鳳奇、羅成功、偕仰藥死。同知魏君謨。參將楊春、革職武官焦慶延、越城逃去。戶部郎中陳此心、知縣張養初、革職太僕寺卿陳玉廷、兵備道白養粹、行人司崔及第、戶部主事白養元、知縣白珩、遊擊楊聲遠、永平衛掌印陳清華、盧龍衛掌印王業宏、東勝掌印陳延美、革職副將孟喬芳、楊文魁、參將羅墀、都司高攀桂等。皆出降。可憐有這些文武大員。竟不如昌黎一位小小知縣左應選先生。臨時召募一些潰卒游民。把昌黎縣保守得銅墻鐵壁一般。大軍連攻四次不能下。可見軍事上的成敗利鈍。無理可說。大約心齊則力厚。決死則志堅。非有高妙戰術也。

話說永平既下。因命貝勒濟爾哈朗薩哈璘。偕同巴克什達海。愛巴里等。入城安撫官民。察驗倉庫。次日城中降官集東門外山岡上。朝見御營。太宗遂率諸貝勒入城。環視街衢。仍出東門還營。官民擁道。懽呼萬歲。既而留貝勒濟爾哈朗、薩哈璘、統兵一萬。命其鎮守永平。擢白養粹爲永平巡撫。以孟喬芳楊文魁爲副將。領本城汎兵隨行。分撥停妥。太宗遂向山海關內移營。初七日。貝勒阿巴泰、岳託、豪格等。率副將孟喬芳、楊文魁、遊擊楊聲遠。及兵四百。由永平至御營聽訓。因召三人至御幄。

酌以金卮。諭曰。朕不似爾明朝之君。與臣下情意隔絕。凡我臣僚。皆令侍坐。使各吐衷曲。飲食同之。喬芳等奏曰。臣等在明國不但不能進見朝廷。即親近之臣亦難見也。既又閱視降兵。見其有瑟縮畏寒之狀。因命入村駐居。書新兵二字。纏於臂。先是大軍克永平。明之潰卒多逃入昌黎。因命敖漢、奈曼、巴林、札魯特諸貝勒。率蒙古兵攻之。方樹梯登城。城上火石紛下。梯毀不能克。又命大臣達爾漢、喀克篤里、固三泰等。領兵千人馳往。攻一晝夜。仍不克。太宗乃自撫寧移師。携新製梯楯至昌黎。復加修整。以備攻城之用。諭將士曰。鳥槍火砲。自遠而至。目不得見。避之誠難。至於矢石。乃目力所及。可以引避。爾等宜善爲攻擊。於是以右翼四旗攻其南。左翼四旗攻其東。敖漢、奈曼、巴林、札魯特攻其北。布列雲梯。將登城。不意城上滾木雷石。槍砲火束等等。一齊打下。雲梯多被摧毀燒折。煙霧濃起。火焰翻飛。休說攻城。城下連立足處皆無。只如一片盛然的火場。仰攻既不可能。只得改變方法。另用擋牌楯車。衝開火路。迫至城下。打算鑿毀城基。以火藥轟之。但是城上毫不容空。火種砲石。不斷打下急切開鍬钁等物頗不敷用。大貝勒代善因遣人奏聞。謂城堅。而知縣左應選又死命防守。不如捨之。太宗亦以立春以後。農人將作田工。遂令班師罷攻。命貝勒岳託。豪格。率官四十員。兵千人。先携俘獲歸還瀋陽。又命大臣納穆泰、和碩圖、圖爾格。各率本旗往灤州。相機行事。既而又命遊擊高鴻中。巴克什庫爾禪。率十人。先往勸令開城。免遭兵禍。城中兵民。以戰無好果。約款納降。大臣納穆泰等、遂率領軍隊。隨後入城。查封倉庫。有銀四百餘兩。糧一萬餘石。這時有勸太宗宜取道山海關。以通內外大道者。太宗因關門險要。而孫承宗又督兵關上。如關門不破。敵兵前來夾擊。反無歸路。加以前得各地。有復叛去者。遂移營三屯營。收復各叛地。降遷安。自天聰三年十月。出師征明以來。已閱一百三十餘日。因解冰期已至。大軍不便久留。命班師。以貝勒阿巴泰、濟爾哈朗、薩哈璘、偕侍衛索尼、參將寧完我、遊擊喀木圖、率正白鑲紅正藍三旗兵。守永平。參將鮑承先。遊擊白格。率鑲黃鑲藍二旗兵。守遷安。大臣圖格爾、納穆泰、偕巴克什庫爾禪、副將高鴻中。率正黃正紅鑲白三旗兵。守灤州。副將察哈剌、偕文館范文程。率蒙古兵。守遵化。諭曰。明之土地人民。天已與我。即我之土地人民也。以我之人民而虐害之。則已收之疆宇。將非我有。他處人民。亦無復有歸者矣。爾等宜嚴飭軍士。勿虐害歸順之民。違者治罪弗貸。諭畢。遂統大軍。自遷安縣北之冷口。班師凱旋。師次遼河。二貝勒阿敏。率留守文武。奉迎於河岸。先使大臣蒙阿圖問曰。皇上率諸貝勒征明。往來想俱安吉。大臣阿什達爾漢答曰。仰荷天佑。暨皇上鴻庥。往還悉得平安。于是行凱旋飲至禮。是日駐蹕蒲河岸。三月壬午。駕還瀋陽。休息月餘。太宗改命二貝勒阿敏代阿巴泰濟爾哈朗往守永平。原來阿敏平日非常驕慢。性質又極橫暴。他與貝勒濟爾哈朗。雖為兄弟。性情卻極相反。濟爾哈朗。既忠且勇。深得太 宗倚重。阿敏卻是時出怨言。關於太宗所有施爲。每懷不滿。但是名位甚隆。除了大貝勒代善。無與比肩。這次太宗所以命他前去守永平。也以名爵的關係。諒他必能鎮壓。足以先聲奪人。等到秋後。再行出師。以取關門。不想他却錯會了意思。以爲故意不許他與濟爾哈朗一同共事。出征時旣未得同行。如今往守永平。又把濟爾哈朗撤回。因此發出許多怨言。說到了永平。一定把濟爾哈朗留住。他不答應。便一箭射死。他先懷着這樣的憤懣。如何能忍苦耐勞。去幹功業。到後來。果把永平四城。白白失守了。本來關門不破。關內諸城。是無法久守的。因爲聲息不通。孤軍遠守。在兵法上已自犯忌。不曉得當時太宗爲什麼捨不得放棄四城。旣欲堅守。却又命阿敏去瓜代。宜乎形勢相左了。話說二貝勒阿敏。奉命來到永平。與貝勒阿巴泰濟爾哈朗等。辦了交代。自然又有一番區處。原先阿巴泰等在此。一遵太宗諭示。除了防備明兵來援。並不驚動居民。阿敏好立威。又怕民居匿藏奸細。竟自出了一張極可怕的布告。大意說。爾居民等。妄意我即還軍。因隱匿奸細不舉。見明哨兵來不報。夫我豈敢以天與之土地。委之而去耶。今後見有藏匿奸細者。全家論死。妻子爲奴。其親兄弟而異居者始免罪。有拏獲奸細來首者。賞銀十兩。并奸細携帶之物亦盡與之。明兵及其哨卒。經過我歸附鄉村。爾居民即可來報。有不報者。察其蹤跡。凡經過村莊悉誅之。歷來編輯清史者。關於太宗之繼位。多有微詞。對於阿敏莽古爾泰一類粗豪之輩。反多惋惜。謂太宗於骨肉之間。未免太刻。照阿敏這種舉措看來。不用說使之爲君。便是久握兵政大權。也可以說是有害無益的。他是四城之主。不但多數兵民所託命。尤於未來國家大計有關。一舉一動。關係成敗。再說城爲新得。民爲新附。方以恩結之不暇。如何再以駭聽之言。驚其魂膽。使不寧居。原來百姓者。撫我則后。虐我則仇。所希望者。惟在安生無擾。至若敵兵如何。治安如何。有官有兵在。豈可無故妄責百姓。一紙文告。言之者輕鬆異常。却不知人民所受影響。眞有家敗人亡。奇寃莫訴者。卽如阿敏所發布告。實效毫無。僅不過予姦人以害人劫財之口實。因爲人類不齊。有善有惡。加以貧富之殊。形勢變異。乘機以逞。假公報復者。何地無有。富室鄉紳。平日因小嫌而遭大禍者。日有所聞。不是某家窩藏奸細。便是某村通敵走線。阿敏不察。有報卽辦。直弄得天愁人怨。產蕩人亡。姦民知道阿敏容易受紿。爽得肆無忌憚。四出橫敲。一有不遂。便指爲窩奸通敵。當初四城之民。誠心歸服。生恐明兵再來。還遭兵燹。如今呼天搶地。反倒盼明兵快來。當初本無奸細偵卒混跡其間。而今逼得四城良民。反倒沒一個不是奸細的了。只盼明兵一到。便來個裏應外合。讀者諸君。你們看阿敏這宗舉措。在國家大計上。是何等的錯誤。損失之大。實在難以筆墨形容。我們看鎭守四城之兵。一共總有二三萬。謀臣勇將。至少也有百餘人。杳拏細作。防守地方。足以分配了。還用得着責成老百姓嗎。若是敎老百姓負起這麼大的重責。生命財產天天受着威脅。那末有那多的兵將是幹麼用的。官員官兵。奉命保衛降城。不能盡職。查拿奸細安慰人心。却用嚴厲的布告。督起人民來。這不是等於庸人自擾。徒授姦凶以可乘之機麼。先是滿洲將領。見二貝勒發此布告。皆不謂然。先前一個奸細也沒見過。怎麼自從二貝勒接事。忽然奸細這樣多起來。分明姦民利用那張布告。挾仇誣告起來。只得大家商量。諫勸二貝勒取銷那張布告。不要使人民不安。二貝勒不但不聽。反倒把大家申斥一頓。諸將領見他不從大處落墨。專一向細民立威。暗中把他的施爲。報告太宗。遂又命貝勒杜度。率官四十員。兵一千。前赴永平。協同駐守。並敕諭二貝勒阿敏曰。

永平、遵化、灤州、遷安等處歸順之民。耕種田禾。宜嚴禁擾害。此四處降民。爲漢人未降者所屬目。豈可令其失望。又勿以形迹可疑。妄指平民爲奸細。眞奸細豈易察獲。恐反致官民驚恐不安耳。

阿敏讀罷敕諭。又見增派杜度率領官兵前來駐守。他不以爲這是太宗重視降城。策出萬全。反倒疑心太宗信任不專。成心與他爲難。因此益發怨望。不理軍務。又遷怒降官說。他們心懷叵測。沒事便罷。如果有明兵來侵。一個不留。只顧他一人威福自恣。不體上意。却不想弄得人心益形不安。大有一觸即發之勢。情形如此。消息那有不外露的。明督師孫承宗。早已命令各地援軍。相機收復永平四城。夏五月。明華州監軍道張春。四川監紀官邱禾嘉。錦州總兵祖大壽。山西總兵馬世龍。山東總兵楊紹基。

副將祖大樂。祖可法。張洪謨。劉天祿。曹恭誠。孟喪等。統領援兵。合圍灤州。幾次猛攻。已及濠內。領兵大臣納穆泰。圖爾格。湯古岱等。各立汎地。分兵拒守。並選精銳。繞城轉戰。屢敗明兵。驅之濠外。敵變計獨攻納穆泰汎地。縱火焚其城樓。一人執纛。方攀梯登城。鑲白旗兵阿玉什執斬之。並奪其纛。明兵稍卻。時貝勒阿敏碩託等。聞灤州被圍。遣總兵官巴篤里。僅率一二百人往援。乘夜越敵營入城。以故內外夾擊之勢不成。敵攻益力。發紅夷砲。擊壞城垛。樓櫓皆焚。納穆泰等。度不能支。夜突圍走永平。會天雨。道路泥濘。不能結陣退。或三十人。或二十人。紛投永平。其無馬及創病者。多被明兵所截殺。共四百餘人。此時阿敏已盡收遷安縣官兵及居民入永平城。聞灤州已失。不思所以戰守抵備。益遷怒永平降官。謂其通敵獻計。否則明兵決不敢來。固然明兵於創敗之餘。不敢復言戰。但是祖大壽等所部寧錦之兵。依然駐屯關內外。又有孫承宗爲之收聚鼓舞。仍然勁敵。阿敏如先存戒心。連合四城。互爲應援。戰雖不能盡殲敵衆。而保衛四城。以待秋末師期。內外夾擊關門。固不失上計也。惜阿敏見不及此。惟知以嚴法立威。重傷降人心。又不設備。失去聯絡。姦人乘之。潛引敵兵。使孫承宗儌倖成此大功。阿敏之罪。誠不可逭矣。却說灤州失陷後。永平城內。益發人心慌慌。大有岌岌不保之勢。阿敏不思鎮壓。反說外敵之來。人民之亂。皆爲降官等從中作祟。遂盡執巡撫白養粹。知府張養初。大僕寺卿陳玉廷。行人司崔及第。主事白養元。知縣白珩。掌印官陳清華。王業宏。陳元美。參將羅墀。都司高攀桂等。殺以洩憤。乘夜棄了永平城。出冷口而還。遡行並令鎭守遵化諸將。亦皆棄城引衆還。可憐永平四城。爲太宗行師四月所收得。將留以備打通關門之用。不想被阿敏棄於一朝。消息傳至瀋陽。太宗震怒。因御殿召集貝勒大臣及衆官而諭之曰。前出兵時。每備禦下甲兵或二十人。或十五人。毀明國堅固邊墻。長驅直入。拔其堅城。彼所號天下雄兵。在在摧敗。及天以遵化、永平、灤州、遷安與我、隨令每備禦撥護軍三名。甲兵二十名。駐守其地。兵數較前更多。特命貝勒阿敏、碩託。及衆大臣爲之統率。乃因灤州被明兵攻破。擧天所與之四城盡棄之。率衆遽歸。此皆貝勒不盡忠爲國。諸臣復各顧其私。故至此耳。夏六月。自永平退歸之將領官兵。陸續歸來。太宗詔許士卒入城。其貝勒大臣以及大小將佐。在十五里以外候訊。

太宗因集衆官諭曰。貝勒阿敏等。以天與之城池土地。棄之而歸。爾等往問之。灤州陷於明人。爾守城諸將。全師而來耶。鎭守永平貝勒及諸將。守城拒戰而後失永平耶。抑出城迎戰不勝而來耶。果爾、則情猶可恕。乃伊等未見敵兵。未曾張弓發矢。遽而奔回。且不能殿後全軍。致爲明人所襲。是以明之金銀緞帛爲貴而携之。以我兵爲賤而棄之也。可往訊其故。於是衆官領命往問。棄城遽歸諸將無不服罪。次日集衆官於庭。逮繫永平退歸總兵官以下備禦以上。匍匐滿庭。皆不敢仰視。太宗因念失陷士卒。惻然淚下。責諸將曰。明兵兩三月間。何遽如斯之强耶。豈彼有神術變化歟。豈朕所付爾等之兵尙寡。力不能支敗。抑爾諸臣皆懦弱敗。大明國之兵。我等豈未見其伎倆耶。朕以圖爾格納穆泰二人爲能。故用爲帥。謂戰則必克。謀則必成。朕實嘉賴。今不死彼處而歸。何厚顏至此。圖爾格奏曰。臣等曾力諫貝勒。奈貝勒不從乃歸爾。湯古岱奏曰。臣等誠爲失計。宜請死。太宗曰。汝等不能全師而歸。陷於敵者。敵人殺之。至此者朕又殺之。於朕爲有益乎。汝等縱謂敵勢强盛而歸。何不收我士卒與之俱歸。彼士卒何辜。忍令其呼天搶地以就死耶。朕言念及此。實痛於心。諭畢。猶感傷墮淚。群臣亦皆泣下。旋又諭師還時有摧鋒陷陣者察奏。除遵化城守。文武諸將、范文程等。衝破敵陣。全師而返。有賞無罰外。如阿爾津、庫爾禪、覺善。在灤州城內力戰。既出復能殺敵。圖賴、阿山、武拜、邦素、伊勒穆。夜入敵營。擊敗敵兵。命釋其縛。阿拜曾勸諫阿敏不從。非其罪。亦釋之。以鎭守遷安兩旗官。曾擊退敵兵。鎭守永平三旗裨將。止聽從貝勒大臣驅使。非能主其事者。又巴篤里、彰什巴、阿福尼、愛通阿、翁阿岱等。曾往救灤州。突圍入城。均釋之。其鎭守灤州三旗大臣。及鎭守永平三旗大臣。均押赴所司聽勘。過了一日。又命貝勒大臣議阿敏罪。諸貝勒大臣遂歷數阿敏罪狀。懇祈明正典刑。其略曰。

阿敏平日狂悖怨憤。罪狀昭著。違背上命。怙惡不悛。當明兵攻灤州。閱三晝夜。阿敏擁五旗行營兵。及八旗護軍。坐守觀望。聽其城陷兵敗。既不親援。又不發重兵。止遣一二百人往。致力弱陷敵。及灤州失守。我兵走永平。彼既不往迎。又不待後軍之至。殺降順官民。置留戍軍士不顧。載財帛即日奔還。不聽正言。止與其子洪科泰。及部下阿爾岱、瑚什布、錫林、額孟格、德爾得赫等。私相定議。毀壞基業。喪失城池。請誅之。以彰國法。

若論阿敏之罪。雖死不足蔽辜。但是太宗不忍誅之。命按法幽禁。並將其平日所犯罪款。共一十六條。宣之國人。兹錄於下。

貝勒阿敏。怙惡不悛。由來久矣。阿敏之父。乃予叔父行。太祖在時。兄弟和好。阿敏嗾其父。欲離太祖。移居黑扯木。命人伐造房之木。太祖聞之。坐其父子以罪。既而欲宥其父而戮其子。諸貝勒諫謂。既宥其父。何必復殺其子。太祖於是收養其父子。及其父既終。太祖愛養阿敏。與己三子。毫無分別。並名爲和碩大貝勒。爾國人曾見有異父所生。而如斯愛養者乎。及太祖升遐。上嗣大位。仰體皇考遺愛。仍以三大貝勒之禮待之。爾國人亦曾見有異父兄弟而如斯愛養者乎。此背恩之例也。昔朝鮮與我相好。後助明國。又收容我遼東逃人。因憤告天地。往征其國。時命阿敏、濟爾哈朗、阿濟格、杜度、岳託、碩託、各貝勒。及八大臣前往。蒙天眷佑。克義州及郭山安州。直趨王京。朝鮮國王聞之。竄入海島。我與其國王大臣盟誓。復携其王弟爲質。岳託言。國王已盟誓。我等統朝廷重兵。不可久留。且蒙古與明逼處我國。皆爲敵人、阿敏言、朝鮮王已棄城、入島中。

汝等不往。我將與杜度往。杜度聞之曰。貝勒獨欲與我往。是何意也。忿甚。岳託乃謂濟爾哈朗曰。汝兄所行逆理。汝盍諫止之。汝欲往則往。我率二旗兵而還。濟爾哈朗力諫阿敏方回。彼抱異志。已於彼處見之。此專斷異志之例也。師還至東京。將俘獲之美婦進於上。阿敏欲納之。岳託曰。我等出征。甚多奇物。聞朝鮮產美婦。故以此一婦進於上。阿敏乃謂岳託曰。汝父往蒙古。不嘗取美婦人乎。我取之有何不可。答曰。我父所得之婦。始獻之上。上不納而分賜諸貝勒。我父得一人。汝亦非得一人乎。既而阿敏又使副將納穆泰求美婦。上曰。未入宮之先。何不言之。今已入宮中。如何可與。阿敏不得此婦。常在外缺望。坐次有不樂之色。上聞之云。爲一婦人。乃至乖兄弟之好乎。遂賜總兵官冷格里。此暴慢之例也。阿敏嘗於衆中曰。我何故生而爲人。不若山木。木之生也。伐可以爨。否則得長高阜。生而爲石。尙可供禽獸之溲溺。猶覺愈於今日也。征察哈爾時。土謝圖額駙背所約之地。從他道入。復不待我兵先歸。上怒曰。此必土謝圖與察哈爾通情。因令諸貝勒永絕往來。然阿敏中途遣人贈遺甲冑鞍轡類。且以上語盡告之。土謝圖汗大驚。乃遺書阿敏。並上疏。阿敏乃私留其使於家。納來書不呈上覽。此私交外國之例也。上與諸貝勒議。凡諸貝勒子女婚嫁。必經公許。阿敏貪牲畜。私以女與蒙古寨特爾貝勒。貝勒以已有二婦辭。又強與之。及宴會。始來奏請。上曰。初許嫁未嘗與聞。宴時何爲來請。遂不往。後又娶寨特爾女爲妻。奏曰。吾女嫁寨特爾甚苦。其向塞言之。上曰。許嫁之時。不議於我。今女不得所。汝自言之可也。因此常懷怨憤。違背上命。此違法之例也。太祖在時。守邊駐防。原有定界。因邊內地瘠。糧不足用。遂展邊開墾。移兩黃旗於鐵嶺。兩白旗於安平。兩紅旗於石城。兩藍旗所住之張義站靖遠堡。地土瘠薄。因與以大旗之地。彼乃越所分地界。擅開黑扯木。開墾後。又棄靖遠堡。偏向黑扯木移住。上見其所棄膏腴良田。謂阿敏曰。防敵汎地。不可輕棄。靖遠堡若不堪耕作。移於黑扯木可也。今皆良田。何故棄而去之。莽古爾泰貝勒言。汝違法擅棄防敵汎地。移居別所。得勿有異志耶。阿敏不能答。若此舉動。豈非乘間移居黑扯木。以遂其素志乎。此非法異志之例也。阿敏貝勒。以夢告貝勒和齊曰。吾夢被皇考箠楚。有黃蛇護身。是卽護我之神也。此異志之例也。上出征。令阿敏留守。彼於牛莊張義站。二次出獵。又造箭復欲行獵。若用此行獵之馬。往略寧遠近州。不亦善乎。乃不思急公。不守城池。惟耽逸樂。此怠慢之例也。岳託豪格兩貝勒出師先還。阿敏迎至御前馬館。略無款曲之言。乃留守大臣坐於兩側。彼居中。儼爲國君。令兩貝勒遙拜一次。復近前拜一次。方行抱見禮。至上與貝勒安否。無一言問及。凡諸貝勒大臣出師還時。上亦乘馬出迎。及御座。方受跪叩。彼自視如君。欺陵諸貝勒。此僭恣之例一也。初永平既下時。留濟爾哈朗等諸貝勒。及八大臣守之。駕還瀋陽。修理甲冑。督農桑。部署歸降之蒙古。期以秋後復往。乃命阿敏及碩託率兵六千。往代鎮守。

阿敏言。欲與吾弟濟爾哈朗同駐。上曰不然。彼駐守日久。勞苦可念。宜令還之。臨行、貝和齊薩哈爾察兩叔往送之。阿敏言皇考在時。嘗命吾弟與吾同行。今上卽位。乃不許吾弟同行。吾至永平。必留彼同駐。若彼不從。當以箭殺之。兩叔曰。亦謬矣。何出此言。阿敏攘臂言曰。吾自殺吾弟。將奈我何。此僭恣之例二也。阿敏貝勒入永平時。鎭守諸貝勒。率滿漢官來迎。張一蓋。彼怒曰。漢官參將遊擊。尙用二蓋。我乃大貝勒。何只一蓋乎。遂策馬入城。夫御駕行時。止張一蓋。且有不張蓋不警蹕之時。而妄自尊大如此。此僭恣之例三也。及至永平。深恨城中漢人。又不悅上撫恤降民。謂我征朝鮮克安州時。城中人民釋而不殺。不過令其國人聞之。爲攻取王京之聲譽耳。今汝等攻北京不克而回。及攻破永平。何故亦不殺其人民耶。又向衆言。我旣來此。豈令汝等不飽欲而歸乎。此殘傷之例也。彼往略地。有榛子鎭降民之財物。悉令衆兵攜取之。又驅漢人至永平。分結八家爲奴。我國之法。不惟歸順者不擾。卽攻取之永平。亦何嘗有犯秋毫。今故意擾亂漢人。隳壞基業。使不仁之名。揚於天下。此隳壞國是之例也。鎭守永平諸貝勒還時。城中官員。俱有憂色。言諸貝勒旣去。我等皆願同往。何故復留此。恐去後此新來之鎭守貝勒難保我等之性命。及達爾漢額駙還。竟不道及義理之言。但出怨言相告曰。聞上欲議我罪。夫阿濟格殺傷別旗人。尙未坐罪。莽古爾泰屢有罪。亦未坐罪。我若有過愆。止可密諭。況爲上盡力。有何罪乎。此離間衆人之例也。迫喀剌沁而强求其女。此専恣之例也。明兵圍灤州。閱三晝夜。彼擁兵坐府。城陷兵敗。既不親援。又不發重兵。止遣二百人前往。徒令死於敵人之手。當灤州失守。直議回國。碩託等諫曰。何故因失一城而驟棄三城。彼不從其言。將永平遷安官。民悉行屠戮。以財帛牲畜人口爲重。悉載以歸。此失守無狀之例也。欲知後事。且看下回

第二十回

省刑罰諸貝勒言政　戰大凌衆明將成擒

照阿敏這樣的人。簡直沒有向他表同情的必要。他不度德不量力。心存妄想。於開創之新基。已自不利。但是太宗篤於兄弟。猶冀其有一日之悛改。故仍託以重任。不想他殺降啓叛。自招外敵。及至灤州被圍。又不力戰摧敵。反將四城同時餽送敵人。匆匆逃歸。自太祖起兵以來。無此失態。論理宜置重典。太宗恐有殺兄之名。止於幽禁。其餘貝勒大臣。奪爵者奪爵。籍產者籍產。凡死事將卒之家。以及被殺降官眷屬。皆優恤之。撥屋贍養。不在話下。却說滿洲自太祖起兵以來。雖是戰無不克。攻無不取。而臨陣利器。不外弓矢。誠以騎射爲滿洲民族之所專長。加以天賦體格。膂力極大。又有偉

大人物如太祖者以統率而督練之。是以所向披靡。其後歸服日衆。雖有時亦用火器。無非鳥槍野炮之屬。以彌弓矢之不足。但滿洲八旗。多不使用。因爲滿洲八旗。好爲突擊野戰。以火器爲費手。不如弓矢短刀輕利。其攻城也。則以雲梯。人則冒矢石以上。以此之故。滿洲八旗。始終不用火器。止使漢軍練習之以助戰。及太祖攻寧遠不克。袁崇煥純以西洋巨砲轟擊。一彈能傷數百人。火器之威力。始爲太祖所注意。太宗嗣位。連攻寧錦。亦爲大砲所摧敗。自是始有自鑄大砲之議。而未實行。及貝勒阿敏失守永平四城。在戰在守。兩方面都痛感大砲之不可無。所以在天聰五年春正月。詔鑄紅夷大砲。這時因爲降附日衆。人才輩出。一切工藝。無所不備。自然很容易的便鑄成了。砲身上鐫字是。

天佑助威大將軍。天聰五年孟春吉日造。督造官總兵官額駙佟養性。盛造官遊擊丁啓明。備禦祝世廕。鑄匠王天相。竇守位。鐵匠劉計平。

不過在這里有一點不得不少爲辨明的事。紅夷大砲。原由澳門。經葡萄牙人之手。傳入中國。那時明廷正需此物。不恤與葡人以種種利益。竭力收買紅夷砲。紅夷者。明人加給西人之稱。以其毛髮赭赤故也。後來入了清代。有許多記錄。把紅夷砲都改作紅衣砲。這也許是用同音字。也許是另有說。但是決其不是由於國家的功令。誰知我們一看蕭一山先生所著的清代通史。便說清人諱夷。所以把夷才改爲衣字。夷字也不算什麼壞字眼。有什麼可諱的。照蕭先生的話看來。好象是在功令上。必得這樣改。不知何所見而云然。記得乾隆時曾有關於夷虜等字不許任意改用他字的上諭。因爲那時有人把四夷的夷字改用彝字。故有此諭。盜賊罪犯。也不許妄加惡名。張三即爲張三。李四即爲李四。又不得於本名加以犬旁。凡於譯名。如英吉利不可加口旁。作嘆咭唎。凡字典中所無之字。不許使用。諭旨意思如此。惜忘其原文。乾隆時文網雖密。無非在使妄人不得任意胡說。正名核實。以昭大信。不過淺學下士。以及謬妄凶人。一則小心過度。一則肆口胡云。關於學者光明正大之態度。以及最要之法令。始終不屑寓目。全憑臆說。違實編造。諸事落於空談。而不能得其實際。此爲一端。尤其漢人學者。自始即懷僻見。認眞虛懷而研究清史者。又有幾人。民族之不揚。文化之落伍有以哉。

一說、凡有封號之大砲。平時被以紅布之衣。故曰紅衣砲。亦穿鑿之談。探其原本。砲自紅夷來。自仍以紅夷爲正名。其引伸變遷之名。乃後來之事。自可擇適而從。妄測妄意。又無所根據。徒貽不學之譏而已。話說紅夷大砲鑄成之後。命額駙佟養性主管之。擇漢軍及歸附漢人編隊教練之。直至清之末季。砲兵多爲漢軍。蓋自此始。這位佟額駙。雖爲遼東人。先世實爲滿洲。因居佟佳地方。遂以地爲氏。有達爾哈齊者。入明邊爲商。自開原徙撫順。因家焉。天命建元。太祖日益強盛。養性以滿族出了這樣偉大人物。心向往之。便暗中與太祖通款。爲明官察悉。逮置諸獄。養性乘人不備。脫獄逃出。歸事太祖。太祖妻以宗女。號施吾理額駙。授三等副將。從克遼東。進二等總兵官。厥後明之官民。歸者日衆。太祖以養性習明事。又曉漢語漢文。常使管理降人。太宗天聰間。又把降人壯丁。別練一軍。滿語謂之烏眞綽哈。至五年鑄紅夷砲。卽使養性統領之。並管理所有漢人事務。諭之曰。凡漢人一切軍民事務。付爾總理。各官悉聽爾節制。勿徇情面。分別賢否以聞。益當殫厥忠忱。簡善絀惡。恤兵撫民。勿私庇親戚故舊。陵轢疏遠仇讎。昔廉頗藺相如。一將一相。以爭班位幾成嫌釁。幸相如重視國事。不念私讎。是以令名垂於千祀。願爾效之。又令漢官曰。凡軍民一切事務。悉令額駙佟養性總理。爾衆官不得違其節制。如有勢豪嫉妒。藐視不遵者。非僅藐視養性。是輕國體而玩法令也。必罹禍譴。爾等勿效之。務各恪遵法紀。先公後私。爲國效力。則令名亦共揚於後世矣。是月太宗幸文館。文館之說。前已述過了。裡面有巴克什十人。巴克什者。滿語之有學者。猶博士也。其發音與博士二字甚近。疑由博士二字。轉變而來。其語今猶存在。但簡書爲巴式。意思亦漸廣汎。凡於藝有專長者。皆得謂之巴式。但國初之巴克什。則名譽甚高。與武將之巴圖魯相等。均由上賜。非一有學問。卽可稱爲巴克什也。與巴克什相類之名詞。又有諳達。塔齊布庫。色傅等稱呼。諳達者。師傅也。有文有武。皆御前講師。或教授親王貝勒藝術者。始得稱之。塔齊布庫者。教習也。官學講師。色傅者。猶言先生也。亦兼文武而言之。這些名詞。還不算太舊。亦論故事者所當知也。却說自文館成立之後。太宗尚未幸臨。無論關於什麼事。太宗都想自己去看看。所以今天抽暇。駕臨文館。

先入巴什庫爾禪直房。只見庫爾禪正在伏案作書。忽見上至。連忙起立叩安。上問所修何書。對曰。注記上所行事。若在專制暴橫之君。見人記錄他自己所行的事。還有不自己査閱。以防觸忌的麼。在漢唐之君。並不是沒有的事。但是太宗深明大義。知道史臣之權。是不可侵犯的。忙向庫爾禪說。『此史臣之事。朕不宜觀』說完了。一眼也不看。便又到巴克什達海屋裡去了。這時達海正翻譯武經七書。因取觀之。內有云。『昔良將之用兵。有饋簞醪者。使投諸河。與士卒同流而飲。夫一簞之醪。不能味一河之水。而三軍之士。思爲致死者。以滋味之及己也』太宗讀畢。不禁賞歎。因諭隨從曰。

古來爲將帥者。必體卹士卒。我國額駙固三泰。與敵交鋒。士卒有戰死者。嘗以繩繫其足曳歸。主將之輕蔑士卒若此。何以得其死力乎。

固三泰也是一時勇將。不過他太輕視兵卒。太宗斷其必敗。後一月。固三泰果以不諳機務。不能鈐束士卒。罷其總管鑲藍旗任。但是太宗雖然這樣勤披書史。取範古人。至若其他貝勒大臣。未免有時不甚用心。不用說古時名將嘉言。不屑瀏覽。便是眼前庶政。也有顧不到處。這不但是精力問題。而心思精粗。亦於是乎見。如同關於刑獄之事。太宗在平日最爲注意。決不許有絲毫屈抑。務要持平。但是一般從政貝勒大臣。因軍務甚忙。也就無暇親理。日久天長。自不免生出情弊。一有情弊。便瞞不了太宗。因爲是處處留心的原故。現在忽有刑賞不公的事。被太宗聽說了。便自己寫了三份書函。

一給大貝勒三貝勒。一與其他諸貝勒。一與各旗大臣。教他們盡言直諫。其與大貝勒三貝勒書曰。

兩兄與衆定策。推戴藐躬。數年以來。無日不兢兢業業。期於上繼前業。下協民情。頃聞國人。或有怨言。必刑獄不得其平歟。賞功有所偏私歟。或耽於佚樂。黷於財貨歟。其咎在予。予弗自知。賴旁觀者明告之。夫此大業。非予藐躬所自致。乃皇考艱難締造以留貽者。當祇承罔墜。則皇考神靈欣慰。上天亦加眷佑。倘有隕越。皇考神靈怨恫。上天亦加譴責矣。古人有言。同舟共濟。濟則同享其福。不濟則均受其害。我兩兄勿以責任在予。而面從。予有過。宜直言。若不見納。方可棄予而不言。今相率緘默。非予不樂聞己過也。國家政令。有當更改者。即議更改。務期至當。俾臣民遵守焉。

刑賞大權。雖則統於一尊。而所以理刑賞者。則諸有司也。太宗不責人而先責己。政令有當更改者。令議改之。圖治心切。可以想見。書下。大貝勒代善奏言。刑罰不中。民有怨言。皆由讞獄不得其人。宜選擇更易之。三貝勒莽泰古爾奏言。臣等讞獄。每據三次供詞。惟恐事久生意。臣當與審事各官。共矢之天地。從公聽斷。不公者受譴。這是二位大貝勒對於太宗所發的意見。因爲這二位大貝勒。在當時地位最隆。總理國務。自然出言謹愼。不卽不離。二大貝勒以下有議政十貝勒。卽阿巴泰、德格類、濟爾哈朗、阿濟格、多爾袞、岳託、多鐸、杜度、薩哈璘、豪格等十人是也。這些位貝勒。多半是年少氣盛。抱着改進的思想。如今見太宗以書下問。至願一吐曲衷。不過地位不同。所司互異。言人人殊。文多不錄。玆錄貝勒岳託一疏。以概其餘。

恭承詢諭。即位以來。豈無一失。臣伏思微瑕小過。難必盡無。古語云。器圓則水圓。器方則水方。惟擢用敢諫之士。則群臣爭趨正直。任正直之臣以讞獄。則國人自無嗟怨。如欲使國家豐裕。則當除祭禱之糜費。禁九衣七帽之奢華。如欲屏息邪佞。則當以訐告本旗官長之人。斷隷別旗。此當今之實政也。

昔之國家。政務不分。祀天祭神。爲國要典。以後政教分立。國君雖專掌政權。而祭祀之權之屬於國君者。猶未盡除。我們看中國歷代帝王。對於壇廟山川。一切祀典。那樣重視。就可以知道祭也是國君最大權利之一了。何況滿洲自肅慎時代。受有殷商的感染。關於祭天祀祖之事。重視無比。不但國君貴族之家。便是一般民衆。如不舉行祭祀。便以爲奇耻。相習成風。舉祭時極力鋪張。所費不貲。此在爲人後者。追遠祖先。以享以祭。固足以昭孝思而厚風俗。惟至末俗。其祭也不必祖先。雖不經之神。而亦祭之。則近淫祀。但是太宗時代。非如末俗。所祭者惟天與祖。而岳託倘謂其爲糜費。僅止於沒說不必要。在那時竟有這樣一位頭腦新穎的貝勒。這是我們應當注意之一點。但是數千年相習成風的祭祀之禮。決其不是一個人的力量所能革除的。何況正賴此以齊一人心。而且又是固有的風俗。太宗自不願禁止。其餘貝勒大臣所言。有足採擇者。全都逐漸實行。不在話下。話說明督師孫承宗。乘阿敏大失人心。又不設備。命令張春祖大壽等。起兵攻取灤州。因而永平四城。不勞而獲。明廷以爲非常之功。於是孫承宗乞率師更理關外舊疆。並議赶築大凌河城。明廷許之。承宗遂命巡撫邱禾嘉。當築城之任。以總兵祖大壽等守之。並派間諜。以探太宗虛實。秣馬厲兵。躍躍欲試。太宗因見兵戈難息。自然也就免不了積極備戰。一面調動軍隊。一面遣使朝鮮。責其以米粮船舶協助。時朝鮮王。雖與太宗定盟。而心存携貳。久欲寒盟。此次竟不接見來使。謂明猶父。朝鮮猶子。爲子者。焉有助人伐父之理。以此之故。種下太宗二次征鮮之因。其敗尤慘。但屬後話。此處不提。天聰五年八月。太宗親率大軍。圍大凌河城。出師之先。頒諭蒙古諸部貝勒。以兵來會。命貝勒杜度、薩哈璘、豪格等。留守都城。詣堂子行禮。然後大軍西發。及渡遼河。因集諸將而諭之曰。明國開拓疆土。修建城郭。繕治甲兵。使得完備。我豈能安處耶。朕是以不惜財帛。及通市朝鮮所得貨物。盡與蒙古。易其馬匹。倘荷天佑。克奏膚功。凡俘獲之人。勿離散其父子夫婦。以副朕戡亂寧人之意。自征明以來。攻城野戰。所向必克。明則屢敗。勢同枯朽。而我常有懼心者。以彼雖不長於騎射。而戰陣時曉習法律故也。昔金伐宋。遇宋將宗澤。十三戰金兵皆敗。後有宋將。率兵欲戰。城守將沮之曰。當此六月酷暑。揮扇納涼尚不能堪。豈能擐甲而戰乎。金兵遂克其城。由一言之失也。要在申明法令。撫馭得宜。則人人競奮。建立功名。豈不美乎。旋蒙古各貝勒率師來會。大宴之。次日分兩路進軍。一路由貝勒德格類、岳託、阿濟等率之。共兵二萬。由義州進發。屯於錦州大凌河之間。一路太宗自率之。由白土場趨廣寧大道。約於初六日兩軍會於大凌河。至日兩路軍果然齊集大凌河。天正辰刻。只見大凌河城墻。業已築完。惟城上雉堞。尙餘半未成。是日游擊兵獲一明兵來見。太宗訊以城內實況。該兵說。此城由半月前才動工。有總兵祖大壽。及副將八員。參將遊擊約二十員。馬兵七千。步兵七千。工役三千。商賈二千。但是據明人記錄說。商賈有三萬多人。不知孰是。惟城爲新築。且爲戰爭上攻防要地。加緊招聚。萬無一時便致三萬商旅之事。統共計之。兵民不過二三萬人。糧食僅足二月之需。因爲後來不到三個月。糧便絕了。還有一節。便是環城尙有許多臺堡。以爲主城之翊衛。如果沒有這些臺堡的話。以大凌城那樣新築未完的要塞。便早已攻下了。話雖如此。如果各臺堡不失。大凌河城也未必便降。那末這些台堡是怎的攻下的呢。那就得說是紅夷砲的威力了。自來滿洲兵是不屑於用火器的。全憑勇敢。肉迫攻城。近幾年懲於巨砲威力。損傷甚多。才於本年正月。鑄造紅夷大砲。這次來攻大凌河。便命佟養性統率漢軍。携紅夷砲俱行。計大將軍砲六門。將軍砲五十四門。威風堂堂。實爲以前行軍所未有。大凌城以外。臺堡之最堅固者。無過於魚子嶂之臺堡。原來臺堡之制。其大者不讓一城。其效用有時反在城壁以上。臺內有兵舍。有粮庫。除用屋外。餘皆壁壘。高三四丈。有砲眼。有雉堞。有上下馬道。有極高望樓。依據地形。磚石築造。是以十分堅固。殊難攻下。以前攻此等臺堡時。所憑仗者。惟有雲梯肉彈。以血換得。滿洲軍之爲明人所懼。亦由此。但是戰爭之事。有奇有正。要在力巧兼施。何況既有相當武器。足裨攻戰。亦萬無拒而不用之理。惟光恃武器。而不顧兵卒之素質。亦未有不敗者。明人全恃武器。其兵卒素質。遠非滿洲兵之比。是以卒遭慘敗。此有國者。所不可忽也。話說魚子嶂於全臺堡中。乃首屈一指者。明參將王景。率兵守之。聯絡諸堡。以爲大凌城之衛。且此臺獨據形勝。衆山環之。太宗自測。若不先下諸堡。大凌河城實不易攻下。爲今之計。宜先斷其羽黨。乃命佟養性。率領砲兵。及八旗馬步前鋒。往略諸堡。自統大軍。將大凌城四面包圍。佟養性領命。便先攻魚子嶂。將數十門大砲。一齊向魚子嶂位安。然後分派步騎。伏於山中。以防敵人出劫。於是命令一聲。衆砲齊燃。只聽隆隆之聲。震撼山谷。砲彈落處。壁穿屋塌。明兵無不大驚。他們天天所防備的。全在雲梯。萬沒想到。雲梯楯車。未曾薄城。却先發出這樣巨大砲彈。難道說他們也鑄了大砲不成。當下早已亂成一堆。所備滾木雷石等物。全無用處。不得已也以火砲還擊。但是他們的砲位。沒有寧遠城中那樣大。抵不過將軍砲不斷的追擊。那堅固的壁壘。早已挺立不住。漸漸的塌了下去。眼見全臺。便要轟碎。參將王景。已自無計可施。士卒又死傷大半。只得懸起白旗。請求罷攻。率衆投降。佟養性許之。於是率步騎入堡。查點糧秣軍仗。以及臺兵名冊家屬。差人報告御營。太宗大喜。因謂左右曰。我國創造紅夷大砲。携載出征。實始此役。今既將最堅固之魚子嶂臺攻克。其餘聞風惴恐。近者歸降。遠者棄走。所遺糧糗充積。足供我士馬一月之需矣。果然自魚子嶂攻下後。遠近各臺堡。降者降。逃者逃。從此大凌河城。羽翼全失。只憑錦州救援兵矣。這時太宗已把大凌河城圍了好幾日。各旗分汎防敵外逸。楞額里率正黃旗兵。圍北面之西。額駙達爾漢。率鑲黃旗兵圍北面之東。貝勒阿巴泰。率護軍在後策應。覺羅色勒、率正藍旗兵。圍正南面。貝勒莽古爾泰。德格類。率護軍在後策應。宗室芬古、率鑲藍旗兵。圍南面之西。貝勒濟爾哈朗。率護軍在後策應。武納格。率左翼蒙古兵。圍南面之東。喀克篤里率正白旗兵。圍東面之北。貝勒多鐸率護軍在後策應。伊爾登率鑲白旗兵。圍東面之南。貝勒多爾袞率護軍在後策應。額駙和碩圖率正紅旗兵。圍西面之北。大貝勒代善率護軍在後策應。鄂本佁率右翼蒙古兵。圍正西面。葉臣率鑲紅旗兵圍西面之南。貝勒岳託率護軍在後策應。蒙古貝勒明安等。各率所部兵於空隙處列營。額駙佟養性。率所部兵。載紅夷砲。當錦州大道而營。這是多末嚴整的圍攻陣式。就讓大凌河城。有祖大壽等名將。出全力以拒守。但是形勢不利。外倚全失。假如太宗急於圖功。不恤士卒的犧牲。那末總攻擊令一下。由四面八方一齊進攻。又有數十尊紅夷大砲。轟毀城壁。恐怕不出四五日。其城便可陷落。但是這里有一應當注意之點。太宗年來用兵。已自改變方略。非至萬不獲已。決不妄傷士卒。尤其對於明方文臣武將。不願過事殺傷。總是設法使其投降。收爲已用。卽如大凌河之戰。以後明將。次第投降。前之敵人。後日多爲開國名臣。彼懷種族之見。惟務排除異己者。豈足以語此哉。話說大凌河圍城軍既已完成。諸將有請作速攻城者。太宗曰。不可。攻城恐傷士卒。不若掘壕築墻以困之。彼兵若出。我則與戰。外援若來。我則迎擊。乃命諸貝勒大臣。分赴汛地。環城四面掘壕。深廣各丈許。壕外築墻。高丈許。墻上加以垜口。離墻五丈餘地。又四周掘壕。廣五尺。深七尺五寸。掩以秫稭。鋪以黃土。營外亦掘壕。深廣爲五尺。這樣一來。大凌城更成死城了。連出城樵採都不能。這樣死困。恐怕比戰鬥還危險的多。萬一援兵不能入。城兵不能出。日子久了。豈不活活餓死。祖大壽眞慌了。盼了這多日救兵。也不見到。只得募集了二十名敢死之士。闖出重圍。到杏山錦州各營。請求援救。這二十名敢死之士。固然不能全部脫出。幸有數騎。竟自突圍馳去。無奈後方諸明將。意見不一。有主張赴援的。也有主張教祖大壽放棄大凌河城的。杏山營便是這宗主張。所以命人來與祖大壽下密書。內云。宜棄城携軍士走避杏山。或單騎前來。但是他們的下書軍士。又被參將布延岡所獲。因此知道杏山無意來援。所宜備者。惟有錦州軍。單說大壽坐困孤城。心煩意亂。各營援兵。久久不至。便想誘敵試戰。藉以突圍。先以少數步兵出城。追逐兩黃旗之樵採夫役。黃旗兵見而出護。明兵忽又衝出數隊。諸將久不戰。見而心喜。竟不奉命。先由圖賴率兵往擊。額駙達爾漢亦率鑲黃旗兵繼進。其他各汎之兵。亦皆不約而同。紛紛進擊。兩藍旗兵。逕至城壕。捨騎步戰。逼明兵墜壕者甚多。明方誘敵之兵。雖然死傷百餘。失馬三十匹。可是城上及壕岸邊。早已備妥伏兵。專待引敵切近。槍砲齊發。矢石驟擧。圖賴諸人。只爲一時高興。不想中計。除圖賴被創。其副將穆克坦。屯布魯。備禦多貝。侍衛果禮。以及士卒十人。皆歿於陣。

方接戰時。貝勒多爾袞。亦率護軍衝入。幾乎受傷。太宗因責圖賴等曰。敎你們各守汎地。並沒敎你們去打仗。爲何被敵所誘。冒昧輕進。敵雖未逞。但我方將士亦有傷者。今後若無命令。或敵不來攻。不得出擊。又以貝勒多爾袞親自臨敵。其屬員武拜、準塔、不爲勸阻。乃命宗室錫翰。大臣阿什達爾漢。傳諭切責曰。定例。遇敵時。諸貝勒坐鎭軍中。令諸將率兵擊之。今貝勒親自進戰。爾等何不阻止。倘疎失。爾等死不足蔽辜矣。又諭諸將臣曰。用兵。進止有節。不可輕擧。此城已被圍。敵兵如狐處穴中。更將安往。朕之將士。乃天所授。皇考所遺。實欲善用之。今非其地。如穆克坦等。遽至傷亡。豈不可惜。於是諸將惶恐。各按汎地。惟防範敵之援兵。城內明兵知圍嚴。亦不敢再出。依然待援解圍。太宗亦知明之屯兵。多在錦州、松山、杏山、諸處。而援兵之來。亦不外此三處。故除大凌圍城兵外。又分派驍將阿山、勞薩、圖魯什等往松錦一帶。偵敵行動。凡路側山中。皆設伏兵。復命貝勒阿濟格等。率兵結營松山路前。以備遮擊明之援兵。更不時派出捉生將。捕獲敵人。詢其情況。這種捉生將。爲滿洲兵所獨有。好似後世之挺身隊。而任務不同。他們惟一的任務。是分赴敵人駐兵所在。相機行動。以能生捕敵人將士爲前提。他們第一要有胆量。第二要武技嫻習。身手了得。尤要機警。否則捉不成人。便被人捉了。他們又和偵探間諜不一樣。偵探間諜使智。全在偵察刺探。捉生將則在用力。捕得敵人以後。加以審訊。自然就能明白敵情了。話說阿濟格等。奉命遮擊敵之援兵。各路皆遇敵兵。全行擊退。明督師孫承宗。以大凌河被圍久。各路援兵始終不能奏功。知道非用大部隊不可。乃命山海關總兵宋偉。遵化總兵吳襄。寧遠巡撫邱禾嘉等。統關外馬步。悉入錦州。自己也來督戰。打算一舉而解大凌之圍。這時大凌城已被圍一個多月了。太宗算計明兵。必由錦州來援。先命貝勒多鐸。率護軍二百。行營兵一千五百爲先鋒。佟養性以所部砲兵五百人佐之。並載楯車攻防之具。先往擊敵。太宗則自率禁軍二百督後。順着山路。向前進行。不一時果見錦州城南。塵頭大起。知是敵兵。因命圖魯什、勞薩、領騎二百。前往覘視。遂在小凌河駐軍。以待勞薩等軍報。不過食頃。圖魯什、勞薩。已率二百騎馳回。後面有明兵七千餘衆緊隨追趕。原來圖魯什等。偵敵前行。正遇大隊明兵。不敢接戰。急速撥馬。領衆馳回。明兵以爲怯戰。又不知太宗親來。以爲二百之衆。不難撲滅。遂不計深淺。大隊人馬。從後追來。一直追至小凌河岸。忽見對岸一人。擐甲騎白馬。而赤如赭。威風堂堂。左右將官。無不人强馬壯。擁立黃纛之下。知是太宗。明軍正待慌忙結陣時。太宗鞭梢一指。跨下大白。便如一條銀龍般。早已飛躍渡河。貝勒多鐸以下衆將。也都揮衆踐凌而過。當下太宗當先。衝入敵陣。馬踐矢摧。明軍大亂。貝勒多鐸之馬。避矢前失。以出不意。竟自墜地。其馬遂逸。幸有護衛扎福塔者。以己所乘馬授之。更騎入陣。率衆突擊。明軍大潰。一直北追至錦州。明軍多墜壕死。這時錦州城內明將。見所遣援軍敗回。敵兵將至城下。忙開城以大部步兵出禦。列楯車巨砲於壕外。更以騎兵置於陣後。預備掩擊。在明方雖然添了許多的主力軍。可是貝勒阿濟格等。聽說太宗自率禁軍追敵。已至錦州城外。便也從松山路上。提兵前來助戰。當下太宗督兵進擊。兩軍相距。不過里許。展眼便殺在一起。斬明副將一員。生擒把總一人。明軍生恐城內有失。不敢戀戰。退入城中。太宗亦率兵自回大凌河御營。是役也。以不足三千之衆。擊敗明師不下二萬。大貝勒代善因率諸貝勒出營三里外迎駕。拜賀曰。上以寡擊衆。荷天庥全勝。臣等不勝欣忭。遂獻卮酒。太宗答禮飲之。並告以臨陣爭先力戰諸將。代善亦一一酌酒慰勞之。遂一同入營。太宗因諭諸將曰。頃由諸將奮戰。士卒用命。雖獲全勝。但明軍在錦州城者。不下四五萬人。決不因此小挫而不來。大戰恐在此後。勿以小勝而不加備也。果然明以祖大壽求援急。而督師孫承宗。又以大凌受困之兵。皆百戰精卒。不願置而不救。因此屢催進戰。務解大凌之圍。明將亦覺悟不能再延。前此之敗。謂兵少所致。此次擬起四萬大兵。所有大小將官。一齊出戰。暫解大凌之圍。其主要人物。有太僕寺卿四川監軍道張春。總兵吳襄宋偉。還有祖家弟兄。大弼大樂等。而以邱禾嘉爲主將。九月底。這些位明方大將。統領雄師四萬。自錦出發。浩浩蕩蕩。向大凌河赴援。步步爲營。形勢甚整。但是他們的行軍動作。早爲太宗所設伏兵。以及哨卒等所偵悉。隨時報入御營。太宗自己也曾親往察看。見其營壘嚴整。隊伍不亂。知不可邀擊。命令諸貝勒大將。嚴陣待之。邱禾嘉等。見一路無阻。遂越小凌河。進營於長山口。距大凌城。只十五里。太宗與大貝勒代善。三貝勒莽古爾泰。及諸貝勒率兵約二萬。搗宋偉營。以其他八旗將領。及佟養性之砲兵當吳襄營。又命各路伏兵。嚴備敵逃。單說太宗所部二萬衆。分爲左右翼。直撲宋偉營殺去。宋偉堅陣不動。命軍士用野砲鳥槍四面迎擊。太宗先命護軍及蒙古兵。推戰車鱗次列陣。迫近敵營。既又自率兩翼騎兵。直前衝擊。馬驟矢疾。射入敵壘。敵亦還戰。火器連天。鉛丸如雨雹。惟火器雖利。裝藥需時。不如騎兵。眨眼即到。矢鏃之利。有甚鉛丸。右翼騎兵。早已衝入敵陣。左翼之兵。爲避槍砲。也隨了右翼殺入敵陣之中。縱橫馳突。矢發如雨。敵不能當。但是宋偉能軍。陣雖破。猶力戰。這佟養性之砲隊。陣於吳襄營東。發大砲火箭攻之。時黑雲驟起。風從西來。却把吳襄提醒。打算利用風勢。縱火以燒養性營。忙傳令營中縱火。凡可燒之物。一齊燃着。從上風中。推向養性之營。眼見火已捲地而來。大約養性一營。人不燒死。所有軍需以及百十尊大小砲位。

也必葬於火海了。誰知大家正自忙於防火之際。忽然風頭轉變。西風竟自變了東風。並且比前更烈。這一來吳襄弄巧成拙。不但不能把敵燒死一人。火勢反倒捲回自家營中。當時烈焰翻飛。火濤亂湧。可憐吳襄一營。頓成焦熱地獄。火勢乘風飛舞。只燒得人馬駭奔。頭焦額爛。那離火頭較遠的。也顧不得什麼叫命令。便如潮水一般向西方竄去。距離較近的。便都葬身火海之中。一營約二萬餘衆。竟燒死三分之一。這樣的天變。不但總兵吳襄吃驚非小。嚇得胆落魂飛。只得隨衆逃奔。便是佟養性也出意料以外。怎麼敵人縱火。忽有返風之異。反倒作法自斃。這眞可以說是天助了。當下指揮兵將。順風衝殺過去。吳襄和副將桑阿爾齋。（蒙古人之仕明者）不敢迎戰。先衆而逃。可憐明兵。既被火燒。又遭敵擊。死者甚衆。佟養性一營。竟未損傷一人。大獲全勝。吳襄所部既潰。宋偉益不能支。這時太宗所率右翼。業已衝入張春營。所有明陣。無一全者。敗兵四潰。齊向錦州奔逃。不想太宗早於敵兵歸路。設下精銳埋伏。前邀後追。幾乎全滅。將佐之陣死者。有副將張吉甫。滿庫。王之敬等。共數十人。生擒者則爲張春。及副將張洪謨。楊華徵、薛大湖、參將姜新、遊擊黃澤、千總姜桂等。三十三員。其總兵吳襄宋偉。副將祖大樂。趙國志、劉應國、張邦才、于永壽、金國臣。參將祖邦林、于應選、穆祿、海三代。遊擊祖寬、竇勳等。俱行逃遁。所遺駝、馬、車、牛、甲冑、械器。不計其數。當吳襄縱火時。大起返風。既而驟雨忽降。太宗率衆。於雨中鏖戰。大呼破敵。及收兵回營。天已晴霽。諸貝勒大臣。跪献卮酒。為太宗賀功。不在話下。或問當明兵四萬來援大凌河。祖大壽久困圍城之中。為何不出城夾擊。這話很對。但是太宗自到大凌河。即將此城用壕塹築墻的方法。自四面包困。一時出戰。很是不易。何況又有汛地嚴防逸出。此其一。太宗用兵多年。豈有不知援來。城兵必要出戰之事。所以在半月前。曾在城外升砲。假作明兵來援。及至祖大壽率衆出戰。不但沒有援兵。反倒遇伏。僅以身免。因此之故。雖有眞援。也不敢再行出戰。此其二。有此二端。所以此次明兵來援。城兵始終不敢出來夾擊。而且在十五里外。也不知眞實情況。那敢冒然出城呢。單說明督師閣老孫承宗。因祖大壽久困圍城之中。雖屢派兵來援。皆不成功。孫閣老以為將卒不用命所致。當日克復永平四城。也無非一舉手一投足。便告成功。怎麼如今大凌一城。裡面兵民又都是久經戰陣的。却不能解圍。這一定是自己不在面前。玩忽命令。這老頭子眞自負。他把太宗也看成阿敏一例了。阿敏是成心與太宗為難。有意放棄四城。以掣太宗之肘。不想孫閣老竟認為自己之功。也以為收拾關外。無非如此。馬到功成。所以這回自告奮勇。他本是駐在山海關的。竟自移節錦州。為是親自督飭援兵。計日以解大凌之圍。他說當日恢復永平四城。不是我們這些人嗎。敵人伎倆。不過如是。這次予兵四萬。我在這裡坐鎮。如不成功。休來見我。意氣固然是很可嘉了。只是既遇勁敵。天又不許。四萬大兵。生還無幾。敗退諸將。雖說無顏見他。究竟不能不見。他正在錦州城中坐待好音。忽見吳襄宋偉諸大將。一個個丟盔撩甲。有被火燒的。有被雨淋的。情形狼狽。歸來請罪。孫閣老一見。既驚又歎。主帥既不能運籌帷幄。焉怪將佐不能決勝千里。老頭子歎息多時。不覺落淚半天。因問宋偉吳襄說。回來的止有你們幾個人嗎。張道員乃忠義之士。他怎麼樣呢。宋偉說。我們正在力戰。不想吳襄營中火起。因此軍亂退歸。張春之營。是後破的。我們在路上沒見他。恐怕不保。孫閣老見說。歎道此人若失。未免可惜。諸將見他這樣說時。無不慚愧。待了半日。仍不見張春諸人回城。又怕錦州爲大凌之續。只得安派衆將。小心防守。不可再失錦州。自己偕同監軍太監二人。仍自退入山海關去了。卻說明軍未能成功。反遭挫敗。不但兵馬損失大半。自監軍道張春以下。三十多人。全都被擒不歸。當時早惱惱了一位英雄。卽是祖大壽之弟大弼。此人孔武有力。馬上掄大刀如飛。號萬人敵。綽號祖二風子。這風子的綽號。還是太宗御封的呢。當初太宗第一次攻打錦州時。祖大弼曾於陣上。飛馬突至太宗駕前。刀已及太白之腹。太白神駒。一躍飛出丈許。大弼又欲傷太宗。這時太宗已有備。且有侍衛力敵。大弼始馳去。因此太宗呼他作祖二風子。從此大家也都管他叫風子了。這回他見孫承宗親來督師。起馬步四萬。去援大凌城。竟不能解圍。反倒落個兵敗將亡。不覺大怒。暗想太宗得勝。諸將被擒。以爲逃回者必不敢再舉。或者防備不嚴。曷不今晚去劫營。當下愈想越對。只是他又怕人少。闖不進去。爽得來個假冒敵軍。偷襲辦法。遂傳令自己部下。有能滿語者。可以自告奮勇。事成之後。

必有重賞。原來那時遼左之人。能滿語者不一而足。一聲令下。便湊了二百多人。大弼命他們改變裝束。編成髮辮。他自已也風風顛顛。改了旗裝。風子頭領。率着二百多人風子隊。每人騎了一匹怒馬。携帶着引火之物。連夜出城。一路之上。雖不免也遇了幾處巡卒哨地。因以滿語支吾。便很容易的通過了。一直到了大凌御營。天尚未明。只見燈火光寒。刁斗夜肅。旗纛風展。甲仗霜封。營門衛士。正在執戈瞭望。祖二風子也不在意。依然催衆前進。將次臨近。營前守衛。已不許再向前行。祖二風子也不管他。早自揮動大刀。一馬當先。闖入御營之中。二百人繼之而入。把守軍士。以事出倉卒。只得慌忙抵禦。已自無及。祖二風子率領衆人。到處放火。縱橫衝突。眞不亞風人惹禍一般。當時營中大亂。紛起救火拏人。無奈在昏夜中。不辨敵友。放火之賊。一樣也是滿語滿裝。又不敢放箭擂射。恐怕誤殺自家人。因此風子隊大得便宜。一直闖到御帳之前。太宗聞警。急令各營。不准亂動。敵雖變裝偷襲。必自有記認。我自不動。彼即無能爲役。宜各守本營。妄動者斬。傳令已畢。自立帳前。只命親軍護衛。捕拏敵人。這一來。祖二風子果然無法措手。各營不動。只在帳前執弓候射。無亂動者。襲營的二百來人。立刻就都顯出來了。太宗已知爲首的是祖二風子。諭令不可輕敵。只宜箭射。當下由忙亂。反倒歸於平靜。祖二風子所到之處。全被射回。不但軍士多被射傷。連自已也身被數創。眼見天已大明。如果再不作歸計。假如各營得信。不用說一齊合攻。便是把歸路堵截。也萬難安然而返了。當令衆人。隨我速退。欲知後事。且待下回。

第二十一回

達機權祖總兵僞降　效孤忠張監軍全節

話說祖二風子。因援救大凌城之兵。無功潰敗。監軍道張春以下。三十餘人被生擒。督師孫承宗臨行。還說了羞人的話。他因氣憤不過。打算獨立奇功。也不和大家商量。竟自挑選了二百名能滿語的軍卒。改變裝束。乘夜去偷襲太宗御營。最初乍闖入時。因爲事出倉卒。營中未免着慌。並且起了幾處火。祖二風子很以爲得計。後來太宗發出不許妄動的軍令。所到之處。全被亂箭射退。人馬多有被創。他見勢不佳。只得招呼從卒。作速退出。仗他有萬人之敵。又在夜中。未等各營合圍。方在自保的時候。他已然闖了出去。馬不停蹄。一路狂奔。依然馳回錦州城中去了。他此行只不過在御營中風鬧了一氣。除了幾架帳幕。和少許軍用品。被他燒毀。一人也未傷。他自己和他的從卒。倒多被了箭傷。回到城中。着實懊惱了一陣。他從此患了精神病。酗酒無度。後來精神愈壞。落得臥床不起。簡直成了廢人。不能上陣。可見綽號於人。有時與命運攸關。他自從被太宗呼爲風子。大家都叫他風子。結果眞成了風人。未免太可惜了。這且不言。單說太宗自督侍衛護軍。將祖二風子赶走以後。命人查點營中。並無多大損害。又以敵人變裝滿語而來。對於巡防守衛等。只加申斥。並未坐罪。惟傳諭以後務加小心。不許再有這樣的事。這時天已大明。太宗命把所獲錦州援兵大纛十五。小旗二面。連同陣擒遊擊一二人。(其他張春等大員則在營中優待)使軍士押之。繞行大凌河城下。高呼曰。山海關孫督師。以及總兵等。盡起關外人馬。從錦州來援。今已被滿洲兵所敗。斬殺殆盡。我被生擒至此。爾等宜早出降。城兵見了。慌忙報知祖大壽。他這才知道錦州援兵已敗。心內雖然有些發慌。究竟不願便降。因爲他的家眷盡在錦州。在北京也有家小。一人投降。全家難保。這是他決不肯作的。何況他世受明恩。又不是無名小輩。降之一字。實在難言。再說孫閣老旣在關上。錦州還有兵將。萬不至捨而不救。以後總該還有援兵。仍以死守爲是。當下發令。曉諭城中兵民。勿得聽敵煽惑。不久當有大軍來救。如有造謠生事。惑亂軍心者。定按軍法。但是他雖然這樣鎭壓。因爲錦州援兵之敗。已經證實。城內人心不安。已自較前愈甚。過了幾日。太宗見城內無何舉動。因以書予祖大壽曰。

兵凶器也。戰危事也。人未有不願太平而願戰爭者。即戰而獲勝。若豈安居之樂乎。朕屢遣使議和。爾君臣竟無一言相報。朕是以忿而興師。自古以來。兩國搆兵。不外戰與和二者。今和議既絕。朕是以親率大軍深入。幸遇將軍於此。似有宿約。深愜朕懷。朕之所以望將軍者。因朕起自東陲。但知軍旅之事。至養民馭兵之道。山川地勢之險夷。實多未諳。倘得傾心從朕。戰爭之事。朕自任之。運籌決勝。惟將軍指示。蓋休戚與共。富貴同享。朕之素願。今聞城內士馬亡斃殆盡。甚爲可惜。惟將軍熟思而獨斷之。勿惑衆言。

大壽得書甚爲感動。只是一想自已的名望。又把心橫起來了。他打算在無奈何之中等機會。或是救兵再來。或是圍城兵日久疏懈。他便乘隙殺出。但是現在他們已然被圍兩個多月了。每來一次援兵。輒被擊退。並且有時還中計。以爲明兵來援。及至出城。卻無本國人馬。反被伏兵痛擊。如此損失。非止一次。如今又入冬令。太宗圍城之兵。不但毫無變化。而且全換了冬裝。反觀自已城中。不但被服不完。便是糧草柴薪。早都用盡。這里有個明證。昨天圍城中有人出來樵採。被滿洲兵見而追逐。跑不幾步。便跌倒不能復起。因而生擒數人。歸告太宗。訊以城中情形。該兵等說。現在城中困憊已極了。所存惟有穀穗半堆。打出來也不過百石。原有馬七千匹。現在逐日倒斃。止剩二百來匹。內中堪乘者僅有七十匹。工役死者過半。其存者以馬肉爲食。柴薪已絕。劈馬鞍爲爨。我等久不飽。幾不能支。今天冒死出來樵採。因餓不能疾馳。是以被擒。問城中如此困憊。有無降意否。該兵等說。這個我們不知。大家跟隨祖總兵多年。惟有遵從他的命令。太宗見說。好生不忍。因命人把這些人帶去。賜予酒食。旣又謂左右曰。漢人雖多文弱。然深通經史。其故事有食弓絃尙且固守者。倘敵死守不出。耽延時日。一至嚴冬。軍卒必苦寒。朕是以命取多服。以爲久困計。不想他們已自如此困乏。大約不出旬日。彼必降矣。雖然。彼等死守之志。亦甚可嘉。爾等須敬而效之。又過幾日。城中益困。竟至人相食。太宗因令錦州降官二十三員。各以己意爲招降書。使千總姜桂。携之往見大壽。姜桂奉命。直至城下。說明來意。大壽率官出迎。姜桂以錦州援兵三四萬如何慘敗之事告之。並出多官勸降書。囑其速作良圖、大壽出酒食款之。以示城中尙有儲蓄。惟不願降。恐被誅無好果。永平降官。卽爲龜鑑。姜桂臨歸時。大壽又語之曰。爾不必再來。我寧死於此城不降也。姜桂因把大壽語還報太宗。太宗遂又作書。以與大壽及其同僚何可剛。張存仁、竇承武等。書曰

姜桂還。言爾等恐朕殺降。故招之不從。夫我國用兵。宜誅者誅。宜宥者宥。旣寬宥。悉加恩養。爾等已聞之矣。遼東廣寧各官。在我國者。感朕收養之恩。自整漢兵。解立營伍。用火器攻戰。諒爾等亦必知之。至于永平攻克之後。不戮一人。父子夫婦。不令離散。家屬財物。不令侵奪。加恩

撫輯。此彼地人民所共見者。祇因我二貝勒阿敏。不樂成功。紊亂軍紀。灤州被圍三日。竟不遣兵救援。殺我已撫之官民。棄我已得之疆土。故論罪幽禁。想爾等亦必聞之也。至朕之殺蒙古固特也。因其邀殺降我之人。逃向爾國。顯爲仇敵。是以遣兵躡其跡。執而誅之。朕若無故誅戮良善。則如察哈爾汗之兄弟。敖漢、奈曼、烏魯特、喀爾喀 元太祖後裔。何以皆率部衆歸我。亦因朕養人之故。望風來附耳。即今日之役。各蒙古貝勒。及科爾沁土謝圖汗。每部撥兵百名從征。如心不相信。肯隨朕出師乎。不惟順我者不殺。即陣獲蒙古貝勒塔布囊等。並爾國麻登雲、黑龍雲等。一經歸順。朕即加恩。爾等豈未之聞耶。今大凌河孤城被困。朕非不能攻取。不能久駐。但思山海關以東。智勇之士。盡在此城。或者荷天佑眷。俾衆將軍助朕乎。若殺爾等。于朕何益。何如與衆將軍共圖大業。故以肝膈之言。屢屢相勸。意者爾等不願與朕共事。故出此支飾之言耶。倘實欲共事。可遣人來。朕當對天地盟誓。朕亦遣人至爾處涖盟。既盟之後。復食其言。獨不畏天地乎。幸勿遲疑。佇候回音。

這是多末懇摯的勸降書。與前書對照。我們足以看出太宗的本意了。原來自從太宗繼位以來。國內各部。早已統一。今後對象。只有與明和戰兩事。但是和議既然不易作成。戰爭終是不能避免。不過對明戰爭。與對內綏服。其道不同。即如在太祖時。未嘗不連年用兵。但是除了晚年攻取遼東。其全部軍事行動。多用之於同風俗。同語言之滿洲民族。決無進取中原之意。是以只有費英東等幾位開國元老。便造成了統一滿洲的大業。原不必借箸於漢人。而漢人之在太祖時者。亦多末僚。並不參與機務。到了太宗時代。形勢一變。西進的機運。業已成熟。需要漢人之心志。也就伴着這種機運而發生。因爲滿洲人只明白滿洲的事情。至於中原之事。未免還有些隔膜。欲圖大業。若是漢人不出而助理。恐怕不易圓滿進行。所以後來在松山生擒明經略洪承疇的時候。太宗百般優遇。降意相求。諸臣皆以爲過。太宗說。我們差不多都是瞎子。如今有一明眼人。作我們的嚮導。如何不喜呢。不光是洪承疇一人。凡是當時與太宗爲敵的明將。太宗都有心拉致他們。何況照祖大壽這樣名將。決不肯失之交臂。所以才屢屢遺書。告以肺腑之言。無奈去年阿敏在永平所作的事。不但不勸降。簡直是阻降。他這一舉。不但無意投降的。要引爲口實。便是有意歸降的。也都有了戒心。生恐爲永平降官之續。如今雖然又得到這樣一封勸降書。究竟難於解決。何況團城之中。尚有許多共難同僚。也應當和大家商量一下。其實祖大壽早有降意了。只是顧慮着家族。始終沒有勇氣來決定。不如看看衆人意思如何。及至把大家召集來一研究。旁人沒話。都說一憑總兵所命。惟有副將何可剛。極端反對投降。說頭可斷。膝萬不可屈。再說出降以後。未必便有好果。不見永平降官乎。今日何在。既有人這樣主張。大壽更不敢言降。但是意氣是意氣。事實是事實。此時大凌城中。較比前幾天更加困難了。那餓不起的。便計劃着私出投降。接二連三。越城投入八旗汎地的。日有所聞。雖非重要人物。城內現狀。已被洩漏無遺。太宗因復遣降官姜新者。入城往見大壽。大壽亦遣遊擊韓棟來謁。謂城內人心不一。請寬時日。太宗命款待之。並諭達海庫爾禪。護之送歸城中。韓棟出入。俱由正黃旗大臣楞額里所守之門。軍士戎服持戟立。出入時皆由楞額里自行詢問姓名。詳察面貌。然後始准通行。韓棟以目擊軍律。告之大壽。謂堵守嚴密。料不能潛脫一人。宜決計歸降。大壽見說。默然不語。時城中益殆。人民有懷人肉逃出者。言先已殺了工役多人。現在則殺各營老弱兵丁食之。軍糧已盡。惟官長尚餘米一二升耳。情形如此。不但受困者再不能堪。便是困人者之太宗。也是大爲不忍。若不是恐怕前功盡棄。當眞要捨而班師。偏巧這時祖大壽的義子祖澤潤。由城內射出兩封書信。乃敕派副將石廷柱。往城內商議。這位石副將。也是滿洲人。本蘇完瓜爾佳氏。祖父以來。移居遼東。父名石翰。因以石爲氏。兄弟三人。國柱、天柱、廷柱。太祖攻廣寧時。明巡撫王化貞遁走。廷柱以明守備。會合城內紳商。出降太祖。遂至今職。廷柱最有才胆。以曾仕明。凡明之武將。多與有舊。是以此次祖澤潤上太宗書。獨乞遣廷柱。二書於當時情事。頗有關係。故錄之。其上太宗書曰。

招練營副將祖澤潤叩稟。前者汗遣人來招降。其時難以一言決。蓋衆官恐降後見殺。是以寧死不肯歸順。副將何可剛云。汗去年得永平。棄而不守。我等若降。縱不殺。亦必回軍。汗於敵國之人。不論貧富。均皆誅戮。即順之。不免一死。以此衆論紛紜。且祖總兵又以其次子在燕京爲念。前石副將來時。祖總兵即欲相見。衆官不從。今澤潤在內調停。似有五六分可成。與我同心者。副將四人。不便擧名。故不書。汗可令石副將來。祖總兵將以心腹事告之。此乃機密事。城中疑我者多。我書到時。望汗密藏。勿令陣獲官員。及往來傳語之漢官見之。

其與石廷柱書曰。

前日兄來。我總兵官甚欲相會。因衆官議論不一。未獲面晤。其持異議者。謂汗得此城。必仍回兵。我等寧死城中。何爲使妻子罹禍。議論紛紜。我獨力不勝衆口。我等降後。汗不令大軍前進。退回瀋陽。衆人豈不謂爲我所誤耶。兄當實以告我。汗果欲成大業。我等甘心相助。兄若能設策。將現在燕京之舍弟救出。足見全吾祖氏之厚恩。可親來與總兵官言之。

祖大壽雖爲明之良將。亦淸之名臣。大凌之降。雖出一時權宜。歸錦州後。仍爲明守。到後來還是眞降。兄弟子姪。多列權要。爲漢軍一大世家。其舊第在北京西直門內祖家街。後爲八旗官學之一。庚子後改爲第二小學。閒話不表。却說太宗收到了祖澤潤的密信。知他們已有降意。惟恐降後班師。不免要爲永平之續。因遣石廷柱同巴克什達海。庫爾禪、覺羅龍什、參軍寗元我、等。至城南墩臺下。先遣千總姜桂入城。約城中人來議。城中祖大壽見說。亦遂派韓棟偕同姜桂出城傳話。謂祖總兵希望石副將過壕一敘。當親告以心腹話。達海曰。吾等未奉命。怎好便令石副將一人前往。還是請祖總兵過這邊來吧。韓棟說。這里人多不便。如不信吾言。可令一人同往。城中亦當送出祖總兵之子爲質。說着即自入城。果把大壽子祖可法。送入營中爲質。這位祖可法也是清初一位名臣。當時雖稱爲大壽子。其實也是一位義子。祖可法既來爲質。先往見貝勒濟爾哈朗和岳託。兩貝勒一見。俱先起立肅坐。可法欲拜。岳託忙攔道。前此兩軍對壘。則爲仇敵。今已講和。則爲兄弟。何以拜爲。遂行抱見禮。這抱見禮是滿洲禮俗中。最親熱的禮節。四十年前猶見老人時行此禮。今已無行之者。

不言濟爾哈朗岳託二貝勒。以客禮款待祖可法。單說石廷柱。因見祖大壽約其過壕相見。便欲獨往。庫爾禪。龍什。甯完我等。以奉命同行。仍率從人伴行至壕邊。然後由廷柱一人獨自過壕。大壽已在那里相候。二人見面後。略敘寒喧。大壽即向廷柱曰。人生豈有不死之理。但爲國爲家爲身。三者並重。今既不能盡忠報國。惟有惜此身命。今欲決心歸順於上。然身雖獲全。妻子不能相見。生亦何益。上果能不回軍。進圖大事。當設策先取錦州。錦州得。庶可保吾妻子。這就是大壽心腹之談。其實他要降便降。想守便守好了。何必這樣作做。遲疑不決呢。可見那時大壽顧慮甚多。私念尤爲熾烈。所以始終沒有一句肯定的話。石廷柱見他這樣說時。便答他道。你如果決意投誠時。你的妻子是不用掛慮的。上之爲人。向來不強人所難。一定會屈從你的意見。當下二人作別。廷柱仍回營中。祖可法也同時與辭回城。岳託仍以禮送出。見其上馬。始行歸帳。此時石廷柱等便將大壽所言。奏明太宗。說他們的意思是先取錦州。但是如何取法呢。可教他們派大員來議。於是祖大壽復遣祖可法。張存仁。韓棟等來議。說了半天。並無別法。依然請太宗相機力攻。太宗曰。我既招降爾等。復攻錦州。恐我兵過勞。難圖前進。爾等降後。錦州或以力攻。或以計取。任爾等爲之。不然爾等坐守城中。我惟有駐兵圍困而已。這不是最明顯的道理。大凌守將。但空口說一個降字。反請太宗移軍去攻錦州。這是多末危險的事。可法等只得把太宗的話。歸告大壽。隔一天。大壽又遣中軍遊擊施大勇來謁太宗說。我降志已決。至汗之待我。或殺或留。我降後或逃或叛。俱當誓諸天地。我欲令一人潛入錦州。偵吾弟消息。倘被執訊。詰出虛實。爲之奈何。或我親率兵。詐作逃走之狀如何。悉惟睿裁。祖大壽眞有城府。他昨議今商。所以這樣遲延不決者。無非爲最後這一着作地步。白要許他出城。逃入錦州。其權就操在他個人了。太宗也不是不慮到這一層。但是他既說誓諸天地。便無異人格作保。是否違言背誓。只可由他了。當即許之。不過當時城中衆明將。雖差不多全與大壽同心。可是副將何可剛這個人。便自始與大壽相左。大壽又不便把眞的心事和他言明。如今見他極力作梗。反對出降。便想乘機犧牲此人。以堅太宗信心。這時他們把出降的事。全都籌備好了。無一人不惟大壽馬首是瞻。惟有何可剛。當衆反對。並且破口大罵說。大家都是貪戀妻子。沒一點丈夫氣。

事到如今。死便死。要想投降。何必受這三個月的大罪。祖大壽也故意與他對罵。最後令左右說。此人阻撓大計。把他拖出城去砍了。一聲令下。中軍衛士。早已上前把何可剛的左右臂膀齊肩攏住。向外便推。可剛破口大罵說。鼠輩。怕死貪生。反來作踐老子。來來來。怕死的不是好漢。軍士們已自餓了一個多月。天天吃死人肉。又不能飽。如今主將既主出降。好歹由他便了。何必還這樣反對。救兵又不到。重圍闖不出。難道只有大家餓死這一條愚計麼。所以大家沒有一個對他表同情。反倒都說何可剛急餓交攻。失心發狂。不然的話。決其不能這樣沒有計較。單說何可剛。被許多武士駕拖着。一路好罵。出了城門。在壕溝岸邊停了脚。大家齊向太宗御營這邊高呼道。城內衆將。無不願降。惟有副將何可剛。惑亂人心。倡言反對。現奉祖總兵軍令。將他斬首。營內諸將見說。連忙出營觀看。果是何可剛。正被捉拖着待殺。只見他顏色不變。依然罵不絕口。行刑時。又大笑了三聲。含笑而死。也可以說是千古的奇士了。可剛既死。太宗好生惋惜。不過他是明將。祖大壽行的是明法。沒有權力赦免他。只不過希望祖大壽對於他的身後。須要特別看顧。話說何可剛作了祖大壽的犧牲以後。城內都是自家人。什麼事都可以自在施行了。當下便遣副將四員。遊擊二員。來到御營。履行盟誓。祭告上天。其誓詞曰。

明總兵官祖大壽、副將劉天祿、張存仁、祖澤潤、祖澤洪、祖可法、曹恭誠、韓大勳、孫定遼、裴國珍、陳邦選、李雲、鄧長春、劉毓英、竇承武、參將吳良輔、高光輝、劉士英、盛忠、祖澤遠、胡宏先、遊擊祖克勇、祖邦武、施大勇、夏得勝、李一忠、劉良臣、張可範、蕭永祚、韓棟、段學孔、張廉、吳奉成、方一元、塗應乾、陳變武、方獻可、劉武元、楊名世等、率衆築城、遇滿洲汗大兵。圍困三月。軍餉已盡。率衆出降。傾心歸順。若違心背盟。天地鑑之。殃及其身。死於刀箭之下。倘汗以計詐害。亦惟汗自知之。

明方衆將盟誓已畢。太宗亦遂率諸貝勒蒞盟。誓曰

明總兵官祖大壽等。今率大凌城內官員兵民歸降。凡此歸降將士。如誑誘誅戮。及得其戶口之後。或離析其妻子。分散其財物。天地降譴。若歸降將士。懷欺挾詐。或逃或叛。有異心者。顯罹國法。如遵守此盟。天地垂佑。壽數延長。世澤久遠。安享太平。

雙方盟畢。太宗卽遣庫爾禪、龍什。往詢祖大壽曰。今既盟諸天地。將軍當用何策以取錦州。大壽曰。我欲親至營中。與上密計之。二人回報。太宗仍使二人往諭曰。盟誓雖申。民心未定。今晚且勿來。期以詰朝相見。大壽曰。事已定。復何疑。我卽至御前。議取錦州之策。太宗見報。當命諸貝勒迎之一里以外。時已初更以後。行路兩側。皆列炬以俟。大壽既至。太宗出幄迎之。大壽欲跪拜。親止之。行抱見禮。令先入幄。謝不敢。遂並行入。命坐於左。設饌款之。以金卮酌酒。親授飲。大壽

請上先飲。太宗復讓大貝勒代善飲。然後乃飲。大壽亦酌酒跪獻曰。願借上酒爲上壽。太宗飲畢。以御用黑貂帽、貂裘、及金飾鞓帶、緞靴、雕鞍、白馬賜之。曰。初來相見。宜拜天神地祇。因暮夜。不克成禮。且在我行。携物無多。不能以嘉物相贈。聊表予心而已。大壽曰。蒙上優待若此。夫復何言。我雖愚。豈木石耶。因定策如何取錦州。太宗許之。遂辭入城。太宗送之幄外。俟其行。然後入。

次日太宗遣貝勒阿巴泰、德格類、多爾袞、岳託、率副將以下諸將校。共四十八員。兵士四千。俱作用兵裝束。隨同祖大壽所屬明兵三百五十人。僞作由大凌城突出潰奔狀。打算乘夜襲取錦州。

是日夜中二鼓。祖大壽偕同貝勒阿巴泰等。率衆起身。靜悄悄穿過許多林木丘陵。約摸離錦州不足十里。遂命軍士。一邊進行。一邊放砲。假作前逃後追之狀。這時錦州城中。忽聞砲響。以爲是一定大凌河城中。有被圍兵將脫出。正在被敵追擊。忙派兵出城。分路接應。昏夜中不辨敵友。再說城中兵。由明處來。又不知是計。早被阿巴泰等。指揮軍士。砲擊箭射。一路迎擊。仍然退入城中。此時天愈昏黑。大霧垂垂。如張暗幕。伸手不見掌。對面不見人。隊伍已不照來時嚴整。城墻在什麼地方。已然看不見了。同時守城明兵。一樣也看不見敵兵動作。雖以爲有自己人逃回。又不知主將爲誰。兵有多少。萬一弄錯。使敵兵侵入城內。那還了得。所以緊閉城門。嚴防壕塹。再不理城外之事。祖大壽見大霧壓城。覿面不能相見。打算前去叫城。那是萬難如願的了。不得已只得和貝勒阿巴泰等商量。

暫時收兵。再作道理。阿巴泰也不敢冒昧攻城。只得命令收兵。退回大凌河。太宗親迎於五里外。慰勞後。仍令祖大壽入城休息。太宗因諭諸貝勒曰。朕思與其留大壽於我國。不如縱入錦州。令其獻城。爲我效力。卽彼叛而不來。亦非我之意料不及而誤遣也。彼一身耳。叛亦聽之。若不縱之使往。倘明國別令人據守錦州寧遠。則事難圖矣。今縱去大壽一人。而携其子姪。及諸將士以歸。厚加恩養。再圖進取。庶幾有濟。太宗此計。可謂賢明已極。姑無論大壽降爲眞假。旣已有此一段契合。他日再遇。總比陌生敵將强的多。何況他的子姪舊部。全被太宗收羅而去。委以重任。大壽那有不感念的。自然到後來也就眞降了。話說太宗把自己的意思宣諭已後。諸貝勒皆以爲然。次晨太宗命人把祖大壽請到御營之中。謂之曰。昨夜襲城。天不作美。今朕欲令將軍自歸錦州。將軍將以何計入城。旣已入城。又將以何策成事。大壽對曰。此事不難。我但云昨夜潰出。逃避入山。今乘夜徒步而來。錦州軍民。皆我所屬。未有不令入城者。但恐爲邱巡撫所覺。若衆向我。則邱禾嘉或擒或殺。亦易事也。皇上旣以禮待我。天令我忘。則忘之耳。我若自忘之。豈不畏天耶。如初二日聞砲。則知我已入城。初三初四日聞砲。則我事成矣。皇上便可提兵。安入錦州矣。太宗見說大喜。遂命張宴款禮之。兼爲餞行。宴畢。命石廷柱庫爾禪送之行。又命其從子祖澤遠。及廝卒二十六人。乘騎以隨。日暮渡小凌河。乃捨騎徒步而去。這是天聰五年十一月初一日的事。我們關於祖大壽到了錦州以後的事。姑且不言。單說太宗既然把祖大壽縱還錦州。雖然也盼他一去成功。但是也是不可必的事。遂先命人把大凌城中的事。乘閒辦理清楚。頭一宗便是投降官民。已然被困八十餘日。當初明人在此築城。官民共有三萬多人。現在查明。只存一萬一千六百八十二人。馬僅三十二匹。再說他們久已絕糧。如今既已投降。便是自己的人。救濟安揷。勢不可緩。當下便令各營勻出餘米。分別賜與官民將士。使不得再受飢寒。第二宗。明將既降。大凌河城。自然要解除武裝。毀墮城壁。使不得再為敵據。俗語說。飢者易為食。太宗既然令各營斂米分給投降官兵將士。自然無不感激。當下齊到御營謁謝。太宗甚喜。命設宴行幄之中。凡副將等。皆得別坐。既又命人收拾箭場。樹立愛杭。使大凌河諸降將善弓矢者。隨意較射。多官亦各顯身手。盡歡而散。時為十一月初三日。祖大壽已然去了整兩日了。他臨行時。曾說初二日聞砲。便已入了錦州城。初三或初四若再聞砲聲。則大功已然告成。但是自他去後。僅於初二日聽見一次砲聲。以後便不再聞。又過兩天。大壽始遣人至大凌河。傳語城中副將以至都官等說。我前日倉卒起行。攜帶人少。錦州兵甚眾。未及舉事。將從容圖之。爾諸將家屬。我已潛使人贍養。後會可期。倘有衷言。即遣人來無妨也。這是他回到錦州。給大凌部下。傳來的私人口信。隨後他又遣人。以正式書函。向太宗報告他的苦衷說。

總兵官祖大壽。奏書於御前。期約之事。常識於心。因所攜心腹人甚少。各處調集之兵甚多。巡撫巡按。防禦甚嚴。又有陳二等三人。自大凌河逃回。機事漸露。衆心懷疑。是以晝夜躊躇。未能驟擧。王有名齎來上諭。有兵難久留。姑暫返旆等語。望皇上憫恤歸順士卒。善加撫養。衆心既服。大事易成。我子姪等。尤望皇上垂盼。重任羈絆。無使失所。來年再圖此事。斷不爲失所信之人也。自大凌河城被圍。血戰三月。殺傷陣歿。以及餓斃人畜。以數萬計。忽然之間。化干戈爲玉帛。變仇敵爲友好。書札往還。無不詞誠意懇。直吐衷曲。就好象朋友私信一般。不圖大戰之後。而竟有此。眞一奇觀也。蓋天下事。無非吉凶悔吝。互爲循環。要在如何處之而已。太宗報祖大壽書。尤爲誠懇。更無虛言。錄之如下。

皇帝致書祖大將軍。將軍行時。一切事機。已盡言之。無容再贅。相約之事。將軍不能速成。意寡不敵衆故耳。徐爲圖之。尙須勉力。朕因芻糧匱竭。難以久留。且携大凌河各官。暫歸瀋陽。牧養馬匹。整飭器械。將軍子弟。朕自愛養。不必憂慮。

語云。兵不厭詐。只不過指的是運籌決戰時之臨機處置。故兵數不妨虛號。粮匱不妨量沙。制機一時。非可持久。且兵機雖可詐。而用兵之人。則萬不可詐。不但對於自己人要誠實。便是對於敵人。有時更得以誠相待。即以大凌一役言。姑無論祖大壽心事如何。而太宗處處以誠格之。是以祖氏宗族。終爲太宗用。而祖氏亦克保令名。非吳三桂耿仲明之流所能比也。閑言不表。却說太宗以大壽來書不能如期舉事。營中粮秣。又日形匱乏。加以降官降兵。平添了二萬來人。若不班師。徐圖再舉。恐怕軍士有凍餒之虞。所以下令班師。好在此行雖未直搗關門。而收降了許多名將。可謂不虛此行了。十五日駕至蒲河。距瀋陽城西北四十里。留守貝勒杜度、薩哈璘、豪格。還有朝鮮進貢使臣等。一同至蒲河迎駕。於是太宗御行幄。諸貝勒凱旋將士。並大凌河新收衆將。皆以次進幄朝見。命以牛羊百頭。酒三百瓶。送於漢官下營處。俾其餉宴各將士。盡情歡飲。

人是感情動物。有時因爲感情衝動。竟能視性命如鴻毛。人也是利己動物。有時利心橫結。也能蹈白刃而無悔。故結人者。無過於情與利矣。以情平其心發其義。以利養其身安其生。非聖賢不移。鮮有不能爲我用者。且人必有所甘有所安。而後可以移彼向此。使其不能甘。又不能安。欲得人難矣。太宗深知其然。故於漢人之降者。無不情結而恩養之。如祖可法。後來主張不與明和。所言利害之殊。眞有卓見。而太宗之用人不疑。委以心腹。亦可想見。但是當時降官三十三人中。有情不能結。恩不可市者一人。監軍道張春是也。張春被擒的事。前面已然說過了。這些降官。我們可以把他們分作兩班。一班是由錦州發來的援軍。由戰敗被擒。由被擒而始降。一班是大凌河守將。因爲粮盡援絕。乃由祖大壽領銜。與太宗設誓盟天。而後始降。情形本來不一樣。但是太宗對於他們絕無岐視。並不因爲一盟一不盟而有所軒輊。尤其是對於張春。可以說是格外垂青。特別優待了。無奈張春雖心感太宗的恩養。却是始終不降。惟有求死。當他在凌河被擒以後。隨了諸將去見太宗。那時諸將皆有降意。便都跪了下去。獨張春不跪。太宗心中很以爲奇。乃喝令誅之。以觀其所守。張春不懼。大貝勒代善離座諫曰。前此陣獲之人。無不收養。此人欲以死成名。若殺之適如其願。太宗因命人善待之。到了晚飯時。太宗遣巴克什達海。庫爾禪。以上用精饌賜之。因謂張春曰。我皇上盛德寬洪。故遣我等以御饌賜君。君欲爲非常之人。今遇非常之主。寧不建非常之功乎。且我皇上非如爾明崇禎帝之闇弱不知人。乃賢明之英主也。張春曰。我死志已決。不食上之所賜。蒙上盛意。欲生我而食我。我亦知之。但烈女不更二夫。忠臣不事二主。古之定理也。我爲君盡忠而求死。殺之以成我志。日後上之諸臣。亦必有爲上盡忠而死者。我崇禎皇帝聰明。惟執政大臣奸惡。視我如犬馬。不足比數。雖然、我受命而來。豈有軍已覆沒身自求生之理。我君爲臣下蒙蔽。不能知我。我必自盡爲臣之道。有死而已。斷無生理。我已被擒。縱加萬刃。視爲當然。我心在腔子裡。非人所能奪也。達海曰。君志雖嘉。但死不能利國福民。不如勿死。曷佐吾主。以出民水火。張春曰。爾國興兵十五年。我國人民久罹戰爭之苦。今欲救民。惟有息兵養民而已。達海曰。我皇上非好戰也。全由爾明君臣。以大欺小。處理不公。實逼處此。不得已而興師。前年兵至燕京。曾致和書六七次。竟無一言相報。今我皇上猶欲議和。爾君親近大臣孫閣老邸巡撫。現在邊鎮。君曷以書致彼。言講和之事。張春曰。若議此事。彼一人亦不能。

我被執非所當言。必殺我始可議和耳。他依然歸到殺身成仁的結論。說了半天。毫無一點活動的意思。對於太宗所賜御饌。看也不看。只盼太宗發怒。把他殺了。達海庫爾禪很誠懇的勸慰了半天。不但不聽。反有些不耐煩。儼然要把那時慣用的夷虜奴酋等惡語使了出來。二人一見。知他正在用感情。沒法勸解。只得興辭而去。把上項之事。報與太宗。

太宗見說。十分讚歎說。張春是今之古人。這還是太宗大破錦州援軍後。第二天的事。這頭一次的賜食。張春雖然不食。太宗却不管他。每天仍是派人把珍品食物。給他送去。並且殷殷勸慰。沒有半絲厭倦。張春雖是求死的人。但是人家不殺他。他自己死不了。其實餓也能把人餓死。不過餓太難挨。死的又慢。最初他也打算不食而死。但是甘心餓死。也得有相當條件。頭一樣要自有決心。第二樣要無食可食。所謂不見可欲。那飢焰也便容易忍受。可憐張春雖想餓死。無奈太宗的御饌。天天按着定時。必要擺他的面前。他到底是凡胎。五蘊六根。不能斬斷。眼裡看見食的色。鼻裡聞到食的香。口裡不覺要流涎。舌頭也就鼓動起來。想嘗一嘗是什麼味道。他再沒有能力來剋制他壓根意念。他的胃袋。也太空了。死雖是他所最希望的。可是眼前的餓。已然逼得忘了在求死。反倒以求食爲不可再緩。那求死之心。只得作爲別一問題。容日再說。當下他把求死和治餓。硬給分作兩截。使各不相妨。於是便不照前兩天那樣倔强。雖是虜食。也足以療飢。果然吃了下去。心放光明不再昏亂。從此太宗每日所送來的珍饌。他都吃了。概不推辭。太宗見他已然進食。好不歡喜。以後每日三餐。太宗必親加閱視。纔命人送去。張春也就豪不客氣。每餐吃個大飽。吃飽了以後。依然求死。甚至辱罵不休。爲是使太宗生氣。好把他殺了。但是他只管罵他的。太宗的待遇。却是每天有增無減。如太宗由大凌河班師的時候。對於各位降將。皆有賞賜。自副將張洪謨以下。至千總姜桂等。皆賞貂帽、狐裘、羊裘、緞衣等有差。惟獨特別對於張春賞給貂帽、貂裘、和猞猁猻裘。這種貂和猞猁的衣裘。在當時最爲名貴。文武官員。名爵不到。或年齡不到的人們。是不能賞穿的。張春以一陣獲敵將。竟得到這樣格外之賞。亦可見太宗對於他。不以尋常人待之了。不過張春另有打算。關於太宗所賜衣帽食物。向來不謝。吃的來了就吃。穿的來了就穿。先自教肚子不餓。身上不冷。然愛殺就殺。愛剮就剮。他是滿不在乎的。但是他想錯了。如果太宗眞想殺他。何必又這樣禮待呢。既已禮待。那便絕無再殺之理了。這個道理。或者他自已已然明白。所以有時故觸太宗之怒。太宗總是如同不聞不見。如今是正在蒲河駐蹕。所有新降諸將。全都進見叩拜。張春獨見而不拜。太宗不但不怪。反使張春坐於諸將之上。後來諸將都分隸八旗。各授職任。祖大壽的子姪。自然獨蒙特待。咸列顯職。同時太宗又特別垂青張洪謨。所以把張洪謨託給貝勒多爾袞。諭曰。朕觀副將張洪謨佳士也。貝勒多爾袞。善於養士。舉動皆合朕意。故以付與之。但是以上諸將。皆是誠心委質。誓贊新猷的。惟有張春。雖食周粟。乃係殷頑。自被擒以來。誓不屈膝。不薙髮。吃飽了喝足了。罵罵咧咧。只求一死。太宗見他一時既不肯降。便教一位白刺嘛伴着他在三官廟居住。依然是豐衣美食。慇懃款待。無奈張春抱定匪席之志。絕無活意。坐着的時候。必然面向西南。太宗每日必遣人問候。有時也自己去看他。張春總是沒有好面目。不是哭便是罵。他雖然這樣對於太宗沒有一點活動的意思。同時太宗對於他也絕不死心。因爲怕他哭罵。便教刺嘛暗地裡把張春居室的墻壁穿了一個小洞。太宗閒時。便自到廟中。隔壁看他作何舉動。每次都見他面向西南。正襟危坐。有時張春也覺得壁間有人窺視。便肆口大罵。左右見其如此狂放。無不大怒。都說這還了得。他不過是個囚人。皇上恩遇。無所不至。他不知感念。也到罷了。如何在上前這等無禮。再說從古以來。也沒有以萬乘之尊。屈就囚人的。或皇上即不忍殺他。也不必這樣降尊來看他了。因爲他是木石之人。怎能感動呢。太宗曰。你們那里知道。朕觀史冊。以爲如文天祥者。眞神人也。如今朕親眼看見文天祥。如何不喜呢。以後一樣還是自來看視。張春是陝西人。妻翟氏。自從孫承宗收復了永平四城。張春便把眷口安置永平。後來翟氏聽說張春被擒。以爲必死。自己也就投繯自縊。這時張春在瀋陽。也不知道。過了些日。家中來人探望他。才知道老妻已死。遂設位哭祭之。太宗見說。忙差人往祭。牲以少牢。張春叱曰。吾妻不受爾饗。却而不受。又自爲祭文。首書崇禎年號。使人書之。有告太宗者曰。彼居我國。而用敵之年號。不敬甚矣。太宗曰。這是用不着說的。因爲他還是明人。自然不肯用我們的正朔。何况他的夫人。也不知道我們的年號呵。仍就依原稿書之。張春在瀋陽。一直住了好幾年。不降亦不死。只盼有人把他殺了。他自己簡直想不出一個自殺的法子。又吃又喝。除了生病。由那里能死呢。到了崇德七年。洪承疇一樣也被執在瀋陽。太宗因命秀才數十人。以文課詣承疇。請其評定。承疇遂爲第其高下。太宗見了大喜。又命往就張春。春駡曰。爾輩旣讀古人書。何爲求試於此。去！勿汚我。太宗從此益善張春。春居瀋陽九年。除了吃飯。旁的都用明制。坐必向西南。後來果然得病。太宗問他有無所欲。想什麼不想。他說我沒有別的欲求。只希望移居到遼陽去。那里離中國近。願意死在那里。死且無恨。太宗將許之。左右皆不謂然。說張春居我國久。倘有不測。豈止亡一張春耶。太宗爲左右所動。遂不許其移居。日遣名醫爲之診視。但是張春因爲天天求死。雖然也是天天吃飯。吃的並不舒服。到了病體已重。知道不可再食。沒幾天。便死了。太宗聞之。喟然歎曰。嗟乎。朕於張春。未嘗少逆其意。奈何獨於移居遼陽而不聽之。因命葬春於遼陽。順治時。祀於陝西鄉賢祠。康熙初年。大臣索額圖。敬春爲人。乞於朝。召春子。使負春骨歸葬鄉里。贈銀三百兩。命兵部給火牌。飭州縣官護送。旣而悔之曰。以朝廷符調。傳送春骨。春必不瞑目。因追回火牌。別贈銀三百。命僱人輿襯而歸。春卒與翟氏合葬。盖淸於張春。自太宗至康熙。三朝皆重其人。體念周至。全其始卒。以視元之終殺文天祥者。不能同日而語。太宗嘗語洪承疇曰。朕昔獲張春。亦嘗遇以恩。彼不能死明。又不能事朕。卒無所成而死。可謂確評。春被執不能即死。居瀋十年。所食誰之食乎。則食天下之食者。豈不宜任天下之事乎。於食則天下。於人則彼我。未爲盡理。此首陽之餓。所以獨絕千古。雖然。春於九年之中。不改其志。坐向西南。心乎明帝。雖未即死。其忠節實不可沒。見重三朝。不事二主。以視洪承疇吳三桂之儔。固不可以道理計矣。康熙時。湯文正公書春事甚詳。記者節錄而鋪叙之。雖有小異。於春無傷也。春所居之三官廟。在奉天舊將軍衙門迤西。父老猶能指其所在。欲知後事。且看下回。

第二十二回

整朝儀諸臣言事　征插漢促明議和

話說太宗自大凌河班師之後。因見張春節秉不降。心中十分敬愛。便將他交與白喇嘛。使在三官廟中。加意善待。其事已如上回所述。不在話下。固然太宗對於張春。屈己優容。無所不至。襟度之廣大淵深。實非尋常所能測度了。但是彼時太宗不僅對於張春一人。是這般愛重。便是對於大凌河其他降將。一樣優禮有加。決不照普通俘虜看待。第一這些人。多半都是一時傑出之士。太宗誠心收爲己用。自然要格外推誠。除了朝堂上的宴餉。如遇太宗有事出征。必令八大家輪流具饌。每五日必要大宴一次。後來他們雖然各有職任。各有府第。可是太宗對於他們的敬重。是始終不衰的。至於太宗所以這樣敬重他們。固然由於他們皆有相當的才能。惟一推到根本原因。則並不在此。我們但看本年閏十一月初一日。太宗所頒的勅貝勒大臣子弟就學令。就可以知道太宗對於這些降將。所以這樣禮遇。並不全在取其才。實在由於他們讀書明理。各有堅定的操守所致。是以太宗極口稱許。至引降將行爲。以勵貝勒大臣。該命令的原文是。

朕令貝勒大臣子弟讀書。所以使之習於學問。講明義理。忠君親上。實有賴焉。聞諸貝勒大臣。有溺愛子弟。不令就學者。殆謂我國雖不讀書。亦未嘗誤事。獨不思上年我兵之棄灤州。皆由永平駐守貝勒。失於救援。遂致永平、遵化、遷安等城。相繼而棄。豈非未嘗學問。不明義理之故歟。今年明國築大凌河城。我兵圍之經四閱月。人皆相食。猶以死守。雖援兵盡敗。凌河已降。而錦州、松山、杏山、猶不忍委棄者。由讀書明理。爲朝廷盡忠故也。若爲父兄者。溺愛子弟。亦可任意自適。不必披甲出征矣。自今凡子弟八歲以上。十五歲以下。俱令讀書。如不願者乞奏。

本來孤城戍守。糧盡援絕。無論在什麼時代。也免不了一個降字。漢李陵是何等驍勇善戰。到了援絕糧盡。無可爲計的時候。也只走降的一路。那只可諒其不得已。不必再爲苛論。即如大凌河城中一般明將。死守三月有餘。死亡大半。至食人肉。而後約誓投降。錯非心中裝着一個大道理。焉能如此。固然若論慷慨捐軀。自以何可綱爲烈丈夫。不屈全節。張春亦不遜古人。但人生一世。懷才抱器。有際會風雲。佐明主而建鴻業者。其遇合不一。亦不可執一而論。蜀漢姜維。非魏之降將乎。而不失爲忠孝。蓋人各有志。苟非怕死投機。得行其志。其他可以不問。却說太宗自下此諭。喜愛讀書者。益發聘請明師。便是平日不近書史的。也都不敢違諭。爭聘教師。一時山東、河北、江南之以教讀爲業者。多裹粮而走滿洲。庠序私塾。勃然競起。弓矢與誦讀並重焉。是月又賜大凌河新歸之官。自副將以下。都司以上。貂狐猞猁鼠羊等皮裘。並靴帽被褥等物。各官入謝。復宴餉之。到了天聰六年正月元旦。各降官亦依新定朝儀。入宮朝賀。原來滿洲國家。雖由太祖一手所造成。以在開創。諸事無不從簡。所謂仍在馬上。自然無暇及此。自太宗繼位。雖然立文館。設六部。關於朝儀。亦未有所更定。只不過依照慣例。又因太宗篤於兄弟。不願自尊。凡朝會行禮。大貝勒代善。三貝勒莽古爾泰。並隨上南面同坐。受諸臣朝見。是以當時有三尊佛之稱。大貝勒三貝勒。皆武人。不知避嫌。以爲皆上親兄。自問無他。但是一國之中。統於一尊。若無分別。不但於禮不當。日子久了。難免以爲固然。忘了太宗的友愛。果然照莽古爾泰那樣的粗暴人。他就不體會太宗的私情。總以爲他也不次於皇帝。舉止言談。時欠斟酌。有小不適。輒形於言色。征大凌河時。他與太宗因事爭論。竟至拔出佩刀五寸許。暴言怒詈。貝勒德格類。毆之以拳說。你太狂悖了。他又罵德格類。這都由於平日驕恣。不知道理。於是把尊卑之分也就泯去。說者還以爲他與阿敏。皆有大志。欲與太宗競爭大位。姑無論他們的才德不如太宗遠甚。即使他們僥倖得了大位。照他二人那樣貪暴不仁。也不能成爲令主。必不得人民之愛戴。何況他們一個是太祖之姪。一個是庶出之子。那里如太宗嫡出。名正言順呢。太祖雖有十六子。而嫡出之最長者爲太宗。次則多爾袞多鐸。其餘皆庶妃所出。故妄謂太宗屬意某人者。皆不可信。古禮立嫡則長。立庶則賢。太宗既爲嫡長。而又極賢且能。大位自然歸之。有何疑問乎。著史者。好爲可喜奇說。而不知去事實太遠也。閑言不表。話說因爲太宗篤於兄弟。始終關於朝儀的事。就沒令人議過。如今元旦將到。偏巧又有莽古爾泰越禮犯分的事。許多大臣皆爲寒心。所以在十二月裏。禮部參政李伯龍奏稱。朝賀之時。每有踰越班次。不辨官職大小。隨意排列。各旗大臣。亦不依旗次。惟以年齒爲序。以鄉黨施於廟堂。殊乖尙爵之訓。請酌定儀制。同時諸貝勒亦多言莽古爾泰不當與上並坐。太宗曰。曩與並坐。今不與座。恐他國聞之。不知彼過。反疑前後互異。可否仍令並坐。諸貝勒說。聞禮部李參政有本。請上宜交大貝勒。與衆共議之。太宗遂下其議。大貝勒代善曰。我等奉上居大位。又與上並列而坐。甚非此心所安。自今以後。上南面中坐。我與莽古爾泰侍坐於側。外國蒙古諸貝勒。坐於我等之下。方爲允協。衆皆曰善。并議定行禮時。八旗諸貝勒獨爲一班。外藩蒙古諸貝勒次之。滿洲蒙古漢軍大臣。率文武各官次之。其管旗大臣。領纛大臣。副將、參將、遊擊、侍衛、備禦。依旗分按品級序列。當下大家皆無異議。這就是太宗朝最初的禮制。多一半還是遷就着習慣。沒幾日已到元旦。太宗率大貝勒代善。以及諸貝勒。拜天謁神畢。然後御殿正坐。座之兩旁仍設代善及莽古爾泰二榻。令諸貝勒先行朝賀禮。預議政者入內殿。左右列坐。次外藩蒙古貝勒。次總兵官額駙佟養性等。次八旗大臣。次大凌河新降各官。次阿魯科爾沁部台吉。達賚、楚琥爾等。次朝鮮貢使總兵鄭義行。各行朝賀禮。俱如新定之儀。是月又制定陣亡受傷有功等之獎恤條例。到了二十五日。太宗至城北演武場閱兵。觀佟養性所部漢軍演砲。護砲軍士。擐甲執仗。分列兩旁。所有紅夷巨砲。各按部位放成一列。較小之砲。則或前或後。或左或右。以馬拽之。先在校場之上。馳驟了一回。然後亦各按旗分。列於本纛之下。此時已將標的樹妥。後面隔以土山。太宗發令。實彈習演。只見佟養性把令旗一招。各部隊早將鉛丸火藥裝好。先演較小之砲。只聽隆然作響。先光後聲。繼而一團團白絮般的濃烟。繼續不斷的由砲口湧出。再看把的那邊。屢搖紅旗彈不虛發。全行命中。小砲演完。接着便是大將軍砲。一尊一尊的。已向把的那邊位置停妥。每砲所裝火藥。不下數十斤。鉛丸有西瓜大小。點火施放。附近民家窗紙。都要震裂。原來那時的火砲。雖然威力極大。能碎堅城。若比起現在的後膛槍砲。那就差遠了。頭一樣裝藥實彈。全由前膛。火藥又是極粗糙的硝磺所製。每發一砲。不但濃烟不散。而且砲膛以內。完全是火。砲身也是灼熱非常。一個不謹慎。砲內尚有餘火。裝下藥去。立刻就能傷人。若等火滅砲凉。所費時間很多。戰場上那里能待呢。所以那時每一砲至少得用八個人。這八個人。又得一心一德。感情最好。差不多和親兄弟一般。才能無過。這八個人有裝藥的。實彈的。刷膛的。打杠的。堵火門的。各有專司。比如一砲打出。砲內是火。砲身滾熱。若再裝藥。豈不危險。這時先由按火門的。用一塊皮板。把火門蓋定。使全身力量。都聚在右手拇指上。按住火門。外間空氣。不許絲毫透入砲膛。這時那刷膛的。用一柄比砲身還長二三尺的大墩刷。沾飽了凉水。向砲膛內通入。手疾眼快。連刷兩三次。這一來因爲砲內已成眞空。不但火星全無。砲膛也刷洗乾淨了。假如那個按火門的不使力。或不小心。誤將空氣放入。火不能全滅。裝藥時便有危險。砲膛之火。旣已掃滅。又用冷水洗刷。自然熱度大減。雖不全如凉鐵。裝藥已是無虞。這時再由一人把藥袋放入砲口。那打杠的便用木棍。將袋送入砲底。用力搗之。紙袋即碎。再由一人把鐵彈放入。照樣衝入砲底。這時那按火門的。又有活計了。腰間取過烘藥壺芦。在火門上磕上一小堆烘藥。候令用火繩一點。那砲便轟的一聲發出去了。完了再照前那樣工作。他們是一手跟着一手。絲毫不亂。而且眼明手快。身體便捷。也不見得怎樣慢。並且砲位多。那砲彈也可不斷的發射。至於調動砲位。測量準頭。那都是士官和將校的事。拉砲車的馬。也都排練純熟。毫無驚恐。

只在後面觀戰。等着拉車或進或退。這就是那時使用大砲的方法。若由目前的武器來看。未免難以並論。但是昔時人少。武器也就適應那時的人數。適可而止。現在人多。整個地球。差不多全成戰場。所以武器的攻擊力也自然增加了幾萬倍。古時人傻。武器也傻。現在的人聰明。怎的沒有聰明的武器出現呢。閒話不必多說。單表佟養性額駙。指揮自己所訓練的砲兵。把砲術演習完了。坐在司令臺上的太宗。看完以後。十分嘉奬說。不但技術大有進步。而且軍容整肅。進退有節。又想起他在大凌河。曾立殊勳。攻克各台堡。於是賜給佟養性良馬一匹。鞍轡一副。銀百兩。副將石庭柱、石國柱、金玉和、高鴻中、金礪、參將祝世昌。遊擊李延庚、備禦圖瞻等。鞍馬各一。其餘將士。各奬以銀布有差。

漢軍的砲兵。把砲術演習完畢。又命蒙古侍衛角力。這角力一門。也是軍中所必須有的技術。發源很早。古時謂之角觝。後來漸次失傳。其風獨留於滿蒙。清代設官專司之。謂之善撲營。營中力士。謂之布庫。俗曰貫跤。其技術優良。膂力絕大。供御前角力者。名譽最大。謂之御布庫。眞是上有好者。下必有甚。貫跤之技。既爲皇帝所重視。不但官中力士。時時公開演習。便是私人之好武者。亦多組織跤場。聘請教師。私相演習。謂之私跤。如有傑出之才。即爲善撲營所收去。予以粮餉。前途卽不可限量。貫跤不問官私。皆須穿搭連。搭連者。形如無領對襟汗衫。用粗白布或紫花布數層。納以老絃。比牛皮還要堅韌。赤臂穿上。腰繫駱駝毛繩。足蹬螳螂肚靴子。頭挽小辮。方爲正式。雖將對手摔死。亦不論罪。如不穿搭連。無論官私。傷人必須論抵。這就是貫跤場中的金科玉律。在當時無論官私布庫。皆能保持名譽。更無下海作藝之心。不想現在賣藝場中。也有了貫跤一門。這都由於世殊時異。無人提倡保護。一般布庫們。不能坐在家裡挨餓。收受幾名徒弟。在土地上討飯吃。眞可浩歎了。如今我們把中國的貫跤。試和日本的相撲。兩相一比較。我們就可以知道。沒有一事。不落在人家後頭的。日本的相撲。最初也是專屬於皇室和貴族的。後來維新。諸事開放。由特殊而變成普通的事情太多了。相撲於是也隨着時代。而成爲日本國民普通的愛好。別看相撲力士。依然保持着舊習慣。一切服制禮節。也都一仍其舊。可是他們發揮光大的精神。却是非常維新。以視其他現時代的摩登事業。並無何等遜色。日本國民去看野球。自然是人山人海。同時到兩國橋國技館去看相撲。一樣也是人山人海。絕不因爲相撲是古風。而加以不情的漠視。日本國民。不以新舊內外。移其心志。而但以能否合於日本精神爲前提。相撲雖舊。日本却能把它當作極新的事業去運用。朝野上下。一致擁護。所以相撲不但不會掃地。而反光大起來。貫跤可就不然了。在醉心歐美的一羣盲人看起來。一切都恨不得驅入北冰洋裡。野蠻的貫跤。更無一顧必要。所以一切都是新的好。但是關於新的。究竟學會了什麼。有一樣拿手沒有。完了依然用青龍刀去打仗。這不是整個的大笑話嗎。不認識自己的。

那能認識外來的。不先擁護自己的。外來的東西一定也不能熱心接受。閒話休提。却說太宗說一聲要看蒙古侍衛的角力。當下蒙古旗的衆侍衛。都脫去袍褂。換穿搭連。這所謂文不加鞭。武不善作。惟獨貫跤角力。雖在御前。一樣也是袒臂露胸。一個個正如青年猛虎。把搭連穿在身上。早被飽滿的筋肉充滿。紋縫不露。一齊站在階下。聽候傳喚。若論侍衛。不盡蒙古。所以獨看蒙古角力。第一他們樂於此道。第二怕獎賞被別人奪了去。失了他們的心。這些侍衛。一共選出十六人。分作八組。場子已然收拾乾淨。撒上一層薄沙土。於是由領班大臣。帶領他們。先在御前請了安。便每二人一組。在御駕之前。跤場之上。顯出身手。虎攫龍拿一般。相撲起來。貫跤和打拳不同。必須互相撕掠。各搗敵人弱點。雖然尙力。也有許多巧門。所以高手一遇敵人。立刻便能取勝。講究乾淨馬力快。不許拉絲。光緒初年。聽說有一位關文爺。摔了一輩子跤。未遇過敵手。可是他身量不大。好穿白搭連。沒沾過土。是淸代御布庫中。最有名的後勁。可見貫跤一門。也講究力巧兼施。此時十六名侍衛八對跤。已然見了勝負。又由勝者互角。最後考校。有三個人膂力最大。技術嫻熟。太宗甚爲嘉獎。那三人呢。一名喚作們都。一名叫都爾瑪。一名叫特木德赫。這三人都是由蒙古人中挑選的侍衛。平日最愛摔跤。膂力絕倫。尤以特木德赫爲最。無人能敵。也因他三人屢得冠軍。當下太宗傳諭。賞給三人稱號及皮裘各一件。們都稱爲阿爾薩蘭土謝布庫。賞豹裘一件。都爾瑪稱爲詹布庫賞虎皮裘一件。特木德赫稱爲巴爾巴圖魯布庫。賞虎皮裘一件。又賞緞一匹。大刀一把。三人受了賞賜。便穿着搭連。上前叩謝。衆人無不稱羨。從此貫跤一門。益發興盛。軍營中幾乎無人不習。這且不言。過了幾日。因爲副將高鴻中。上了一本條陳。他原是武人。沒讀多少書。可是好引古諷今。而所引古事。每多錯誤。太宗因下諭文館諸臣。使他們不但宜隨時糾察諸臣過失。便是自己有過。也應當不時啓發。其諭曰。

昨副將高鴻中條奏。多援引古人過失。彼不讀書。不悉其行事。遂多刺謬前人。今巴克什達海等。日侍朕左右。當時以朕之過失啓朕。勿妄議前人所行爲者也。昔元太祖第二子察罕岱。以刀削樫柳爲鞭。自誇其能曰。我國固父皇所定。然此樫柳爲鞭。乃我所手創也。其臣鄂齊爾塞臣曰。非先帝鳩工。以製此刀。則此樫柳。豈能以指削。以齒齧耶。凡國中諸務。皆先帝崛起而創立者。自詡聰明較勝。不將遺譏於萬世耶。如彼繩愆糾繆。方見忠誠。爾等宜詳念之。

太宗此諭。便是我們在三百年後之今日讀之。猶能興起甚深之感動。天下事。無論大小。無所謂絕對的創造。其開物成務。無非變化利用。陳陳相因。卽使是個極新穎的發明品。也僅不過利用舊有。加以新的改革。但在一般自詡聰明的人。便忘了前人的功績。以爲一切都是自己所創造的。不但不承認前人的遺留。由我今日來享受。反以前人都是糊塗蟲。都是蠢物。恣意排斥。統不容留。他們的精神雖然可嘉。未免在崇德報功的溫厚情常上。太欠缺了。我們但看現在有了根基的國家。無一不在極力提高他們的溫情。紀念着過去的功勞。藉使我們說沒有什麼可紀念的人。但是史冊所載。什麼人物都有。那里就沒有我們可尊敬可紀念的。人在靑年。雖都有一種自負心。到後來一想。那一樣是我創作的。才知道只不過在自己有的舊書籍裡打轉彎。尋門路。却始終打不破前人範圍。依然得利用人家來啓發。竊取人家的陳言。略加形式的變更。言辭的改造。若說這就是我們的創作。這又與察罕岱削柳爲鞭。以爲手創。有什麼分別呢。所以說尊敬古人。也是情緒上所不可少的。

凡所謂創作。必係不假因緣。凡有因緣。便不能謂之爲創。我們天天的生活。無一事不假因緣。由那裡去創作呢。最大的創作。也無非善假因緣。由我來利用變化而已。能化就近於神。神而明之。就無施不可了。但是所以供我們利用變更的。還不是前人已成的功績。遺留給我們的麼。所以有好多發明家。就直承不諱。說我的東西是由某人脫化出來的。但是如有天生大才。把前人一切。也不看在眼裡。雖照龔半倫那樣審問龔定菴的神主。一板子一板子的打。也無不可呀。本來人之才能。高下不齊。稟性也不一樣。由普通眼光看煤是黑的。可是獨具隻眼的就不能隨聲附和。也許能說是白的。或者煤眞有白性。不然的話。那煤燒成灰。怎會白了呢。不說閒文。太宗把這道諭旨頒下之後。達海等皆答稱。必謹如上命。管兵部事貝勒岳託。也上了一本奏疏說。天與我以大凌河漢人。正欲使天下皆知我國之善養人也。能善撫此衆。嗣後歸順者必多。善養之道。當先與以家室。一品官以諸貝勒女妻之。二品官以諸大臣女妻之。仍出公帑。以給其需。有欺陵其夫者。咎在父母。彼既離其家室。孤踪至此。使其婦翁衣食與共。雖故土亦可忘矣。至於明之兵士。從前離鄉土。棄妻子。窮累年月。戍守各城。類皆無業之人。不能治生。資軍糧以自給。今既來歸。宜先察漢民女子寡婦。酌量給配。餘察八貝勒下。殷實莊頭。及商賈有女子者。令其配給。免其耕作。有軍興。仍隸戎伍。則無一人失所矣。我常說當時諸少壯貝勒中。以岳託最有頭腦。思想亦是重實際而不尚虛文。他竟主張以貝勒大臣女妻降將。這是旁人所不敢言。也沒有這樣見地的。他一眼看到諸降將孤踪至此。若是沒有家室之樂。終歸不能死心塌地。作一輩子光棍降人。既要收其心。得其用。那就不必等他們自謀。理宜由皇上替他們想法子。不想太宗也正與他有同心。見岳託上了這樣一本奏疏。當下深爲嘉納。因諭戶部曰。『大凌河漢人。可分隸副將下各五十名。參將下各十五名。遊擊下各十名。盡令移居瀋陽。以國中婦女千口分配之。其餘令諸貝勒大臣。各分四五人。配以妻室。善撫養之。』於是大凌河諸降人。上自張洪謨祖可法等諸大將。下至兵士商民皆有安揷。不但衣食住居無虞。連妻室都很出意外的護得了。自古恩待降將的。不乏其例。若說這樣細心熨貼的辦法。連兵士走卒。都有了家。這實在是一件創聞。俗語說。得屋子想炕。有了炕又想老婆。這不過說只有希望。實際上是很難辦到的。不想太宗居然替他們都辦到了。

這固然是優待已降的。給那尙未降的看樣。用術行權。自然不待智者而知。但是照這樣的權術。錯非英雄豪傑。度量濶大的。也不易辦到。世上原有一種人。便是財過北斗。姬妾滿堂。不解他人飢渴。不問別人苦痛的。有的是。如遇這樣的情事。又應怎辦呢。最低限度。也要說一句還管他們那些事。可見深仁厚澤。令人謳歌不置。也正不是容易辦到呢。這是天聰六年三月間的事。到了四月。太宗因爲察哈爾林丹汗曾於去年十一月。擄掠屬境。遂決計征討之。

先是阿魯科爾沁部長達賚楚琥爾的游牧地。屢被察哈爾林丹汗所覬覦。吞併之心。無時或已。在當時稱林丹汗所領部落爲揷漢。蓋即察哈爾之簡音別譯也。林丹汗志大才疏。前已表過。他爲元室嫡系。存有傳國御璽。久欲將蒙古諸部統歸自己掌握。並且還想恢復大元基業。無奈天時人事。都不隨心。自太祖崛起。不但滿洲統一。便是蒙古諸部。也多歸附。因此他益發惱怒。一方面向滿洲結仇。一方面又用殘暴不仁的手段。高壓蒙古諸部。打算以力征服。實現他的思想。不知這樣一來。益使諸部離心。差不多全向滿洲通款。思得大力援助。這阿魯部。早已歸附太宗。自然久爲林丹汗所疾視。所以不時派兵攪擾。天聰五年十一月。林丹汗又自率千騎。侵入阿魯部。到處擄掠。阿魯楚琥爾。雖有心抵禦。無奈兵微將寡。自知不敵。只得一面謹避。一面差人飛報太宗。請求援救。太宗聞報。忙命貝勒薩哈璘、豪格。先率騎兵四百。疾馳往援。自己親統精騎二千繼後。行了四日。忽得薩哈璘豪格遣人奏稱。林丹汗率衆侵入楚琥爾牧地。已至錫剌穆掄河北岸。大掠數日。飽載而去。因有被掠者四人。驅馬三十七匹。自林丹汗駐營地逃出。言林丹汗聞援兵至。已然遠去。太宗因命大臣圖魯什勞薩。率百騎自後躡追之。蒙古本屬行國。以牛羊駝馬爲財產。林丹汗既然掠得許多牲畜。急於退歸本部。於路不敢耽延。疾馳而歸。魯什勞薩等。追了兩三日。已過興安嶺。不見林丹汗踪影。在那一望無際的草原上。惟見黃塵一縷。沒入煙霧之中。只得又追了數十里。僅遇落伍的數十騎。赶着一群牲畜。很逍遙的正往前行。不抵防圖魯什等已然從後掩至。驚得這數十騎。不敢應敵。棄其所得。四散逃去。圖魯什等。獲駝五。甲二十五副。馬一百七十。回報太宗。太宗命以所得賞邊外蒙古之隨征者。因班師。但是林丹汗。屢屢這樣擾害。若不加以重創。恐不知悔。於是遂欲大舉伐之。遇了機會。還可進行與明議和的事。因爲出師之地。與明北邊甚近。揷漢又爲明之與國。歲得助餉甚鉅。故征揷漢。無異征明。三月太宗傳諭各蒙古部長。使率兵來會。並決定出師日期。因諭出征諸將曰。朕以察哈爾汗不道。親率大軍征討。必紀律嚴明。方能克敵制勝。爾等當諭所屬軍士。一出國門。悉凛軍法。整肅而行。若有喧譁及擅離大纛者。治罪弗貸。駐營時。採薪取水。務結隊偕行。有失火者論死。凡軍器自馬絆以上。俱書各人標識。馬須烙印。並緊繫字牌。啓行日。若與纛遠離。爲守城門人關門人所執者。貫耳以徇。軍令既發。於是命大臣阿山。覺羅布爾吉。先率兵六百。暫駐邊界。以備有私逃漏息者。又命貝勒阿巴泰。杜度、額駙揚古利、佟養性、爲留守。四月初一日戊辰朔。太宗戎裝出撫近門。謁堂子。行禮畢。遂統大軍西行。次日至遼河。時河水泛漲。太宗與諸貝勒乘舟而渡。輜重亦用舟渡。至於人馬。久經操練。不畏艱險。由各旗將領頭前引導。擇淺處涉流而過。凡兩晝夜始渡畢。初四日駐營都爾弼。喀剌沁、土默特部長。各率兵來會。初六日。駐營喀剌和碩。是日召集大凌河歸降諸將宴之。這些人。雖多明之宿將。出塞用兵。尚是初次。如今來到邊外草地之中。却另有一番潤大氣象。無不大喜。一路之上。也隨了太宗行獵游戲。初九日。軍次錫剌穆掄河。傳諭駐營河岸之上。以待蒙古各部長率兵來會。不到半個時辰。那駐營附近地方便漸漸熱鬧起來。只見帳幕連雲。炊烟匝地。蒙古各部長。果然先後率兵來到。他們因爲距離不同。强弱互異。雖皆爲一部之長。所部兵士。並不一致。有的爲數很多。而且人强馬壯。有的不足百數。而且七長八短。老幼不齊。甚至有徒步而來。不予坐騎者。這就皆因蒙古各貝勒。人類不齊。多半智識短淺。並且好疑心。他們的良好馬匹。寧可被察哈爾整羣的掠了去。甘沒辦法。及至太宗征調他們同仇敵愾。排除他們的殘害敵人。倒反疑了心。生恐派出良馬。被官扣留。不能回來。所以容心這樣虛應故事。許寃不許敬。對待蒙古。也正非容易呢。這次兵數最少。人馬不齊。以巴林部長色特爾爲最甚。等到太宗把各部長宴饗完畢。因諭曰。

朕以察哈爾汗不道。整旅徂征。先期諭爾等率兵來會。今爾等所率兵。多寡不齊。遲速亦異。惟土謝圖額駙奧巴。率來軍士甚多。又不惜馬匹。散給部衆。疾馳來會。足見秉心誠慤。憂樂相同。朕甚嘉之。扎魯特諸貝勒。亦屬實心效力。巴林部色特爾。旣託命於我。自應身先士卒。竭力我行。且同類之喀爾喀諸貝勒。有爲察哈爾所俘戮者。有離其夫婦。取其部曲。秪存孑身者。朕從大公起見。興師來此。正色特爾奮志雪仇之日。豈可吝惜馬匹。怠緩不前。阿魯諸貝勒。爲察哈爾所逐。奔投我國。朕屢令移駐近地。乃不遵朕言。仍於遠處牧放。復爲察哈爾所掠。誑稱侵奪我國之物。以獻於明。屬國爲人所襲。朕猶有憾。阿魯諸貝勒。躬罹其害。當思仗朕力以復仇。乃竟不散給爾馬。不多發爾兵。僅以一旅之師。勉强應命。何耶。朕蒙天眷佑。纘承丕基。國中人民財物。皆我所有。然曾見我奪人一美女。一良馬乎。曾令有才具人。離其主而從我乎。果有此事。朕豈不畏天耶。朕本畏天之念而行。無强取於爾等之事。此無俟朕言。爾等當亦知之。朕惟恐八旗諸貝勒。或奪汝等良馬飾物。不體朕意。若聯姻締好。彼此相饋。各出所願。則可。不願則勿與。倘有恃威强索者。爾等當奏聞。

智識不足。勢力又不濟的蒙古人。託庇在太宗的卵翼之下。雖然免了察哈爾暴汗的掠奪。可是在他們善疑的心坎中。不免對於太宗和當時掌權的諸大貝勒。又多加了一層猜度。什麼比較好一點的東西。都不敢現出來。生恐毫無代價的。被人奪了去。自己却落個有寃無處訴。他們捨不得以良馬來。大約也是爲此。殊不知太宗正在苦心懷柔他們。自有以鞍馬銀緞賞給他們的。絕無佔取他們的便宜之理。又恐他們疑心不釋。先用正理數責。激其急公赴義之心。既又說自己不妄取一物。惟恐諸貝勒恃勢强索。又替他們開示出首奏聞的法門。務使他們免去疑懼。放膽從公。可見當時太宗綏服蒙古。其心亦良苦了。

太宗下了這道諭旨之後。那些急公赴義的。固然益發激動。那猶疑猜忌。遇事不前的。也都明白了所以然。大家向太宗叩見。自誓不再那樣作。當下復大宴之。次日大軍依然前進。十八日軍次哈納崖。沿途除了草地荒山。一無所得。惟時有離散蒙民。三五成羣。迷於去向。太宗命人收輯之。共得男女二三百人。使就食於錫剌穆掄河岸邊。又行數日。大軍已愈興安嶺。至於達勒鄂謨之公固里河。已去瀋陽一千三百五十里矣。河水鹽鹵。不能飲用。惟憑駝馬轉運。前行之圖魯什勞薩。則去此益遠。已漸近歸化城。太宗因一路不見敵騎。又恐圖魯什等有失。乃命阿山率將校八員。軍士三百。往助圖魯什勞薩軍。却也怪。行了數日。始終不見察哈爾一人一騎。連匹象樣兒的牛馬也看不見。原來察哈爾林丹汗。人雖機警。若說太宗這次出師。准有多少兵數。他未必知道。事有湊巧。也因爲他命不該絕。還有幾年運氣。所以平白就有人向他報告消息。這是太宗駐營哈納崖的時候。鑲黃旗蒙古兵士。有兩人因爲酗酒。屢犯營規。被他們的長官每人申斥了一頓。說如不悛改。定要稟告上去。貫耳遊營。這兩個小子。不但不服。反倒起了賊心。乘夜竊出營中六匹良馬。每人騎了一匹。赶了四匹。悄悄的落荒逃去。當時無人覺察。次日方才發見。連忙報之管旗大臣。也只可當作逃兵。行文各地査拏。這兩個小子。也知所犯不輕。旁的去處。自不敢去。惟有逃到察哈爾林丹汗那里。才能免禍。一下子他倆便到林丹汗那里去獻慇懃。林丹汗正苦不知敵情。如今忽來這樣兩個寶貝。外帶六匹好馬。如何不喜。當用酒肉款待。爲是使他們說一些敵情。誰知他倆也不眞知。只爲自誇其勇說太宗營中。兵馬無數。戰將足有一千多員。打算一舉殲滅察哈爾。使不能再舉。林丹汗一聽。原先還有備戰之意。現在知道太宗抱定決心而來。那敢言戰。當下急聚所屬。商議對策。皆說戰必不利。不如遠避。林丹汗到了此時。也別無善法。也以走爲上策。於是傳令國中。凡有牛二頭以上者。皆須隨之西遷。到了這樣非常的時候。照蒙古那樣行國。實在太可羨慕了。一聲令下。連人帶畜。立刻拔地啓行。向西北地方。遷移了去。他這種戰策。雖非堅壁。却是淸野。沒有幾日。只留一片帳幕空跡。人畜却都走了。不想太宗偌大雄心。草地行軍。備嘗艱苦。却於意外。壞在兩個小兵身上。天下的事。眞是難以捉摸的了。後來蒙古人。有不堪林丹汗那樣强迫的。思念本土。日有逃亡。太宗才知道林丹汗所以逃去的原故。因諭貝勒大臣曰。察哈爾知我整旅而來。必不敢攖我軍鋒。追愈急。則彼遁愈遠。我馬疲糧竭。

不如且赴歸化城暫住。因使人調前行之阿山圖魯什勞薩等還。與大軍俱會歸化。原來這歸化城。爲元裔土默特部長阿爾坦所築。明隆慶時。封阿爾坦爲順義王。名其城曰歸化。本號格根汗。後有號博碩克圖汗者。與察哈爾林丹汗交攻。其同部台吉鄂木布楚琥爾等。於天聰三年。遣使通款。尋率衆來朝。以至今日。大軍既至歸化。旋由圖魯什等送察哈爾一人至。

這個人是圖魯什等在路上所俘獲的。他是林丹汗的密探。所以關於林丹汗的行踪。知道的甚詳。他說林丹汗統領部衆。現在喀剌莽奈左界盤據。如果大軍撤退。他依然回到原地。如前擾亂。太宗見說。知道林丹汗若不除去。蒙古各地。萬難安枕。於是議定進征。以絕後患。因頒軍令曰『凡我軍所至。有拒戰敗走。爲我追擒者殺之。不拒戰者。俘之勿殺。若擅殺不拒戰之人。掠其衣服牲牧者。治罪。即以其所得之物。賞給首告之人。寺廟中如有自外竄匿者。可往緝捕。并察驗僧衆數目具報。不許屯住其中。違者治罪。毀壞寺廟。取其器皿財物。及潛入人家。淫亂婦女者。並處死弗貸』。蒙古原屬行國。建築物當然不如內地。但是喇嘛教的文化。也有好多獨放異彩者。如同佛像織繡以及寺廟等建築。都是有歷史價值的名跡。不但太宗時代。優遇蒙人。尊崇黃教。每次行軍。差不多都是三令五申。格外保護此等建築物。便是入關以後。歷代皇帝。以與蒙古關係越深的原故。在蒙古地方。增修的寺廟。設施的文化。可以說超越前古。也可以說蒙古地有名的建築。全是清代所遺留的。不想這些建築物。自民國以來。多被無紀律的軍隊。和沒思想的老百姓所毀壞。思之實在痛心。今人多好言愛國。差不多成了口頭禪。却不知所謂愛國。並不是一個不着邊際的無形名詞。必須有個實在的國。以寄其愛。然後始足以言愛。不管『國』是什麼東西。而但言愛。那你究竟愛的是什麼呢。凡所謂國。並不是一片黃土。一道濁流。一脉童山之謂。國是由一個民族。或二個以上之民族。共同卜居之地。由始祖代代相傳。在這裡生棲了幾萬幾千年。因而在這里滴了無窮的心血。創造了永續不斷的歷史。前聖後聖。迭相貽留這樣有益可感的文物。正不知流過多少鮮血。絞過多少腦汁。群策群力。修整我們所承繼的這塊土地。使他無一不備。因此便無有一事一物。不是前人的手澤。祖宗的遺產。由這些文物上。就引起人們的愛國心。也好象一個私人。愛他的家一個樣。所以雖說看見一顆樹。如有歷史關係。便對它要詠歎留戀。摩娑它的枝幹。賞鑑它的青翠。估量它的年齡。緬想古人的嘉惠。就好象召伯甘棠似的。使人低徊不忍遽去。於是我有此心。亦願他人有此心。大家同心景仰。務使此樹蔚爲國光。長此不壞。這樣的情緒。就是現在新名詞所說的愛國心。凡是今日所稱爲文明強大之國。其國民之心情。大率如此。別看對於一株樹。是件小事。這正是愛國心的最初起點。充類而引伸之。凡屬於國者。皆以此等心情處之。豈不就成爲最圓滿的愛國心。若並此起點而無之。則對於無形之事。根本不知道。對於有形之物件。則惟有肆意摧毀 毫不愛惜。由那里使他有愛國心。現在我們引一個例子。遊東陵者。觀其殿堂之壯麗。松柏之蒼翠。已足以引起我們懷古之感情。及至讀其碑文。覩其遺物。必克緬想太祖之爲人。締造之不易。因人及物。景仰而愛護之。在那留戀談古之間。不知不覺。就有情的發動。便是愛力的起點。若是沒有這樣的情緒。也沒有歷史觀念。橫衝直撞。攀折許多花草。馳車而回。又有什麼意思呢。更可憐是東陵附近那些居民。他們生在那樣好地方。又不是眞沒飯吃。而且也有幾位紳士。却不想有益鄉黨。作一個最有名譽的模範村。天天坐在家裡。估量樹價。二三百年的老樹。由他們眼裡看去。什麼叫歷史。那個叫文化。什麼叫崇拜英雄。那個叫保存古物。根本不懂。所懂的事情。就是盜伐和消贓。他們這樣胡塗愚昧。由那里敎他們發生愛力呢。愛國心在旁人講的太空濶無憑了。不如由初步的懷古情調作起。先使知道愛物。由小的物事。推及大的物事。在孩童的時候。便涵養他們的美德。增進愛物的情操。以後對於一切。便都有了溫情厚意。無人不羨慕東陵的人民。不知幾生修得。竟生在那樣有山有水。毓秀鍾靈的地方。而且距城不遠。近在附郭。又多爲旗籍。曾世受國恩。絕非窮鄉僻壤。椎魯愚民可比。他們有地可耕。無地者。也能容易找出路。使他們所居的地方。換在東隣日本。不但居民要日臻殷富。聖跡的保護。以及風景的添修。當必大有可觀。怎麼他們由辛亥以後。就一天不如一天。軍閥破壞。他們也跟着破壞。一點故國喬木之思也沒有。直到如今。反倒以掘山盜樹爲長技。這是天負人呢。還是人對不起天。現在的政府。若再不想個法子。恐怕緬昭創業記還不曾寫完。東陵的樹木。不知要失去多少了。閑話不表。却說太宗頒發軍令以後。將校士卒。誰敢不遵。五月初一日。命阿山、圖魯什。勞薩、武拜、率精卒三百。先行捉生。又命備禦留哈。偕布哈塔布囊。率壯士十六人。往敵地偵探。諸將領令去後。太宗亦率大軍從歸化出發。初六日至呼刺祜。重申前令。諭貝勒大臣及蒙古各部長。務各恪遵軍令。勿得輕忽。其大要。一勿殺非戰鬭者。一追敵勿以昏夜。一勿離散人之夫婦。勿淫亂人之妻女。一進退皆依命令。一敵乘夜刼營。宜堅壁以禦。勿喧嘩。一進襲敵境。勿得舉火。以使敵覺。這是因爲太宗已然決意。掃滅察哈爾。生恐林丹汗亦必爲困獸之鬭。所以才這樣戒飭軍士。不想林丹汗已自毫無鬥志。越跑越遠。不敢露面。只派少數巡哨兵。來回報告太宗的行軍所至地方。反正太宗進行一百里。他已逃出二百里了。這樣一追一逃。永不見仗。追到那里爲止呢。初七日。大軍駐營於扎刺布拉克。仍命勞薩率兵百名。導大軍先行。約隔三十里。行了五日。已至喀刺莽奈。却不見有何營壘。林丹汗早又逃去了。只遇察哈爾哨兵四人。疾追之。至益圖地方。斬一人。其餘三人逃去。正追趕間。忽見前面沙岡下。塵頭揚起。喊聲大作。勞薩大驚。忙率隨卒。赶至近前。只見留哈被困於垓心。手下只有八人。正與察哈爾兵數十人交戰。勞薩素擅勇名。早已揮刀躍馬而入。手起處。斫殺數人。留哈見援至。戰愈奮。察哈爾兵氣奪。那敢再戰。打聲呼哨。紛紛逃去。勞薩因問留哈。因何被圍。留哈說我與布哈塔布囊。奉命偵敵。分道而往。不意遇此數十騎。見我人少。才被圍的。若非巧遇蒙援。險遭不測。勞薩說。現在大軍已至庫托。我們一同再向前探索。如無敵軍。大約林丹汗又去遠了。

他們向前又探索了數十里。始終仍不見敵蹤。那林丹汗得了敗兵的報告。果然又向遠方遷避。追之不及。只得歸告太宗。是日太宗召集貝勒大臣諭曰。察哈爾不能禦我軍。逃去已遠。追之無益。今我暫旋師。以俟再舉乎。抑收其遺棄部衆。即入明境乎。貝勒大臣等聞諭奏曰。此來已近明境。宜勿旋師。議既決。太宗因命大臣蒙阿圖。率旗官一員。兵士百名。先還瀋陽。且使傳諭額駙達爾漢曰。你的屬下兵丁。在哈納崖窃馬逃入敵境。泄漏軍機。致察哈爾覺而遠遁。追之已然不及。因旋師。取其遺棄部衆。直入明境。所有餘存糧餉。可移貯遼河岸。掘壕加意防護。貝勒阿巴泰。額駙揚古利。防禦之兵。可撤回守城。前者令喀喇沁人於法庫山耕種。若耕種未畢。當督之勤力。仍慎守勿忽。一面行軍。一面籌度後方的事。可見太宗是怎樣的精勤了。五月十三日。大軍自珠爾格圖進發。路旁忽有黃羊二隻並行。太宗抽矢射之。一矢直貫二羊。左右稱賀。時軍中糧匱。自二羊發見之後。徧地突來黃羊無數。因命大軍張兩翼。沿道行獵。所至羊群不絕。成千累萬。太宗每一發矢。必貫二羊。計射五十八隻。其他將卒。或射或殺。共計數萬。脯而食之。軍以不飢。但是節近端陽。天氣驟熱。行了好久。並無水泉。眼見軍士們。渴得頭昏眼花。紛仆於地。太宗於馬上傳令說。前面當有甘泉。可乘夜涼。赴之。至和爾果地方。果得泉。人馬痛飲。精神倍增。惟泉乃臨時冒出。並非常有。先至爭飲畢。又以器貯存。及後行者到來。泉水已涸。幸已先貯。有出黃羊一隻易水一碗者。於此駐營二日。太宗命人持水迎後軍。一一飲之。仆地者得不死。二十三日。大軍次於穆魯哈剌克泌。命貝勒阿濟格。率左翼兵及科爾沁、巴林、扎魯特、喀刺沁。土默特。阿魯諸部兵萬人。征明大同宣府邊外。貝勒濟爾哈朗、岳託、德格類、薩哈璘、多爾袞、多鐸、豪格、率右翼兵二萬。征歸化城黃河一帶。大臣薩爾格。察哈剌、率兵五百。往黃河備船。圖魯什勞薩、前行捉生。太宗與大貝勒代善。三貝勒莽古爾泰。統軍繼進。於是兩翼兵齊入隘口。本來是征察之軍。而今却入了明境。這也因爲明是敵國。前此交涉。無一答覆。所以一遇機會。總想與明辦個水落石出。無奈明人總以與夷虜議和。是件可恥的事。不問大局。不問國勢。老是把自己看得很高。把人看得太低。上下欺哄蒙蔽。眞不知誤了多少大事。明欲不亡。其可得乎。察哈爾汗。殘暴不仁。其勢不能自保。焉能爲明捍禦邊疆。制遏新興的滿洲。可是明廷十分倚重他。每年助以鉅款。明邊各地。皆有察部人民隨意屯住。如果明廷移其倚重察部之心理。轉以款和滿洲。結爲兄弟。明雖衰弱。絕不至亡。顧捨此不言。反於酷似洪水猛獸之流寇。撫之若驕子。及不足以滿其欲。匪第流寇仍爲流寇。而非流寇之官軍。亦盡變爲流寇。滿地皆賊。而又歲擲巨金於無用之地。不亡何待。向使明人少明時勢。東款滿洲。結其歡心。以防遼之軍。西剿流寇。先安內而後言攘外。明雖至今可存也。悖內外之勢。絀財用之塗。自速滅亡。實天之欲啓新運。故奪魄以除去之耳。

話說太宗。將三路大軍派出以後。明之北邊。立刻震動。往東直至宣府。往西則至黃河穆納漢山。北達歸化。南至邊墻。全爲大軍所佔領。這一帶地處。也有不少居民。蒙漢雜處。突見兵至。自然驚懼逃匿。無奈四面皆有兵營。又有捉生隊。分路搜查。所有逃人。無不照樣驅回。盡成俘虜。其中有願降者。立卽造册。編爲戶口。在這里作書的對於俘獲人民的事。不得不少加說明。以免誤解。古來打仗。爲什麼總免不了俘獲人民的事。這就皆因時代不同。人口不照現在這樣擁擠所致。古時人少。所以人口也算戰利品之一。人口的去留消長。很能影響軍事的利鈍。是以圖强之國。不得不致力於人口的增加。以冀生產力和預備兵的充實。再說古時也無所謂種族之見。雖有華夷之分。只不過偏重文化程度。到了相當的水準。夷狄也可以爲中國。否則中國亦不免爲夷狄。本來全是一塊土上之事。時由兩個以上的勢力。彼此競爭。結果是以聖功王道爲前提。惟有德者居之。但是有德者不必皆有廣大之領土。繁庶之人民。孟子說湯以七十里。文王以百里。皆由小而致大。可是他們在用兵的時候。闢土地增人口。那是不可少的事。人口增加的方法。一個是以仁政招徠。一個是由武力俘徙。妥爲安插。撫以仁政。其初雖不免有些駭怕。後來因禍得福。長養子孫。有了世守的職業。反倒無不歌頌起來。明末清初。也是如此。太祖以十三副遺甲起兵。若不招徠俘徙。那能一時便有充實的兵力。殷富的產業。太宗時。滿洲全境。以及各部蒙古。雖然統一。人口的需要。還在殷切。同時衰弱的明國。雖說地大人衆。若拏現在的人口來比。還不足三分之一。中國人口之增加。實由康熙大帝。六十一年之休養。生息。後半期尤爲殷富。乾隆嘉慶兩朝。又繼之以長時間的承平。人口自然就增加了好幾倍。若說明末。依然還在需要人口。只是他們沒有工夫致力生產。天天在消耗。反觀太宗。却得一人有一人之用。凡是投降及俘徙者。差不多是後來的漢軍八旗。世代簪纓之家。指不勝屈。便是兵籍。也都由國家給以極優厚待遇。與滿洲八旗。並無何等顯著區別。至於俘來作生產的。後來的結果。比較在兵籍的還要幸福。以莊頭而論。直到現在。那一位不擁鉅萬之富。而百戰從龍的八旗士人。倒都一落千丈。不值錢的熱血。洒了幾世。作熟飯。却看人吃。世世當兵。不着眼於經濟的結果。自然要落到這樣困苦地位了。說到現在。和昔時大不一樣了。原先是關着門。自家玩。現在門戶洞開。而且人口到處擁塞。自己的人口。還成大問題。沒地方安置。那里還敢招致外來的人。原先美國乍建國時。痛感地大人少。曾以法令歡迎外人來入籍。所以美國國民。那里的都有。現在國勢膨脹。不但不歡迎外來的人加勢。反倒大爲限制。並且也到海外尋求植民地了。現在世界各國因爲人口問題。可以說自顧不暇。歡迎外人來加勢的事。絕對不會再有。這也因爲時代進化的原故。用現在眼光讀古史。有時便能弄錯。所以不可不推尋他的原因結果。

二十七日。太宗駐營歸化城。次日城中諸剌麻朝見。設筵款之。溫慰有加。這些剌麻。無不感激。回到廟中。召集徒衆。爲太宗大作祈福祝捷法事。不在話下。是日傳諭兩翼領兵諸貝勒曰。爾等可選精騎。調赴黃河一帶。以助兵力。凡所俘獲。可携行者携之。不能携行者。酌人守之。仍深入敵境。然後旋師。朕駐歸化城以待。却說察部蒙古人。自林丹汗命令他們淸野遠遁。大都渡過黃河。向西北逃去。後來聽說太宗有班師之說。萬沒想到大軍竟自南下。所以其中有好多不願隨着林丹汗遠遁。以及遁去思歸的。又都紛紛渡河而歸。不想他們歸來未久。大軍已至。雖然也有幾名台吉。率領着他們。只是驚弓之鳥。依然想逃。不敢言戰。所以大多數反倒被了俘獲。餘者盡都逃入明邊沙河堡。那時察哈爾是明之與國。自然明之邊吏。不加拒絕。而且還要保護。不過那時明方。還不知太宗已派大兵來到。誤以察民被匪逃來。所以毫無疑慮的。把這些蒙民全行收留了。却不想太宗已然得了報告。認爲察部逃民。應歸自己所有。明方不能收容。以六月初一日。遣大臣揚善。率兵六十名。偕所獲察哈爾通事一人。往沙河堡向明官所在地。與之交涉。索還逃人。若照今日的常識。都說弱國無外交。但是那時的明廷。地大物博。儼然天下共主。還不算是弱國。只以誤於廟堂的坐談。始終沒個眞實主張。把有外交的能力。弄成一個無外交的病態。那實在是可憐極了。當時太宗曾有書與明邊吏。如今把它錄在下面。亦可見當時情狀之一斑了。書曰。

我北征察哈爾。窮追四十一日。擒其哨卒訊之。云已星夜遁去。我欲收其部衆。因還兵屯歸化城。暫駐營以待我進剿黃河軍。近聞察哈爾所遺人戶財物。爲沙河堡容留。此係我未經收盡者。當一一還我。且此蒙古。舊屬格根汗。察哈爾取之。則爲所有。我取之卽爲我所有。以我所有。而爾等取之不可也。且我邊外之事。爾等何得干預。此事諒非爾主所知。乃爾等邊臣所爲。爾等豈不知遼東官員。干預我邊外葉赫之事。自取禍患。爾若不還。與遼東官員何異耶。我此來原欲修兩國之好。故徧諭爾守邊各官也。

沙河堡的明官。安閒慣了。平日只知虛應故事。威壓百姓。那里還敢對於來書研究一番。設法駁議。准知道武力對待不是良法。萬一惹出禍來。照前次破了洪山口一般。打到北京。豈不是一之爲甚。而又再了。倒不如平和了解。相安無事爲妙。當下多官於驚慌失措之餘。講求對策說。我們太大意了。也沒問一問那些蒙古人是爲什麼逃來的。胡裡胡塗就收容了。原來是滿洲皇帝興兵至此。來打捧漢的虎墩兎。(明人呼林丹汗曰虎墩兎）也太可恨。他惹下大禍。逃之夭夭。却給我們留下這難搪的債。如今人家來要人。想個什麼法兒才能不打仗呢。這眞難。若不打仗。除非老老實實把人獻出。所以他們自然也就歸到這個結論。好在所要的是蒙古逃民。還沒額外的苛索。當下便命人去査點人數。以及帶來的物品。

查點結果。逃入堡中的蒙古人。共男女三百二十餘人。牲畜一千四百餘頭。紬緞布帛六千四百餘疋。蒙古人以外。自然也有不少漢人。雖由察部逃入堡中。因是明人。自無索取必要。當下堡中明官。只將上項蒙民以及其財物盡數歸出。由大臣揚善。點淸携回大營。當時滿洲行軍。雖由官中支給粮餉。至行軍時之虜獲品。除軍裝武器外。其餘財物人畜。均由大小將領按品級均分。自行管理。即如每旗正額兵外。皆有壯丁餘丁。又自貝勒以下。內而府第。外而莊園。皆有執役隸屬之人。這些壯丁人役大都由於俘獲而來。在名義上。雖不如正式官兵。而直接致力生產。或掌管大家之一切收支事務。故其生活十分優裕。後來遂有反客爲主之事。所有八旗地主。無不受其慘害。蓋其積弊甚深。歷年又久。一旦形格勢非。而實權又早操彼等之手。奴變主人。亦時勢之使然也。話說太宗在歸化城中。把所獲察部餘衆。命人查明以後。仍照慣例。使大小將士。分別領去。安插於各人所領戶口之中。便是大凌河新降之將。如祖可法等。亦分得若干人。這種辦法。非常簡便。雖千萬人。亦不難與軍隊自由進退。在管理照顧上。亦甚輕而易舉。六月初七日。太宗自統大軍趨明境。行了三日。命大臣蘇達喇、圖賴、率兵二百。偕蒙古通事二人。復與沙河堡各官書曰。

始我意在議和。屢與遼東各官言之。乃不聽吾言。反厚待與吾宿有怨隙之察哈爾。(當時明之在位者。多主以蒙古牽制滿洲。即其優遇哈達、葉赫、亦不外此。所謂以夷制夷是也。）我是以逐去此處察哈爾。爾等昨得我書。即將蒙古逃人獻出。甚善。今我將往大同、陽和、宣府、一帶議和。道經爾地。不可無一言相慰。故遣人以書相告。

這書在表面上。是向沙河堡各官。申謝他們獻出逃人的好意。裏面的意思。却是向他們假道。不免又是一個難題。沙河堡也是邊地一個要塞。敵人隨便由此通過。在事理上是講不通的。但是當時明官積弊已深。又無强硬政府爲之作勁。弄好了無功。弄壞了有罪。所以各地文武官吏。只能奉行故事。一遇特別重大情形。就得手忙脚亂。無可爲計。現在忽得太宗來書。想經由此地。往宣府一帶議和。不許的話。當然不敢說。又怕大兵通過時。出了什麼差錯。計議多時。不如以禮往迎。由感情作用。結其歡心。或者就不至出什麼亂子了。他們不知太宗軍令最嚴。不守紀律。一定要嚴辦的。他們眞是妄測了。是日沙河堡明官。一共選出十七人。命人擔了牛羊茶酒。以及緞疋之類。來到御營。獻於太宗。並述勞師之意。什麼秋毫無犯。閭閻不驚等等。祝頌了一大片。太宗也用好言安慰了一番說。爾等切莫擔驚。昨日所收蒙古人畜。乃察哈爾所遺。自當取之。過此以往。雖入汝境。實欲言和。大軍所過。決不妄取一物。爾等務要傳語居民。各安生理。無事驚慌。各官稱謝不迭。臨行時。太宗賜其爲首者三人各牛一。其十四人各羊一。溫諭遣還。於是沙河堡官民。一點也不懸心。反倒出來瞻仰軍容。並不駭怕。
太宗因命巴克什庫爾禪、覺羅龍什、入得勝堡。愛巴里、喀木圖、入張家口。向大同、陽和、宣府、各官。投與太宗所致書。其略曰。

　　我之興兵。非欲取中原。得天下也。因遼東官員。不行正直之道。貪黷貨賄。罔顧是非。助邊外葉赫。遣兵戍守。專意結怨。無故欺陵。遂成七恨。我曾屢致書爾主。遼東官員。與我爲難。壅不上聞。竟無報書。我之所以興兵者。欲爾主察詢其故。是以攻取撫順時。得爾國商賈人等。俱縱之。令齎書轉奏爾主。恐其不能徑達。又令其付與爾各省官員。亦無回音。數年以來。我師所向。屢破城池。意謂爾主必加察問。知我興師之故。則和議成而戰爭息。且上天以生民爲心。若黷戰不已。民死鋒鏑。豈能仰合天心乎。我今開誠相告。惟願兩國和好。戢兵息戰。兆庶安寧。財貨豐足。互相市易。各安耕獵。以樂太平。前者兵入邊境。屢有攻取。書詞往復。其中疾怨之言。有兩相輕慢者。此兵家之常。不足道也。爾國豈無才俊。勿以古昔毀盟棄好。及互相欺罔之事爲鑒。因而致疑於我。幸速爲裁斷。以成此舉。實兩國之福。我將駐此十日。以待回音。勿再遲延也。

於是太宗以六月十三日。進兵大同邊外。駐營待之。單說明巡撫沈棨。得了太宗來書。好生焦灼。據書詞雖極和平懇切。但是有駐十日以待之言。如果過了十日。不見分曉。他是自己班師而去呢。還是另有他圖。殊不可知。論理兵來將擋。水來土屯。無奈宣府、大同。雖爲駐兵重地。自正德以來。失於訓練。久已夫有名無實。惟務游惰。近數年來。遼東事急。流寇時作。大同宣府之兵。調赴他處。不一而足。所餘非老弱。即新募游民。如何敢與常勝之滿洲兵言戰。左思右想。戰事萬不能開。惟有將就言和。才能免去生靈塗炭。但是論和亦甚不易。因爲朝堂之上。忌論和事。跟得病的人。諱疾忌醫一個樣。袁巡撫以和爲戰。用心最苦。朝廷尚且不諒。處以極刑。傳首九邊。如今大兵壓境。朝不保夕。如果不和。大禍立至。死不足惜。未免要貽害地方。難操勝算。所以他越想越急。和戰二事。好生委決不下。最後只得使出欺瞞手段。自己雖與太宗和議。却不使朝廷知道。單等十日以後。把太宗伺候走了。也就一天雲霧散。什麼事都沒有了。當下主意拏定。便授意部下。不許挑釁。務要將滿洲兵無事送走。以保地方。是日先由得勝堡派出千總一員。隨從十五人。至御營勞軍。以牛酒緞疋等物爲獻。太宗命却之。賜千總牛一。命其傳語得勝堡守將曰。議和之事。我至誠相告。爾等理宜速成此事。若遷延時日。故意推諉。是自樂戰爭。我亦無如之何矣。自我來征揷漢。詢知爾國歲以百萬兩予揷漢。豈我遂不如林丹汗乎。如以此議和。詎不强於擲之無用之地。至議和後。書中如何稱謂。以及尊卑之等。可暫勿論。誠以和事既成。自當遜爾大國。爾等亦當視我居揷漢上也。次日得勝堡將官。復遣通事官一員。千總一員。隨從二十七人。齎牛羊緞疋食物等來獻。備述沈巡撫以保境愛民爲務。決意議和。

太宗見說大喜。仍以牛羊等物賜與來人遣還。二十一日。貝勒阿濟格自宣府使人齎來報告說。臣等率領兵將。到了宣府以後。彼處官兵。皆甚驚懼。臣等約束部卒。告以來意。始爲安心。現在彼等已將犒賞察哈爾汗所餘之緞疋、虎、豹、狐、獺等皮之存在張家口者。全行獻出。宣府巡撫沈棨頗有議和之意。如何之處。請上定奪。太宗見報。遂以二十三日。統師進駐宣府邊外。凡列三十餘營。聯結四十餘里。環營四面。掘塹護之。深廣各一丈。二十六日。明巡撫沈棨。及總兵董某。遣通事二。守備二。隨員十一人。齎牛羊食物來獻。太宗御黃幄。領兵諸貝勒大臣侍列左右。明守備通事官。進幄叩見。其隨從亦皆於幄外遙叩。遂命守備等坐於左側。以宴款之。並諭以此來之意。守備等也說沈巡撫素來主和。不願妄動干戈。致使生靈塗炭。汗既然以誠意來議和事。沈巡撫亦當以誠意款接。太宗曰如此甚善。我所希望者。兩國以誠相待。彼此平安貿易。以享其樂利而已。宴畢。各賜以馬匹及牛羊等物而遣還之。是日軍中將士。大市於張家口。當地商民。也都利用此機。安設攤床。搭造席棚。不但固定的商舖。全部利市三倍。便是臨時赶熱鬧的。也賺了不少錢物。什麼人也幹不過商人。尤其是那時專對滿蒙作買賣的商人。最有心計。他們專門以極賤的東西。換來極貴重的商品。如同零碎紬子。針頭綫腦。綾絹造花。宮粉胭脂。玻璃珠球等類。都是用不了幾吊錢。就能置辦一大堆。滿蒙的兵丁。見了這些花紅柳綠。細巧東西。件件覺得可愛。買回家去。不但可以誇示他們的旅程之遠。得自何方。而且還可以見好於妻女。在家庭中。正可藉以鞏固圓滿的幸福。所以人人都要買幾樣。沒錢的就用自己所携的土物。和他們去交換。物物交換。尤爲商人所最歡喜的事。因爲這裡頭有文化程度。和性質的曲直。程度低。性質又愚直的。當然要立於吃虧的地位。就好象現在的工業國。以製作品換原料品一樣。自然大利要歸於程度高的。所以貂皮人蔘等類。也許用一掛琉璃球。就給換了去。大市於張家口。表面上好象是滿洲人以武力要求的。骨子裡。滿不是那末一回事。實在的利益。還是被漢人的商民得了去。所以當地商民。十分歡迎滿洲軍。好象常常這樣大市。才稱心願。以後大清帝國。統一事業完成。產生了所謂外館的特殊商團。以張家口爲根據。成功了不少敵國之富的商人。其根基恐怕就濫觴於此了。不過那時的商民。圖利心切。以軍隊爲對手。究竟不免危險性的。果然科爾沁部的隨征軍士。有三個人。因爲把錢都花淨了。隨身又沒有什麼土物。看着什麼都愛。又不能白得。眞是三人同行。必有我師。其中有個胆子大的。便以軍師自任。激起了其他二人的優越感。以爲在佔領地中。還有什麼說的嗎。於是三個人。私自計議一番。離了駐營的汎地。暗地裡溜入明邊裡頭。尋那富庶的鄉村。亂串一回。結果沒什麼可拏的。每人牽了一頭牲畜。騎了就走。計耕牛一頭。駕騾兩匹。農民之牲畜。差不多視如第二生命一般。搶去他們牲畜。不啻搶去他們的生命。所以他們萬不甘心。

老老實實使人搶了去。强者自然以力護持。弱者亦要用情哀告。但是敢於强搶的。其心性總要異乎常人。具備忍、狠、涼、硬等等的條件。絕不是很容易就回心的。這三個人。旣敢掠奪。自然也非弱者。當他們强拉人家的牲畜。主人自然很意外的問着說。爲什麼拉我們的牲口。可見作惡事的。都有一脉相傳的法門。什麼、拉你們的牲口。這是奉令來徵發的。奉命徵發。題目眞不小。而且也無人敢反抗。但是事前也得有命令和布告。自有人經理。也不能由兵卒隨意徵發呵。這明明是搶奪詐取。老百姓也乖。假意容他們拉走。暗地裡却跟到駐營地去首告喊寃。太宗的軍令。頒發不止一次。而且現在又正和明之地方官進行和議。忽有不法的軍士。敢於欺壓百姓。强搶牲畜。自然得有個嚴厲的辦法以慰當地老百姓之心。當日得了報告之後。便告把爲首一人。梟首示衆。其從搶之二人。各鞭一百。揷了耳箭榜示遊街。可憐這三個人。自以聰明過人。又有虎皮穿在身上。以爲萬無一失。却又不想反把腦袋弄丟了一個。幸而未死的。皮肉受苦不算。從此人格掃地。太不値了。二十七日。明巡撫沈棨。總兵董某。遣使來請盟。太宗命大臣阿什達爾漢等涖盟。是日刑白馬烏牛。與明人誓告天地作盟書。焚告神祇。明以黃金五十兩。白金五百兩。蟒緞五百疋。布千疋爲獻。這樣的議和。本來是不可靠的。因爲巡撫沈棨。負不起那麼大的重責。而且又是背着明廷。僅不過一時權宜。冀免地方糜爛。他的用意雖佳。殊與當時的議論不合。盟又何益呢。未盟以先。沈棨原說已然約會了關外諸將。一致結盟。以後各保疆土。自然就免去戰爭了。但是關外始終也沒派人來。日限又很迫近。所以將將就就。由兩方將佐。履行一個表面的形式。無論誰。也不能說這是可以靠得住的事。太宗因爲關外不會來人與議。未免和所期相遠。所以對於沈棨的禮物。並未全部收受。只收了一些茶葉等物。便命班師。以待與寧錦諸將。重提和議。不想因爲沈棨有與太宗定盟之事。就慢慢把風聲傳到北京。無論什麼事。經人一傳說。立刻就與事實相左。不是有枝添葉。便是故甚其詞。沈棨是出於一時的不得已。眼見强敵壓境。沒個辦法。如眞動武。結果實在不堪設想。雖說不能照前次那樣打到北京。宣府大同一帶。是不是不能倖免。所以他不敢輕啓釁端。以虛與委蛇的手段。把强敵送走。爲地方人民計。也可以原諒的了。誰知明廷一聞此事。便有多官極論沈棨之非。說他媚敵辱國。宜置重典。有心圖强。而又不知圖强之道的崇禎帝。最怕聽文臣不忠。武將不勇。他不重視深謀遠慮的人。說大話的就是忠臣。報捷音的就是勇將。實際如何。却不知曉。袁崇煥何等忠勇。只因說過一個和字。結局是何等的慘酷。何況沈棨。明白與設誓結盟。不忠不勇無疑了。當下降旨。將沈棨拏問。欲知後事。且看下回。

SHOW小說12　PG1745

福昭創業記：
一位正藍旗筆下的滿清建國大業【上卷】
（復刻典藏本）

原　　著 / 穆儒丐
編　　者 / 陳　均
責任編輯 / 杜國維
圖文排版 / 江怡緻
封面設計 / 葉力安

發 行 人 / 宋政坤
法律顧問 / 毛國樑　律師
出版發行 / 秀威資訊科技股份有限公司
114台北市內湖區瑞光路76巷65號1樓
電話：+886-2-2796-3638　傳真：+886-2-2796-1377
http://www.showwe.com.tw
劃撥帳號 / 19563868　戶名：秀威資訊科技股份有限公司
讀者服務信箱：service@showwe.com.tw
展售門市 / 國家書店（松江門市）
104台北市中山區松江路209號1樓
電話：+886-2-2518-0207　傳真：+886-2-2518-0778
網路訂購 / 秀威網路書店：http://www.bodbooks.com.tw
國家網路書店：http://www.govbooks.com.tw

2017年3月　BOD一版
定價：480元

國家圖書館出版品預行編目

福昭創業記：一位正藍旗筆下的滿清建國大業 / 穆儒丐原著；陳均編. -- 一版. -- 臺北市 : 秀威資訊科技, 2017.03

冊；　公分. -- (Show小說 ; 12-13)

BOD版

復刻典藏本

ISBN 978-986-326-410-1(上卷 : 平裝). --
ISBN 978-986-326-411-8(下卷 : 平裝)

857.7　　　　106002675

讀者回函卡

感謝您購買本書，為提升服務品質，請填妥以下資料，將讀者回函卡直接寄回或傳真本公司，收到您的寶貴意見後，我們會收藏記錄及檢討，謝謝！

如您需要了解本公司最新出版書目、購書優惠或企劃活動，歡迎您上網查詢或下載相關資料：http:// www.showwe.com.tw

您購買的書名：________________________________

出生日期：________年________月________日

學歷：□高中（含）以下　□大專　□研究所（含）以上

職業：□製造業　□金融業　□資訊業　□軍警　□傳播業　□自由業
　　□服務業　□公務員　□教職　□學生　□家管　□其它_____

購書地點：□網路書店　□實體書店　□書展　□郵購　□贈閱　□其他

您從何得知本書的消息？

□網路書店　□實體書店　□網路搜尋　□電子報　□書訊　□雜誌
□傳播媒體　□親友推薦　□網站推薦　□部落格　□其他__________

您對本書的評價：（請填代號　1.非常滿意　2.滿意　3.尚可　4.再改進）

封面設計____　版面編排____　內容____　文／譯筆____　價格____

讀完書後您覺得：

□很有收穫　□有收穫　□收穫不多　□沒收穫

對我們的建議：________________________________

____

____

____

請貼
郵票

11466
台北市內湖區瑞光路 76 巷 65 號 1 樓

秀威資訊科技股份有限公司 收

BOD 數位出版事業部

（請沿線對折寄回，謝謝！）

姓　　名：________________ 年齡：________ 性別：□女　□男

郵遞區號：□□□□□

地　　址：____

聯絡電話：(日) ________________ (夜) ________________

E-mail：____